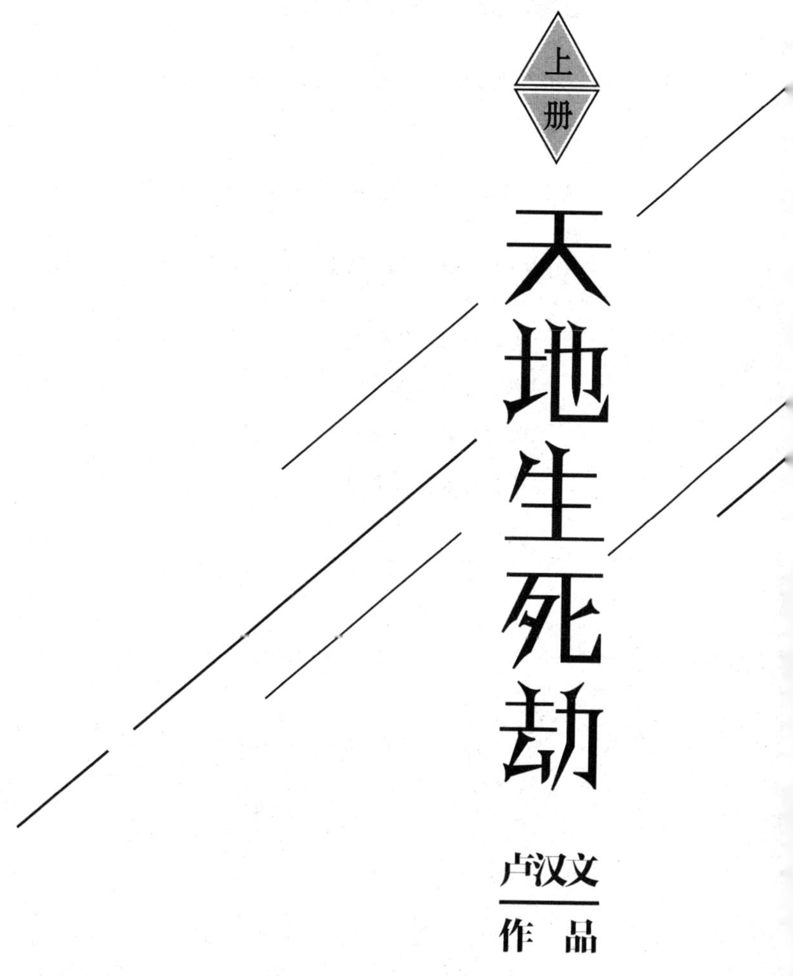

天地生死劫

卢汉文
作　品

CFP 中国电影出版社

图书在版编目（CIP）数据

天地生死劫：全2册 / 卢汉文著．-- 北京：中国电影出版社，2017.8
ISBN 978-7-106-04774-0

Ⅰ．①天… Ⅱ．①卢… Ⅲ．①科学幻想小说—中国—当代 Ⅳ．① I247.5

中国版本图书馆 CIP 数据核字（2017）第 191213 号

责任编辑：纵华跃
封面设计：胡金霞
版式设计：李多胜
责任校对：汪丽容
责任印制：庞敬峰

天地生死劫：全2册
卢汉文 著

出版发行 中国电影出版社（北京北三环东路22号） 邮编 100013
电话：64296664（总编室） 64216278（发行部）
64296742（读者服务部）
E-mail:cfpygb@126.com

经 销 新华书店
印 刷 三河市京兰印务有限公司
版 次 2017年8月第1版 2020年1月第2次印刷
规 格 开本/170×240毫米 1/16
印张/43 字数/650千字
书 号 ISBN 978-7-106-04774-0/I·1184
定 价 125.00元（全两册）

目 录

C O N T E N T S

第一章　最后一个安全基地的覆没

第一集

西阿尔卑斯水平状的平卧褶皱山体，始于1.8亿年前北大西洋扩张，一些巨大的岩体被自然之暴力掀起，移动几十公里后，覆盖到其他岩体之上，扭曲成型。山体由结晶岩组成的勃朗峰，无疑是阿尔卑斯山脉中最耀眼的明珠。它地势高耸，白雪皑皑，冰川发育，风光旖旎。自然美景之外，更有人添奇丽。穿山而过的法意隧道，成为巴黎到罗马通道上最美丽的一条缎带。

尽管山势险峻，积雪无边，勇敢无畏的登山者借着圣摩那多探路狗，和齐整牢固的滑雪器具，总能在雪地里来去自如，飘逸如飞。他们也能够观察到身体肥胖的雌雪蛾，懒绵绵地匍伏在山毛榉光溜溜的树干上产卵。

这些如患了富贵症的雌雪蛾，它们没有翅膀。所幸的是没有，如果它们有的话，早就被凛冽的大风吹走了。它们也许根本找不到能让它们有足够的时间来完成繁殖的地方。山中焚风袭来的时候，气温骤升，冰雪融化，雪崩岩裂。那时或许是雪蛾的灾难日。雌雪蛾抓紧一切短促的时间，来完成它活在世间最重要的使命。长了翅膀在空中飞舞的是雄雪蛾，它们勇敢而自由，随风飘荡，运气颇佳，总能在某个地方遇上母蛾。这些既弱小又自在的生物，已经这样度过了不知多少万年的岁月。

从山腰往上走，山毛榉逐渐被云杉、冷杉、雪松等针叶林取代，往下走，则逐渐变成亚热带常绿硬叶林，真是观一山而知物变。

突然，有一天，猛烈的大风刮起来了，这不是阿尔卑斯山中的焚风，也不是卷带着漫天雪片的寒流。它从山下奔袭到山顶，冲击碰撞，带着无坚不摧的力量，摧倒了栎树，摧倒了山毛榉，也摧倒了雪松。

那天，山上一个大型滑雪场正在举行一场体育运动会。虽然时局已经混乱，人们还是竭力的保持着对生活的信心，散发出乐观的态度，相信所有的动乱最终会在妥协让步和一片叫嚷中渐渐平息。人人盛装热情以待，期待着一场精彩的赛事。许多政要也来到运动场上观看比赛，松弛一下绷得过紧的神经。

突然，运动场上空几十米发出耀眼的闪光，一个太阳似的火球猛然爆裂，急速膨胀到 2000 米的直径。它不断变幻着颜色，从紫罗兰到橙黄，终至化成一片奇异的绿色蘑菇云，在 1 万多米高空渐渐消失。火球瞬间迸出 5 万摄氏度的辐射热，刮起时速 800 公里的热风，炙烤着大地山岭，刹那间雪化山崩。

原来繁闹喧嚣的度假中心突然间消失了，只有一片灰尘，难以区分彼此。在爆炸中心 1.5 公里半径内，钢架软瘫，织物无影，混凝土化为齑粉，砂子熔结为玻璃体，树木变成焦炭，人体化为灰烬。

核爆，拉开了地球厄运的序幕，所有生物、包括人类的灭顶之灾，在那惊悸的瞬间降临了。

战局一天天错综复杂，世界一天天步入地狱。当核烟云完全遮蔽住地球时，西阿尔卑斯山北麓，法国南部 CT 基地内的所有灯都亮了，不管是地面还是隧洞中。

CT 基地——圣诞树基地的名字来源于基地地面上人工种植的大量枞树，有时它们连成整齐的一片，远远望去像绿色的地毯，悦人眼目，也寓意着平安。基地能源来自于处于地下六七十米深的隧洞中，288 兆瓦的快中子谱氦冷反应堆，因此，地面战争影响不了它。基地的地下部分有众多的活动场所和大量的武器装备，食物储存。全面启用地下设施，对于CT基地而言，自建成以来是第一次。

CT基地对外有名是因为它地面上有一个军用兼科学航天计划使用的航天飞机发射场，至于地底下的精良武器装备和各类物资储存，反而从来就不被一般人所知。这里还储藏有大量的酒。酒类储藏室虽然较小且处于一个偏僻角落，依然也是灯火通明，这不是因为随时要从里面取出酒来开什么庆祝会或生日Party，而是要防备绝望的士兵突然违抗命令闯进来，醉生梦死，痛饮醇香美酒，酩酊大醉，甚至开枪自杀，魂归冥狱。

可怜的人类，精神疾病如中世纪的鼠疫一般四下传播，无可阻挡。绝望笼罩了人类渴望光明的眼睛。这里，昼夜都有六个陆军士兵轮换值守，时局动乱，一个酒库也戒备森严，昼夜防备。基地地下隧道里的人由于不能随意升到地面活动，长时间憋于隧洞中，逐渐丧失了昼和夜的形象概念。

自第一颗一百五十万吨TNT当量核弹在大西洋西岸爆炸以来，已到第五十九天。算起来，毁灭了勃朗峰上运动场的核弹应该是第三颗爆炸的，只是时间间隔得非常近。按基地智囊双颅人希格里&斯诺最初的计算，六十四天是核烟尘完全笼罩地球的日子，可对于穿了防护衣站在微弱阳光下的人来说，“完全”真是一个模糊的概念，谁都想当然地把所看到灰蒙蒙的天空景象认作已经是“完全遮蔽”了。

精密地震测试仪告诉所有的知情者，当然他必须是三星将军或部长级及其他相应级别以上的人物，当那颗一千二百万吨TNT当量的氢弹把珠穆朗玛峰峰顶削掉四十四米的时候，总共已经有一万零五颗盛开的魔鬼蘑菇在地球上绽开，这不包括刚飞行几百公里就不幸掉落在红海中，然后无声无息的那一颗，没有爆炸就不计算在内。

权力在握的人，谁也不问应该向谁，为什么要向那里，发射慑人的武器，每个国家或集团，来不及辨别，也无须询问证实，惶惶惑惑，风声鹤唳，出于自卫第一的考虑，随随便便就揿动了要两人伸手才能同时按下的红紫两色按钮，于是四处爆炸连连。

独立狂潮沉沙泛起，恐怖主义推波助澜，地域、宗教、民族、集团、政治偏见、经济纠纷，彼此之间的明争暗斗终于混沌成霍布斯所说的“一切人对一切人的战争”。

世界各处，时时巨响阵阵，热浪滚滚，城市一个个瞬间变成废墟，楼塌墙摧，砖石遍地。大坝被炸，洪灾连连，作物被毁，工厂被淹。大当量氢弹在海洋上的爆炸，引起的剧烈海啸，将沿海的大城市淹没了一次又一次。

战争引起的全球性森林火灾，由于战事的激烈而无法抽出足够的人员去扑灭，到处烧成一片，恣意蔓延。

地球上的动物，凭着各自的本能在一直灰尘弥漫的大气层下东奔西突，苟延残喘，但不定在哪个时候就会被一阵核弹爆炸引起的炙热狂风扑倒，然后全身都燃烧起来。空气中充满动物皮毛烧焦的臭味。它们翻滚着，又和着大地一样颤抖。

植物中首先遭灾的是高大的乔木，即使没有被大火烧毁或被强烈的爆炸波摧倒，也由于大气层中弥漫的灰尘遮挡，缺少阳光养分而在顶部呈现出枯萎颓败之态，落叶纷纷，如肃杀之秋冬。此时已进入北半球的夏季，无论是在寒带，温带，还是原本炎热湿润的热带，凄惨的景象无一例外，地球变得异常干冷，乞力马扎罗山峰的雪线下降了一百二十米，亚马逊河流量减少到三分之一，喜玛拉雅的冰川迅速向四周蔓延，而在南极，大批的帝企鹅被冻死，黄黑交叠，白原为底，尸枕狼藉。

CT 基地是动乱中唯一还保持着几分平静与安全的沧海岛屿。

宽敞明亮的 CT 基地监视指挥大厅中，神经紧绷的人肾上腺素超量分泌的气息，各种电子设备散发的塑料及其他器材热气，混合一起，又被中央空调加以冷却过滤。地下封闭空间的特有气息是现代军人最为熟悉的，因为熟悉而不觉异常。

“这一切都还不是最后的灾难。”泛欧盟主席杰克·罗森对着盟军副总参谋长兼 CT 基地司令官霍普·克里将军忧心忡忡地说。

泛欧盟中两个国家的总统已经正式要求他引咎辞职，罗森主席尖锐而不乏幽默地回答说目前他不可能辞职，因为找不到一个比他更愚蠢的人来承担战后必然要被追究的责任。他不是要强占权力和荣誉，他只希望退休后能够在勃朗峰下拥有一个二十公顷的农场，而不是在巴黎建一个凯旋门，关于他的智商问题大可由联盟议员或科学院士们去讨论上一百年。

与罗森主席相似，克里将军的妻子对退休后的打算，则是拥有法国“蓝色海岸”一座栽有各种奇花异草的植物园，他们关于未来家园安置的争论时，完全疏忽了即使依最低年龄来六十三岁来讲，克里离告老退休都还有十多年。不过，争论没隔多久彻底结束，她在一场太空旅游的航天事故中不幸罹难。

分成五排放列的共六十台高清晰 120 英寸 LCD 电视把全地球各个地域的真实状况一一展现。大厅一面，三幅高 4.5 米，宽 8 米的特大电视墙显示着目前最重要地区的情景，和监测数据。罗森主席同克里将军就在电视屏中转悠，而对事情的发展显得一筹莫展。他们看到盟军中的一支空军特警队因为无法占有对方一艘航空母舰而向它发射了两枚导弹，但是它自己没能躲过对方的报复，机群在空中遭遇了核蘑菇云而一一炸毁，虽然双方总共发射的五颗战术核弹倒有三颗被截击，在空中炸开一朵云彩或坠落海中掀起惊涛骇浪。

“安全，食物，水，谁都在争夺这些东西。”

克里将军说。他来自于伦敦郊外，伦敦获得 2012 年奥运会举办权那天，正好是他的诞生日，随后伦敦地铁爆炸，父亲急匆匆地千里迢迢从军营赶回，却在家门口永别人寰，紧赶慢赶，还是没能看到刚出生的儿子。所以，克里刚一出世就见历了人间的大喜大悲。

尽管处处危急，克里将军依然显得镇定自若，蓝色军服上闪光的四颗金星，说明他具有和平时期的最高军衔。而奇特的肩章，表明他不属于天海陆空任何一个军种。关于军衔的设置，克里将军是抱怨什么事情都要跟在大西洋对岸的盟友屁股后面跑，抱怨得最多的人。

克里将军刚才的话，算是在解释空军特警队与航空母舰之间的战斗，他们不是完全敌对的双方，也非盟友，仅仅因为航空母舰是海上移动的安全堡垒。它以核能为动力，抽取五十米以下的海水用膜分离法淡化后使用，还随时有新鲜的海鱼作为美餐，这些优渥的条件当然令饱受核污染蹂躏的陆地军队嫉妒。

“希斯说过，人类的知识经验在增长，它给人类带来安全和财富；人口也在迅速增长，它给人类带来危险和贫穷，两者在不断比较着速度，人们在地狱边缘行走，任意妄为而不知控制。当资源枯竭，争斗便加剧。进入信息文明社会之后，一道严酷的公式就赫然成为人类的警示牌，如果人口以千万计，它的数目超过公元纪年数字的一半，那么人类将面临灭顶之灾。他们将背井离乡，不得不游荡星际去寻找安宁的新家园。”

罗森主席自言自语回忆着这段话，脸色益发严峻。他是一个乐观开朗，坚毅机敏的诺曼底人，个子稍矮，说话幽默，脸形较圆而显得和善，但现在这些讨人喜欢的神情在他脸上都看不见了。

“所以，要避免这个灭顶之灾，就要控制人口增长，等待科学进步来缓和增长的压力。然而，现在再去控制这对冤家数字已经迟了。”一位高级军事参谋从旁说道。

“说到希斯，我们该去看看他了，看看他们能有什么建议。”克里将军建议道，语气中带有不容反对的底气。罗森主席点点头。

离开大厅之后，他们没有听到监视员突然向值班的空军上校杰弗逊报告：“基地左上方一百六十公里处发现一不明飞行物，正向我们接近，接近速度每秒十米，飞行速度是每秒三十米，已发出问询信号，但是没有回音。”

杰弗逊上校盯住显示巨屏上突然切换出来的图像，灰黑天空背景中庞大的飞船身影显得神秘莫测，屏幕左侧不断显示出不明飞行物各种尚能够测到的数据，用闪烁的红色警戒符号显示出来，显示的白色高亮条中的？号表示进行过测试但是无法获得测试数据的项目，这一连串的“？”一会儿变成“——”，一会儿又变回“？”，表明基地的各种探空仪器都在不断地进行侦测，仍然得不到确切结果。不知不觉中，大厅里所有的人心跳也仿佛跟着闪烁的节奏紧张起来。

“每秒三十米，很慢的速度，不是太空坠物，也不是飞机。继续监视，发送警告信号，注意接收查对对方的回应信号，千万不要疏漏了。”杰弗逊上校先用即时通讯器联系克里将军，得到出人意料的关机的回复，由此便知道克里将军正身处机要室中，他轻捶了一下银灰色控制台面板，果断发出命令。“立即通知陆军部临时换岗，我亲自去向克里将军汇报。”

第二集

罗森主席、克里将军和陆军四星将军司徒雷走进了希格里 & 斯诺的起居室。还未看见人，首先听到音乐三 B 之一勃拉姆斯的交响曲，仿佛这里是与世隔绝的另外一个平和怡人的世界。巨大的幕墙上，激光全息成像技术把它变成了平缓的山坡，绿草如茵，黄色或白色的小花点缀其间，使人真想仰身躺了上去，亲身领受草地的柔软。洁净的蓝色天空里飘着几片洁白的云，像巨大的毛笔从天空上划过留下的痕迹，令人心旷神怡。

希格里 & 斯诺坐在特制的宽大的靠背椅中，欣赏古典音乐和节律舒缓的流行音乐是他们的共同爱好，当他们——两个头颅争论得喋喋不休时，只有音乐能够让他们安静下来。听到响声后他们站起来。初次见到他们而不知就里的人可能会吓得跌倒，宽硕的肩膀上赫然并排立着两个头颅，并排着的四只眼睛盯着你的滋味是什么呢？

这两个头颅并非天然生长的，而是一次可怕的车祸后，两个身体被毁即将死去的人被拼接在了一个身子上。现代医学展现了神奇之力，在距离脑死亡仅有几分钟的时间里，迅速地挽救了两个最优秀的大脑，也幸好医院病床上刚好有体质健康但是已经宣布脑死亡的身体，这类病人通常简单地把他叫做植物人。他这个组合体是：两个头，犹太数学家希格里，日尔曼诗人斯诺，躯干，一个十项全能运动员，三个人巧妙地拼接在了一起，这个人被称作希斯·希格里 & 斯诺，如果这应该算作一个人的话。拼接手术中，最难的就是颈椎的连接了，一位博士设计的 U 形支架解决了这个问题。

每天里，这两张脸都刮得很净，岁月在额上和脸颊上刻下了纹路，但没有影响他们焕发的精神。

“主席阁下光临，不胜荣幸。”

说话的是斯诺，他的右手放在了胸前，两个头颅微微颔首，礼节周到。近来两人似乎达成了一种默契，面对着旁人时他们总能保证用一张嘴说话，而不互相抢话争先。

罗森主席点点头算作回答，一改往日机敏风趣的谈风。他心情十分糟糕，从他言语不多，面色严峻上表露无遗。罗森主席伸手示意希斯坐下谈，司徒雷将军操起遥控器关掉了音乐，克里将军两手相叠腹前站在长沙发背后，观察起起居室内的变化，似乎要由次猜出主人的情趣和微小的变化来。他背板挺直，天生的精瘦，两只眼睛灵活有神。

罗森主席让司徒雷将军简要叙述了目前的战况和世界境况，然后询问希格里＆斯诺对时局有何高见。希斯许久沉默不语，罗森主席等得有些心急，他拿起玻璃钢茶几上一个仿希腊雅典娜女神青玉雕像，观摩起来。

克里将军打破了沉默说，“希斯先生是不是要先放一段音乐，施特劳斯的蓝色多瑙河可以吗？”

“希斯先生恐怕是地球上唯一有兴致跳华尔兹的人。”罗森主席对希斯表示了他的不满，暗含讽刺。

“主席阁下纡尊降贵，希斯本当知无不言，只是事关重大，还得反复斟酌。”仍然是斯诺在说，希格里几乎陷入了半睡眠状态，微闭着眼。

“希斯先生该不会是不乐意我们当初未经你们允许，就以这种方式挽救你们的生命吧。请原谅当时我们也是迫不得已。”司徒雷也插嘴道。

“其实，将军所谓的及时救治不得如此，只是一半掩词，其中还别有深意，你们是要赋予我们一种责任和使命，也可以说是个大胆的，震惊人类的新科学实验，想要达到理性和感性思维的完美结合，互相制衡。可是害苦我们了，为了这个别扭的结合，我们吵过不少架。”这次说话的是希格里。

“最恼火的是我们不得不忍受近在咫尺的对方的唾沫星子。”斯诺及时插入一句。

克里将军很想开口反对这句话，因为并排的两个头几乎难以面对面的。

“不谈这个吧。”数学家希格里话锋一转，“目前，全球分为北美共同体、泛欧盟、拉丁共同体、大东亚区、摩尔邦联、南非邦联、环印度洋联盟、法老王国，以及二十多个民主制、帝制、政教合一之国度和松散的岛国共同体，形式多样，政体复杂，矛盾互相渗透。联盟当中，各国也是暗怀私心。主席阁下有足够的信心，让他们都同时停火么？或者，近一步说，首先，罗森主席先生能够说服泛欧盟盟国中宣布脱离的几个国家重新结盟吗？”

“天方夜谭。”克里侧着身子抢先说道，语气如冰。

“那的确不太可能，但也还可以一试。”罗森主席说，由于信心不足而缺少底气。

“即使能在很短的时间内全面停火，可是核辐射污染不会立即消失。就以核聚变中的氚来讲，放射性较低，生物效应较弱，它的半衰期是最短的了，也长达 12 年之久。地球生物要不受核辐射威胁，在部分区域自由活动至少需要几十年。随即而来是关于食物的争夺一定非常惨烈，能源还在其次，生存的目的远远大于生活的目的。地球上剩下的粮食储存，恐怕只够一年左右，接下来在遮天蔽日的阴霾中如何保证粮食的生产和不受污染肯定是个大问题，因为缺少充足的阳光。同时，干净的水也将滴滴如金。

“还有，如何重建被毁的制度，重建消失殆尽的信任，消除彼此的仇恨。百分之八十的人类已经在战争丧身或者失去存活的意义了。四五十年内，地球上已经不适合大规模的人群居住，而四五十年后，是否有人还活在地球上？”希格里终于阐述完了冷冷的悲观论调，这次轮到斯诺微闭着眼了。

屋里很静，人们都在做自己的思考。希格里停了一停，继续用地球历史来为他的论点注释：

“大家都知道，六千五百万年前的 K/T 事件，一颗直径约 10 公里的小行星落在墨西哥尤卡坦半岛北部，留下了近两百公里的撞击坑，灰尘飞腾而上，布满大气层，给地球包上了一层厚厚衣服。这次撞击引起了当时地球上 50％的生物灭绝，包括恐龙和其他大型爬行动物。导致大规模生物灭绝不仅仅是短期的，致命的伤害，更主要的是长期的气候效应。请注意气候效应。目前，战争中已爆炸核弹的总 TNT 当量只有 K/T 事件的百分之一，但是危害的结果却是 K/T 事件的一百倍，因为四处都夹杂着可怕的核污染，人祸更甚天灾。上帝也闭上眼了，地球已经成了折磨人的地狱。”

希格里进一步的补充让人心情更加沉重。沉静和悲哀笼罩了装饰新奇的起居室。

斯诺突然打破沉默：“嘿，大家都知道很多年前就开始施行的筛体计划，大约有五十多年了吧，就是把各个天文台的射电望远镜所捕捉到的海量宇宙信息，交给个人计算机在空闲的时候处理，个人计算机只须下载一个软件。这样上千万台乃至上亿台全球在线的个人电脑构成了任何超级计算机都无法比拟的计算机网络。”

希格里立即接上详细地补充，“离太阳系最近的恒星是距离 4.22 光年的半人马座比邻星，但是它和是另外两颗亮星组成目视三合星，这个星系中并没有适合人类居住的行星。第二是巴纳德星，距离太阳系 5.9 光年，而且越来越近。上个世纪，地球人已经发现巴纳德星有波状的自行轨迹，说明它带有一颗或几颗行星。后来更用 HARPS（高精度径向速度行星搜索器）搜索到了几颗行星。在筛体行动中，我们更进一步发现它的一颗行星上有生物活动的迹象，请注意我没有使用肯定的词语。

我们检测到的可能是这颗行星上进行电磁信息传导的信号，说明他们可能已经是具有一定文明程度的智慧生物，由于它们并未主动向我们交流信息，所以我认为它们的进化程度低于地球，最多大约是人类二十世纪前叶或十九世纪末的水平，处于 I 型文明阶段，人类现在可以说达到准 II 型文明。就其事实来讲，不论它们已经进化到何种地步，都已经向我们展示了人类在那里生存的可能性。”

“地球处在动荡和颓废之期，我们不能坐视人类像恐龙一样惨遭灭绝。所以，向巴纳德星系进发，寻找更适合的新家园。”希格里话音刚落，斯诺立即接了上来，两个头颅一唱一和，配合天衣无缝，说完后两张脸都同时露出轻松的，同时又显得高深莫测的笑容。

屋里的气氛变得轻松一些了。这时，基地里值班的空军上校杰弗逊已经到了门口，一同到的还有基地总参谋长海格少将。

担任值班长时，杰弗逊上校几乎和基地司令一样有至高无上的权利，他们顺利的通过一道道由瞳孔检测和指纹检测组成的双防警戒门。希斯的起居室前，最后一道瞳指双防检测门口，此时站着四个侍卫。侍卫长也上校军衔，在四个人中，侍卫长是唯一能够进入这间特级房间的人。

他们对海格少将和空军上校杰弗逊敬完礼后就一言不发。在基地内部，每个人都有自己的通行等级，共分从 AAA 到 C 的九个等级，CT 基地内具有 AAA

级任意通行的人不超过十个。每道防护门或关隘都有用黄黑色线条标明的等级标志，相间线条的多寡与粗细表明通行等级，一目了然，避免人员乱闯引起警报。通行级别低于警戒级别，你再想通过也通过不了。公共通道除外。

空军上校杰弗逊进入室内后，径直走到克里将军跟前，“啪”的行了一个军礼，然后清晰简要地报告了最新危急情况。

“准备攻击！再次发出问讯信号，如未得有效的友好证实，十秒之后开始攻击！”克里将军略一思索，下达了命令。

“灰尘太大，距离又远，激光炮难以奏效。不明飞行物成像边缘模糊，像是有很好的强电磁干扰装置，恐怕其他防护性能也极强，而且该飞行物处于平流层中，海拔高度超过 20 公里，常规导弹难以击中目标。”

杰弗逊上校清清楚楚地说。他没有说出来的话是，不能使用战术核弹，谁也不会傻到用太空火箭在这么近的距离引爆一颗核弹，那样的话，是否能有效击中暂不必说，仅造成的核污染就会很大程度上限制了基地人员活动的灵活性。

“用质子炮！启动天鹰防卫系统。”克里将军果断地说。

质子枪与质子炮是十几年前国际上一致通过禁用的新型武器，它发射出的是一个能量包，几乎不受地球引力的影响，以接近声速直线飞行，当撞击到阻碍物时，能量包受到的压力急增，达到五兆帕的压强时，相当于地球上一个羽量级的拳击选手站在小指甲盖大小的地方所达到的压强，能量包爆炸。质子枪的能量相当于半颗常规炸药手榴弹，而大型质子炮的威力能达到四分之一吨 TNT 当量。正是由于它不受多少地球引力的影响，如果是向天空发射，炮弹能量包会一直穿越大气层，进入外太空，直线行进，遇仙杀仙，遇神炸神，许多个地球轨道上运行的卫星就这样莫名其妙地遭受灰飞尘散的灭顶之灾，甚至月球上的一个联合科研基地也差点遭受炮击。

正因为如此，它也成为可以有效防范外太空入侵的锐利武器，因为无法控制容易误伤，所以国际上一致通过禁止在地球上使用，除非外太空人袭击地球。但它的实物保存在各个博物馆，军事基地以及秘密组织里。

目前，虽然战事连连，却都未使用质子炮，一则它只能直线打击，在地球上对敌使用反而受到限制，二则在地球上如果使用质子炮的话，有可能把地面战争引到外太空去，而至今各个太空站工作的人，还有月球上各个基地，以及在太空旅游未归的人，不管他们属于哪个国家，都是中立的，那也是人类为未来保留的一点希望。

“且慢，他们并没有攻击我们，或者他们只是还未收到问讯信号，现在通讯条件这么差，是有可能的。”罗森主席突然插话。

“飞船可能来自邪恶基地。如果他们已经开始攻击我们，不知道我们还有没有还手的机会，先发制人是必要的。”克里将军说。

“当然，你是基地总司令，发号施令恰是克里将军的权力，可是，可以过二十分钟再发布你的命令吗？”

罗森主席的要求使克里将军沉默了十几秒钟，他当然理解罗森主席的苦心，总得有人要率先表示出和平诚意，哪怕会付出额外的甚至是惨重的代价。克里将军曾和司徒雷将军打过赌，说对CT基地最大的威胁不是来自于某个公开的国家，而是一个未知的强大的势力集团，一种有着坚定信念的将生死置之度外的暗藏势力集团，他们甚至会拥有可怕的力量巨大的武器，连他们都不敢确切说是什么，无限制的核扩散的后果，也许就要彰显了。

司徒雷将军却总认为这是克里的偏见，（司徒雷暗中想说这是克里个人经历造成的敏感和偏见，但是出于对同事的尊重他没有说出来）他们以十瓶带有CH字头的法国红酒作为赌注。至今，这个赌博未见分晓。

克里将军仰头找到了墙上的电子钟，看准了时间，然后一指门口，对杰弗逊空军上校说：“你先去吧，我随后就到。立即通知基弗里上尉等人到岗，二十分钟后，准备执行任务。”

第三集

罗森主席一行几人离开后，希格里＆斯诺继续他们的交谈，“根据我最近的计算，从我们大脑衰老的速度来看，我们的预期寿命还有四十六年零五个月。”脸宽一些的希格里说。

“为什么不是零八个月呢？也许你的公式是对的，但生活中充满变数，生活总是不可能非常精确的，巴西蝴蝶翅膀的煽动，有可能引起得克萨斯州的飓风。要知道上帝总在掷骰子。”

脸型窄一些斯诺吐掉荔枝核说，使希格里稍稍侧了一下头。互相抬杠是他们的生活方式之一。

“但是上帝没有把骰子掷到我们看不见的地方。”希格里咂咂嘴，“刚才我感觉到了一丝甜味。”

“你把古巴雪茄在鼻子下擦来擦去时，我似乎也闻到了令人陶醉的气味，哦，你知道我原来一向是坚决的反对吸烟者，所以我还是希望你弄万宝路牌的或者东亚的云烟，那种温和一些的味道对我来说更适合一点。”

两个头颅都会心一笑。医学家在颈部皮肤下埋设了十条神经通道，它似乎正在两个大脑皮层中建立某种联系，使他们逐渐能未经说出时就能感觉到对方的想法，彼此的思想正在出现某种融合，使他们最后的表达像是综合了各种激进与保守思维，抽象和形象思维的混合物。

希格里控制的左手和斯诺控制的右手已经能够顺利地配合着拿线穿针了，拼七巧板玩魔方也不在话下，遵照医嘱，他们一直在做着这类协调性训练。说到双腿，轮椅早在这年的元旦酒会之后就被扔到一边去了，现在他们行走接近自如，可以不用协助就去散步，淋浴，如厕，甚至做一些更复杂的动作而不会跌倒。他们共用的十项全能运动员的强健身躯也帮了不少的忙，使他们有足够的力量和柔韧性去应付由于运动的不协调而导致的机体方面困难窘境。

希格里 & 斯诺的存在是特级机密，在 CT 基地里他们在极少数的知情人中地位尊崇，倍受信任，但是他们无法通过瞳指双防门，特级机密条令反而限制了他们的自由活动范围。

CT 基地里存有两个太空飞机，小型的可坐十几人，起飞迅速，大型的可乘近千人，起飞准备时间很长。希斯中的犹太数学家希格里继续算计着，如果罗森主席和泛欧盟议会在与各个国家元首商量权衡之后，采纳了希斯建议的话，就应该立即罗列出登机者的名单，这些人当然应该是一些最优秀的人类精英，和一些英勇善战，功勋卓著的军人——“保护最优秀的人”，虽然只有日耳曼诗人斯诺仔细研读过叔本华和尼采的书籍，但两人不约而同都有这样的念头。

假如他们的建议得到通过，很快，他们就能离开这范围狭窄的地下山洞，离开每天都一成不变的居室环境，呼吸到未经过滤处理的空气，看到真实的山水花草了。他们的存在再也不是机密。然后，假如希斯能够作为太空长征者的一员，可能还会作为远赴巴纳德星系的要人，开始崭新的虽然是不可预测的生活。

然而希斯这个人们精心制造出来的并注定要成为未来领袖的智囊人物，终于还是犯了一个只要是人都有可能犯的错误，那就是对于人，你永远无法完全精确判断他未来的行动，无法完全掌控他的精神领域。否则的话，他们应该劝说罗森主席，让克里将军在杰弗逊上校报告之时，立即行使基地司令的权力。

在罗森主席召集泛欧盟议会尚存的人，以及留在基地里尚未离去的几个国家元首，临时召开紧急会议的时候，杰夫·基弗里陆军上尉等四个天鹰防卫系统的军官正在监视大厅里向克里将军报到。

“我命令你，基弗里少校，立即带队启动天鹰防卫系统，目标为空中一切接近的且拒绝回应的不明之物。随时候命待发。如果发现异常情况，可自行其是，无须报告！”

杰夫·基弗里稍一愣神，便明白了他已经获得战时紧急升迁，上尉一越而成少校，而且立即就要去完成一项肯定是艰难的任务，他漂亮的琥珀色眼睛中散发出激动的光芒来。

杰夫·基弗里少校从克里将军手中接过两把长长的镍合金钥匙，钥匙尾部是一只展翅欲飞的山鹰。基弗里少校修长挺拔的身子立正、转身，步履矫健。他有一头棕色的头发和一双琥珀色的眼睛，散发出浪漫迷人的热情，曼妙潇洒的身姿也为他带来一系列的风流韵事。

基弗里少校在吉尼斯世界纪录活动中，以六十秒甩掷三十六支双刃飞镖且镖镖中的而稳夺头名，最令人折服的是他能够双手发镖，左右连发，力道和准头不减。已经过了四年，没有人能够赶上和超越，再过一年，吉尼斯世界纪录认证机构的副主席就得因打赌而输给他两瓶窖藏五十年的法国香槟。可该死的战争似乎把一切美好的东西都毁了。

“这个侄子你倒是很信任。”当着另外两位三星将军和一位中将，以及两位少将的面，司徒雷四星上将说道。

“他这辈子只干两件事，忠实执行命令，追求漂亮女人。”克里微笑着说，“司徒雷将军该不是认为我在偏袒他吧。”

“刚刚相反，基弗里上尉——不，少校，是少数几个能娴熟，忠实的操作天鹰防卫系统的军官之一，他也应该是首先登船的一个人。”司徒雷将军说道。

罗森主席已经公开了讨论脱离地球的计划，比较谨慎一向温和的司图雷将军却有意地将消息透露给更多的人。这时候，监视控制大厅里有上百人在忙碌工作，他们中间显然有级别较低的人员，或许这样传播可以促使议员们通过这个事关重大的提案。

“最勇敢的军人当然应该享受这一殊荣，更严峻考验还在后面等着他们呢，奖励他们的并不是安享荣誉，而是新的冒险。谁能预测星际飞船的遥远航程中将会发生哪些不测呢。各位，还记得去年国际军人大赛前三甲的军官吗？他们也应该是首先登上飞船的人之一，如果他们还活着的话。”

克里说着话，努力克制着行动之前的焦躁，他抻抻军服，使它看起来更整齐一些，借此分散着众人心中越来越多的忧惧，他估算着主席应该到来的时间。而现在，他们似乎只有等待。

“令人欣慰的是泛欧盟科学院一半以上的院士都在基地里。第二艘航天飞机可以载得下上千人。”一个少将补充说，他没有经历过战争，草木葳蕤、环境清幽的军事学院是他一直待着的营盘。

“真想再次看到这样的军人大赛，那个第二名的好像是美国新泽西州的高个儿吧，他比我们都要高出一个头呢，要不是身体单薄了一点，可以打大前锋呢。我为他颁的奖，我还想邀请几个地区的军人篮球队到CT基地里来赛几场呢。”一个三星将军一旁插话道，脸上竟有近来难以看到的神往之色。

一个女机要员送来文件让克里将军签字，她挺拔的胸脯像刺眼的太阳，让沿路每个男人，不管他是将军，还是只是一个尉官，都作出了避开的动作，但是对光明的向往又重新固定了眼球，觊觎着，直到她翘着坚挺的臀一摇一扭夹着文件离去。

“圣诞树基地方圆一两百多公里成为一个安全地带，得益于克里将军的谨慎和果断。邀请几个军人篮球队来赛几场，真是不错的主意。”

接着刚才话题说话的是一名陆军少将，他几乎完全失去了他的军队和装备，成了赋闲在CT基地的逃亡将军，因此他毫不吝啬的大量使用溢美之辞，脸上挂着近乎谄媚的笑。

克里将军听到这样的称赞也没有反应，他望着巨大显示屏上不明飞行物模糊的形状，它有时就像一团紧缩的乌云，不加注意的时候肯定会误认，它反雷达侦察的电磁干扰能力达到了前所未见的地步，仅从这一点上讲，它甚至可以同泛欧盟刚建造完，停留在月球轨道上尚未正式使用的布鲁诺星际太空飞船相提并论。

他的心情犹如冬天里的积雪，压得越来越重了。

罗森主席与议长及几个国家元首急匆匆进了大厅。他让克里立即为他准备，他将发表重要讲话。从议长欲言又止的态度看得出他们之间似乎没有达成一致意见，不过战争期间，无须经过议会批准，主席可以特立行事，只要获得几个重要国家元首的支持。

时间在过去。多个显示屏上一一出现世界各处集中的人群时，罗森主席走到摄像机前，他干咽了两下嗓子，身边一位中将立刻递过去一瓶矿泉水，主席感激的一笑，动作轻微地喝了两口。

面对着众多的摄像机，罗森主席艰难地却是坚决地说：

“各位朋友，地球上的公民们，我，是泛欧盟主席杰克·罗森，在战火纷飞的间隙里，请允许我发表这段讲话。由于众所周知的一个愚蠢而偏激的原因，人类不可饶恕的对自己，对后代，如果我们还有后代的话，对地球上一切生灵，犯下了弥天大错，而这个错误已经不可挽回，我们也正在吞食着自种的苦果。（从显示屏上看到，一幢白色的三层建筑楼前，拉出一巨横幅，摄像记者打了近景，上面用两种文字写着“圣战到底，决不退缩”）

“过半的人类生命，已经殒灭，剩余的生者在死亡线上挣扎，苟延残喘，难以预料未来。我们必须寻找一个新的栖身地，以为人类的延续准备好产房。我们要在巴纳德星系寻找我们新的家园——是的，巴纳德星系。（显示屏上，某个城市议会大厅里，有个议员突然跳出来叫嚷道：骗子，他要溜了。这句话立即幻变成各种语言，文字打在屏幕上，忽大忽小，闪烁着，非常吸引人的注意。罗森主席更加坚毅地说下去）

“现在，我宣布，解除霍普·克里上将 CT 基地司令职务，任命霍普·克里上将为泛欧盟哥伦布太空舰队总司令，并赠予他五星的荣誉。同时，我任命拉德曼·司徒雷上将为泛欧盟军战时总司令，兼任 CT 基地司令，并赠予他五星的荣誉。上述命令即刻生效。克里将军将和其他联盟，其他国家的先锋们一道，共同承担起巡寻太空的责任。我希望全球的，能够航行太空的所有人，加入哥伦布太空舰队，为全人类的希望，未来，而共同奋斗。我也希望，同时停止无谓的战争。我，将留下来，我将留在地球，留在这个我生于斯，长于斯的星球，继续完成联盟赋予我的使命。

“无论是什么样的结果，我们都要坦然承受，哪怕是最残酷最严厉的惩罚。我希望，几十年乃至上百年，当人类重返地球家园的时候，看到的是一个和谧宁静的地球，我也希望从此以后的人类，忘记创伤和仇恨，忘记眼中的血丝和攥紧的拳头。理性，友爱，克制，宽容，那时，和平的阳光将永照大地。愿上帝与我们同在。”

罗森主席的话让每个人都有意料之外的吃惊，回头想想，这样的决定又似乎都是意料之中。克里将军除对任命自己为太空舰队司令感到意外之外，这个任命几乎没有征询多少军部人士的意见，罗森主席的其他讲话尚在意料之中，但是克里还一直在注视着那个不明飞行物的踪迹，更多的心思放在这上边。

随着时间一点点过去，克里心中的忧虑越来越大，杰弗逊上校与他窃窃私语中，他知道不明飞行物已经飞临到接近基地正上空，如果它不是一艘返回地球的太空船，如果它别有用心，那么 CT 基地此刻即使发动全面攻击，恐怕也难全身而退。按理说，此刻不应该有太空船返回地球，它完全可以停留在月球轨道，而不必稀里糊涂地卷入这场稀里糊涂的毁灭性全球战争。

在原来的盟军司令殉职后，克里原来以为主席和议会会立即任命他为盟军司令，至少也要保留基地司令的职务，那么他马上就要下达攻击不明飞行物的命令了，可是几分钟的时间内他竟然失去了这个权力，要知道，基弗里少校等人还在天鹰防卫系统控制室中等待命令呢。

杰弗逊空军上校听完主席的话后，也暂时陷入呆呆的沉默中。新任CT基地司令司徒雷将军没有立即过来询问空军上校，发布命令，而是站到摄像仪前，面对着话筒，发布他的就职后第一个命令：

“我是泛欧盟战时总司令拉德曼·司徒雷五星上将，现在，我命令，泛欧盟所有核发射装置进入无限期关闭状态。除非是必要的明确目标的自我防卫，不得以其他大规模武器，不限于核弹，主动进攻某一方，直到发布新的命令为止。”

司徒雷将军的话刚落不久，地面一阵颤抖，攻击开始了，这应该是一颗旋转式钻地导弹，才有这么强的震感。

空军上校暗中骂道“陆军都是这样的行动迟缓，乌龟！”他跳上前去关闭了摄影仪，以免基地内情况被播放出去，接着用最简短的话向司徒雷将军汇报，司徒雷上将脸色遽然一变。

“马上还击。”接着司图雷将军迅速走到罗森主席跟前，低声说了最危急的情况。主席立即召集几位国家首脑到一间小会议厅商量。

CT基地位于一片平原与山峦相接的地带。此刻，在青白色的山岩上，突然响起一阵巨大的隆隆声，有四块人造岩石缓缓地从山岩中抬升起来，这些岩石每块六米见方，五米多厚，如同被一柄锋利而巨大的刀割过一样，整齐划一，内嵌有碳60强化金属层，可抵挡任何钻地式导弹。渐渐地可以看见，四根青色的碳钢柱把它们顶了起来，升到六七米高的程度停下，花瓣一样绽开成八块，中心终于露出了如小型天文望远镜一样的质子炮乳白色炮管。

原来，这片山岩是隐藏的质子炮发射井。现在它们一致指向上空。在侦测到不明飞行物已经向CT基地发射某种未知器物一秒之后，未等基地司令部新的命令到来，按照克里将军先前的吩咐，基弗里少校输入发射程序，按下了紫色发射钮，这时候，他细长的手指像是在钢琴上弹奏。

三十多秒之后，满布灰霭的天空似乎有萤火虫在闪烁，不久有低沉的隆隆声传来。强大的质子炮火力一面攻击敌人飞船，一面拦截飞坠的导弹，但是仍然有两颗钻地导弹逃过了火力网，在基地的地面建筑中炸响，这正是司徒雷将军下达完他第一个命令之时。

显然，这些导弹的目标首当其冲指向了激光炮营和地对空导弹阱，由于适时的质子炮的火力拦截和激光炮营的分散布置，这两枚空对地导弹见效甚微。不明飞行物立即遭到激光炮和质子炮的猛烈还击，空气中遍布激光穿过空气的嗤嗤声，一朵朵隐约可见的小花在本不明朗的天空绽开。

基弗里少校只在发射井中兴奋了五分钟，就被另一个任务叫走了。他心中疑惑不已，为什么自己竟然是登上航天飞机的第一批人，而且还要负责护送双颅人希斯登机。他从未见过双颅人希斯，只从同事间散传的小道消息中知晓一星半点，但也半信半疑。

很快，基弗里身着崭新少校制服的身影就出现在希斯那永远戒备森严的起居室门前。少校要护卫希斯从紧急通道到达地面的小型航天飞机发射井，它坐落在质子发射井山岩下的一片栎树林中，有一条宽道通往另一个航天飞机大型起落场。两个陆军上尉会陪送他们到地面，尉官是能见到希斯的特准最低级别。

战斗在残酷的进行，CI 基地上下共有三层建筑，某些地方浅层地道被震塌，防卫警戒系统也被破坏，因此偶尔有惊慌的士兵在隧道中穿行，乱闯。突然，一声尖叫，刚拐过墙角的一个上士显然被他所看到的事物惊住了，他居然看到一个肩膀上长着两个人的头颅。

“嗖”的一声，那个看见他们的倒霉的士官应声倒下，基弗里少校甩镖的速度比掏枪还快，在地下室里他喜欢使用这种无声的武器。

“噢少校，你，不应该的，他仅仅是看见了我们。”希斯不满地埋怨说。

“您的存在是最高机密。到地面后我为你准备了斗篷。会有人接应我们的。”

“从现在起，就不再是机密了，我们就要上航天飞机了。”

“可是，我还没有接到新的命令，只能执行过去的命令。”基弗里少校面不改色，只是在语气中保留着对希斯必要的尊重。他的眼睛一睃，一只双刃镖又飞了出去，这次击中的居然是一个滚过来的橡木葡萄酒桶。

第四集

CT基地有两架航天飞机，一架是小型的，可乘坐十几人，它起飞灵活，迅速，一般由两级运载火箭背负垂直起飞，紧急情况下也可以跑道起飞后螺旋上升进入地球轨道，但那样会大量消耗飞机所携带的燃料，而小型航天飞机是不能携带太多的燃料的。

另一架是大型航天飞机，可载近千人，运载航天游客或运送大量物资到地球轨道或者月球轨道上的太空基地，主要使用这类航天飞机。由于重量太大，即使是功率最大的多级运载火箭也有些相形见绌，所以它一般通过跑道起飞，在大气层里利用助推火箭螺旋上升，然后甩掉燃料告罄的助推火箭，使用自身携带的燃料，进入地球轨道，它起飞一次最快的准备时间也要三天。

当大型航天飞机还在山洞中，用0.2太赫的连续光源对隔热材料进行无损探测，作起飞前的准备的时候，克里将军、双颅人希斯、基弗里少校和泛欧盟议会议长，两个天军将军，空军、陆军和海军的将军各一名，两名科学家和一位总机械师，共计十二个人，已经整装待发。其余的人将乘坐第二艘航天飞机到达太空中的星际飞船。从隐蔽在青绿色涂料水泥中的山洞门出来后，希斯一行人乘坐由氢氧燃料电池作动力的黄绿色轻型军用吉普车，行驶了四五公里，一个天军少尉和两个天军一等兵护送希斯到离航天飞机两百多米的地方便停下了。

克里将军已经等候在那里。希斯没有使用带有头罩的斗蓬，久违了的地面景物和微弱的阳光令他兴奋不已，两个脑袋滑稽的东张西望，有时要来回扭上几次才停下来朝向一个目标，那是因为两人的注意力发生了偏差，又未能很好地及时沟通，要做到像一个人那样行动，希格里 & 斯诺还有很长的路要走。

与等候的人见了面后，在生疏的众人面前，希斯没有因为自己的吓人相貌感到拘谨，他们神情自若地同克里等人交谈，不时说上一句令人发笑的俏皮话，仍然配合默契，一唱一和，直到登机。

地勤人员没有更多的对双颅人表示惊讶，除开刚刚见到的瞬间，因为这是一个什么事情都可能发生的年代，他们默默注视着已来和将到的各种灾难，忙碌工作，身心疲惫。天军的护卫官兵漠然地在远处等候着希斯等人登机后，便算完成任务，尽管他们心中还是非常好奇，想再仔细看一看这个神秘，奇特的双颅人，却不能再跟得太近。

进入发射井两百米之内是需要有 CT 基地 AAA 级通行证或天军 AA 级通行证的。在发射井的安检入口处，太赫兹检测让每一个暗藏武器的人都显露无遗，因为太赫兹辐射穿透强，同时只有很小的光子能量，不会对人造成类似 X 射线的辐射伤害，所以在每个机场和航天站也都安置了太赫兹检测仪。这一切严密的措施保证基地发射井的安全。但是在这艘小型航天飞机起飞几分钟后，这种安全连同其他常被夸耀的安检设施一起，完全失去了对基地的保障。

最后登机的第十三个人是面无表情的机器人，它的脸上永远都是一种白里泛红的硅胶颜色，喜怒哀乐的表情虽然可以略微表现，却绝对不会改变脸色。希斯和克里都提名让它第一批登机，而且临时替它取了一个名叫希里—1，来替代它原来的烦琐难记的机器编号。它的最大本事是作为一个活动智能存储器，CPU 频率达到了 40GHz，内存量达到 0.5 兆 G。确切地说，它是一台量子计算机，实行量子并行运算，还由于电脑芯片使用了在芯片的金属线间引入分子线路的新型计算机芯片，读取信息非常迅速。向机器人希里—1 查询时，查询结果既可以用合成语声说出来，它能够说十多种世界主要语言，平时则主要说一口标准的英式英语；也可以清晰的把询问内容显示在它胸前的 OLED 软屏上，这种可以折曲的软屏保证了机器人即使有比较剧烈的运动也不会使显示屏破碎。要想询问机器人希里—1，只需要用话吩咐它就行了，然而提问者首先要能通过他眼睛里的瞳指双防检测仪。

“点火程序启动。”

“6，5，4，3，2，1，0。”

“所有引擎启动。”

橘黄色的火苗“噗”地冲了出来，舱内一阵颤动，起飞了。

“升空，已经升空了。”CT 基地控制室一阵欢呼。希望似乎在一刹那间离得那样近，就要变成现实了，以至于每个人都无比关注。

航天飞机舱内装有监视外部的视屏，十二双关注的眼睛紧紧地盯住了它。巨大的加速度使固定在椅子上的每个人都只能睁眼而不想说话，胸膛犹如重压。保护头盔使每个人都看不见哪怕是身旁近在咫尺的人的表情，在颤动中，衬垫式吸能部件和下颚调节带使每个人最能感觉到航天飞机在急速上冲，他们只能无助地透过滤光镜，望着视屏中黄色的火焰刷出一道比阴霾的天空更为浓密的灰云。

地上景物迅速模糊。所有信号搅在一起，声音混乱不清，渐渐地情况才有所好转。当航天飞机接近于 30 公里的海拔高度时，克里缓过气来，他询问了天军三星将军帕欧卡月球轨道上太空飞船的情况，他将近一个月荒疏了对这艘泛欧盟最著名的星际飞船的了解，它有一个悲壮的名字，叫布鲁诺。现在，克里居然成了它的最高长官，天军上将维杰·帕欧卡也从他的同僚变为下属。

忽然，监视屏上有耀眼的亮光，CT 基地火力久攻无果，终于发射了携带超量炸药且能旋转钻入物体的集束导弹，这是一枚激光波束制导导弹，一发中的，引起了强烈的爆炸。

又过了大约十秒左右的时间，更耀眼的光亮出现了，它把翻滚的尘云都清楚的显现出来，从光亮中心向外，依次为土黄色，褐色，深褐色，颜色越来越深，直至完全黑暗，这毁灭一切的魔鬼，一切都将变作粉尘。

舱内的人都暗暗一惊：核弹。航天飞机离核爆中心只有三十多公里的距离，太近了，每个人心都提到了嗓子眼，不知道核爆炸当量，不知道航天飞机是否会因电磁干扰特别是 γ 射线影响失去控制，会不会被跟随而来冲击波撞坏，或者偏离轨道。

大约过了两分钟，舱内各人的心情才随着航天飞机的继续平稳飞行而稍稍平静下来。这时候，航天飞机早已进入了平流层，基地和核爆中心已在下面而且越来越远。仪器显示，飞机的确已经偏离了原定轨道，方向偏离了 4.5 度。飞机自动操作电脑启动了轨道纠正程序，此时，航天飞机刚甩掉一级运载火箭。

“爆炸的核弹是被拦截的，这是敌方发射的。”机器人希里—1受舱内一位科学家的吩咐，仔细计算过后说，他金属的合成声音总带有生硬的味道。

“他们总在要灭亡的时候孤注一掷。”克里将军不屑地嘲笑。

“敌人肯定没有想到如此坚固的基地会这么轻易得手，所以先没有发射钻地核弹头，如果刚一发射就被拦截，首先遭殃的应该是他们自己。但是如果第一颗触地爆炸的就是核弹，那样的话，基地结局另将改观了，我们还能坐在航天飞机里议论么？”希斯说起话来不偏不倚，这次两张嘴没有争发言权，显得很平静。因为进攻的太空飞船，不管它是什么敌人，肯定已经在核爆炸中粉身碎骨。机舱内，竟然有一丝欣慰之气。这是从各人的语词和语调中散发出来。

待希斯中的希格里说过后不久，乐观的斯诺以他幽默的语调调侃起机器人希里—1来，他说：“哦上帝，希里—1应该穿上衣服，别裸着身子，它太像人了，而且是一个令许多男人自惭形秽的俊小伙，它的知识也和它的年龄不相称，额头上缺少几道渊博老成的皱纹，谁替它画一画。嘿，最好给它一套基弗里少校那样的陆军校官服。哈，那样的话，它胸前的显示屏就太害羞了，居然藏在男人的怀里。”一干人都在沉默中窃笑。

仅过了一会儿，又是两团亮光，瞬间，航天飞机与基地失去了联系。舱内一片沉默的惊慌。

“啊，我们瞎了！”希里—1第一次说出带有人类意味的话，它指的是在屏幕上看不到基地里一切景象了，刚才基地里的各种指令和内部景象，甚至有时是罗森主席的头像，还出现在显示屏上，可现在一切都消失了，屏幕上只跳动着密密麻麻的黑色噪波粒子。

可以听出是数学家希格里在说：“敌方的两颗核弹在基地引爆了，敌人飞船的残骸落到了地上，迄今为止人类还不能做到隔断引力，所以敌人正是飞到了基地上空，作自杀性攻击。这应该是两颗定时核弹，外面有极好极厚的防护层，它混在飞船残骸中，坠落到地面——也是我们疏忽了。现在，基地的地面设施可能也全部遭到破坏，通讯系统，防卫系统，逃逸系统，——哦，他们成了憋在地洞里的鼹鼠。”

真的，一切都完了么？难道真的，CT基地所有的地面部队，人和事物，都难逃厄运。令人窒息的震惊和沉默。

结果令人意想不到，理性还是促人冷静。前 10 分钟乘坐火箭的超强速度感和刺激感消失了，CT 基地埋葬在核烟尘中带给人的惊悸浪潮也退息了。

火箭离开大气层，进入了地球轨道，取而代之的是太空的平静。航天机械师启动了手动操作装置。他就坐在装置旁，也是这次飞行的临时机长。他启动脱离程序，微微的晃动之后，航天飞机与第二级运载火箭分离，靠自己的发动机飞行，此时航天已经上升到了两百公里高空。机长搜寻到了北极星的位置，并开始和布鲁诺太空飞船以及泛欧盟月球基地联系，通过位置数据仔细校正着飞行。

舱内虽然还是很沉闷，巨大的震惊还在让每个人心中跳动不已，但是每个人心里的祈祷已经汇集了一起。希斯说——这次语调舒缓的说话者是诗人斯诺："看见了吗？引导我们方向的北极星，此时还是小熊座 α，这是由三颗星组成的三合星，主星甲是一颗距离太阳系最近的造父变星，这了不起的'量天尺'，也正在逐渐远离北天极。有什么是恒定不变的呢？公元 4000 年，仙王座 γ 将成为北极星。过去的就是过去，将来的必将到来。正如奥古斯都所说，'宇宙，变动不居，生活，作出判断。'我们祈祷吧，为人类的未来。我们不是已经看到太阳了吗，看见了光明了吗？"

突然间克里将军在某个地方看到了一道闪光，等他转过头来，闪光又消失了。他吓了一跳，首先想到的是可能有东西进到了飞船里。于是问旁边两个人，大家都说看到了，而且是好几次。

这些闪光比眼见到的不明飞行物更让人担心。在没有空气的太空里，任何东西把飞船穿透都会造成灾难。航天科学家立即解释说，那些是高速重粒子，能够穿透飞船甚至人体，可能对神经细胞和脑细胞形成潜在的伤害。不过只有长期暴露在这种粒子之下，人体才会可能出现真正的损伤。科学家今天仍然不确切知道长期暴露在重粒子下人体究竟会有怎样的伤害。

至此，人们方稍稍放下心来。舱内又渐趋平静。渐渐地，克里坚毅的脸上，却有两滴泪偷偷地掉了下来，所幸有保护头盔的遮挡，无人瞧见。他内心涌动着一句想对罗森主席说的话，"在你可敬的慈怀里，我们永远失去了那么多优秀的同胞。为什么不及早动手。”

克里将军估计到第二艘航天飞机可能也遭灭顶之灾，至少不能起飞了，正在罗列名单中的将飞赴太空的一千个人，当然因大型航天飞机深埋于CT基地的山洞中，或者航天飞机已经被摧毁，而就此滞留于地狱般的地球，甚至已经不幸罹难。舱内每个人，都沉浸在悲伤中。

第二章　月地魅影

第一集

月球永远以它不变的一面，对着它最亲近的地球，尽管随着朔望日交替而变化着可见的脸形，或圆或缺，其实人们看到的永远是相同的一面。在月亮正面，在地球人仰望凝视而浮想联翩的那面，静海不是以它的面积大小，而是以它居于月面中央被人类最为熟悉。它是一片广阔的平原，其实论面积它只有最大的平原——面积500万平方公里的风暴洋的二十分之一。许多个月球基地，就坐落在静海这个平原之上。

北美月球基地是众多基地中历史最久远的一个。说是基地，在月球表面并没有太多宏大突兀的建筑，比较抢眼的是42架浴缸般大小，像架子鼓一样的红外/光学望远镜，它们外表涂成醒目的褐红色，排成两个同心圆，外圆直径达到了10公里。

在离几个巨型碗状雷达天线不远的地方，可以看到穹窿形的基地入口，原来，为了对付月球表面因为没有大气和水，从而导致的白天120℃多高温和夜晚 -180℃多低温的极大温差，基地建在月球土壤下二十多米以下，这里的温度昼夜相差不大。人们居住在里面，只要控制月面上的雷达和望远镜，以及防陨石IRI武器就可以了。基地上面则是一排排整齐的黑灰色硅太阳能电池板，面积甚为宽阔，是基地上最醒目的标志之一。

黑人国务卿莫菲·辛普逊一边哼着美国乡村小调，《高高的洛基山》是他的首选，一边惬意地往身上涂抹乳白色浴液，他往浴缸中洒了几滴橙黄色的香奈尔香水，以增加舒适迷人的气味。这种非常耗水的沐浴，在每滴水都显珍贵的月球基地，是极少数几个人才能享受的特权，平时一般级别的人员要一个月才能享受一次缸浴，更多的时候是把皮肤润湿似的使用水。

辛普逊国务卿被留在月球基地，并任命为北美月球基地最高行政长官以来，第一次有轻松的心情泡在浴缸里，因为他知道，地球上存留的核弹头已经所剩无几，再也闹腾不出什么样儿，大约，离战争结束和返回地球的日子也不远了。

辛普逊国务卿还知道，许多国家的像他这样高级别官员，也都留在了各自的月球基地，当然前提条件是这个国家必须强大发达到能够在月球建立基地，哪怕仅仅是小型的，只具有尖端科研或军事意义的基地。基地首脑无一例外由科学家换成驻留月球的在职政治家，每个国家都为自己准备好了最坏的打算，这些基地首脑甚至有可能是未来临时的国家元首。

出于同样的考虑，一个多月以前，乔治·图西总统急急忙忙结束他在火星的旅游度假，返回到意想不到的爆发了战争的地球，经过月球时，特意留下了国务卿在月球上，同时留下来的还有十来个高级顾问、议员、著名院士之类的名流，只有一个军人被留了下来，那就是刚刚被调来充作警卫力量的乔尼·阿莱斯中校。在图西总统离去时，阿莱斯中校被任命为北美月球基地警备司令，并升为陆军上校，他所属的兵种并不妨碍他就任此职。

起初阿莱斯上校只是一个空头司令，后来地球上小型飞船送货时，带来两名天军中尉做他部下，原先月球基地负责警戒安全的非军方人员也一并归于阿莱斯上校麾下。

说到月球基地中的军人，正在来月途中的重要人物还有参谋长联席会议主席汤姆·布来登四星将军，根据图西总统指示，他什么职务也不担任，只作为辛普逊国务卿的特殊顾问，自由行事。图西总统派遣布来登将军到月球基地，也许是已经预料到了这次战争的毁灭性，也许他还前瞻地认为战争不可避免的将要延伸到地球之外，哪怕地球之外仅仅是一种非对称的战争，一方以有限的实力作无限形式的攻击，另一方以无限的实力作形式有限的防守，就像创始人为本·拉登的基地组织和美利坚合众国之间绵延了几十年的较量一样。作为国家的一方，很难完全清楚敌人是谁，在哪里。

一方面图西总统又在基地里留下了温和派的国务卿莫菲·辛普逊，除了辛普逊温和的脾气能更好地同基地那些骄傲的，或者不识时务的科学家打交道以外，也是要在强硬的军方和面面俱到的国会之间找到平衡。

图西总统预料的完全正确。没过多久，地球上各个国家，就有各业界当中优秀的，经过一个专门委员会批准的人士，和大量的军方人士，主要是天军，也有海陆空三军的一些将士，离开地球，登陆月球基地。月球上这些基地霎时成了军界及其他各界精英的汇聚场。

白色泡沫堆积到辛普逊黝黑的肩膀时，屋里突然铃声大作，这是内部电话的铃声，肯定是有紧急的事情。辛普逊一下失去了兴致，从浴缸中水淋淋地站起来披上蓝色浴巾。

三个红色闪烁的来电指示灯，表明这是一个特急电话。辛普逊看到了也意识到了，立即甩掉浴巾，急忙忙穿上睡衣，系上腰带，这样看起来文雅一点。

摁下灰色按钮，开机，屏幕上，基地机要员一脸严肃，急急忙忙对他说："总统要与你通话。"

辛普逊立即庆幸自己的谨慎没有让自己失态，要知道，视频电话会让自己的形象出现在对方，也即地球上的屏幕上。很快的，二十一英寸的屏幕上，面容稍显憔悴的图西总统出现了，异常清晰的显示屏使乔治·图西总统至少在今天没有刮过胡须的下颌一览无余，他额上皱纹更深了，眼袋也渐显了出来。

"你看到罗森主席刚刚发表声明吗？"

天哪，月球上和地球不是一样的昼夜，或者在地球上现在是白天，然而他不可能整天守班呀，——辛普逊没有继续想下去，他只好据实回答说：

“没有，我刚到起居室一会儿，打算就寝休息之前，与总统通话的。我想，我应该马上到监视大厅去看录像。”

“好的，你马上去吧。”图西总统用温和的声音说，“不要关掉通话器。去吧。”

辛普逊放掉浴缸里的水，让它进入再生循环净处理系统。水从月球两极千里迢迢运来，数量很少，弥足珍贵。

他换好了衣服，来到监视大厅中，因为月球上的引力只有地球的六分之一的缘故，急匆匆地走路使辛普逊看起来更像是跳进了大厅。北美月球基地也因地球上的战事而紧张，这里永远都是灯火通明，高流明的LED光源让每个角落景象都显露无遗，随时都有五六个人通过一排排监视器监视和操纵着基地的各个部门，而这段时间以来，月球上的生产部门都加快了生产速度。他们不停地在淡蓝色的控制操作台之间穿梭，互相询问。只有值守长能长期坐在主控制台前，还可以时不时离开，去冲上一杯咖啡提提神。

值守操作员调出了从地球上传过来的罗森主席发表声明的录像。听完这段话以后，辛普逊感觉好像掉进了冰窖。稍后，CT基地失去了联系，这恰好说明罗森主席的话是一个悲惨而准确的预言。兔死狐悲，难道，自己再也不能回到地球，去打高尔夫球了吗？接下来，他应该做什么？他会是太空舰队的首领之一吗？辛普逊国务卿陷入了沉思。

巨大的屏幕上，地球像个半圆形的蓝色玉玦，嵌在漆黑的天幕上，那样美丽迷人。辛普逊将录像再次仔细地看了一遍。乔治·图西总统是不是也要让本国军队和一些特意挑选出来的各界精英人物，加入哥伦布太空舰队，去外太空寻找新的栖宿地呢？

茫茫的太空？——辛普逊是个实干的人，幻想并假设不是他的特长，他略微闭了一会儿眼，同面前的值守长他无法说些什么，只感到头裂开一样疼，喝下一杯值守长递来的水，仍然无法轻松，可能只有一种古老神秘的非洲舞蹈能让他放松一点，但是四周那些闪着光亮的只是一幅幅显示屏，而不是一堆堆跳动着红色火光的篝火。

好压抑的环境啊。

他想找基地警备司令乔尼·阿莱斯上校或者基地首席科学家阿尔伯特·富兰克林博士聊聊，减轻一下压力，然后再等着图西总统的下一个指示。可巧的是居然两人都不在基地里。此刻，他多么希望军部顾问汤姆·布来登将军早日到来，协助他处理月球事务，这儿的工作环境和性质与地球完全不一样，他实在无法完全适应。

辛普逊国务卿让人去叫醒刚刚去睡觉的基地事务主管卡尼尔，他需要一份基地人员的详细资料。他接通了阿莱斯上校的无线通信器，阿莱斯上校称富兰克林博士正和他一起从月球基地的生物圈——即食物基地回来。不过，半路上他们还得绕道去接检查矿山挖掘机的采矿地质专家路德教授一同回来。

食物基地坐落在一个直径三公里的环形山中，离基地有十来公里。这是一个两千多万年的陨石坑，一个天然的豁口（有人认为豁口是第二个陨石坑在第一个陨石坑的环形山上叠加砸成的奇迹，这种在地球上绝无仅有的奇观对于月球而言却像地球上的喀斯特地貌溶洞一样很常见）使之与外部平原相通，后来这个豁口被扩展成通向平原的平坦大道。

食物基地之所以建在这里，是因为考察结果，这里的土尘最厚，矿物质含量丰富，物质组成也最接近于地球。有个科学家干脆开玩笑说，是地球上的一块肥沃的土地被发怒的朱庇特大神一把抓起，扔到月球上了。

月面生物圈，足有20公顷的广阔土地上，一个个彼此隔离又互相联系串通的穹窿形玻璃罩格外引人注目，每个玻璃罩顶都有二十多米高，即使鸟儿在里面飞都不觉低矮压抑。由于彼此隔离，即使某个玻璃罩因某种原因破裂漏气，也不会对整个食品基地造成多大影响，它们透过阳光，保住温度，在月球连续十四天的白昼中，让特意培植的转基因植物尽情地生长，同时又紧紧地把珍贵的空气和水包裹在罩里，形成一个个自我循环的封闭形生物圈。人工调整控制的环境，让一些家畜同地球上一样生长得健壮健康。这些家畜根据月球环境和食物品类的需要，同样的对它们的基因作了一些置换和改动，比如生长迅速的猪，它的臀尾胀大得像个圆溜溜的皮球，拍上去嘭嘭作响，这样就能提供更多鲜美的瘦肉，而减少了骨架和脂肪生长造成的浪费。

人造肉虽然一样营养丰富，但是它一样需要有机物作制造原料，味道也总嫌单调一些，而且，人类对于自然生长的食物总怀有更浓厚的兴趣和偏好，有时月球基地的人甚至饲养那些动物来玩耍，来消磨漫长寂寞的日子。

阿莱斯上校从通话器里听出了基地最高行政长官，辛普逊国务卿言语中焦躁的意味，在上校的记忆中，这可是很少见。他心想，辛普逊国务卿难道也察觉到了一些月球基地的异常情况，因而焦虑忧心，可是自己也是初知，还没有透露一丝半点啊，甚至连卡尼尔主管也不知道。

阿莱斯上校的怀疑来自一个多小时以前，是在富兰克林博士告诉他，食物基地工作员身体上的一些奇怪反应之后。阿莱斯上校高大瘦削，高达两米零二，很像挪威芬兰一类的北欧人，棕色的头发和蓝色的眼睛，不苟言笑。他的月球太空服是特制加大了的，只有进入了基地地下主体，阿莱斯才穿着他鹰徽和槭叶标志的上校服。现在，从太空服上谁也无法辨认里面的人是一个威严整肃的军人呢，还是一个文雅睿智的学者。亏了他这么高的个子，也蜷在像轮子更大一些的吉普车的月球车中，腾云驾雾般赶了回基地。

阿莱斯上校和基地首席科学家富兰克林博士走进监视大厅的时候，辛普逊刚刚同图西总统通完话。一开始，辛普逊看见阿莱斯上校和富兰克林博士神情凝重，以为他俩也知悉了罗森主席的演讲和CT基地的遭遇。他们互相等着对方先提问，结果反倒都僵住了。还是辛普逊老到一些，他请两人过去，一起又看了一遍罗森主席发表声明的录像，以及图西总统与他的一番谈话情景。

阿莱斯上校不习惯于先讲话。富兰克林博士想了一想，说："图西总统是否也要我们加入哥伦布舰队呢？议会能够批准吗？是要以月球作为集合的基地吗？这样的话是否要怀疑一下基地的接待承载力。不过，从月地引力平衡点出发，其实是很好的想法。"

富兰克林每说完一句都要咂咂他看起来像是掉完了牙齿的嘴巴，其实他满嘴的牙都是新装的烤瓷假牙，色泽洁白光鲜，性能好着呢，是他松弛的皮肤让人产生了这种感觉。他话说得很慢，也很有分量，简直不像是科学家，而像是一个老练的政客。

"自从战争爆发以来，《福布斯》公布的全球五百强企业中，有498个CEO

开始了太空旅游。北美基地已经人满为患，其他基地情况也好不到哪里去，却还有很多滞留在外太空的人吵吵嚷嚷，纷纷要求在基地落脚，谁愿意回到地狱一般的地球呢。我们的食物基地生产的食物，最多能供应一千多人，长期下去怎么办？还能接待那么多在月球上集合的人吗？我们思考的是同一个问题的两个方面。”

辛普逊像是自己问着自己。

看来辛普逊国务卿担忧的还不是月球基地安全的问题，等到两人暂时沉默的时候，阿莱斯终于说话了：

“国务卿先生，目前更有一个更现实的危难，应该是危难，在等着我们。我们也是刚刚获悉并且理出一点头绪，才向国务卿先生汇报的。”阿莱斯从军界而来，一直服军役，不习惯怎样称呼政界的官员，因此喜欢叫他们先生。

“危难，什么？现实的？”辛普逊一惊。

“我和富兰克林博士到食物基地作过低频电磁辐射检测，那里的人员出现一种很奇特的生理反应。”他看见辛普逊仍然是一头雾水的模样，便让富兰克林来完整解释。

富兰克林仍旧是慢条斯理的样子，叙述起来总是那么详细，娓娓道来。

“辛普逊先生听说过莫斯科啄木鸟吗？”

“没有。”辛普逊虽然心里着急，仍然有很好的耐心。

“一百来年以前，苏联和我国的科学家，在桑迪亚国家实验室举行了一系列学术讨论和情报交流会，主题是讨论电磁辐射对生物的严重影响，那时，我国科学家对苏联学者的一种低频电磁波作为未来武器的看法嗤之以鼻。苏联人为了证明他们未来武器会产生严重影响的论点，在我国驻莫斯科大使馆附近安置了一台低频电磁发射器，每天不停地把我国大使馆人员当作实验品，发射低频电磁波，结果对使馆人员身体伤害很大，但是我们却不知是什么原因，直到十年之后才被 CIA 发现。

“莫斯科信号由主要为 10 赫兹的低频电磁波组成，和啄木鸟使用的频率一致，所以有了这个称谓。现在，我们怀疑在食物基地也出现了类似的‘莫斯科啄木鸟’。令人欣慰的是，破坏者还没能制造强大的 60 赫兹低频波，那将会破坏生物的DNA，引起基因突变。破坏者也没能在基地地下中心内部安置低频发射器，否则后果不堪设想。”

听完富兰克林博士的话，辛普逊暗暗心惊，不过惯有的温和脾气使他没有立即把激动表现出来起来。

“那么，经过你们的检测，这些暗藏的发射器是才安置的吗？找到发射器了吗？”

“人手太少了，还没有找到发射器。安装的时间大约已经有两三个月吧，这不能说得太清楚。现在需要送两台低频高灵敏定向检测仪过去。”阿莱斯上校利落的补充上去，“我们进一步怀疑，前些时候，微震监测器记录到微弱的震动都来自于人为，这些破坏活动是同一组织所为。因为我们知道，基地地块结构非常稳定，很难发生月震。如果发生的是地质结构性月震，震感应该强得多，震源也应该很深。”

这和地球上的战争时间相一致，莫非基地早就潜入了危险的敌人，是谁？辛普逊首先想到的敌人是邪恶组织，而非一个国家，而每一个这类组织都喜欢冠一个基地分支的名，因此竟然弄不清楚地球上究竟有多少个邪恶基地，也弄不清楚他们在什么地方。是确实存在着这样秘密基地呢，还是仅仅是到处游荡的幽灵，打着吓人的招牌，换取可以讨价还价的筹码，谁也不能准确回答。

目前地球上能源主要为四大能源，核能，氢能源，酒精能源，水能。自从石油、煤能源的需要和储存量都萎缩后，邪恶基地的活动更加频繁了。他们绑架勒索，制造贩卖冰毒、K粉和摇头丸，因为罂粟种植易被发现和铲除，所以生产和贩卖都极度萎缩了。他们也偷盗高技术进行使用和转卖，组织赌博抽头等等，来筹集他们所需经费。难道他们隐藏的黑手已经伸到月球上了。看来图西总统对自己暗中说过的一番话还真不是杞人忧天，月球上竟然真的也需要警备司令。

“泛欧盟的霍普·克里将军联系我们。”值守长走过来报告。

辛普逊一行三人走进了一间警备森严的小室，让值守长把信号传送过来，他们通话的秘密不能过早让月球基地的其他人知道。克里将军在航天飞机里同辛普逊讲话，称自己正在飞向月球轨道上的布鲁诺太空飞船，地球轨道上的各空间站和飞船都已经不是很安全的地方了。克里将军再次确认了泛欧盟准备派遣舰队到外太阳星系寻找存身之地的计划，他让希斯把具体计划向辛普逊叙述了一遍，机器人希里—1不时地补充准确的数据，使计划看起来完全能够马上进行。

富兰克林博士和阿莱斯上校都是第一次看见希斯的双颅形象，尽管有些吃惊，但是军人的坚毅勇敢和科学家的豁达博识使两人都没有表示出半点的失态。

富兰克林博士的记忆中，只有巴纳德星，那是一颗红矮星，亮度较小，它有颗行星有生物活动的迹象，不过也有可能像当初看好火星一样，纯粹是地球人一厢情愿的美好愿望。但是，从辛普逊描述的已经人满为患的月球基地状况，应该一搏。以地球人目前准II型文明的程度，完全可以进行这样的星际航行。需要进一步思考的问题是，如果巴纳德星系不适合人类生存，太空舰队有足够的燃料和食物返回地球吗，富兰克林想到了，但是来不及去深思熟虑，他立即表示了对克里和希斯的支持，坦言说自己再找几位科学家，在一天的时间里，准确说是一个地球日的时间里，起草一个向图西总统和国会建议的详细报告。

正说着，阿莱斯上校的通讯器吱吱叫起来。

“那个什么公司的CEO又在台球室里闹了，他扬着二十二幢摩天大楼的股权证，嚷着要吃鱼籽酱，还要一个带花园的游泳池。”下属罗德曼中尉报告说，

“你是说鲁道夫·沃尔夫，好啊，给他一间禁闭室。”阿莱斯一口叫出了房产巨头的姓名，他皱皱眉头，冷冷下令。

辛普逊不能说什么，阿莱斯上校是对的，当初他就该坚决拒绝这批CEO游客登陆月球基地，这里不是什么慈善机构或避难所，但是来自国会的压力还是让他退步了，图西总统甚至都为这事亲自给他打过月地电话，无非是要他尽量接纳。如果这群登陆月球的富人们都还理智平静的话还好说，可那个常爱扬着股权证的大腹便便的富商鲁道夫·沃尔夫，亏他还是工程学院的名人，著名建筑工程师，自从他在地球上的第二十一座大厦轰然倒塌后，就变得每时每刻喋喋不休了。倒塌的大楼的确也震坏了鲁道夫·沃尔夫的神经中枢，使他变得颠

狂。他的巨额财产一下一下地轰然爆灭，土崩瓦解，就像一片一片的割掉地产大王身上的肉一样，可怜的沃尔夫怎能不癫狂呢？他躲过了高地产税时代，以为可以高枕无忧的享受地产出租带来的丰厚收入，战争再次毁灭了沃尔夫先生的梦想。

辛普逊下定了决心，一定要以遥远的星系吸引那些意欲登陆月球的人，他要主动表态，总统还在等待着他的意见作参考呢。

“可以考虑将那群客人召集起来，参加基本劳动，解决目前人手缺少问题，经过仔细挑选的可以择两三人进入警戒和管理中心部门，他们不能再以客人自居，因此必须严格遵守安全条例。这件事，我让人事主管卡尼尔去办。富兰克林博士可以去召集你认为适当的人了，给总统和议会的报告要尽量写得详尽一些。阿莱斯上校，你无须再经过我的授权，权宜行事，必要时可以先斩后奏，基地的安全就委托你了。我想，我们能够在七十二小时之内召开一个全球基地大会。好吧，我们就等着各国的客人们到来。”

辛普逊一点一滴仔细地布置起任务，他把三个地球日换成了七十二小时。

第二集

在北美月球基地三头目开过小会后的第五十个小时后，开始有人乘坐着月球登陆艇降临，他们来自于地球或太空空间站。原本就住在月球上其他基地的人，则乘坐月球车（除了更为宽大的座椅，这是为了适应肥厚的月球太空服而设，更为宽厚高大的实心车轮，以及没有像地球的汽车一样使用氢氧燃料电池作为动力之外，月球车简直就是地球吉普车的翻版，而驾车的人无疑也像一个个月球牛仔）奔赴北美月球基地这边来。

他们下车后，从造型简洁的穹窿形大门进入地下，通过一段二十来米长逐渐下降的宽敞甬道。甬道上的每一级阶梯都特意做得很宽，完全是在月岩上开凿而成，阶梯边沿嵌着醒目的荧光条，甬道一侧是宽约两米安有铁轨的平滑的送货车道。下完甬道，先通过一个密封良好的门进入一个气压缓冲室，高度继续下降，再进入一个已经刷了铁灰色涂料的密封室，从这里开始看到人类对环境装饰的重视。在密封室里，除掉身上肥大的月球太空服，在转换空气的那一瞬间他们会感到肺部有轻微的颤动，清凉的带有适宜润湿度的空气立即让进入者一阵透心的惬意感。然后，又要通过一道太赫兹检测门，保证进入者未携带任何足以对基地内部构成威胁的武器。这部检测装置是一个月以前新设立的，由一艘小型太空飞船特意从地球上载来。

至此，可以说是进入了北美月球基地的内部了，除重力小得多以外，这里就像在地球上一个异常宽敞，设施齐备的地下山洞中生活一样。北美月球基地的地下面积历来为其他基地所欣羡，可以说是月球基地当中的卡迪拉克。

辛普逊国务卿和基地人事主管卡尼尔礼貌而平等地接待每一位到达北美月球基地的客人。他们中许多都是从地球上启程的，几乎每一个都是某个国家特选的精英。作为发出集会邀请的主人，辛普逊又见到了许多以前就熟悉的老面孔。先时他为安排客人的座位和房间煞费苦心，因为要避免在缺少基地警备监视的情况下，彼此敌对国家的人遇见后怒目相视，蓄意挑衅，引起争端。后来阿莱斯上校出了一个主意，在太赫兹检测室那里向欲进入基地的每个人发放基地准入手册，他必须签字同意才能走上检测道，手册中明确写明了基地行为守则，所有客人都是平等而不计国籍的，任何挑衅者都有遭受关禁室的可能，不管他是谁。

看来这一招见效了，无论是谁，无论多么大的仇恨敌视，都得暂时藏在心里，彬彬有礼地做起绅士来，否则会被视为不受欢迎的人，遭受主人毫不客气的驱逐。卡尼尔为此称赞不已，他没有想到可以用这种强硬但是合理的方式。从军人身上的确可以学到不少东西。

阿莱斯上校更是意想不到的是见到了一起在国际军人大赛中登上领奖台的莱昂多·穆姆托中校和徐豹少校。他记得比赛那时，徐豹的军衔还是上尉，他比徐豹和穆姆托都高出一个头，因此很自然的就用手指去抚摸了徐豹肩章上那一颗闪闪的银星。他们刚交谈几句，一个身着美军海军陆战队队服的上校过来了：“嗨，老弟，你的英语长进不小啊。”

徐豹一时间有些发愣，他肯定自己不认识这位上校，阿莱斯低下头小声地说，“这位上校也参加了国际军人大赛，泅渡两千米那场赛事，你第一他第二。当时你们曾撞在了一起，还比画过呢？”

徐豹想起来了，海军陆战队上校已经迫近了，也伸手抚弄一下徐豹肩章上的银星，眉毛上扬，口气却轻蔑：“什么都升了。有变化，嗯，那时候，少校还听不懂几个单词呢。”

徐豹和阿莱斯当然都听出了其中挑衅的意味，去年的比赛时，两人上岸途中相撞后，徐豹听不懂上校骂娘的话，还微笑着对他问了几遍，以至于丢掉了四十多秒的比赛时间，也丢掉了许多单项积分。

“是啊，上校先生。既然你说不好汉语，出于对主人的尊敬，我只有努力了。如果需要，可以再掌握几门语言，我想我的大脑还是足够用的。”虽然听出了挑衅之意，徐豹还是沉着地回答。

海军陆战队上校瞥了一眼徐豹身旁的阿莱斯上校，阿莱斯上校戴着醒目的基地警备司令臂章，基地准入条例对于他没有例外。他牵强地笑笑，然后转身悻悻离开。

阿莱斯上校脸上露出难得一见的微笑，尽管还是抿着嘴，但是嘴线变长了，上弯了。去年，几天的大赛中，英雄惺惺相惜，现在见面，倍感亲切，但是严肃紧张的局势不允许他们更多的畅叙，握手告别的时候他们加了一倍的力，彼此感觉到了从对方身上传过来的信任和热情。

基地活动中心临时安置成了会议室。克里和希斯到来的时候引起了一阵轰动，不仅是因为双颅人的第一次公开露面，还因为罗森主席的首先倡议组建太空舰队，和CT基地——一个最后希望的毁灭。希格里＆斯诺被莫菲·辛普逊国务卿郑重其事地称为泛欧盟的冯·诺依曼，他用一个出生在匈牙利布达佩斯的20世纪的犹太裔美国名人来比拟希斯，是要向众人说明希斯的智慧和重要性。

登陆月球后，克里将军与罗森主席重新联系上了。克里的第一句话是：“感谢上帝，又听到主席的声音了。”

“是呀，我们还活着，真是顽固不化。还没在对你的授职书上签字，我怎能就此进天堂。”越是艰难，罗森主席反而恢复了幽默的本质。

CT 基地使用了第二套应急天线，虽然体积小，加上严重干扰，发射和接收效果差一些，但是也能比较正常地通讯了。罗森主席向克里一行顺利到达月球基地并参与召开联合会议表示了祝贺。罗森主席告诉他们，泛欧盟的另外一些人正乘坐散布在各个国家各个角落的小型飞船，赶来与他们汇合，这些人无须登陆月球，只需登上停留在月、地轨道上的两艘太空星际飞船，等候他们就行了，即使哥伦布舰队未获一致通过参加，只有少数集团和国家加入，哥伦布计划也是决不更改的。这些话坚定了克里和希斯在大会上说服众人的信心。

机器人希里—1 被富兰克林博士和阿莱斯上校邀请去办公室商议之时，负责登记的官员向辛普逊国务卿汇报着来客登记，这是一次不分敌友的广泛邀请，但是由于战争毁坏了许多航天交通设备，谁也不会指望受邀的人都会到来。

辛普逊最关心的是九个国家的代表，他的担心不无道理，书记官很明确地说，听说日本天皇一家及所有皇室后裔已经遇难，虽然没有对外公布这个消息，也没有得到首相政府的证实，但是忠于天皇的政府和部队高级官员一个也不离开地球，发誓与国共存亡，他们的代表自然就没有了。不过又据刚收到的政府来电说，他们的一个皇室成员，天皇的侄女千叶公主，因为战争前正偷偷地作私人太空旅游，是唯一的幸存者，她正在赶回来，她有一颗三百六十六克拉的蓝精灵钻石，作为身份凭证。政府又致电说，他们国家遵从大会达成的决议，不管这个决议是组成太空舰队，还是仅在月球上开一个象征性的会议，他们都唯马首是瞻，大会决议可以直接发电给太和号飞船主管本田大将。

“很好，这个意思是，他们已经同意加入太空舰队，千叶公主将可能是他们的首领。”

书记官汇报完后，辛普逊迫不及待地吩咐卡尼尔主管布置会场，那个激动人心的时刻就要到了，他——莫菲·辛普逊，将因为成功地参与组织哥伦布太空舰队而载入史册，这将是辛普逊家族永远的荣耀。

辛普逊在接待室忙碌的时候，阿莱斯上校，富兰克林博士和机器人希里—1 正在一间小室里商量，他们要借助希里—1 的信息库，查寻出暗藏的敌人可能毁坏基地的一切方法，从而针对性的予以侦破反击。罗德曼中尉带领几位基地科学家，到生物圈继续搜查排除莫斯科啄木鸟去了，不久就会回来。基地内部的临时治安，尤其是会议厅里的安全，阿莱斯交给另一名安全保卫，并报经同意后邀请穆姆托中校和徐豹少校带领人员协助。

他们把基地发生一切可疑情况，都集中在一起，要求希里—1 搜索联想与发生事件有关的武器和破坏方式。希里—1 用了一秒钟，模糊搜索出几个结果，他一边说，一边在胸屏上逐条显现出来。经过反复的排除筛选后，一条信息被他们选中了：

特斯拉在 1912 年提出：“若把物体的振动和地球谐振频率正确地结合起来，在几个星期内，就可以造成地动山摇、地面升降。”1935 年，特斯拉在其实验室打了一个深井，又在井内下了钢管套，然后将井口堵塞好，接着向井内变换着输入强度很大不同频率的振动，到了特定的频率时，地面振动，房屋倒塌。当时一些报纸杂志大加评论说，特斯拉利用人工诱发的地震，几乎将纽约夷为平地。这种小输入强输出的超级传输效应称为特斯拉效应。

“特斯拉，交流电发明人，好像因此和爱迪生有些交直流电优劣之争的过节。”看完这条信息，富兰克林回忆说。

“爱迪生和特斯拉都是我们尊敬的同胞，博士不会因此对特斯拉有什么看法吧。”阿莱斯察觉到富兰克林的一些细微变化，生怕博士对爱迪生的偏爱而抵触特斯拉武器思想，便及时提醒说。他是一个正直的军人。

“哦，不，科学没有个人恩怨，我，只是有一点记忆。”富兰克林摇着手指，慢条斯理的似乎还沉浸在回忆中。

“基地附近有什么空洞吗？嘿，博士，听见了吗？”

阿莱斯问，他不太满意富兰克林老是沉浸在个人想象中，他猜想此刻的富兰克林博士恐怕已经思绪遥远得在雷雨中拉起风筝奔跑了，系在风筝尾部的铁钥匙还迸发出蓝色火花，嗤嗤作响，两个世纪以前富兰克林家族中曾经有过这样的实验英雄。时不我待，阿莱斯着急了。

“你让我想想嘛。我正在回忆。”博士两手在身前比画着，要阿莱斯安静。原来富兰克林正是在想地洞这个问题，而不是遥远的雷电验证实验。他年老的大脑在记忆方面需要一定的原谅。

“好，对了，我想起了，地洞，有，在基地四周，有好几个，应该叫做深井，当初是创建基地时，为了测定基地地块的岩石结构，钻探取样用的，深度——大概达到了一百米，或者一百五十米。井口不大。后来都封起来了。”富兰克林不急不忙说完。

“那时，谁是基地建筑主管？”

“嗯，好像应该是路德教授，就是那天我们在采矿点接回来的那位仁兄？他是顶呱呱的专家。地质专家，也是建筑行家。太久远了，我也不十分清楚，可是卡尼尔主管那里一定会有记录。”

路德教授来自于巴尔干半岛，在美国读完博士后定居美国，他浓密的络腮胡加上一副少见的大眼镜，使他看起来深邃难测，除此之外，阿莱斯无法知道更多。

“你很了解路德教授么？”上校问博士。

“各自干自己的工作呗，交往不深。路德教授好像很喜欢读书，没事时也比较少和同事在一起玩。唔，这个我说不清楚。还是问问卡尼尔吧，人事主管应该多知道一些路德的个人经历，但也难说。月球基地与地球之间一年人员轮换，我们每隔一年就要到地球上休假，干自己喜欢的事，或者四处旅游。总之变动大，很难说得清楚。”

阿莱斯走到电脑前，输入指令，从进出登记上立即查到路德教授一个多小时以前离开了基地中心，可能又是到采矿点去了。他在电脑上又敲打了一会儿，继续查找路德教授使用的月球太空服编号，然后打开了通讯器，输入号码拨到相应频段。

“是路德教授吗？你在哪里？”

“我——在 IRI 营地。”

“哦，那里会有什么情况吗？”阿莱斯上校知道那里同时也是电力生产和电力设备中心。

“没什么异常。我只是想检查一下，前些天那次记录到震感的月震对发电机房有什么影响。基地中心有事吗？”

“没有，我个人有点关于基地建筑分布位置的问题需要请教，例行检查而已。你什么时候回来？”

“嗯——大约两个小时以后吧。”

富兰克林博士弄不清阿莱斯要做什么，呆在一边一言不发，渐渐的他明白了阿莱斯是要对所有探测井作一个全面检查，是两个还是三个探测井呢，他记不清了，怎样封存的也模糊了，其中应该有个特大井，他的印象中特大井是现成的实验井，当时因为好奇他还吊下去二十多米看个新鲜。月球基地建立已大约有十年，那些井也快被忘记了，何况这还不是他所主要管理的，他的最重要的任务是巡视太空，完成实验。从学科严格划分来说富兰克林博士应该算做天文物理学家，只是兼职做做基地的管理顾问，参与审核批准某一个科研项目。基地每隔两年都会更换一个行政人事主管，他们才对每个基地人员的身份来历最清楚，这事看来还得卡尼尔主管拨冗参议才行。机器人希里—1 也是一个好伙伴，没人问话的时候，个头不到 1.60 米的它呆在那里像一个可爱文静的中学生。

“看来需要富兰克林博士辛苦一趟。我要 IRI 营地去一下，劳烦博士你带领几个人到基地四周去查找深井。通知罗德曼中尉立即回来。”

“不等路德教授回来再说吗？”

“基地信息库中应该储存有深井位置图，只是现在没人用也没人注意罢了。我们可以查到的。”阿莱斯不易察觉地冷冷一笑，他转身面对机器人希里—1，突然问了一句，“希斯先生是否真的像辛普逊国务卿说的那样智慧？”

希里—1 听见这话，眨眨眼，它眼中的光竟然让阿莱斯感觉一丝寒意。天哪，它竟然会眨眼，带着人类才有的那种表情，阿莱斯想，但是他冷峻的面容仍然显得不动声色。

“阿莱斯上校，你越权了。”机器人的合成音带有明显金属味，令阿莱斯和富兰克林都微微一怔。希里—1 的意思是阿莱斯上校无权提这样的问题。

“那么，你能够同我到 IRI 基地去吗？我可能需要你的帮助。”作为一个军人，阿莱斯突然觉得自己脑子中的知识的确太少，需要的时候怎么也不够用。对希里—1 的回答他感到不解，故意又试探。

“这个不行，我需要呼吸。”

“呼吸？”阿莱斯上校这次真的吃惊了，难道它是有生命的人机联合体。

希里—1沉默着，不再回答阿莱斯这个无聊的问题。富兰克林博士解围说，“它体内的高速CPU工作时是要大量散热降温的，冷热空气从它的两个鼻孔里进出交换，带走热量，所以它不能在真空环境中超过一定时间，按它的计算能级看，应该不超过十分钟吧，也就是说，希里—1的确需要呼吸，我们基地也有这样的机器人，但是功能低一点，尤其长得没有这么俊俏。”

阿莱斯有些犯难，他的请求得不到满足。面对持枪的敌人他是杰出的军人，可是面对睿智的科学家和复杂的机械，他又是什么呢？月球警备司令的确不好做，一切全都不像在欧文堡接受训练时，设计的情况那样按部就班。给希里—1一件月球太空服行吗？它的个头也许难以找到合适的型号呢。显然不行，它需要的是大量循环冷却空气而不是充足的氧气。看来企望希里—1做自己的助手，在月球上是不现实的。

“那好吧，我送你回希斯那里。”阿莱斯只得敲敲自己的脑袋。

第三集

每次进出基地需要更换服装是一件头疼的事，阿莱斯想，要是月球也充满空气就不会这样了，但他明白那是不可能的事，月球引力太小，拉不住，空气都逃逸到茫茫太空中了，只有极为稀薄的空气，而且随着空间和昼夜在作变化。不过，阿莱斯跃上月球车的轻松劲，是地球上任何一个优秀的跳高跳远选手都无法比拟的，稍一用力，那就不是走，是在跳，是在飘，只要你有兴趣，就能比奥运会上的比蒙还要跳得远。

北美月球基地只有三辆月球车。有一些科学家闲着没事的时候，捡些垃圾场的废弃物拼凑出能开动的机械来玩，基地主管卡尼尔甚至考虑过要举办一次自拼车一公里计时赛，辛普逊认为是一个振奋人心的好主意，这个计划目前暂时搁浅。现在，除开罗德曼中尉和路德教授分别开走的那两辆，阿莱斯上校乘上了第三辆，银锌蓄电池作动力的月球车马力上还算过得去。

与双颅人希斯的一番交谈，让阿莱斯上校觉得轻松多了。希斯同时也向他解释了机器人希里—1为什么会拒绝他的某些问题，原来希里—1是CT基地的专用资料型机器人，一台典型的可移动服务器。它会根据提问者的身份，确定他能够提问的级别，比如CT基地里一个拥有BB级通行证的人，向它提问，如果问题属于BBB或以上级，它就会拒绝回答，而希里—1对任何CCC级及没有通行证的人是不会回答任何问题的，这样可以减少许多事情。克里将军同意阿莱斯使用希里—1时，将阿莱斯级别定为A级了，因为更高的级别需要更烦琐的操作才行，这已是对阿莱斯上校的充分信任了。但是，有关双颅人希斯的资料是属于AAA级的，阿莱斯上校当然免不了要遭遇尴尬。

距离基地入口处五公里的地方，在方圆二十多公顷的月地上，布置着防陨石IRI武器，它的名字来源于科学研究，是“电离层研究设备”的缩写。它是由15行，12列网格状分布的180个天线塔组成，总共可以发射出540万瓦的短波信号，通过反射器和定向发射，可以将信号以微波形式，聚束发射到高空某一个指定部位，在指定部位聚集了大量的微波能，就像微波炉给食物加热一样，陨落的陨石受到微波加热，烧毁汽化，最后落到月面的只是一些粉末或小石粒。

因为IRI武器同样也能把地球上的臭氧层烧出一个大洞，宇宙射线会通过这个空洞长驱直入，释放出比核爆炸强大得多的辐射能，所以不能在地球上使用。让人觉得好笑的是，它加热速度比较慢，最短需要0.1秒，对于速度极快的陨石效果究竟是不是很好，从来没有印证过，但是对付外来的不怀好意速度较慢的太空船啊，卫星啊倒是可能非常有效。因为后者原因而使用的还一次都没有，的确，还没有任何带着敌意的智慧生物，包括人类在内，到月球上去攻击基地。

正是因为很少使用的原因，除了每次在太阳从月球上跃起的第三十个小时，这时温度比较适宜，机械工程师会定期例行公事的到IRI阵地实地作一次检查以外，平时没有什么人会到这里来。在更早以前，这里是基地的发电中心，直到现在都还承担着很多任务。

阿莱斯把车停在IRI营地地下主控室的方形入口外。脚踩在大约2英寸厚的月球尘埃上，感觉非常松软。一路上，他没有见到路德教授，他想可能是在环形山那里错过了，他走的路是较直但是乱石较多的一方，另一边路程远一点，但是路面较为平坦。

抬头望去，左边，碗状平板天线固定指向黑黑的太空，对准的是月球轨道上的同步卫星，入口的右边，距离四五百米的地方，则是不断旋转着的网状天线，它不停地搜索着来自各方的电磁信号。它们随时准备着发现异物入侵者。更远处，是微微有些起伏的月平线，因为没有空气和雾霭等物质的阻碍，视野非常清楚。那真是黑白分明，上黑下白，截然不同。

地球上的人抬头仰望头顶的月亮，月亮上的人抬头仰望头顶的地球。触景生情，阿莱斯不禁动了思乡之情，低下头来。

从门口在月球沙灰上留下的杂乱车印和月球太空鞋宽大的脚印上看，的确刚有人在这里活动过，仔细看的话可以看到车辙有两条，一宽一窄。阿莱斯上校溜下车，一跳一跳地走到了营地入口，沿着宽大的阶梯向下面的主控室走去。

这是一座无人控制站，所有信号都与基地中心相连交换，所以也没有密闭。阿莱斯就这样穿着太空服跳着下去了，说是跳，是因为他总无法控制自己的一些激动，同时也有点紧张。当在电脑信息库里居然找不到深井位置图的时候，他开始把疑点集中在曾经是建筑主管的路德教授身上。

种种迹象表明，几个小时，或者宽松一点说，几十个小时之内，北美月球基地的存亡将完全决定，他希望罗德曼中尉能够及时赶回，也希望富兰克林博士带领的基地警卫能迅速找到所有深井，特别是那口大井，那时，一切就真相大白了，而危险也将消弭无形。

洞越来越深，黑灰色的洞壁看起来似乎有些潮湿，阿莱斯知道那不可能，月球上没有空气，也没有水气的滋润，那只是透过太空服面罩的错觉。地下室是用切割挖掘机直接削出来的，洞壁就是月岩，既没有装饰，也没有涂抹涂料，只有接近月面的那段才用水泥砌过一层防护墙。月球上，建筑材料和水都太珍贵了。

在壁灯惨白的光照射下，地下室极像中世纪关押重要囚犯的秘密地牢。下降阶梯的旁边，是供机械车使用没有阶梯的滑道，坡度平缓。正是这个原因，下降了三十多米，阿莱斯却走了一百多米的路。到了库门前，从这里开始，经过人工装修的地库整齐明亮，丝毫不亚于地球上深洞人类居住区，但是这里所有的装修都简洁实用，绝没有华饰的理由。

对着门道里的密码接收器，阿莱斯抬起右手，说出了密码，经过太空服内置译码器转换成相应的电信号，再从手掌背面的红外线发射器发射，经过密码接收器接受核准，库门徐徐打开，良好的滑动装置使库门打开时几乎没有声音，——应该说没有什么震动，在月球上没有空气传播，本来就是听不到声音的。

会不会有人躲在角落里，突然袭击呢？阿莱斯忽然冒出此念头，未及细想，身子已经伶俐地往旁挪开了两步。待得一会儿，没有任何动静，阿莱斯上校举着激光枪，这才进门去。

开启 IRI 营地库门只有三个人拥有密码，基地主管卡尼尔，电子机械工程师兼巡视检修员比尼·拉基姆，阿莱斯上校。又经过一条宽敞的通道后，现在，在上校面前，正面是控制室，左侧是巨大的仓库，仓库被每隔六米矗立着的一根两米见方的巨大岩柱隔开。仓库里面存放着各种设备器材或者更换下来尚未确定是否丢弃的部件，所以可以说这里也是基地的一个设备库。

右侧是发电机房，二十个机组中，现在平时只有一个在运转，一个备用运转，就足以供给 IRI 营地的照明和运行，来自月面的太阳能经过硅晶电池转换成电能后，不停地将储存水分解成氢和氧，加压后储存在液氢、液氧罐中，它们混合燃烧发出的热能驱使发电机工作，生成的水重新进入循环系统，再次被电解。即使二十个发电机组由于需要全部同时发动，存储的液氢也足以供应二十个小时运行，但是实际上，IRI 武器几分钟就可以摧毁来犯物，戒备时是不耗什么电的，这应该得益于发电机能在三十秒顺利启动送出强大电流的新技术。

阿莱斯检查了电脑的访问记录，果然是拉基姆和路德教授来过，他们共计待了一个小时四十四分钟，离开已经二十八分钟。从时间记录上看，阿莱斯无法判断两人或者其中的一人有什么阴谋，但是从遗留下来的种种迹象表明，两人曾经把月球车开进了地库，肯定是要从地库仓库中运走什么东西。是什么东西呢，仓库里的机械手只执行命令搬运，是不会有记录的。难道是更换过月面上什么仪器的配件吗？

阿莱斯走进了仓库，用红外线痕迹探测器寻找两人运载货物时留下的非常微弱的热痕迹，沿着这些热痕迹，他查到了仓库的一个角落。这里竟然存放着一些锶—90 核电池，它们装在十几个圆形大铁桶里，桶盖上的标签清清楚楚的注明是废弃电池。

锶—90 核电池高电压，电流小，可长期使用，多用于小型航天飞行器。这些废旧电池应该存放在距离基地中心近五公里的露天垃圾场中，那个垃圾场位于一个直径十公里的环形山旁。是谁把它们偷偷运到这里，存放起来的呢，又准备作什么用的呢，而且显然，有一些电池刚刚被运走，仓库里的痕迹和营地地库门口的印迹互相印证了这点。

阿莱斯上校觉得自己的怀疑已经渐渐地被证实了。他继续在仓库中搜寻着他需要的证据，忽然，阿莱斯感到自己碰上了什么东西，上校急忙扭头，接着是一阵轻微的颤动，听不见声音，是什么很有重量的物体掉在地上了。他看清了，是一个废弃的机械手，伸出长长的手臂挡在仓库的角落，这里光线很暗，稍一疏忽就会撞上。

我可以肯定这是阴谋者设置的警戒障碍，当另外有人潜入时，会在不提防间碰上，相当于向设置障碍者发出警告提醒，哼哼。阿莱斯上校想着想着，竟然对对手的狡猾生起气来，他与基地中的希斯立即互相交换了彼此的发现和看法。

“电源，特斯拉武器的电源，那些锶—90 核电池是他们收集起来，经过修复，多数还能使用一段时间，他们存在库房里，并联在一起使用，可作为特斯拉武器的能源。收集这么多电池并加以修复，说明时间不短了。你们基地的安全人员太少了，没能有效地监督各个区域。”希斯说道。

少？月球太空服多少钱一套？每个在月球上的人要开销多少？仅从地球上送一个人到月球上就要花三四百万美元，月球上增加一个人，每年的各种开销在一千万美元以上，当然要严格控制在月人数，阿莱斯对希斯的抱怨不以为然，他认为现在的希斯，理论家兼浪漫幻想家希格里 & 斯诺，从来就没有考虑过经济问题，钱对希斯来说遥远而陌生。

不过，阿莱斯必须承认，希斯的判断正越来越显示出正确性，莫斯科啄木鸟只是一个烟雾罩，调虎离山，好转移吸引基地警备力量，敌人的真正目的是要用特斯拉武器人为制造地震，彻底摧毁北美月球基地。以前感觉到的轻微震动是他们在试验正确的频率，所以振动强度也不够大。现在正是时候了，大量的各国要人正集中在基地中心，而暗藏的敌人也准备就绪了，强大的能量已经凑集齐备，他们要动手了，特斯拉武器只要能将基地中心震开一条大裂缝就可以算大功告成，空气会像炸弹爆炸后溃坝的水一样从基地喷涌而出，谁也阻挡不了。

“立即拘捕路德和拉基姆。”阿莱斯上校向基地所有警备人员下达了命令。

“若有违抗，立即击毙。”克里正好在希斯身边，听见希斯和阿莱斯的对话后补充了一句。

但是这句话阿莱斯上校是听不见的，而且克里将军似乎忽略了他并没有权利向阿莱斯上校发号施令，克里只是用此话向众人表达他的坚强决心，没有什么压力能够让克里屈服妥协，也许是从他父亲丧生地铁的那一天起，那时他还连吃奶都不会睁眼，用参谋长联席会议上一个与他辩论的对手的话来说，克里是天生的钢铁意志，像大不列颠民族的英雄丘吉尔一样。克里懒得去计较这话是由衷的称赞还是讽刺他的顽固强硬。克里永远就是克里。

大会开始之前，十来个人在辛普逊国务卿的办公室里先行开会。会议由辛普逊特别邀请，与会的除克里将军，希斯两人外，还有中国的常务副总理朱鹏，俄罗斯总理伊万诺夫，英格兰议长萨密特，法兰西副总统勃朗西，德意志副总理莱因特，印度副总理甘底莫，巴西副总统贝贝托尼，南非副总统安道里。受邀者中，唯一缺席的是千叶公主。

第四集

检查基地中心进出登记记录时，阿莱斯已经发现拉基姆出了基地，他肯定是和路德教授在一起，开始还觉得这并不奇怪，因为作为巡诊机械师，拉基姆是能够打开 IRI 营地库门的第三人，是路德唯一能找到的有空闲的人，但是，那时有一种不祥的预感突然从阿莱斯上校的心中升起。

迟来的醒悟能够避免凶险的恶境么，从哪里能找到拉基姆呢？上校紧张地思索着，到现在才想起没有给每个人都配上卫星定位跟踪器，是他作为警备司令的失误。他检查了激光枪，检查了枪的能量弹匣的储电量，为了适应月球服肥厚的手套，激光枪在扳机上特意作了改动。现在他该将月球车开向何处呢？

月球上任何一道月面活动的痕迹都会异常长久的留下来，因为没有空气和水的破坏。一道道车辙，历经长年的活动积累，在营地一带杂乱无章地呈现在上校眼前，阿莱斯努力的观察着，搜寻着杂乱现象下显露的蛛丝马迹，判断拉基姆和路德教授可能经常去的地方，又算计着目前他们可能离开的路程，再回忆着基地周围几十公里内，能够隐蔽下一大堆器材而不被轻易察觉异常的地点，终于，阿莱斯上校眉头舒展开了。

月球车开起来时，像地球海滩上的细沙一样的月尘被搅动翻腾，但是没有空气的托浮，很快就回落月面。不够平坦的地方，快速的月球车一碰月面就腾起来，如腾云驾雾一样飘飞，真是一种奇妙的体验。阿莱斯上校兴奋的心情难以压制，不停地与基地中心，和罗德曼中尉联系着。

“我们很快就找到狼窝了。”

比尼·拉基姆操纵着微型机械手接好了电线。当一切完成后，他像带着拳套的拳击手捶了一下发电机，确信只要控制信号一发，并联的锶—90 核电池就能接通开关，变频振动器就会不可阻挡的颤抖。这是撒旦的颤抖，然后——不会用多久——地动山摇——基地地下中心崩裂，那时刻，他心里定会比本·拉登看见双子楼轰然坠塌，烟尘弥漫，还要舒畅，因为基地中心会变成一座可怕的坟墓，埋葬的是全世界各国奔来的精英。

杀戮过甚吗？不，这里没有无辜者，他们接受敌人的邀请就是敌人的朋友，也就是敌人，对待凶恶的恃强凌弱的敌人，必以坚强不屈，视死如归来对抗。驾着一吨 TNT 汽车炸弹冲向 IAEA 总干事长芭芭拉女士的座车，使三个 IAEA 强硬派人士就此殒命，完成这件壮举的人就是比尼·拉基姆的同父异母兄弟，他驾驶着黑色加长型卡迪拉克，在谁也意料不到的情况下完成了使命。连国际原子能机构的非政治人士，那些所谓正义而不带偏见的，竟然也加入到类似于敌人的行列中去了。所以，比尼·拉基姆决不滥施同情心，他与同父异母的兄弟流着一样的血。对敌人的残忍，就是对正义的维护。

拉基姆冷酷地一笑，仇恨的血沸腾了这么久，终于要迸发了，像眼镜蛇的毒液一样。当他们兄弟俩拒绝身为巴士拉散班阿訇的父亲的劝导，拒绝像他所说那样应该认真去研读《古兰经》和圣训，而不是凭着一腔愤愤不平之气横冲乱撞时，那时的仇恨就积聚得已经使他们寝食难安了。长久积压的悲愤情绪不断涌动，激励着热血青年急欲成就一番惊天动地的事业。

最后，比尼·拉基姆，以及兄弟们，他们不惜与温善得近乎懦弱的父亲决裂。所有兄弟中，只有坚守原始教义的散班阿訇的长子，先是考托福，然后出国留学，最后做了一家保险公司在国外的地区代理。他没有追随义愤填膺的弟兄们，几乎也失去了彼此的联系。

电池组安放在小型环形山中，电线许久以前就着手敷设，如今这条致命的眼镜蛇静静的埋藏在厚厚的月尘之下。静海虽说是平原，陨石坑却随处可见，这座环形山就是一个直径不到两百米的陨石坑，因此从远处看去，谁也难以想象得到这里暗藏着杀人武器。由于没有水和大气的侵蚀作用，月面上的每一道车辙，每一个脚印，都可以保留得异常久远，因此基地四周几十公里范围内辙印零乱，拉基姆一点也不担心有人会发现这里他留下的印迹。任何一个好事者都有可能在月球的某个地方留下痕迹，何况月球基地里，异想天开又智商奇高的科学家多得是，他们总爱四处鼓捣。比尼·拉基姆担心的是路德授教授被基地紧急召回是不是因为秘密已经暴露。真那样的话，他会毫不在乎路德教授的生死，会立即按下电池开关。

原先，他与路德教授找个借口溜出基地，搬运完最后一组电池，打算安装妥当后，是准备一齐奔往食物基地，静候捷音的。谁知路德教授被紧急召回，要寻找什么图纸，而且他还不得不送教授回基地中心，耽搁了许多时间。非常幸运，自己竟然能没有进入基地中心及时地又溜出来，终于将诸事准备完毕。事到如今，路德教授只能寄希望于安拉的保佑了，不过安拉的信徒从来就是不吝惜生命的，他们将成为英雄，如果需要，他们愿意成为烈士。

接连不断一系列的体力劳动使拉基姆略感疲乏，他靠着自制月球车休息了一会儿，不久前他接到基地中心的通知，说临时会议室的音像传输系统有点问题，要他立即赶回检修。拉基姆找了个借口，声称 IRI 营地的网状雷达天线的旋转电机温度偏高，他正在检修，不过他会在一小时后赶回基地中心，那样也不会耽误事儿。

当他听路德教授说基地中心询问他深井位置图时，明白基地已经怀疑自己了，那又怎么样呢，位置图资料早就在一个适当的时机中毁掉了，路德教授肯定会按自己的指示回基地叙述时将深井位置调过方向，基地中心的人仅仅出去搜寻深井就够忙乎一阵了。从启动振动到引起月震，根据以往的实验，只需要一个多小时的时间。只要这个时间内，没有人能来破坏设备，一切已经掌握在手中。

死亡！死亡！死亡！让一切在颤动中毁灭吧。拉基姆不禁激动地战栗。稍稍平静一点他又想到，自己应该往食物基地去，一边等待路德教授的消息，以免在这里机缘凑巧地被撞见，引起怀疑，反而暴露出电池组的安置位置。主意打定，他启动了月球车，开动的瞬间他不由得向后一仰，启动太快了，看来他真的有点得意忘形。

路德教授惴惴不安地走进基地主管卡尼尔的办公室，当他看见只有卡尼尔和一名基地警卫时，稍稍放下了心。他最怕见到的人是阿莱斯上校，后者冷峻的表情总令心怀叵测的人有些不安，仿佛上校眼中射出的是测谎仪的电磁波。

路德教授流利的回答了卡尼尔关于深井位置的问题，基地电脑资料不慎丢失，但他的个人电脑里还保留有，他回去立即调出来。卡尼尔看来一点也没有怀疑他的话。路德盼着问话早点结束，好找机会逃离，在这种情况下他甚至没有办法同拉基姆联系，拉基姆会不会将他也一同埋葬在这几十米深的月球墓穴中呢。在巴尔干半岛他已经领教过白袍基地的无情，他的一家人，两个女儿，一个儿子，以及妻子，都还在白袍基地的掌握之中。他十分后悔当初在网络论坛上发表过一篇同情白袍基地的文章，那是他在耶路撒冷度假游历，晚上喝了几杯咖啡后，睡不着觉无线上网浏览时，一时兴起写的，没料到基地网络黑客顺藤摸瓜竟查出了他的真实身份，从而像幽灵一样缠住了他。

辛普逊国务卿和希斯进来了。辛普逊与卡尼尔耳语几句出去后，路德教授的直觉告诉他，一切都将真相大白了，不由得一阵战栗。

“你喜欢混乱？”卡尼尔突然很奇怪地问。

“喜欢？谁会喜欢？我来自巴尔干半岛，习惯了在火药桶上睡觉。混乱只是幼稚园的防火演习。”路得教授故作镇定地表达对混乱一词的轻视。

“巴尔干火药桶？”

“没听说过？那里有太多的混乱和死亡。”

每个学生，即使他很不努力，但是中学历史可都学过这一章节。卡尼尔主管淡淡一笑，对付知识分子的高傲他自有一套。

“我想让教授对混乱有一个新的理解。”卡尼尔人事主管调出地球战争的真实状况纪录让路德教授观看。那惨烈的情景让路德教授看后不寒而栗。各个月球基地的人，都知道地球上正发生着广泛的战争，但是都知之不多，更不知道是如此惨烈。

他的家人能在这场大劫难中幸免吗？路德教授揪心地想。

“这都是真的，为什么才让我们知道。”路德教授攥紧了拳，直想把某个东西捏碎。

铃声响了，卡尼尔一按按钮，看了屏幕一眼立即说道：“马上接过来。”

拉基姆的自制月球车差点和阿莱斯上校的撞个正着，这得怪宽厚的太空服和环形山高墙遮挡导致的近视和反应不灵。两人都急速地转弯，拉基姆向斜坡上开去，山不高，但是有许多突出的石块，月球火山喷发凝固而成的玄武岩被陨石撞击后碎裂成这些石块，车终于还是翻倒了。阿莱斯则驾车在平地上连续转了几个圈才停稳了，四处的月尘飞旋四溅。

拉基姆从车里摔了出来，但没有受伤，爬起来的时候很狼狈，月尘扑上了面罩，他挥手掸掸，效果不怎么好，眼前有些模糊。他看见阿莱斯上校向他走过来，上校手中提着一个什么东西。哦，居然是枪！

瞬间，拉基姆明白了，阿莱斯上校正是来逮捕他的，但是他一点也不感到惊慌。

“比尼·拉基姆，机械工程师。”阿莱斯调整了通话器频率问。

“不，没全对，是比尼·诺齐兹·拉基姆。”顿了一顿，拉基姆又说，“本来我应该姓拉齐兹的。”

阿莱斯纳闷了。

“这有什么区别吗？”他问。

“当然，拉齐兹是我的远房伯父，伊拉克的副总理。可是他不够坚强，不够强硬，对安拉也不够虔诚，他那文人的性格总是妨碍他成为英雄。有这样一个太有名的伯父，会妨碍我，也容易暴露我，所以我改叫拉基姆。恢复我们民族的叫法应该是拉基姆·诺齐兹·比尼。”

阿莱斯只听说过伊拉克战争的名字，脑子里对于几十年前的战争及由此而来而致的国家内乱情况一片荒疏。比尼·拉基姆喋喋不休的话更加让上校糊涂。

“你比我想象的更坦诚，直率！”没有料到拉基姆一下子就全部开始摊牌了，上校引诱着拉基姆说话。

“正义的声音是不需要隐藏的。”

“那么，现在听着我不容置疑的声音。拉基姆先生，你被捕了，把自己铐起来。铐起来，放弃无谓的反抗，否则会在你身上穿几个洞。”阿莱斯上校扔过去一副大手铐，举起激光枪瞄准了拉基姆。

一个洞就够了，何须几个，空气顿泄，气压骤降，真空气胀，体液沸腾，胸肺炸裂，瞬间毙命。拉基姆脑子里迅速搜集了一系列有关后果的词语，沉默着，他十分清楚结局，他没有去拾手铐，反而转身向翻倒了的月球车走去。

“停下，举起手。”阿莱斯没有叫他将手背到身后，因为那太难了。

拉基姆停下了，扭过头来，他们彼此之间谁也看不到对方的表情。

阿莱斯这种颐指气使的不容反抗的语气，拉基姆觉得他已经听得太多了，他正是要这些恃强凌弱，趾高气扬的敌人偿还他们欠下的债，他们总是以强欺弱，还自许为正义和英雄。“终身作恶，临死才说‘现在我确已悔罪的’人，不蒙赦宥；临死还不信道的人，也不蒙赦宥。这等人，安拉已为他们预备了痛苦的刑罚。”先知如此昭示说。

嗬！我先走一步，为你们点燃地狱的烈火。就算路德教授已经放弃了抵抗，坦白交代出一切秘密，也为时已晚，命运已经注定，他，英雄拉基姆，只需要关闭通讯器十秒以上，灵敏的接收器没有接收到控制信号，便会作出判断，自动启动控制器，接通电源。拉基姆这样设计就是为了避免万一自己突然遇难，振荡器也会自己启动。嗬嗬，颤抖吧——即使基地的人现在赶出来，或者已经出来的人赶过来，都来不及了，因为从赶路，搜寻到电池组切断电源关机，停止振动，至少要两个多小时，引起月震用不了那么长的时间，多次的实验已经证明了，是的，为时已晚。遗憾的是为了凑足足够的能量，修复锶—90电池，浪费了太多时间，要不然，基地中心现在已经是一片废墟了。不过正好，多了一大群地球上赶来的陪葬者。

事已至此，拉基姆没有想到生还，不过，他觉得有必要戏耍一下这个高个儿上校，来显示白袍基地人的过人勇气与智慧。

“不用着急，我不会反抗。”拉基姆从已经翻倒，侧着车身的电车中，居然翻出一听易拉罐。

阿莱斯上校向一旁跳了一步，激光枪准星没有离开过拉基姆。阿莱斯没有立即开枪，他自信有足够的速度和准度还击拉基姆的反抗，他看清楚了拉基姆手中果真拿着一瓶易拉罐饮料。

拉基姆拉开了拉盖，弹出吸管，郑重其事地放到脚下一块黑色的石块上，那是一块被陨石撞击翻起破碎的玄武岩。从管口立即喷出蒸腾的水气，飘散着随即挥发不见。这种水罐是为在外作业的基地工作人员准备的，为避免高温真空，只能用密封吸管吸用。拉基姆的行动似乎是表示他的确已经放弃对抗，他只想喝口水而已。

但是拉基姆连续犯了几个错误，太空服和太空服，太空服和基地中心之间通讯使用了不同的频率，他不知道阿莱斯使用的是一拖二通讯器，当他们对话时，基地中心正在监听他们。

卡尼尔主管让路德教授亲自聆听拉基姆的声音；拉基姆也不知道，地球惨象和他的残忍，让路德教授瞬间站到了他的对立面；他更不知道，罗德曼中尉早就按指令奔向与富兰克林博士他们相反的方向，两路出击寻找深井。这样一来，不管此前路德教授在基地外时，用通讯器指明的深井位置是否是一个故意拖延时间的陷阱，北美月球基地人都有时间以最快的速度赶到大深井。当路德教授交代出具体位置时，在这个位置上，迅速就有人到达了。

拉基姆站在那里一动不动，像尊雕像，丝毫没有就范的意思，但是也没有半点对抗的表示。阿莱斯一时竟然不知道应该挪过去拷住他，还是当场击毙他，如果拉基姆暂时还没动作的话，那么稳住他拖一拖增延时间也许是个好办法，但是若坐等拉基姆在自己不知情的情况下悄悄启动振动器，那么岂不是反而给他了时机。

开枪，还是不开，这个复杂的问题绞得阿莱斯头都痛了。按照控制常识来讲，即使现在击毙拉基姆，也不能阻止他启动振动器，他肯定有办法让启动过程不受控制者自身安危的干扰。

阿莱斯犹豫不决的时候，拉基姆也看出来了，他索性笑了一声，说："知不知道振动器怎样启动？"

接着，拉基姆极尽嘲笑之态，极尽语言之能，慢慢叙述了接收装置的启动程序，只要他的太空服内的通讯器停止发射某个秘密信号，机器就会启动，很快灾难就会来临。停止发射信号有两种方法，一是他手动控制，二是他被击毙。

"别忘了，基地里还有你的同胞，他们也会送命。"阿莱斯似乎想开导拉基姆。

"那只是他运气不好。在我们看来，每个人都是一枚炸弹，砰，粉身碎骨。只要安拉召唤，就不能吝惜个人生命，为真理献身是英勇无畏的。"

"可是，你能证明你们的真理吗。也许只是身处谬误的黑屋，你们什么也看不清罢了。"阿莱斯故意慢条斯理地说，一口的不屑。

这种鄙视的声调激起了拉基姆的愤怒，他忍不住要替阿莱斯上校洗洗脑子，就像他们对十三四岁的孩子便开始做的那样。他搜索着最慷慨激昂的词语，寻章摘句地拉出一些书上的原话，来阐述他坚定不移的主张。阿莱斯承认拉基姆有一些话的确像勇士的誓言，也能够感染专心听讲者，但是，他依然不太理解拉基姆他们，于是他故意地用怀疑的态度反驳，于是拉基姆动用他机械师的大脑，更加努力的搜索起深奥的哲学词句来。

两个剑拔弩张的人居然在词语上耗上了。

与此同时，罗德曼中尉已经按照路德教授的供认，找到了月尘下埋设的电线。这个地点，是拉基姆刚离开的地方，距离不过几公里，但是被高大的环形山墙挡住了。顺着电线可以找到电池组或者振动器，但是电线埋在月尘中，电线距离有长，那样很费时。扒开月尘一看，电线很粗，中尉没有钳子，怎么剪断呢？起初，罗德曼中尉想用驾乘的简制比赛用月球车，拴上电线后拉断它，放下激光枪时，中尉有了更好的办法。

按下扳机触钮，手中的激光枪，射出了一束温度极高的蓝光，像一条隐隐约约的蛇撕咬起电线表皮来，从深井中延伸出的一红一黑两股电线，被灼坏了绝缘胶皮，裸露的铜导线粘连在一起。中尉拿起导线，费劲地把裸露出来的部分绞在一起。

完事！中尉满心快慰向基地中心报告。

“你使用的是IRI营地的红黑双线吧？”阿莱斯上校聊天一般轻轻松松地问道。

与IRI营地的红黑双线不同的是，食物基地的电线统一使用绿白两色，基地中心使用用黄蓝两色，主要原因，是因为要在不同的特殊环境里使用，抗高温抗氧化程度大有区别，电线外包绝缘胶皮大不一样，故以颜色作区别。阿莱斯上校这一问，表明基地中心已经通知他，警报解除了。

拉基姆一听，如坠入了冰窖，脸如死灰，但是谁也看不出见。身着白色太空服的他兀立着，仍然是个不屈不挠的勇士。再过十来个小时，太阳正顶，在地球上，则将会看到一轮美丽的满月，月光如水，浸润着人们美好的幻想与祝愿。

拉基姆却似心掉进了冰潭里，继而沉入绝望的深渊中。忽然，拉基姆弯腰去拾岩块上的易拉罐，瞬间，似乎一道白光，闪过，拉基姆面罩破裂，倒了下去，他的手刚刚抓到易拉罐。

随即，应该是三四秒钟后，发生了爆炸。首先，易拉罐炸了，原来，易拉罐是经过伪装过的炸弹，它底部藏着最猛烈的炸药黑索金。拉基姆拼尽全力握住了易拉罐，将起爆底柄在岩石上一撞。阿莱斯上校反应得快，及时扑倒，才堪堪避过四溅的石片和铁片对太空服的破坏。

又过了二十多秒钟，爆炸再次出现，大深井旁不远的环形坑中，由于传输电线短路，流过电流太大，锶—90 核电池组也炸了。

爆炸，爆炸，只有光亮和震动，没有声音。无声的爆灭。危险，也在无声中爆灭了。

第五集

每个国家的元首，没有一个，离开他的国家，依然在危险的地球上坚守着职位。人类在这场史无前例的灾难中，反而不约而同作出了一致的决定，信念的勇气，荣誉的召引，战胜了生存的畏怯。

月球基地大会如期召开，除千叶公主仍然缺席外，受到邀请的各个国家代表悉数前来。不过，受政府的委托，太和号飞船主管、天军大将本田一郎临时代替千叶公主参加了会议，并转达了政府同意加入哥伦布太空舰队的立场。

前排主席台上安排了七个座位，霍普·克里和希格里 & 斯诺作为哥伦布太空舰队倡议人特邀上了主席台，坐在辛普逊国务卿左边，右边依次为朱鹏副总理，萨密特议长，伊万诺夫总理，勃朗西副总统，其余各个国家不分大小强弱，民族地域，按国名英文字母排序就座。一众人等都对如此安排没有异议。他们一边享受月球上安全的美味食品，一边怀着期待的心情，等待着舰队组成的最后方案出台。他们根本就不知道，他们刚刚从鬼门关前走了一遭，幸运地又回来了。

在为地球灾难默哀三分钟后，辛普逊国务卿作为主人首先致了欢迎词，然后希格里 & 斯诺阐述他提议的主题，再由全体与会者表示意见和建议，登记加入太空舰队的国家地区，没有星际飞船的可以派出代表加入愿意接纳他们的星际飞船。

希格里 & 斯诺一站起来，尽管人们早已看过他们奇特的形象，尽管在座的许多人要么和他们曾是同僚或朋友，要么在菲尼兹数学奖和诺贝尔文学奖的颁奖大会上对他们个人已经一睹颜容，人们仍旧爆发出一阵掌声，为人类创造的奇迹和对未来的信心鼓掌。

稍安静一会儿后，斯诺以他悠扬沉浑的腔调，一字一眼地说："首先，我们对美利坚合众国作为这次人类伟大的聚会的召集人和东道主表示感谢和敬意。我们也向自哥仑比亚航天飞机升空以来，甘冒危险服务于人类的太空事业的英雄们致敬。"希斯——人们习惯把他们当作是完整的一个人——的这番话又迎来了一片掌声。

对于未来的命运是每个人最为关心的事情，因为这不是到东非大裂谷或者百慕大三角去探险，茫茫宇宙，不可捉摸，自然令人既兴奋又恐慌。希里—1作为庞大信息库和友好英俊的男子受到了最大的骚扰，他不得不回答接二连三的问题，来消除疑惑，坚定信心。不过，刚刚开始的时候，他高傲的态度引起了一阵骚乱。

事情是这样的，机器人希里—1 被安排在辛普逊国务卿左边，这个显眼的位置正好可以面对所有的提问者。

"关于希斯先生在 CT 基地里，向罗森主席作的巴纳德星的陈述，你可以用准确无误的资料向来宾们作一个说明证实。"辛普逊国务卿有意提到 CT 基地，让人们引起警觉，是想告诉人们，组织太空舰队是极好的出路，但是恰恰违反了机器人希里—1 的原则。

"对不起，辛普逊先生，你超越权限了。"

辛普逊侧着说话的头半天转不回来，一个小小的机器人居然给他难堪。坐在左边隔一个位置的希斯眼观四路，连忙对克里耳语。

克里起身向辛普逊道歉说："牵涉 CT 基地内的事情，机器人是不会向非基地人回答的。请等一等，我修改一下机器人的防备程序。"他想，应该除掉希里—1 的 CT 基地限制程序了，只有他与 CT 基地的两个程序管理员有更改希里—1内置程序的权限。

克里将军要了一台电脑，准备执行操作。主席台上有了轻微的骚动。基弗里少校完成了搬运设备的工作，他请希里—1关掉自卫电击程序，以便自己插入USB线，然而希里—1冷冷的合成音说道："你越权了，基弗里上尉。"

先是一片静寂，然后会议厅里爆发出一阵哄笑，基弗里少校琥珀色的眼睛中此刻迸发的不是迷人的热情，而是愤恨，但是脸上他却没有受辱的反应。

克里将军一时纳闷了，它既然内存有基弗里少校的资料，CT基地内校级军官有B级以上通行证，是可以接触希里—1的而免招电击的呀。上尉，它叫基弗里上尉。克里突然明白了，授予基弗里少校军衔是自己的口头任命，当时情况紧急，还没有来得及输入新资料，自然地，机器人只按原有的信息处理，尽管基弗里少校身着少校肩章及领章。

克里拍了拍希里—1的头："嘿，立即关掉电击程序。"

希斯在旁边用戏谑的口气接上说："恩底弥翁（希腊神话中牧羊美少年，为月神阿耳忒弥斯所爱慕，在山洞中永远处于睡眠状态而永葆青春），别嫉妒少校了，你们俩是一样俊俏的棒小伙。少校还会有青春逝去的烦恼呢。应该少校妒忌你才对。"希斯的这番幽默的话令不太大的会议厅笑得像炸锅了一样。

"遵命，克里将军。"希里—1不为所动，有板有眼地回答。

克里删除了希里—1的级别认证程序后，人们争先恐后地向希里—1提问。因为事先已经搜集了有关资料予以存储，所以大家无须另行搜索，在希里—1那里就能得到最完整的答复，机密文件除外。

逐渐地，各种认识和建议得到综合，将有九艘飞船加入哥伦布太空舰队，其中泛欧盟就有布鲁诺和代达罗斯两艘。这九艘飞船也是地球文明中所有的十艘星际飞船中的绝大部分。有来自各界共计一万五千六百多名人员登上飞船。大会最终确定各飞船载人按以下比例分配：

政界：军界：科学界：工程技术界：其他各界人士=1：6：5：6：2

经辛普逊的提议，大会通过决议，霍普·克里将军担任哥伦布太空舰队总司令，希斯任总顾问暨总参谋长，并一致约定，舰队将在五十小时后出发，以等待那些名列登船目录的太空旅游者在获得信息后赶来加入。

希斯为贝多芬的第九交响曲声乐段填了词，作为太空舰队队歌：

灿烂星光指引方向
我们信念无比坚强
穿越星云穿越力场
追寻理想永不停航
新的希望予我报偿
有始有终无上荣光
亮星作饰黑洞为裳
排除万难走向辉煌

月球基地拿出了存储的最好的食物，把这顿最后晚餐尽力做得丰盛。此刻，最忙的是希里—1，他毫无拒绝地认真回答着每一个提问者，甚至是说一些低俗的笑话。得到满意回答的人不由得对辛普逊国务卿和基弗里少校产生了一种潜意识的得意感，因为两者都曾被希里—1 毫不留情的拒绝。有的人喝干了一瓶香槟后居然肆无忌惮的与他们开起玩笑来，处世老道的辛普逊国务卿尚且能应对裕如，对答不乱，基弗里少校脸上挂不住了，直想掏出飞镖来扎坏几盏透亮的灯。找了个机会，两人都离开了宴会厅。

基弗里被克里和希斯两人叫去，他们在克里的临时居室里讨论登船者名单，以及整个舰队飞行细节，泛欧盟有两只飞船，登船者又来自多个国家，因此情况比任何飞船都复杂，还要兼顾整个船队，时间紧迫，两人甚至来不及尽情享用太阳系的最后一次香槟。克里吩咐基弗里去弄出机器人希里—1 来，他们需要一些资料。

“那蠢驴在大厅里向男人们卖弄风情呢。”基弗里说。

克里和希斯闻言都相视一笑。克里摇着头，用手指戳着沙发靠：“的确是头机器蠢驴，该把他骗了。动用你男人的力量，把他毫不客气的弄到这儿来吧，少校。”

另一间屋里，阿莱斯上校向国务卿汇报完基地的安全情况，他建议对以前登陆的旅游者也来个大清理，以免再潜藏危险。

“鲁道夫·沃尔夫要到外星系去开发房地产呢。”辛普逊撇撇嘴说，像是征求阿莱斯的意见，旁边站着北美星际飞船哥仑比亚号主管汤姆·布来登将军，他来月球之前是参谋长联席会议主席，一个老成谨慎的人。

“应该让他去，留下来更叫人头疼。”阿莱斯从希斯那里学会了及时表达别人需要的意见。

辛普逊正纳闷上校突然变得有些健谈，阿莱斯又接着说到，“不是吗？先让他一觉睡上十年，如果还要折腾，巴纳德星系大着呢，让他去开发吧。”

辛普逊开心地笑了，连一旁的人都能感到他胸脯的颤动，这是他最近以来笑的最开心的一次。

“好的，上校，你也得去，虽然我感到很遗憾，真的，我最得力的助手，真舍不得让你溜掉。布来登将军将是你未来的上级。将军，你点名要走了上校，可别亏待了我的上校。”

一周过后，当月亮扭过头完全隐蔽起她忧郁的脸，地球上的人暂时看不到她迷人的清辉时，驻留在月球或地球轨道上的九艘星际飞船，载着它们优秀的开拓者，排列在一个平面上，向遥远的宇宙他乡，渐行渐远，渐行渐远，慢慢地融合成一个不可分辨的亮点。

第三章　穿越 5.9 光年

第一集

布鲁诺太空飞船一点都不像船，从外形上看更像一只古代车轮。它有三百多米的直径，起飞初始质量达到了十万吨，整个飞船绕着中心轴缓慢自旋以保持稳定。飞船中心是一个圆柱体，像是车毂，圆柱体上部罩着半球形顶罩，下部安装着窄波束定向天线和广角天线。飞船外环则是巨大扁平的圆环，像是车辋。

飞船中心和圆环通过十二根外直径达五米的粗短的空心柱连接，空心圆柱由碳 60 加强金属材料做成，很像是一根根车辐，那也是中心和外环之间的通道。中心底部安装有三个燃料推进器，外圆环安装有十二个推进器。飞船的动力从这里喷向太空，获得加速动力。

像车辋的圆环外部体，表面几乎全部由新型的二氧化钛多层光电池片覆盖，电池片下面是纳米陶瓷隔热瓦，再下边填塞了泡沫隔热材料，再下面才是飞船承载主体。安装有宇宙瞭望孔的地方，隔热瓦可以平行移动，露出圆形透明窗，那必须是在飞船未在稀薄的大气层中穿行之时。实际上，星际飞船进入行星大气层哪怕外大气层的概率非常小。在这些瞭望孔中，装有两架大视场强光力的施密特望远镜。

未作飞行时，飞船以它的顶面最大限度地对准太阳，获得最多的能量，除供飞船内使用外，多余能量储存在银锌蓄电池里。银锌蓄电池比能量大，放电电流大，而且耐震，自从充放电循环从开始的100—150次经过技术改进上升到1000次以上后，成为太空航行首选蓄电源。

泛欧盟另一艘星际飞船是英国人提出计划，由泛欧盟实施制造的代达罗斯飞船，它拥有一个奇特的外形，像东方明珠电视塔的上半部分。代达罗斯飞船起飞初始质量只有布鲁诺飞船初始质量的一半，约五万吨。从设计制造一开始，它就是以巴纳德星为终极目标的星际飞船，因五年前到距离太阳系最近的星系——4.5光年之外的比邻星系作过首访而名声大振。

这两艘飞船都是在太空中建造组装的，一件件材料从地球上用航天飞机运载而来，或者从月球基地工厂制造运达。

布鲁诺飞船的对接舱显露在外，像一个巨大的圆柱体肿瘤。对接舱入口，有一条隧道，隧道中由密封性能非常良好的门分隔成两个封闭舱，这是为了避免人或者货物进出时，发生意外而导致舱内空气急速外泄，引起重大事故。它的工作原理有点类似于大江上水库大坝的船闸。隧道的尽头，挂着一幅用意大利文和英文书写的字牌，字牌底色为夺目的橙红色，文字则是悦目的淡蓝色。

那字牌上文字写道：宇宙中有无数个太阳，也有无数个地球围绕这些太阳转动。

布鲁诺因为这句话被视作异教徒而受以火刑。

在第二道封闭舱里面，这道舱室比第一道更为宽敞，克里将军等人在机械手准确细致的帮助下，更换了磁力鞋。克里是第一次穿上这种鞋，立即，他感到自己能够比较容易的站立了，有一种微小的力量在脚下拉着他。

原来，这鞋周嵌有几粒微型磁石，而飞船下部是一块拼合的铁镍合金地板，地板上面再铺以薄薄的防静电材料，这样一来，轻微的吸引力便避免了人在飞船的舱内因失去重力而飘浮。不过，所有人走路的时候，仍然像故意做作的或演戏似的，缓慢而夸张，尤其初上飞船的人，手臂和身体的动作都显得不那么完全听从大脑使唤。在飞船上生活了一段时间后的人，行动会好得多。

太空人原来在星际飞船和太空站里吃些什么呢？说来令人鼓舞和满意，几乎同地面上完全一样：黑面包、蜜饼、火腿、酸甜汁的猪肉、鹌鹑、波兰棱鱼、俄罗斯奶酪、鲟鱼、蔬菜汤和红菜汤、巧克力、茶和咖啡。核桃仁奶渣是宇航员都酷爱且常备的食品，他们还可以喝到帮助体内废物排泄用的沙棘汁、蜂蜜和抗氧化剂制成的饮料。太空人再也不用从软管中吸食了。这些袋装食物，它们用特制的器皿包装，可以直接放在有加热设备的工作台上，有的用聚合物包装，可以用勺或叉子取食。

但是，飞船上汹涌而来的人流，让一切美好的东西都成了过去，美好生活属于往日，再也难以吃到丰富的各种食物。在星际飞船非常有限的载重量下，为了最大程度的容纳最多的食品，一切都改成了专订配方，配料精确的食物，它们整齐划一地盛放在一个个软盒中，最少占用空间和重量被存放在低温真空室中。

太空船从来都不供应酒类的。不过克里司令承诺在每年元旦那天，值勤人员能喝到装在软管里的白兰地。这是莫菲・辛普逊国务卿的临别赠品，克里刚刚登上布鲁诺号飞船，就慷慨的分发了一次给所有值勤人员，哪怕他仅仅是一个无衔无职的，清扫太空舱垃圾的清洁生。

布鲁诺飞船外圆环的十二个舱中，六至十号这五个是寝室舱。舱内排列着整齐的房间，每间房间内，整整齐齐的竖立排列着六个人。

总计两千来名地球人被固定在飞船舱壁上。在城市繁华大街上，橱窗里的模特和他们十分相像，不过，这些人动作整齐划一，姿势一模一样而且手永远不可能像橱窗模特那样优雅地举起来。飞船起飞前，登临飞船的绝大部分人已经入睡了。他们都作了冬眠素的静脉加压滴注，而且在太空航行的十来年里，他们一直依靠静脉滴注营养液和恰当浓度的冬眠素，在沉睡中度过漫长岁月。在此死亡一般沉寂的岁月中，休眠人员的代谢极慢，衰老程度仅有地球上正常生活时的十分之一。在外太空环境中，最急迫也最难解决的就是人员日常的吃喝拉撒问题了，无事可做的人进入休眠状态成为度过漫长行程的最好选择。处于休眠状态的他们将以最小的能量消耗，最缓慢的衰老速度，最无知的生存感觉，度过漫长的太空行程。

布鲁诺飞船值班长官基弗里少校第一次巡值时，休眠室管理员正做每天的例行检查，未进入高匀速太空航行之前，检查得频繁得多。管理员带领少校去熟悉这个奇特的处所。

基弗里少校完成了他的职责后换班休息。在四顾无人的地方，他吐出了一句憋了好久的话：活棺材。少校甚至不想去看第二次。

但是，基弗里少校完成三次轮值之后，却面对着眼前，那些无知无觉的，真真切切的人们，悄悄地说了另外一句话：飞行着的摇篮。

第二集

克里总司令与双颅人顾问希格里 & 斯诺，天军三星将军、布鲁诺飞船主管罗宾逊·帕欧卡等几人，在主控制室里商量行程及人事。负责当值警卫的基弗里少校百无聊赖地站在一边。全息立体星空图位于少校的右侧，璀璨的星空中有一团醒目的红色斑点，那便是太空舰队目前所在位置。当克里等人离开星空图，站在主控台前谈话时，基弗里少校甚至拨出双刃飞镖，偷偷越过白色护绳去拨弄那些星星和红斑，但是他什么也没有碰到，只是镖似乎被什么看不见的东西微微的烧热了，他扫兴地收起了飞镖。

基弗里少校使用的这种没有镖衣的双刃飞镖，长约十二厘米，有的人说是飞刀，其实它仍旧是镖，由于没有使用镖衣，很难掌握准头，偏偏基弗里少校练就了这身非凡的本事，还有就是飞镖前后使用不同金属接合，前重后轻。让少校懊恼的是，微重力环境下，基弗里少校自己也失去了准头，也没处去练习。三天不练手生，许多年之后，他还是潇洒倜傥的飞镖绝顶高手么？基弗里有些郁闷。

忽然，少校眼前一亮。

克里和将军们开始谈笑的时候，两个女勤务员送进来咖啡。这绝对是两个美女，其中一个有海伦一样的俊美面庞，倘若穿上高贵优雅的曳地古装，恐怕会引起第二次特洛伊骚动。她的确来自克里特岛。

基弗里少校此时的眼睛放出了柔和的琥珀色光芒。

结束最高会议后，另一间小会议室里，希斯带领十余位科学家和工程师，利用太空影音通讯器和其他飞船的科学家联系着，在全息立体显示屏上，紧张地讨论计算舰队的航行方案。充分考虑各种因素，甚至特高速度下质量会增加的相对论领域的问题，他们都予以仔细的研究。

最后，舰队科学家达成一致意见，舰队以飞船间隔五百余公里，排在一个平面上沿垂直轴航行，大约用一年的时间加速，达到 2/3 光速后停止加速，进入无动力惯性飞行。那时候，飞船的质量一方面由于燃料的消耗而减少，另一方面却由于速度的极度高速而增加。这样的话，舰队大约要花近十个地球年的时间，才能到达巴纳德星系，去拜访这颗距离太阳系第二近距的恒星。

“十年，食物够吗？”

“没问题的，活动的人很少。”

“十年？”

“噢——十年，我们应该熬成将军了。”

负责警卫值勤的莱昂多·穆姆托空军中校终于忍不住插嘴说。他与基弗里少校是布鲁诺飞船上的两个值班警卫长官。如果十年都不换防的话，他们的确在寂寞太空中熬过一生最美好的时光，皱纹会无情地爬上额头。

“中校先生，考虑到钟慢尺缩效应，你不会熬满十年。很短的时间，能够晋升成将军军衔，应该很满意了。”希斯两个头颅缓缓转过来，颇为幽默地说。

“请称呼他上校。”

克里和帕欧卡等人刚好走到门口，听见了他们的对话，接上说。

基弗里中校寸步不离跟在后面。作为警卫值班长官，穆姆托和基弗里理所当然地获得了升迁，都晋升了一级军衔，帕欧卡就是来宣布这一升衔令的。

飞船里所有值勤的军士，有二三十个人，在就餐时，都来向他们的上司，穆姆托上校和基弗里中校祝贺。餐会上，克里特许下级以每人 200 毫升的标准饮用白兰地，这是辛普逊国务卿临别时送给他的礼物，来自月球，存于太空，珍贵无比。辛普逊称赞它几乎赶得上法国著名的Kognac白兰地，真正是玉液琼浆。叵测的未来与漫长而枯燥乏味的太空之行，需要部下绝对的忠诚。虚伪和吝啬是将领之大忌，只会招致祸端，慷慨和真挚，才能一统军心，旌旗所指，莫不跟随。克里带兵多年，心里非常清楚。

穆姆托上校和基弗里中校每隔八个小时轮值，此时是穆姆托上校当班的时候。穆姆托一个人值班办公室里，关上门，拉出藏于胸前内衣中的一枚银制十字架项链。奇怪的是，十字架上方嵌有一道短一些18K金的波浪形横杠，看起来很像华文的“干”字。这项链是穆姆托五岁行割礼时，他的伯父，当地一个有名的学者，在开罗著名的哈恩·哈利利市场买到并送给他的礼物。他的祖父这样送给他的礼物，自然意味深长。

穆姆托上校喃喃自语，虔诚的作着感恩祷告。遗憾的是微重力环境中，他既不方便跪下，也不方便坐下，只好站着作完了感恩祷告。

最虔诚的人，一天需做五次礼拜，日出前的晨礼，午后的晌礼，太阳平西时的哺礼，日落黑定前的昏礼，夜间的宵礼。太空中时间错乱，穆姆托值班时无法做到按时礼拜，也竭力的不让别人知道他的行为，于是他尽量的在每次值班前做一次礼拜，并祈求安拉的宽恕，然后带上两名中尉和一名机械工程师去巡查飞船。

和属僚尽欢之后，基弗里中校没有去自己的寝室休息，他踱进了值班室，翻开值班日志看看。有点口渴，他通知餐饮部送咖啡过来。

只过了五分多钟的时间，身着淡蓝色勤务兵服的女兵送咖啡来了。潜意识中，基弗里中校预感到将会是奥特丽，那个希腊美人送来咖啡。果然，中校如愿以偿。从奥特丽小姐进门时起，基弗里的注意力就完全不在浓香的咖啡上了。他打开紧闭的咖啡杯盖时吮住吸管时，眼光却斜着落在了她胸前佩戴的职别证上。

“奥特丽小姐，你把糖加得好像多了一点。”

“是吗？很甜吗？甜蜜不正应对中校此刻的心情吗？”

“那是你的猜测吗？甜蜜的心情？难道奥特丽小姐的眼光有穿透人心的力量。”

奥特丽露出调皮的微笑，这种放松的心情好久未曾体会了，在基弗里中校面前她一点都不感到拘束。

“难道不是这样吗？甜蜜的心情。托你的福，我们刚刚还为此喝过白兰地。那可是庆祝的白兰地。”她说。

“不，不，以甜蜜来陪衬，更觉苦涩的难耐。我的愁绪还在地中海的波涛下涌动，白色的浪花瘗埋着落日下的悲怆。”

基弗里中校说着，放下了咖啡杯，找不到地方放，就托在手掌中，让它飘浮起来。他用手指拨开了咖啡杯，免得挡住直视奥特丽。他的声音就像他琥珀色的眼睛一样柔和而哀伤。

奥特丽眼眶一下子湿润了。“你是希腊人？”

“不，我出生在科西嘉岛。小姐，你呢。”

“我，克里特岛。”

“一碧万顷千帆过，浪清沙白是我乡。”基弗里突然念出了脑子里不知怎么冒出来的诗，它是如夏雨一样从天遽然而降的，“你，在这里，会想念你的家人吗？”

“我啊，不知道。也许会吧。肯定会的。基弗里中校请相信我的话。我不知道是怎么被征召上太空飞船的。以前，我对太空几乎一无所知。我正在一所艺术学校念书，学舞蹈，历史，音乐，还有雕塑，然后，突然，战争来了，学校停课了。与亲人的联系也时断时续。然后，我就来到了飞船上。从此就失去了和家里的一切联系，也不知他们怎样了。”

“嗯。原来是这样。被征召到飞船上你感到奇怪吗？”

“的确不明所以。”

“你的美丽足以征服全世界。”中校微微眯起了眼睛。

奥特丽嫣然一笑，基弗里看得神魂俱醉。两人的目光交织在了一起。面容表情在瞬时的沉静中微妙的变化着。

奥特丽没有离去的意思。基弗里绕过办公桌，像个企鹅一样走过去，虽然中校努力地要让步伐优雅一点。

他们俩近距离的又互相凝视了一会儿。基弗里伸出两只手去揽住奥特丽。

在手臂围住腰肢初时的那一刻，一阵颤动传了过来。

基弗里的勇气受到了鼓励。奥特丽在他进一步有所动作的时候说："太快了。我还没有准备好。"

她稍稍后仰了身体，以避开基弗里的亲吻。

基弗里一点也没有放松的意思，他眼中满是琥珀色的柔情。这种光辉犹如春天里洒在草坪上的温暖的阳光，懒洋洋的直叫人昏昏欲睡。

"请给我时间。"奥特丽用希腊语低声说。

基弗里听不懂希腊语，他以为那是奥特丽羞涩的咕哝。胸前触到了美丽的奥特丽突起的敏感部位，春心荡漾。正在此时，伸缩门忽然打开了，两人都吓了一跳。

机器人希里—1 先探进头来，然后走了进来，它理所当然地看见了中校的手，还放在奥特丽小姐的腰间。

"有事吗？"基弗里热情顿失，缓缓地放开手。

"有事吗？应该有事的。"机器人希里—1 是个善于回答提问，却拙于灵活发问的笨蛋，短暂的停顿后，终于，它翻查出了对应程序。

"咖啡具有刺激醒神作用。基弗里中校，你在休息时要镇静，所以不能喝咖啡。你需要睡觉，或者听听音乐，或者到健身房进行半个小时的有氧训练，或者看看书籍，默读一段优美的田园抒情诗。"机器人希里—1 说。

默读诗歌是希斯对值勤军人应付航行中闲暇时间作出的提议之一，希里—1 忠实而认真地把它储存在程序里。

究竟谁才是全权在握的飞船值班长官？方便的话基弗里直想飞出一镖让机器人好看。

奥特丽不便再留下，离开了，出门时遇见了德国海军上尉戈培里·戈林曼，他曾经是奥特丽的追求者，彼此也是认识的，因此奥特丽向他打了招呼。

基弗里眼见着奥特丽离去，而希里—1 继续一派假装糊涂纠缠不清的模样。他当然不知道，机器人没有应对这种场面的程序，因而暂时出现了混乱。中校愈加愤恨，终于从腰间摸出了双刃镖，顶在了希里—1 俊俏的脸上，机器人滋润的硅胶脸有一种玉一般浸润的颜色。真是绝顶的美少年。

“蠢驴，看我今天怎么把你骗了。看你这个恩弥底翁怎么永葆青春。”基弗里居然还记得起希斯在月球基地里那些赞誉机器人的话，愈加恶火中烧。

中校比机器人希里—1 高得多，他往下瞧着这个可恶的破坏者，虽然还没有动作，却下意识的使着劲，镖尖戳进了美少年恩弥底翁的面皮。

希里—1 的信息库里似乎没有这个词，因此不知所以，举起手挠头，镖尖已经刺破了它硅胶脸皮，它已经关掉了电击程序，所以只有继续发呆，害怕一词是没有输入储存器里的。

突然，伸缩门再一次打开了，没有警戒设置的门遇到谁要进来都会自动打开，基弗里中校想，今天真是大意了一些。

戈培里·戈林曼上尉跳了进来。他手中短枪膛的激光枪直指着基弗里中校。

“你敢如此对待你的上司。”基弗里一时气不打一处来，他也不相信戈林曼上尉敢在飞船上随意开枪。

“你先违规了！而且，对不起，现在你不当班，只是普通人员。”

话音刚落，极亮极亮的光一闪，基弗里中校两眼突然一黑，什么都看不见了。原来戈林曼上尉使用的是最新式的激光／眩光／电击三用枪，增加了眩光和电击两大功能，目前还是首先在太空中使用。作为陆军军官的基弗里从来没有使用过这种激光枪，他刚刚上任时被告知过，但是印象不怎么深刻，而且在几次值勤中从来没有遇到过任何紧急情况需要使用激光枪，一时里也竟然疏忽了，便着了道。

在他失去反应的瞬间，他感到手被什么东西一下铐住了，挣也挣不开。待他回过神来，强睁开满眼金花的眼睛，迷迷糊糊定神一看：戈林曼上尉想得真周到，连手铐都带来了。

很快，穆姆托上校获知消息赶到，他让戈林曼上尉回到自己的休息室，然后向刚准备休息的克里将军汇报了这一情况。此时，克里的起居室兼个人办公室里，雨滴催眠器刚刚打开不久，细微的雨滴之声，和人耳听不见的 δ 波，从催眠器里发出来，促使人进入梦乡。但是，克里脑中亢盛的 β 波，抵抗住了睡眠之神的引诱。

“帕欧卡将军也知道了吗？”克里心中恼恨，语言上依然得体。

“我是首先告诉将军的，帕欧卡将军现在还不知道。我马上向他汇报。”

“哦，那好吧。”克里没有阻止他，“你就在办公室那里等我，不要离开，也不要惊动其他任何人。”

飞船主管帕欧卡将军来到警卫值班办公室时，克里已在那里等候多时。他们共同打开了希里—1身上的60分钟自动录像器进行回放，事情的经过便一目了然。基弗里中校内心沮丧不已，一言不发。

“谁叫你进警卫长官办公室的?”克里问机器人。

“我路过这里，一个上尉说这里有个中校急需了解一些问题，我就进来了。”

“好吧，删除刚才的记录，然后，关闭你的一切感知系统，60分钟。”克里的指令对于机器人希里—1永远都是有效的，接着克里转向穆姆托上校问“戈林曼上尉是当班吗？”

“不，此时他不当班。他直接归基弗里中校管。”

“哦——”克里应出很长的一声。

帕欧卡将军从克里将军和穆姆托上校简短的对话中，听出了这件事是一个阴谋，而且这个阴谋中牵扯上了自己的老朋友，德国国防部长。戈林曼上尉正是部长的二公子，恰恰这个二公子又战功卓著，虽然非常年轻，在知晓他的军人之间却素有名望。据帕欧卡自己手中掌握的信息来看，基弗里中校与戈林曼上尉分属不同兵种，原来两人并不认识，更谈不上什么过节在内。难道，戈林曼有意陷害基弗里，无非是要基弗里中校显得难以担任飞船警卫长官之职，自己好有机会取而代之，特殊战争时期晋升军衔真是如足球赛中罚中点球一样容易，机会难得。

想到此，帕欧卡既对戈林曼的深沉感到发冷，又为军人的精诚团结担忧。但是，帕欧卡仍然不想过分夸大这事的影响，反而打算淡而化之。他这样做，至少能找出来三个理由。他望着克里，思考着却不说话。

克里先对他说话了。

“你是飞船主管，你决定吧。”

“显然，这可能是一个阴谋。没有值班的人不可能戴着手铐到处跑。没那么凑巧的事。可是事实又令人难以辩解。”

“那个女子是谁，她太美了。她不该登上飞船的，她会带来动乱。”克里答非所问。

但是谁也无法回答克里。

在帕欧卡的示意下，穆姆托上校除掉了基弗里的手铐。作为警卫长官，基弗里中校自己也是可以用特制钥匙打开的，但是他决不会那样做。

克里想得很多。

等了许久，仍旧不见帕欧卡开口，克里只好向帕欧卡建议说：“因身体原因，基弗里中校，暂时不适合担任任何职务，应该免去他的一切职务，并另外寻找一个合适的人代替他。可以先临时任命一个值班长官代理，试用一下再决定正式任命。试用很重要，时局太乱，我们都很难清楚准确地掌握部下的情况了。”

帕欧卡将军同意了克里的提议。

“还有一点，由于失重对大脑供血状况的影响，缺少经验的宇航者会昏昏沉沉。飞船上，人的情绪总是更加急躁，容易失控。能引起混乱的原因，应尽量减少为宜。”

“嗯，是的，帕欧卡将军思考得很周到。那个美丽非凡的女子，让她一觉睡到巴纳德星吧。”

“不，克里将军，奥特丽没有错，她还是个纯洁的女孩子，不能处罚她。”基弗里恳求说。

“你也去睡吧。”克里说，想了想又解释说，“只是让她睡觉而已，不是处罚。”

“立即执行命令。”帕欧卡转头对穆姆托上校说。

穆姆托上校带着基弗里中校离开了。

“基弗里中校犯了两个错误，涉嫌恋爱，攻击自己人，也只有这样处理了。飞船上中严禁任何形式的恋爱，是不是太严厉了。”四下已经无人时，帕欧卡对克里说。

“刚刚相反，必须这样做。所有公开的宗教仪式也必须禁止。舰队的九艘飞船都必须遵守这一条令。作为舰队的旗舰，我们更要从严。”克里一脸冷峻。

两位将军开始从未进入休眠的留守人员名单中寻找合适的人选。有十来人可供他们选择。

戈培里·戈林曼，男，二十五岁，海军上尉，海洋大学学士，法兰克福人，在芬兰湾战役中战功显赫，由少尉累升至上尉。

“这人很不错嘛，还和德国国防部长一个姓，只是，他似乎有些心术不正。”克里对戈林曼几个字敏感万分，“我更愿戈林曼上尉是因为奥特丽小姐产生嫉妒。”

“我也相信如此，红颜祸水，有时候是这样的。克里将军不知道，戈林曼上尉的确是国防部长的二公子，一个优秀的海军英雄。”帕欧卡说。

“只是，为了升迁，或者，为了美丽女人而失去理智，不管什么原因，如此对付同僚，看起来是很有谋略，但是未免有些——”

“那就看看下一个吧。”帕欧卡将军立即明白了克里的意思。

密罗辛，男，二十六岁，天军上尉，航空航天硕士，泰国万伦港人。已加入法国国籍。毕业成绩非常优异。航空航天大学曾有三名著名教授联名推荐就读本院博士，后因密罗辛坚拒未成，入伍服役后，两次因航天方面的技术改造获奖升衔。

“我知道的比资料上还要多一点，可也就是这些了。”帕欧卡在触摸屏上迅速地点着，一边从嘴里增加着介绍。

“啊，密罗辛上尉为什么要拒绝教授们的推荐呢？不过，真是一个宇航天才。文人武职，可以试用。”克里看完后，认真想了想说。

帕欧卡上将一一调出了密罗辛上尉的详细资料，阅后，基本同意克里的意见。于是，密罗辛上尉临时代替了警卫长官的职务，因军衔太低，升少校，试用期二百小时。

在发出任命书的同时，基弗里中校和奥特丽小姐，以及另外两个军尉，都安然入睡去了。

一切停当之后，克里独自一人来到基弗里所在的休眠室。

“你太冲动了，孩子，像你父亲一样有些神经质。好好睡吧，你的未来在前方。”克里抚摸着基弗里已经入睡俊美的面庞，轻声地说。

克里对他的这个侄子真是宠爱有加。他的妹妹朱丽叶·克里到拿破仑一世出生长大的科西嘉岛去旅游，在阿雅克肖爱上了那里的一个里昂青年。里昂青年来自索恩河与罗讷河之间地带，因对拿破仑狂热的崇拜而放弃军职，渡海来到科西嘉岛上作了一名警察兼导游。当有重要客人到来时，里昂青年一边护卫跟随，一边兴致勃勃的介绍当地风土人情，历史典故，乐此不疲，所以警察局长特许他兼职导游，不过只能是在一些重要的时候。机缘巧合，他认识了朱丽叶·克里，两人迅速坠入爱河，他们甜甜蜜蜜，很快就有了杰夫·基弗里。小杰夫具有英国和法国的血统，天生俊美。谁知乐极生悲，巨大的快乐总是不长久的，妹妹在一次高速游艇事故中丧身。妹夫虽然悲痛万分，却怎么也不愿离开科西嘉岛，追忆和忠诚成了他精神的两条支柱，拿破仑时期的船形帽和朱丽叶·克里的相框分放于他睡床两侧。有时，里昂青年会疯狂到这样的程度：赤着上身，戴着船形帽，握着一柄不知哪儿弄来的古式军刀，声称他是拿破仑·波拿巴的妹夫阿雅克肖爵士，他正在率领一支强大的炮兵团和人数众多的步兵团越过莱茵河，这次他领兵远征，不是要拿大炮轰掉狮身人面像的鼻子，而是要轰平高加索山脉。

不得已，克里强行接回了侄子杰夫·基弗里，让他濡染着军队的风习长大，那时候，霍普·克里还是一名年轻的上校。为了争夺下侄子的抚育权，克里甚至差一点诉诸法庭，最后以里昂人退步而罢休，他的精神症问题不适合抚育小孩成为克里胜利的要点。

但是，克里依然付出将克里家族中他妹妹名分下的二十万股菲亚特股票转赠一半与里昂妹夫继承的代价，好让这个几近疯狂的青年，在科西嘉岛上买下一处据他说经过仔细认真考证后，是拿破仑·波拿巴居住过的小屋，以及附近农场的地块。克里在交付股权证的时候忍不住暗暗骂了一声“老波奈”。如今，克里感觉到，里昂人的热血又在基弗里的血管里以另外一种方式沸腾了。

等基弗里一觉睡到巴纳德星时，会变得成熟理性一点吗？克里摇着头，不无忧郁。

第三集

密罗辛上尉晋升少校，并成为布鲁诺飞船值班长官，是他完全意想不到的。在现在执勤的人员当中，军衔比他高的比比皆是。密罗辛少校也清楚，多个军种混合在一起，执行如此一项外太空的特殊任务，尉级乃至校级军官同普通士兵没什么差异，军衔不是决定职务的重要因素。登上太空飞船，军人的最低级别也是尉官了。如果不是因为飞船航行之初需要优秀的航天技术人员，他应该进入休眠状态，像绝大部分人那样，才更为合适。

克里有意使用有军衔的文职人员，正是要尽力驱除战争带来的无所不在的那种暴戾之气。

这一点，密罗辛少校如何能知晓呢？漫说是他，许多久经沙场出生入死的正在执勤的军官，也难以理解布鲁诺飞船主管帕欧卡将军的这个决定。

密罗辛少校如果不是因为战争，应该继续在大学里成就他的航天研究，但是他看到了战争能够让人迅速成名的捷径。从小，他的母亲就给他灌输一种观念，必须出人头地，来回击他法国裔父亲的种族偏见。他母亲在与父亲的短暂恋爱结束之后，伤心之余皈依了佛门，而把一颗倔强受伤的心种进了儿子的生命。密罗辛每次回国看望母亲，看到那金光闪闪的佛塔，总是令他产生一种辉煌未来的使命感。

所幸的是飞船里藏有大量的电子书籍，借着值班的大量空闲时间，和丰富的实际航天经验，足以让他在到达巴纳德星系时成为地球人中最杰出的航天科学家，宇宙战士。他向今世及来世佛祈愿，并打算申请在太空飞行的全部航程里都醒着值班，而不要在休眠室中空度岁月。

向穆姆托上校询问过有关值班事项后，密罗辛少校在飞船餐厅里，吃起他的一份八九成熟的烤牛排，这份烤牛排是就任值班长官才能获得的特殊待遇，之后，可能要过上相当于一百个地球日的时间，才能吃上一次，在这期间，多半只有牙膏状的味道单一的合成食物。

烤牛排已经比较老了，可是密罗辛还是觉得嫩了点，而且站着吃牛排简直是一派滑稽的样子，怎么看都缺少绅士派头，使刀弄叉也得分外小心，一不留意，用错了劲，牛排就会飘起来，浮在空中，像被施了魔法的怪物。

非常轻微的吱吱声音响起后，戈林曼上尉也进了稍显狭窄的餐厅。

“连接舱那里好像有管子被撞坏了。”戈林曼盯着长官牛排，报告说。

“哦，是吗？我们还有三个多小时才当班，到时候再去检查处理。”密罗辛当然不会此时去干涉穆姆托上校值班。想了想他又补充说，“那可能是一根辅助备用管，在飞船对接的时候才使用，不必那么着急。也可以给穆姆托上校说一声。要来一点牛排吗？”

密罗新少校的友好姿态一点都没有引起戈林曼上尉的好感。

“是我们首先发现的，为什么要让上校居功呢？至少你应该向帕欧卡将军立即汇报。机会一去，再难重现。”尽管说的是英语，戈林曼浓重的喉音里明显地露出德语口音。

“这点发现有什么了不得的功劳？在远离地球的狭窄空间里争名夺利，是不明智的，以和为上。待会儿我便告知上校。”

戈林曼不动声色离开了。

密罗辛用通话器联系了穆姆托上校，要他注意飞船外部设施后，打算慢慢地继续享用他的烤牛排。悠闲的心境在太空生活中是很重要的，这一点上，密罗辛少校深有体会，甚至打算就此发表一篇研究论文，虽然心理学研究完全不是少校的专业。

这时候，几乎是飘进来了一位海军陆战队上校，这位上校急匆匆的神情显露了内心的愤恨。他瞪着眼道：“少校先生接到了汇报吗？”

“已经知道了。”

“那为什么还在磨蹭？”

“现在我们不当班，让穆姆托上校去处理更好。”

“作为上司——”发这个音节时上校故意加重了，并且耸了耸肩，肩章上的三颗银星闪烁，“考虑照顾下属的利益是必须的，这是上司应该具有的良好品行。真不明白少校是怎么想的。”

海军陆战队上校对于少校一词有故意加重了语气。

上校咄咄逼人，意欲何为？密罗辛少校听出了弦外之音。作为新任值班长官之一，密罗辛心里清楚，他经验和资格，威望都难以服众，他的升迁粉碎了一干人的梦，因而嫉恨是在所难免的。但是，他比这些人更多知道一些的是，那根损坏的舱外软管无关紧要，不必立即处理。他考虑的是，如果马上就向主管帕欧卡将军汇报，势必让穆姆托上校下不了台，他的精细博识与成功不是正好彰显出穆姆托上校的粗疏大意和失败吗？然而与另一位值班长官和谐共处是必须的。

看着上校眼中愤愤不平和蔑视的目光，密罗辛少校甚至有些怀疑海军陆战队上校是凭借着什么特殊关系才爬上登船名单的，因此惯于仗势欺人是一种习以为常的恶习。

在上校目光的逼视下，密罗辛少校不紧不慢地说，此时他放下了割牛排的刀子：

“这是一个非常特殊的时期，决定行动是靠知识和智慧，靠对全局的掌握，而不是凭借经验和军衔，尊敬的上校先生。我知道怎么处理，请你不要干涉我的权利。”

上校一时被密罗辛少校的话呛住了，一个初出道的黄毛小子竟然也敢教训他，可是，对方是顶头上司，上校居然还必须得咽下这口气。他手指向下戳着，一戳一句话，恨恨道：

“你的权利应该是在实验室指导大学生们实验，而不是在指挥一群英武的军人上逞能，也许你还没有闻过硝烟的气味吧，少校。恐怕除了在芭堤雅看人妖时，你能够给予我们引导指点，作作导游外，其他地方别无用处。你应该学会如何尊重前辈，暹罗猪。”

密罗辛气愤得猛地抓起叉子插在了牛排上，可是他用力并非是完全垂直于桌面的，因此一块切下来的牛排受到力的碰撞竟飞了出去，旋转着，成为空中晃悠悠的漂浮物。

“我保留向帕欧卡将军汇报并处置你的权利，在这之前，你必须向我的祖国道歉。”密罗辛少校用一句暗含威胁的话发泄他的压抑不住的愤怒。

上校悻悻地踢门而出。这一过激的举动差点让他飘了起来。

戈林曼上尉是和几位军官在休息室里讨论过关于软管事故后分手的，之后，海军陆战队的上校去餐厅羞辱密罗辛少校，他则径直向总控制室行去。

近十个小时之前，戈林曼上尉眼睁睁看着希腊美人奥特丽小姐进了休眠室，心头痛如刀割。芬兰湾战役后，作为海军舰队尉官中的英雄代表，戈培里·戈林曼随同英雄战舰出访地中海沿岸国家。欢迎的人群中，一张俊美无比的少女脸庞深深吸引着了年轻有为的军人。随后，这位豆蔻年华的女子加入代表当地政府向英雄们献花的队伍，戈林曼终于得以最近的距离一亲芳泽。

然而，尚在艺术学院读书的奥特丽，除了对英雄的崇敬之外，没有任何的异性爱慕之意。她像一只纯洁的色彩斑斓的大凤蝶，翩跹飞舞，吸引着众多爱慕的眼光，却始终对人间淡然而视，无动于衷。戈林曼并不死心，至少奥特丽答应了定期接受他从远方寄来祝福的明信片和通过 BtoC 电子商务订购的鲜花。戈林曼连续两次升衔成为上尉，正前程似锦，他对最终获得奥特丽的芳心青睐，深信不疑。

此时，全球战争突然爆发了，一切都因此而改变。当德国决定加入哥伦布太空舰队后，当戈林曼知晓自己成为其中荣幸的一员后，他私自动用了国防部长父亲的些许特权，求助于长辈和朋友，暗中将奥特丽也编入了登船名单。途经审查的时候，几个检察官看了奥特丽的相片，立即叹息道：我们地球的美丽天使啊，你应该向宇宙带去地球的美好形象，难道这还需要检查吗？

于是，仅凭希腊少女的美丽，轻易地就通过了严格无比的检查关口。这一切，奥特丽蒙在鼓里，全然不知，她的国籍在泛欧盟宽松的国籍管理中，根本没成为通过检查的障碍。

机缘凑巧，奥特丽上飞船后并没有被休眠，而是作为特勤人员服务。不出意外的话，大概有一年左右的时间，然后被轮换。

朝夕相处，寂寞难耐，由敬生爱，一切似乎要按照戈曼上尉设计的感情进程发展了。戈林曼感谢上帝恩赐给他这个机会，可是大献殷勤的机会转瞬即逝。

在失落了一阵子之后，戈林曼上尉开始还以为他还有晋升为值班长官的机会，他虽然军衔低，但素有战功威名，加上此时未休眠的值勤军人不过三四十人，概率是存在的，更重要的是，飞船主管帕欧卡将军正是他父亲多年的挚友。失之东隅，收之桑榆，升衔升职，此安慰也算说得过去。

当密罗辛的任命书下达时，他简直又羞又怒，如果是别的军衔比他高，军龄也长的同僚获得任命，这还可以忍受。的确，值勤军人中，可以说谁都没料到，会是密罗辛这个毫无半点战争经验的书生荣升值班长官，因此暗中议论纷纷，怨言不断。戈林曼再次觉得时机到了。

从餐室里出来，他来到总指挥室，他知道此时克里和帕欧卡等要人应该在总指挥室即主控制室里。通过瞳指双防检测门时，戈林曼上尉颇费了一些周折，没有值班长官的带领或许可，独自进入主控制室已经超越了戈林曼上尉的权限。

他启动了应急检测申请系统，输入指令等候答复。帕欧卡将军从主控制室里面收到了戈林曼的紧急请求，他通过监视器对戈林曼监察观测后，打开了外部钛钢合金门。

经过一道三四米的缓冲隧道，又一扇透明的防弹玻璃门开启了，再转个弯，便进入了主控制室。这时候，双颅人希格里·斯诺正在和施洛德总工程师下国际象棋，克里和帕欧卡在一旁观战，偶尔两人也悄声说点什么。另两位高参则面向全息星空图，讨论着正在奔赴而来的，那些太空旅游的各艘飞船，与舰队飞船的位置距离。

隐藏着的音响里，小声放着萨拉·布来曼的《斯卡布罗集市》。从前，很早的从前，克里还在摇篮里时，如果他躁动不安或者哭闹，他母亲总爱播放萨拉·布来曼的天籁之音哄他入睡，因此克里养成了常听布来曼的DVD的癖好。这最容易使他平静。离开地球时，克里没有忘记带上这几张他最心爱的DVD。多少年来，这些大碟至少被他复制了十遍以上，一同带来的音乐碟中还有贝多芬，肖邦等人的音乐作品，复调大师塔弗纳的弥撒曲，亨德尔，门德尔松的清唱剧也在其中，以及少数的节奏相对较为轻缓的流行音乐。

“当我下达一个战斗命令之后，往往都会去听上一段音乐来放松自己。”克里曾经这样说。军部有少数几个人知道克里的这一习惯。

如果不是召开什么重要会议，布鲁诺飞船上四巨头应该轮休，直到飞船进入无动力飞行为止，再进行更大的轮休。看样子，四人刚聚在一起进行过一场讨论，正是休憩的时间。戈林曼上尉独自一人进来有点让他们意外。

戈林曼上尉选择着谨慎的语言，尽量让叙述平实真切，不带半点个人意气。汇报完毕，首先问话的是克里，因为力主提拔密罗辛的就是他自己。

“密罗辛少校已经判断出是一根无关紧要的舱外软管吗？”

“他是这样判断的，但是他没有亲自去检查，而是在切牛排。”戈林曼如实说。

“可能他是想送一个人情给穆姆托上校，以便将来好彼此相处，毕竟漫长的未来日子，友情非常重要。密罗辛少校来自亚洲，他是中国人吗？”希斯问。这段时间以来，希斯中一人说话时，另一张嘴也有轻微的相应的嘴唇动作，所以不加注意的话还很难辨清是谁在说话。

“不是，他是泰国人。登船之前是泰裔法国人。”帕欧卡说。

“哦，从他的面相，尤其鼻子上看，的确更像亚洲热带的人。如果他来自好讲人情重于工作原则的中国，那还好理解。”希斯转向克里，“将军怎么看。”

“封锁消息，戈林曼上尉，不要对别人说起你已经向我们汇报过。我们要立即通知穆姆托上校，即时修复。”克里从来不改变自信和果断的品格。

“当然，需要；立即修复，再过四五个小时，就有旅游者飞船要求登船对接了。”总工程师施洛德补充说。

正说着，穆姆托上校已经通话过来，报告他值班巡视时所发现的软管问题。原来，被地球上质子炮击中的一颗地球高轨卫星，其碎片四散乱飞，直入太空，非常凑巧，有细小的一块经过时，擦上了布鲁诺飞船一角，虽是小损伤，却让一根通讯连接软导管飞出舱体飘浮在太空中。起初还未完全脱落，随着飞船的飞行加剧了损坏程度，不久前突然从舱体甩了出去，幸好未造成其他损坏，但是缺少固定的软管肯定会严重影响飞船对接，甚至可能让旅游小飞船在对接时，一有不慎，船毁人亡。

“按照规定，还有十分钟，我就换班了。现在密罗辛少校也知道了这一情况。”穆姆托继续说完。

克里与帕欧卡耳语几句。

“你再继续值班半个小时。”帕欧卡在通话器里对穆姆托说，接着他又命令密罗辛少校马上到主控制室。

密罗辛即时赶到，他没料到的是戈林曼上尉也在这里，而且好像对帕欧卡等人已经作过汇报。他敬礼后，头偏向戈林曼上尉瞬间露出一个友好的微笑。戈林曼上尉作为一个真正的军人，与其他值班军士关系密切，他当然不愿意轻易开罪戈林曼。

“飞船就要对接了，软管怎么处理。”帕欧卡问。

“这可能是软管一头的座子被撞坏，因而一头脱落，另一头还系在飞船上。这应该是一根通讯导线束管，如果拉回脱落的软管，并把它焊接或粘接在飞船底座上，应该可以继续使用，只是需要派人进入太空，到飞船船体外进行修理，有一定难度。”密罗辛看着显示器上穆姆托传送过来的图像说。

“那谁去合适呢？多少时间能够完成，第一艘对接的太空旅游船距离我们只有几千公里了。”帕欧卡问总工程师施洛德。

施洛德一时还没想到最合适的人选，当然更无从估计修复时间，他迅速计算起来。

“我可以亲自去，正好轮到我值班。”密罗辛少校立即申请，“大概两个小时能够完成。我需要一个助手，他只要靠在飞船边使用机械手给我送元器件和工具。”

“我可以荣幸做这个助手吗？”戈林曼上尉请求道。

“你是海军出身？”克里含着疑问问戈林曼。

“助手不需要有太空行走训练经历，他只须靠在飞船边，况且腰间系着保险绳，应该非常安全，因为他无须使用燃料推进器。”密罗辛解释说。

总工程师露出赞许的笑容，帕欧卡立即下达了命令：“戈林曼少校，命令你做为密罗辛少校的助手完成任务，包括今后的任务。”

戈林曼少校一阵惊喜。

克里却有一种说不出的忧郁，以戈林曼少校功绩而言，敏锐果敢，又提为密罗辛副手，晋升当在情理中，克里甚至觉得帕欧卡将军任命戈林曼为密罗辛副手，是一个周全妥帖的考虑，是在各种因素中寻找有效的平衡。但是，他总又联想到了正在休眠的侄子基弗里，他担心他的妹夫、里昂人偏激的气质最终会深深影响到基弗里，使他处在一种潜在的危险中。

第四集

穆姆托上校心里十分感激密罗辛少校及时告诉自己飞船出现的意外，使自己不至于丢丑。密罗辛少校穿上背包式宇航服时，他在一旁积极协助，来表达自己的谢意。出发之前他们举手相击预祝胜利。

密罗辛少校先是被推出舱外，然后启动推进器，慢慢飞离主舱，向受损处飞去，软管另一头距离出舱口二十多米的距离，而可从出舱口伸出的机械手还不到十米，因此仍然需要密罗辛来回往返接取配件材料。在外太空行走是非常危险的事情，克里，帕欧卡和施洛德从监视屏上密切注视着整个维修过程，只有希斯显得轻松一些。

从飞船里往外望去，密罗辛少校像一尊白色的天神在漆黑一团的太空中飞舞穿梭，他身上的 LED 弱光灯使他显得熠熠生辉。照射灯射出利剑一样的光柱，把黑暗和恐惧刺穿一个大洞。天神密罗辛少校就在这个亮洞里穿梭。飞行时，推进器的尾焰使他像火神降临。有时他故意摆出一个造型，还翻一个跟斗，来表现他心中的畅快和胸有成竹。飞船本身呈现出明亮的白色，所以往飞船方向看，少校和船身又融合成一体。

“呀嘿，密罗辛在卖弄他的技艺。”希斯叹道。

“真是一个杰出的航天天才，他的身体手脚竟然和头脑一样灵敏。”总工程师施洛德看着视频图像上密罗辛娴熟地修理飞船，手划着圈称赞说，此刻，总工程师也终于放下心来了。

一个多小时过去了，修理接近尾声。旅游飞船距离只有一千多米，正缓缓地按布鲁诺飞船的指令调整着接近的角度和速度，准备实施飞船对接。

密罗辛涂好强力胶水粘好底座后，又施放氧气对着接口吹喷，使接口能够迅速胶合固定，细小的喷口原本是为了使用过行走太空服之后，避免危险而故意放掉其中的液氧而使用的，口虽小，却喷出一大团白气，迅速消失于近似真空状态的太空中。之后，密罗辛少校再次利用软管进行通话试验，发现已经完全修复了。监视室里的人都跟着松了一口气。

“旅游飞船还有一段时间，才开始对接，我想顺便再检查一下，看看软管附近，有没有未发现的受损情况。”密罗辛请求道。

总工程师施洛德和身边的机械师商议了一下，向帕欧卡点头，主管帕欧卡将军随即同意了密罗辛的请求。

突然，密罗辛的航天背包一下停止了喷射燃料，尽管他摇晃手臂，却控制不了飞行方向，借着先前获得的一点惯性，他缓缓地离开飞船而去。

“没有燃料了。”密罗辛检查了仪器说。

飞船内霎时紧张起来。

“是不是刚才他作太空舞蹈消耗了过多的燃料。”希斯问。

“不会，燃料充满的话足以再使用一个多小时，每次使用前都要经过检查。”施洛德说。

“那怎么办?”帕欧卡紧接着问。

“只有再派另外一人出舱，系上保险绳，慢慢地拉回来。”

“报告，氧气量太少，我感到脸上潮热。”没过一会儿，密罗辛又说。

“我们立即派人救援。”帕欧卡安慰说。

“要平静，不要紧张，尽量减少氧气消耗。”施洛德指示说。

事实上，当密罗辛感到面颊潮热时，任何减少氧气消耗的行为已经是多余的了，因为航天包的存贮罐中，已经没有氧气了。

一个宇航员迅速从休息室往连接舱这边赶过来。施洛德估算了一下时间，从宇航员检查携带装备出发到抵达舱口大约要十多分钟。救回密罗辛的过程需要十多分钟，进舱要几分钟，除掉设备又要花费几分钟，等带上氧气罩抢救时……

氧气，氧气，分秒必争。施洛德脑子里电光一般算计一遍。

“飞船出口处有能进行太空行走的人吗?”施洛德大声发问。

“我能，我在俄罗斯航天基地接受过培训。”穆姆托上校在出口处回答。

总工程师施洛德和主管帕欧卡将军对望了一眼，只要穆姆托上校营救时动作生疏或迟钝一点，都可能让密罗辛白白送命，要知道穆姆托上校仅仅是个空军上校，即便接受过太空行走培训，也难保救援顺利。

时间又过去了十秒。

“举起你的手，张开手掌，对准摄像头。”希斯说。

一张清晰的手掌照片立即输送了过来，希斯马上叫机器人希里—1 按他提示的公式测量计算，前后不到三十秒钟。

“可以让穆姆托上校去。”希斯果断的对帕欧卡说。

戈林曼少校此时已经进了空气舱，接到指令立即卸下自己的宇航服帮助穆姆托换上。

“这件宇航服氧气也很少了。”戈林曼提醒说，他也弄不明白为什么每套宇航服都没有充足氧气，只是他身处舱门边，即使缺少氧气发现后也来得及回舱，没有什么危险。

“没关系，不用呼吸，憋一口气我也能赶回来。”穆姆托上校信心十足。

等救助的宇航员赶到舱口时，穆姆托已经冲出了舱。

穆姆托径直奔向了悬浮在空中并继续往远处漂移的密罗辛。宇航服的推进力恰到好处，速度看起来非常合适。克里等人通过视频眼见，稍稍松了一口气。

穆姆托上校用通话器呼叫密罗辛少校，少校已经没了回应。他追上并绕过了密罗辛，挡住了密罗辛漂移的方向。

宇航服轻轻地撞在一起，密罗辛停止了向飞船更远处的飘浮。实际上，此时，飞船和两名宇航员，都在宇宙中以超过二十公里每秒的速度飞行。

穆姆托上校出舱时，并没有系上保险绳，一者这又要多浪费时间，二者保不定他在飞行过程中，推进器的尾焰会烧坏有机材质的保险绳，他也对自己有充分的信心。上校抱住了密罗辛的腿，穿着厚大的宇航服，他恐怕也只能抱住相对来说细小的腿部。穆姆托调整好方向角度，算计好推进速度，开始回返。

穆姆托回到了舱口时，救援的宇航员刚好穿戴完宇航服，出得舱来等待出发。

对接舱舱门关上了，众人忙着替密罗辛除掉宇航服。密罗辛昏迷不醒，嘴唇青白，生死未卜。医生早已准备好医疗器材，就地抢救立即开始。与此同时，飞船上的四巨头开始争议起这场事故的始末。

“燃料和氧气都同时出现事故，因此可以断定这是一场针对密罗辛少校的谋杀。”

克里一开始就用十分肯定的语气说。

帕欧卡，希斯和施洛德都没有立即表态，但是他们也没有更好的理由去反驳克里。希斯更从交换价值的角度分析了嫌疑人的企图和代价，谋杀动机不难找到，但是即使能够付诸实施谋杀，却未必能有最终的实际价值，因此希斯对谋杀持怀疑的态度，他更倾向于是一种恶作剧。

帕欧卡要求建立一个事故委员会来调查此事，因为飞船上每一个潜在的人为的危险，都有可能让布鲁诺飞船遭受灭顶之灾，更何况进入无动力飞行之后，留守值勤人员更少，总计只在十人左右，这里面的每一个人，都可能会改变布鲁诺飞船的命运。除开希斯只是顾问，身上没有明确的职务和责任，可以在任何时刻休眠之外，连他们三人，他和克里，施洛德都要轮换主管飞船。那时候，一两个人便可借潜伏在暗处之机，操纵飞船，决定生死。

帕欧卡主管要求对所有留守值班人员全部进行清查的建议得到了一致同意。

幸运的是，密罗辛少校已经苏醒，正在进一步治疗中。帕欧卡和总工程师施洛德最担心的是密罗辛大脑受到损伤，他卓越的航天天才肯定在今后还有更多表现的机会。

密罗辛清醒后第一句话问：“飞船开始对接了吗？”

巧的是此刻旅游飞船正像小鸟依人般向布鲁诺飞船靠过来，密罗辛立即要求观看对接的过程。帕欧卡答应了他的要求，叫人把他送到主控制室。靠近速度，每秒六厘米，太空旅游飞船越来越近，到两船相距十米之内后，更减少到每秒三厘米。

但是，此时，大小两艘飞船，在宇宙中，都在以每秒二三十公里的速度飞驰。它们依依相望，却更似静止一般，等待着生命的那一刻相连。

克里看到顺利的对接，也看出密罗辛并无大碍，欣慰地笑了。他突然想起一件事，转头问希斯道："希斯先生为什么先前要穆姆托上校举起手掌来看呢？"

"那是掌纹中的数学。我让机器人希里—1 检查他的 ATD 角，就是食指和小指根部与腕部前端三个点构成的夹角，结果发现仅有 32 度，说明穆姆托上校运动能力非常优秀，反应灵敏度非常高，加上他自称在俄罗斯航天基地接受过短期宇航培训，我想，上校应该能够胜任太空行走营救。"

克里佩服地点着头，说："穆姆托上校还是国际军人大赛的获胜者呢。"正说着，事故调查小组负责人来报告说，事故嫌疑人已经锁定一个海军陆战队上校。

"我需要离开么？"一见是机密汇报，密罗辛提出询问。

"凡是飞船上重大的事情，值班长官都要知晓并参与的。"帕欧卡非常和蔼的邀请密罗辛中校留下了。

嫌疑人不是戈林曼少校，有点出乎克里的想象。从基弗里被算计起，他就一直对戈林曼缺乏好感，存有疑心。戈林曼是有动机陷害密罗辛的，越级向最高主管报告飞船的损伤问题，从那时起，克里对戈林曼少校起了怀疑，任何一个人作值班长官，都有可能遭到他的算计。碍于帕欧卡主管对戈林曼的欣赏，甚至可以说是偏袒，克里不便立即公开地表示怀疑。现在，克里眼光注视着帕欧卡，看他怎样说。克里真的想知道事件背后有没有戈林曼的影子。

"我们应该组成一个临时军事法庭来审判。我们四个，再加上两个，一共六个人，以保证公正。"帕欧卡提议道。

的确，就现在飞船上活动的人而言，没有更好更多的选择了。

"好的。真是的，有人的地方就是江湖。——我想，我们应该以快刀斩乱麻的方式，来迅速处理这些烦人的事。"

"克里将军说得极是。赏罚分明，毫不犹豫。"总部的一位高参赞同道，最后，他也加入了临时审判小组。

一间狭窄而明亮的小屋，聚光灯照射着海军陆战队上校。他面色苍白，略显疲倦。他的身上还缠着电线，头顶戴着仪器，手腕也被奇形怪状的探头包围着，电线另一端则连着各种测谎仪器。

透过单向透视玻璃墙，审判法庭的人能看见屋内的嫌疑人，嫌疑人却看不见外面任何东西。这间小屋，是哥伦布舰队启航以后，才改装的，整个布鲁诺飞船俨然成为结构严密，组织复杂的太空军事堡垒。

“检查和更换宇航服的时候，你在什么地方。”帕欧卡几个人轮流提问。

几个问题下来，嫌疑人已经无法自圆其说，尽管脸上还竭力掩饰，但仪器显示出心理波形已经出现很大波动。很快，他承认自己在燃料上动了手脚。

“我只是想让密罗辛少校出丑。”他申辩着。

“不对，这是谋杀。你还在氧气上动了手脚，那是足以致命的。两者加起来可以判定是蓄意谋杀。”克里说。

“我没有动氧气。”上校叫道。

立即有证据和录像向上校展示，密罗辛因缺氧而差点送命的景象，无可辩驳。海军陆战队上校目瞪口呆，无言以对，但是依然嚷着：“相信我，我没有动氧气，我只是想教训教训密罗辛少校。”

临时军事法庭一致裁定，谋杀罪名成立。

克里总司令判决上校死刑，立即执行。

当上校接到判决时，内心虽然剧跳不已，表情却显得平静。“你们冤枉我，我要申诉。这算是几级谋杀罪？为什么判得这么重。”

“这是军事法庭的判决。”

上校还要大声叫嚷，一阵电击使他张口僵舌，瘫软下来。缠在他身上的电线，不仅是测谎器的导线，居然可以有脉冲电击功能。

一个小时以后，上校被秘密执行了注射死刑。

密罗辛少校身体没有多久便完全恢复了，他首次清点僚属名单时，发现少了和他有些小过节的上校。得知确切消息后，他大吃一惊。

“也许上校真的没有动氧气，氧气是我用来喷射黏合剂时额外消耗掉的，我想让黏合剂干燥得更快一些，除了我以外谁也不知道这点。”密罗辛少校独自找到克里总司令说。因为死刑处决的命令只有经过最高统帅的批准才能执行。

“我们没有错，这是军事判决。你要注意你的职位。”克里坚决地说。事故与戈林曼无关，反而让克里感到一点安慰，轻松，他原来把事件想象得太过于复杂阴暗了，因此尽管话语没有更改，语气却比较平缓。

一种崇高的信念在密罗辛心中升起。

密罗辛啪地行了一个军礼。“是！”

突然的动作使密罗辛少校差点从舱底升了起来，他摇了几摇，控制住了。

换班休息的时候，密罗辛少校以自己的方式，为死去的上校偷偷念了几遍《地藏菩萨本愿经》。

第五集

天军是一个新型军种，仅限于国力强大和航天事业发达的国家才设立，而且军队人数也很有限，属于一个入伍要求十分严格的兵种。它独立于海陆空三军之外。

本田一郎大将就是这许多幸运者之一。凭着几篇出色的军事论文，几次正确的指挥，和毫无疑意的忠诚，本田一郎一路顺风，不断升迁，十多年之内从普普通通的一名航天军事学院毕业的优秀生，成为一个天军少将，更由于一场浩大的灭亡性的战争，升衔为天军中将，不久，再幸运地成为太和号星际宇宙飞船主管，天军大将，军部著名的少壮派高级军官，这时候，他刚到四十岁。

飞船启程后，孤寂向本田一郎大将袭来。从布鲁诺飞船传过来的飞行计划，更令他郁闷不已。这也难怪，在黑漆漆的宇宙中单调无聊地度过十年，重复的见到那些熟悉而狭窄的房间、通道；因为路程远、人员多而不得不改装成最节约重量体积的膏状食物；吸力式坐便器，仅仅这个想法就足以让渴望建功立业的心压抑疯狂。本田一郎渴望的是建立不世功业，来证明他大将头衔的实至名归，也给那些反对甚至鄙视他的保守派人士一记痛快的耳光。

让人难受的事情，还有再看不到艺伎的舞蹈表演，无法盘腿品茗，漫论茶道，临枰拈子，笑赏樱花。本田大将太年轻，刚刚开始享受生活。可能他真的应该睡上八年，再用两年去面对太空寂寞，保养精力，期待未来，但是作为一个无限效忠天皇的军人，即便是劳累而死，也决不离开神圣的岗位，何况仅仅是十年的寂寞生活呢。本田大将真是左右为难，却不悔选择。

在每艘星际飞船上，都有许多科学家。本田大将想，作为一名科学家，还能摒弃地球人欲望享受的念头，潜心于单调重复的研究中，闭门造车，自得其乐，甚至面对一长串抽象无比的算式，都能饶有兴趣地打发漫长的日子。

军人和政治家却都不能，他们天生就要在人群中生存，斗争，或筹划，创建功名，享受荣誉。千叶公主久久未归，地位尊崇的本田大将难得有知心朋友或同僚聊天度日，而那几位不愿被休眠的科学家只埋头于他们枯燥无味的宇宙观察，思考，计算，检查理论，没完没了的争论结果。除了偶尔碰头交谈一点飞船各方面状况之类的公务事之外，他与他们再无多话可说。本田一郎像一头雄健的千里马，日复一日闭塞在狭窄的马厩里，憋得难受。

军途亨达的本田一郎一直独身。他把绝大部分精力都花在了军营里，用不到别人一半的时间完成了军职升迁，升到了本职的最高位。虽然单身，并不妨碍本田一郎拥有一些女人，她们中间不乏漂亮迷人的尤物。一个专飞旧金山和横滨越洋专线的空姐，是他最喜欢的女子，一次分别时，他抑制不了激奋，还送给她一首徐志摩的诗——《赠日本女郎》。

最是那一低头的温柔，
像一朵水莲花不胜凉风的娇羞，
道一声珍重，道一声珍重，
那一声珍重里有蜜甜的忧愁。

这首小诗写在一把薄绢折扇上面，这把折扇也是本田一郎的喜爱随身之物。不幸的是，折扇在飞机的冲天大火中化成了灰烬。本田一郎为此整整伤心了一夜，捧着折扇半遮脸，娇柔不胜的空姐相片，好多夜，本田一郎夜不能眠。

把飞船日常管理交给飞行部长后，本田一郎大将和他的助手，防卫厅高级官员丰绅正雄，以及一位议员，执政党的总干事长高贸见，三人着力于关于军衔的暂时更换和一些人事任命的工作。这三人和科学部长带领着的那几位科学家都较少聚会，只有一位釜山人，名叫朴泰愚的生理医学家，因为时常都要检查身体状况，配比食物，安排作息时间和确定锻炼身体的方式和数量，所以本田一郎与朴泰愚有过好几次见面。

朴泰愚博士不苟言笑，工作勤恳，他的本国同胞在太和号飞船上有一百多位，全部是当代杰出的科学或工程领域著名科学家，没有一位是政界人士。其他国家的科学家能够登上太和号飞船，不能不说是国内温和务实派创造的一个奇迹，他们力主用容让和道歉的实际行动来消弭多年来纠缠不清，甚至越搅越浑的民族隔阂与相互仇视，以至于不惜有条件的牺牲一定利益。这件事情便是诸多事情中重要的一件。

但是异国的众多人中，只有朴泰愚博士一人没有进入休眠。原因说起来非常简单。朴泰愚是一个富于创见的生理医学家，尤其在太空特异环境中的生理研究方面颇有造诣。他给本田大将的印象是城府颇深，难以捉摸，工作勤恳低调。不过朴太愚博士有个建议得到了本田一郎大将的欣赏并采纳，那就是为了防备在失重环境里，人体肌肉萎缩，他要求飞船上行动着的人每隔十个小时左右，都应该使用橡皮筋或弹簧拉力器，定时定量的锻炼身体，为此，博士创立了一套太空健身操。本田一郎大将将这一建议转告了其他八艘飞船，一下子好评如潮。朴泰愚心中窃笑，他创建太空操的念头不过来自于太极拳的启示，或者说，模仿。

与太空旅游中的千叶公主一直没有联系上，成为本田一郎最大的心事。仅从掌握照片上看，他没有百分之百的把握确定谁是千叶公主。凭目前的医学水平，通过基因克隆器官，再进行换皮整容，可以达到面容非常相像的地步，而手术留下的疤痕也几乎看不出来。千叶公主究竟在哪里，究竟能不能在飞船快速加速之前到达呢。

这时候，侍卫官加和正夫少佐进来报告说，有一艘小型旅游太空船准备对接登船。这是一艘本国的飞船，已通过验证，船上人员身份暂且不明，请求本田一郎主管核查批准。

“还有多远？”

“一百多千米，正减速靠近。”加和正夫嗓子有些沙哑，可能是加班和紧张的原因。

依两艘飞船相对速度而言，可能二十来分钟以后就要进行对接了。

“你到对接舱入口那里去，加强警戒。我要亲自再次验证。”这是第一艘对接的飞船，本田主管格外的认真严谨。

“哈依。”加和正夫转身立即带领两位侍卫去执行命令。

加和正夫是本田亲自选拔并提拔的侍卫官，本田喜欢从士官学校而不是从名牌大学里挑选部下。在用人上，本田一郎信奉松下幸之助的原则，不重点使用最出类拔萃的人，而是重用才能只及最优秀人的百分之七十的人。他激励并将这些人调动到最大限度地工作的地步，所以既获得了用人成绩，又避免了恃才傲物的优秀人才对他执行操纵的影响。他觉得对于天军这个军种，自己就像松下公司的松下幸之助一样，本田一郎不仅作为一个非常重要的创始人之一，而且要作为创建了经典管理规则的元勋留名于世，这一点上，本田家族对他的影响颇深。

本田一郎的祖父和叔父都曾经获得过日本企业的最高奖，——“戴明博士奖”。戴明，这个被日本人请去帮助他们改善质量的美国人，几十年以前，与本田家族私交甚好。就读京都大学的时候，本田参与了进入公司实习管理的活动。他从最底层做起。当时，一个课长交给他们几个学生的第一件事是冲洗五星级宾馆的厕所。课长要求必须洗刷七次。几个学生议论一番后，洗过五次交差，课长检查时，问是不是按照他的要求做了，学生们心照不宣的齐声回答说已经按要求做了，课长便立即堵住放水口，往马桶放满了水，要学生们每人舀一杯喝下去。学生们哪敢动手，都被吓住了。课长当着他们的面，重新将马桶刷洗了七遍，然后放满水，舀了一杯，慢慢地喝下去，然后严厉呵斥道“这才叫做洗干净了”，课长咆哮如雷的时候，学生们都胆战心惊，严厉的课长只差给这些愣头青的大学生们一人一记耳光。

从此本田知道了什么是认真，一丝不苟。尽管后来转了大学，这种严谨认真的习惯却完全了保留下来，一直到他成为最高长官（当然还没有到来的千叶公主要除外）。

正是这种认真的做事原则，才让本田一郎决定在飞船进入无动力飞行之后，也要亲自管理飞行。也正是这样，漫长的路程，难挨的孤寂，才令他感到莫名的恐惧。先前，在地球上服役时，他办公室里一个出国留过学的女人，高级文员，很受他喜爱，他也曾经打算带她到飞船上来，可是一次他看见她坐在办公室里跷起二郎腿，这太不像是传统的日本女人了。本田一郎上前踹了她一脚，并从此打消了这个念头。

加和正夫少佐曾向他悄悄提议找些类似于 AV 女优的女人来解解饥渴，为此被他赏给左右开弓两记清脆响亮的耳光，虽然本田内心其实也有这种潜意识的渴望。休眠的人中能找到这样的人吗？上个世纪军营里这类事情被整整骂上了一百年还未休止，他不敢也不愿冒天下之大不韪。飞船里人不少，可绝大部分都进行休眠了，在本田一郎看来，总有一分人间地狱冷寂无比的感觉。

加和正夫少佐始终没有忘记要替本田找一个贴身女人的想法，始终记挂着这事。是本田一郎将军使他实现了从军的愿望并且一路顺风。没有什么战功，却年纪轻轻做到了少佐。加和正夫自小就不甘于平凡，不甘于做一个公司里的小职员，混到退休后拿着丰厚的薪俸安享晚年。生如樱花，只要能灿烂地绽放。他的祖父，神风特攻队队员，脖子上系着白色围巾，驾驶着零式飞机猛冲猛撞，葬身于冲绳海底时，虽然身殒体灭，却已经把樱花的魂魄遗留给了后代，使他们一颗心总是动荡不安，饱含渴望。

不过，十来个小时之前的一个梦，使加和正夫少佐感到困惑和一丝迷茫，怖栗。

梦中，他走进了神社。与别处一样，这里没有大门把守，神社入口处的一个大石墩上，树立着一根灰色柱子，“靖国神社”四个大字深深勾刻在柱子上，看上去沉郁顿措，给人震撼。

神社里人很少，非常清静，就是咳嗽一声，都像震动了什么，令人不由得四下张望。路边两旁的木架上，挂着许多祭奠用的白色小灯笼似的东西。再往里面的几间房屋都房门紧闭，其中一间房屋的石门前，摆放着用石头雕刻的空军战士，以及战马和大炮。神社里面有条很长的路，两边大树参天，树尖交错在一起，整条路都被遮掩住了，大白天，也显得阴气沉沉的。

渐渐的，雾气不知从哪里涌出来，而且越来越浓。加和正夫已经不能辨清方向，手中拿着准备敬献的柏树嫩枝越来越凉，竟然冷得浸骨。他停下了，正疑惑为何从来没有见到过这样的景象出现。然后，他面前耸立出一些高大的灰色建筑，它们似乎具有哥特式的尖顶，毫无声息的就出现了，尖顶也消失不见，它们好像原本就在那里，只是他没有看见罢了。

这些高大的建筑具体是什么，却越来越模糊不清，而且越来越近，好似他伸出手都能触摸到。他果真也就伸出了手去，但是建筑物却不断地坍塌了，不是他触摸的原因，高大而模糊的建筑垮了，坍塌了，一块块水泥状物，一团团灰尘，直往下落，那段柏树嫩枝也变成一段燃烧过的灰棍，四散落下。他惊愕之下想跑开，两脚却迈不动了，于是他越来越感到胸闷气紧，像是被什么紧紧地压住了。直到他惊惧醒来，四下一望，有什么呢，只是死一般的寂静。

加和正夫深深吸进一口气，好摆脱梦魇的纠缠。飞船里，负离子含量充足，总让空气带着清凉的气味。在对接舱入口处通道里，加和正夫少佐要监视从旅游飞船上进来的人，要对他们进行严密的安全检查，因为仪器总是疏忽了人的脸部表情，现在，有了加和正夫密切的监视，等于多加了一道缜密的检查。此时此刻，事关重大，每一处都不敢掉以轻心。

旅游飞船发送密码指令后，本田一郎和丰绅正雄，以及议员高贸见，飞行部长等，都待在主控制室里观看第一艘飞船对接。他们核对了飞船的型号和对接密码，证实的确是一艘日本本土的旅游飞船，船上人员也都是安全系数合格的人。登船的人共有五个，其中有三个年轻女子，没有任何有关资料，但是的的确确是地球日本本土发过来的登船名录上有的。

这令众人有些不解。但是再翻翻后面的一些名字，还有这样的情况出现。本田主管断定首相和军部共同拟定的名单的意思是，这些人应当是高级官员或富豪贵族的子女，或者是俊秀清丽的影视明星，作为新星球上民族传承的母系族祖而登船。

这真是一个绝妙的主意。本田大将想道。他不露声色。如果这个秘密飞船上就他一人猜到，那也并不是什么坏事，知道的人越少越好。不过，加和正夫少佐或许应该是个例外。

在安全通道里检查完后，登船的人要再次抽血检验DNA，以确定个人身份无误。之后，这些人才能完全去除安全警戒。经过十来个小时，身体调整检查之后，要么进入休眠状态，要么加入飞船服役。

加和正夫少佐一双锐利的小眼睛观察着入船的每一个人。每个人尽管已经过了多道检查，面对少佐鹰隼般的目光，还是不由得生出紧张之心。

新登船的人中，一个年轻女子引起了少佐的注意。从名录上看，那女子叫夏雅惠子，虽然面带倦容，仍旧不掩清秀之态，尤其是隐隐露出一分高贵傲气，她对加和正夫少佐的严峻神情仿佛视而不见。夏雅惠子模样很像十三岁就走红的明星夏烧雅，加和正夫少佐读中学时，是看着夏烧雅演的电影长大的，可是如今夏烧雅已经六十多岁了。少佐心中一动。

“请夏雅惠子小姐到侍卫长办公室来。”加和正夫严肃而古板地说。

夏雅惠子回头，示意后面另一位年轻女子也跟着同去。加和正夫伸手拦住，说：“你是菅谷沙子小姐吧。只需要夏雅惠子小姐一个去。”

夏雅惠子听从了加和正夫的指令。

第六集

长时间的太空旅游，最寂静最虚无的环境，没能抹去爱情的伤痛，夏雅惠子只是在冷清寂寞的太空中学会了忍耐。地球战争她一知半解，只知道她必须立即登上太和号飞船，并与本田大将见面。她跟在加和正夫后面，一声不响。她认为这是本田一郎主管在已经确实了她身份后的特意安排，加和正夫少佐是来迎接她的。和旅游飞船相比，太和号飞船简直就像宽敞的游乐场，新鲜的环境让夏雅惠子感到舒畅。跟在少佐身后，夏雅惠子眼睛时不时地溜来瞟去，只有身体姿态保持着矜持。

侍卫长办公室三米见方，十分狭窄，仅能让人站立而已。事实上各个飞船从来也没有一张供人坐下的椅子，在失重环境中坐下是个奇怪的概念。各式各样夏雅惠子没有见过的新式武器别在墙壁上。每件武器都有醒目的型号，两位侍卫长官只要往电脑里输入型号，各种武器的性能和使用方法便一目了然。

到这里干什么？夏雅惠子忽然察觉出加和正夫带她到这里来的目的，不应是本田的意思，或者只是加和正夫个人意志，本田等人都还不知道什么。

她冷漠的等待着加和正夫进一步的举动。

“惠子小姐是哪儿人？”加和正夫转身后直视着夏雅惠子。

夏雅惠子十分不习惯这种来自男人的直视。身后狭窄的伸缩门不知什么时候关上了，一点也觉察不到。她有些恼火加和正夫的无礼。

“请问惠子小姐在地球上订亲了吗？”见第一个问题没有回答，加和正夫干脆更加直接。

“请问你怎样称呼？”夏雅惠子反问道。

“加和正夫少佐，两个侍卫长之一。惠子小姐还没有回答我的问题呢。”

“不是值班长官？”

“不是，是侍卫长。值班长官不会亲自接待登船的人。”

“嗯，的确是这样。加和君为什么要问这样的问题呢？”夏雅惠子打起精神，回到原题客气地说。

“这么说，惠子小姐是打算回避呢。可是你必须回答。”

“如果，你告诉我理由的话，或许我愿意回答？”夏雅惠子醒悟了一些。

“好的，既然惠子小姐干脆，我也不转弯抹角了。我们神圣帝国的本田大将，至今还是单身一人。飞行过程十分漫长，所以请惠子小姐，做本田大将的贴身秘书，照顾本田大将的生活起居。”

夏雅惠子总算明白了加和正夫的言外之意。

“如果我不愿意呢？”她调皮又挑弄的反问。

“军人以服从命令为天职。为了神圣的帝国，每个人都要无条件地服从，不能持有异议。”

“可是我不是军人。”

“飞船上实行军事化管理，每个人都相当于军人。”

夏雅惠子突然想要发笑，她脸上天真的表情容易叫人联想到她已经准备服从了。她立即意识到这不是游戏，一下严肃起来，目光凛然，不可侵犯。

“加和君显然是强人所难了，我要见本田大将。”

“在惠子小姐没有答应之前，不能见到本田大将。”加和正夫取下了激光/电击/眩光三用枪，晃了两下，“如果惠子小姐吝惜身体，我只好对不起了。”

夏雅惠子顿时紧张起来，一种万万没有想到的境遇使她一时竟然忘记了自己的身份。

加和正夫进了一步，夏雅惠子则退了一步，贴住了墙。她已经无路可退，而且无重力环境使她后退时不能立即停下来，她整个后背都贴上了墙，腰间被一块硬物顶了一下。

夏雅惠子立即摸了出来，加和正夫以为她将有什么动作，迅速地打开激光枪的电击开关戳了过去，刚伸出半截，离夏雅惠子身体还远着呢，却一下定住了。

夏雅惠子一只手举起了一颗晶莹剔透的钻石，蓝莹莹地直刺人眼，它像著名的库利南 1 号钻石一样呈水滴形，每个切削面都反射或折射着光芒，因此显得璀璨夺目。好大的钻石，看样子重量超过了四百克拉。

“我是千叶公主。”她叫道。

加和正夫猛然一惊，脑子怎么也转不过弯来，突如其来巨大的变化使他一时里竟然懵住了。

“看清楚了吗，这就是蓝精灵钻石，它有六十四个切削面。我是千叶公主。立刻让我见本田大将。”

她真是公主吗？蓝精灵钻石璀璨的反射光不容置疑。这颗钻石乃是千叶公主出游时，唯一告诉了关系亲密的堂兄——皇太子，皇太子暂时交与她，以在茫茫太空中做避邪保佑之物，如今倒成了一眼可辨的重要凭证。

但是加和正夫少佐一时里脑子竟转不过弯来，过了好一会儿他才说：“哈依！”头也随之僵硬的往下一低。

本田大将和丰绅正雄，议员总干事长高贸见，飞行部长等几个最重要的人物都齐聚在了主控制室。他们面前站着夏雅惠子。蓝精灵钻石没错，照片也很快在众人手中传递了一遍，容貌和照片上比较接近，但是夏雅惠子本人更清瘦一些，面色显得有些苍白，因此也不能完全说就是千叶公主。

看过了蓝精灵钻石，几人仍然不能确认夏雅惠子的身份，他们之中只有议员高贸见见过千叶公主，那还是在一个皇族聚会上，那天是天皇生日，人员众多，难以仔细记住。看过了真人面容，议员一言不发谨慎地退到了一边。他们在等着最后的DNA化验结果，那也是最重要的证据。场面显得有些沉闷。

二十多分钟过去了，终于送来了检测结果，夏雅惠子即是皇族唯一幸存者——千叶公主。

“直接验证DNA就完了，干吗要先费这多周折。”千叶公主被打量了好久，非常不满，抱怨道。

“公主殿下请见谅。自从公主不告而别之后，在动乱的时局中，也曾经有人出来冒充，而且长得和公主一模一样。在没有初步验证之前，没有必要对每个人都进行DNA检测。”

议员出来解释说，相对于军界而言，他是与皇族走得比较近的，知道的也多一些。其实他心里还有一个意思没有说出来，每个人自称是公主，就要去深深追究一番，这事要闹腾开了，天潢贵胄颜面何存。

所有的人，在议员的指引下，马上对千叶公主行见面大礼，因为难以整齐同步和准确控制身体动作，那场面十分滑稽。完后，本田一郎大将拿出一个黑色的特级机密袋，当场启封。机密袋由首相亲自验封加印，盛在钛金属匣子中，里面装有千叶公主的所有资料，也包括DNA资料。几个人再次将这份皇家绝密材料与刚才的凑在一起逐条的核对。没错，一点没错，夏雅惠子就是千叶公主，她出门远行时为了避免皇族的人很快查出自己的去向，特意取了另外一个日本名字，菅谷沙子则是她从前的侍女。皇太子为此整整为她隐瞒了一个月的秘密。

本田一郎拿出机密袋中另一份文件，那是一道御旨，他双手捧着，献到千叶公主跟前，毕恭毕敬地说：“尊敬的陛下，这是天皇的遗命，请过目。”

“陛下？天皇遗命？”千叶公主大惑不解。众人的注视下，她缓缓打开御旨，仔细地看起来。

难道，天皇伯父真的驾崩了？难道地球皇族的人，真的已经全部殉难？难道自己鬼使神差地成了新任天皇，又悲又惊，一时间千叶公主竟说不出话来。

在历史上，四百多年前，推古 38 岁时，被争皇位闹得不可开交但又势均力敌的儿子和侄子共同推举为天皇，成为历史上第一任女天皇。推古天皇精明而宽容，执掌大权 36 年，弥合了皇室内部的裂痕，社会也因此而获得了稳定。从历史上看，虽说女天皇古已有之，但是千叶公主不敢相信年轻的自己也能力挽狂澜，她一点准备都没有，她从小接受的教育，更多的是皇家礼仪，而不是政务处理。除血统身份外，能力，经验，威严，政治智慧，一点都不具备，何况目前局面还是如此混乱不堪。

“太空舰队总部还在等着你的消息。本土军民更是都在翘首以望。”议员、总干事长高贸见看见千叶公主半天无话，赶紧提醒说。

“你们就说——我已经回到太和号飞船，但是身体极度不适，暂时不与总部见面。”千叶公主似是商议，又似下令。

“那，如何回答政府和人民呢？”

“稍待几个小时，我要再看看皇旨。”

本田大将和议员等人不明白千叶公主深意，也不知道这是否也是密旨上的内容之一，但是不能违抗，恭敬的退下。接下来对外发布了千叶公主已经回船，但是身染微恙，暂不露面这一消息。

千叶公主来不及悲伤，更来不及去回想使她伤心地离开地球到太空旅游的缠绵往事。她需要很快作出决定，是另乘旅游飞船回到地球上呢，还是随太和号星际飞船奔赴茫茫宇宙，如果是后者，她可能永远见不到地球了，还有那个给她带来伤心爱情的海军上尉。

不过，休息了三四个小时后，千叶公主有了答案，这个答案也是天皇的旨意，它写在密旨中，只有千叶公主一个人看到了密旨。虽说密旨由议员高贸见从地球上送来，一直交由本田一郎大将保管，但是他们都对密旨的内容一无所知。

“天皇的旨意是，我将率领太和号加入太空舰队。”

“那，本土怎么办。”既然本土要求他们称千叶公主为天皇陛下，本田等人对千叶公主率队离开地球产生了不解。

“当然会有解决的办法。”

几位生理及医学科学家，组织了一场简单却又高尖端的手术，朴太愚博士也参与了，有两位医生甚至是被从休眠状态下唤醒，稍作身体适应调整，就参加手术。奇特的失重环境使他们感到了从未有过的紧张和艰难。

整个手术过程，仅仅用了不到半个小时。

议员高贺见庄重地接过了金色的匣子，里面盛有克隆用的胚胎干细胞。他带着匣子乘上了返回地球的飞船。用不了多久，地球的本土上就将诞生一个血统纯正的皇太子。这个皇太子，将是本土上的天皇。

加和正夫少佐这段时间一直惴惴不安，他竟然差一点儿就做了即使剖腹十次都难以洗赎罪孽的事。他竭力的要找一个机会去表现忠诚正直，可是千叶公主似乎忘记了从他那里曾得到的羞辱，只字未提。千叶公主越没有动静，加和正夫少佐就越不安。暴风雨之前的平静才最使人担心不已。

千叶公主上了飞船就闲不住，随时都在巡视飞船，最小的寝食问题都亲自过问，又不断地与本田等人商议，从交谈和征询中获取必须具备的知识。她必须使自己迅速地成长为一名称职的领袖，她要求任何人都不得称她为天皇陛下，在没有正式加冕之前仍然叫她公主殿下，可是，这个重要无比的仪式，按千叶公主的设想，要等到到了巴纳德星系后，确认那里有适宜生存的行星，再踏上了坚实的土地后，才能选择一个恰当的时刻举行。

有那个时刻吗？千叶公主冷冷的设想起未来岁月。带着一颗伤痛的心进入了太空，旅游只是逃避。她原来想，或者自己只是对海军上尉的感激和崇敬，在那个迷茫危机的时刻幻化成了爱情，随着时间推移和个人的成熟，她会忘却那段恋爱，并且发觉他们确实是不恰当的。但是后来她发现这样想错了，海军上尉坚强的臂膀，坚毅的脸庞，温和又爽朗的笑声，她真是难以忘怀。她便只有让自己冷漠，不断的嘲笑自己。登上太和号飞船后，短短的几十个小时，难以置信的变故使千叶公主从冷漠更走向了坚强。

“最后一艘飞船在十多小时后对接，停留两三个小时后驶向地球。一切就此完结了，然后我们要开始加速。”本田一郎不知什么时候来到了身后，很柔和地说。

千叶公主掉头看着本田，一言不发。

本田继续问道：“公主殿下决定了吗？这是最后一艘可以返回地球的飞船。”

“已经决定了。最后这艘飞船的机长，我要亲自接见。”

“哈依。公主殿下是要带什么东西回去吗？”

“是的，带去一片祝福。”

时间很快就过去了，根本不去在意和同情人类的挽留。人在需要更多时间去好好地思考未来的时候，它总是无情的迅速溜走。在飞船对接口通道，机长送来了最后一位登船者，即将返回地球。千叶公主亲自来送行。

众人默默无声地走着，舱口越来越近，一去不复返的时刻也越来越近。突然，一个清瘦的身影扑向千叶公主，说是扑，由于失重，其实比较慢，只是由于袭击者的心急，身体已经前倾几乎要摔倒了。

另一个身影显然要敏捷得多，从横里穿过来，挡住了去路，袭击者一柄锋利的刀，也插进了他的腰部，他使劲一撞，袭击者就倏地后退，两脚离地飘向了空中，悬浮起来，手和脚还在使劲地蹬、抓。

立即有警卫扑上来，电击枪戳出，袭击者一阵痉挛，“噫”了半声，在空中下意识瞪了几下，便失去了知觉。

这时候，喷射出来的血，成几十颗深红的血珠浮在空中。加和正夫少佐笔直地站着，手捂腰际，强忍剧痛，等着千叶公主的旨令。

最后一艘飞船的机长回程的仪式稍稍作了些变动，没有耽搁多久，那艘小小的飞船便脱离，渐渐消失在黑漆漆的宇宙中。

受伤的侍卫长加和正夫少佐伤势并无大碍，杀伤他的是一把锋利的手术刀。这种刀带在朴泰愚博士身上并不碍眼，恰好是先前准备手术但没有使用的，被博士趁机藏了起来，成了凶器。文质彬彬的朴泰愚博士竟然是一个敢于舍身的凶手。

“你谋杀公主殿下的动机是什么？”临时审讯室中，丰绅正雄问。

“我不是要谋杀天皇。根本不是。”朴太愚辩解道。

“那把手术刀可是很容易就致人死命，加和正夫少佐的血就是证明。”

“我只是想逼你们的天皇做一件事情。”

“逼天皇做事？”本田一郎听得糊涂，他正为自己的过错懊恼不已，如果千叶公主借此事免了他的职，他都无话可说，当然他也可以抗命不遵，因为天皇没有被赋予这一权利。或者，天皇是不需要被赋予权利的。本田脑子里缠绕不清的交织着一系列的问题，越弄越糊涂。他瞟了一眼旁边的千叶公主，她一直不说一句话，面色凝重，听着审讯。

“什么事？”本田问。

“这么说，你仅仅打算要挟持公主了？”丰绅正雄同时说。

“我要天皇写一封认错书带到地球上，这是唯一的机会。”

“认错？荒唐。认什么错？向谁认错？”

“向我，向我代表的劳累致死的劳工们。”

“谁是劳工？”本田一郎大将越听越茫然。

“我的曾祖父，在二战期间，被你们抓到北海道去做劳工，后来就死在那里。还有好多好多的人，你们要对战争负责，可是你们一直不知羞耻的否认罪恶。”

审讯的几个人都对劳工这段历史不甚了解，彼此相望。

“那么久的事了，为什么还要纠缠不休？”

“不，你们必须公开认错，诚恳道歉。我也是才知道千叶公主是新任天皇，是唯一的继承人。只有天皇的认错才是有用的。”

“胡说，天皇怎会认错。”丰绅正雄厉声道。

“天皇为什么不能认错，你们为什么一直不去反思。别拿眼睛瞪着我，我不怕的。”朴泰愚倔强地把目光对视了过去。

丰绅正雄真想立即就处死朴泰愚博士，在丰绅正雄看来，妄图刺杀或者挟持千叶公主，未来天皇，是可以判处死刑的。他向千叶公主悄悄地进言几句。

此时，千叶公主已经明白了前因后果，历史的仇恨绵延了一个世纪而不绝，令她暗自唏嘘。她遥想起推古女皇，在脑子中把这位空前绝后的女皇事迹一一地联想起来。推古女天皇没有对曾与自己的儿子争过皇位的圣德太子秋后算账，反而将他立为摄政王，辅佐自己执政。她通过自己的宽容，弥合了皇室内部的裂痕，在她执掌大权的 36 年中，皇室内部再未发生争夺皇位的动乱，社会也因此而获得了稳定。推古天皇又不遗余力地推广佛教，教化众民，去除戾气，还曾4次派使团访隋，加强和中国的联系，另一方面，在国书中一改以往甘为中国属国的提法，要求与中国建立平等的外交关系，试图与中国平起平坐。正是推古天皇这一系列举动，随着大量汉文化的输入，日本迎来了历史上第一个文化繁荣时代——飞鸟时代。

于是，千叶公主觉得自己明白了该怎么做。

从丰绅正雄的表情，本田一郎大将也猜得到他会向千叶公主进言什么。本田离开站位，也悄悄向千叶公主说了几句，他不能让自己身为一个飞船主管，却事事让防卫厅的官员丰绅正雄抢得先机，太空中可是本田大将的地盘。

“现在，已经有了审讯结果了，判决，放到以后再说吧。先把朴泰愚实行休眠。”千叶公主作出了决定。

本田一郎心中暗自得意，千叶公主采纳了他的建议，而且，他开始觉得他能够更多地影响千叶公主，她毕竟是一个年轻而缺少魄力和经历的新天皇。千叶公主登上飞船并决定留下后，给他带来的所有不顺不快之感觉开始消减。千叶公主刚把决定留下的结果告诉本田一郎大将时，他吃惊不已，公主留在飞船上意味着剥夺了他最高统帅的地位。现在，信心重新回来了。

“我是本田一郎大将，新时代的开拓者。”一股勃大的狂想火焰在本田的胸中燃烧起来。

第七集

神龙号飞船上，海军中校徐豹的申请报告没有得到神龙号飞船主管杨若的同意。神龙号飞船上的值勤军人，每轮休一次班后，就要进行一个小时的开会学习，通过学习，统一思想，还要写出学习心得，检查登记。杨若主管一发布开会学习命令，就引起下面一阵议论，好在立即被郭宁制止了。飞船的书记员毫不通融地记录下每个人上交资料的情况，顺便警告那些牢骚满腹的人说，这将作为以后晋升军衔的必要和重要凭据之一，不照章执行者后果自负。

这事让所有的军人都郁闷不已。他们共同推举了徐豹想请个假试试，看能不能借机逃避一下。尤其是来自蜀中的一个机灵果敢的上校聂风霜，反对最烈，竭力怂恿着大伙反对这些浪费时间的可笑的形式主义框框套套。“没有纸张，这些太空八股文也不能做纸钱来烧祭呀。”事实上当然不能，所有学习心得体会的笔记，都是存在记忆棒里面，由电脑处理的不用纸张，。聂风霜上校恶毒的话引起了在场军人们的共鸣。

可是徐豹中校不仅未获请假批准，还挨了一顿训斥，训斥他的是总参谋部的中将郭宁。徐豹递交申请的时候，恰好郭宁中将也在场。郭宁中将作为社科院院长、国家科学发展委员会主任杨若的副手，无条件地维护了最高主管的威严。

“我只是想请假两个小时。作为海军中校，我个人觉得，航天是一个陌生的世界，充满不测。用这点时间，我需要补充有关航天知识。将军，这就是我的理由，特殊时期，时间是不能白白浪费的。”徐豹仍然辩解说。

“特殊时刻，思想学习更不能放松。”杨若有了军界的支持，胆气更壮，他让书记员把这句话传遍了全飞船。书记员庄严刻板的表情，总令具有点世界历史知识的人联想到古埃及留传下来的盘腿书记员雕像。与这样貌似大公无私的执行者争辩是没有结果的，而自从徐豹受到训斥之后，普通的值勤者想要面见杨若主管更难了。事情就此平息下来，之后，果真没人再去把那些不满的言语流传了。

徐豹受到了公开的惩罚，被罚抄飞船值勤人员行为条例准则一百遍，为此飞船还拿出了极为珍贵的一叠纸张，供徐豹使用。这得花去好几个小时的时间，因此徐豹值班都被人代替了。

徐豹中校二话没说，提起笔就去完成他的使命。抄写的间隙里，眼疲手软的时候，免不了东思西想，徐豹中校便回忆起在海岸防卫队度过的愉快日子。突然间，一个温娴如玉的名字跳了出来，使他心如鹿撞。

郑莹！

将近半年没有郑莹的消息了，徐豹清楚这意味着什么。如此超大规模残酷的战争，更让他明白音信杳无意味着什么。黄海海面上翻腾的冰冷巨浪，卡在礁石中触礁倾覆的豪华游艇，都已经模糊了，唯一清晰的是郑莹盈盈的笑，真正只属于女人的笑，既高贵又腼腆。这些清晰的影像在他不经意之间就回跳出来刺激他，有时令他彻夜难眠。

那段故事发生在去年十月，当时他刚参加国际军人大赛并载誉归来，在他就职的海岸护卫队中，他获得了上下一致的崇敬。一天，突然接到求救信号，是海事局转过来的，说有一艘游艇困于海上，这艘游艇因大意而未能及时回港，海上风云突变，风急浪高，游艇被巨浪袭击触礁倾覆，地点是一个珊瑚岛，必须紧急救援。由于风浪太大，暗礁如刀，救援船无法靠近，海事局已经无能为力，因此请求海岸护卫队直升飞机支援。

徐豹和救援队驾着直升飞机赶到时，那艘白色的豪华游艇已经在礁石中被巨浪拍打了两个多小时。游艇可能是察觉到气象变化，准备回程，但是为时已晚，被海浪裹挟着推到礁岛边的，碰撞破裂。游艇后半截已经沉入水中，前头翘起露出水面一部分，艇身倾斜得很厉害，不抓住艇上固着物体，人几乎难以站住脚。这时，尚有两个人在艇上，一男一女，还躲在驾驶舱中等待救援，其余的人已经遇难了。

驾驶舱的玻璃全都碎了，一个又一个的大浪不断拍打在艇身上，上面的人一不小心，随时可能被大浪卷走。温度很低，艇上的人浑身湿透，精疲力竭，已经快要撑不住了。涌浪又高又大，救援船的确没有办法靠近，唯一靠近的可能是从直升机上放下软梯。

软梯放出去了，直升飞机在游艇上空缓缓盘旋。舱内的人走了出来，可是风浪太大，软梯摇晃不停，艇上的人试了几次都没能抓到，最后一次，可能是那人已经没有力气了，一下跌倒，幸好及时抱住了栏杆，才没有掉到海里去，这一下把他的魂魄都吓飞了，再也不敢轻易去试。那个女子显然在体力上更弱一些。

难道，只有眼睁睁看着他们被海浪卷走？

“还能再低一点么？”徐豹问直升飞机机长。

机长手在抖动，风很大，直升飞机难以掌握。他闷声回了一句。“不行啊，上尉。现在我们都已经危险了。”

飞机的位置靠得太低的话，在大风的吹袭中，都有可能碰在艇上或礁石上。要是绳梯挂在了游艇上也容易出危险，那时只有割掉绳梯。徐豹想了一下，带上绳子出了机舱，一见风就是一个冷噤。踩上了软梯，风吹着他在波涛翻滚的海面上荡秋千，他像一只系在绳上的皮球晃来荡去，怎么也稳定不住。一级。又一级。艰难地往下滑。终于到了软梯的尾头。危险也在此时达到了极致。

在风的搅动中，徐豹来回晃荡，有时候，腾起的惊涛骇浪将他完全吞噬进去。他离游艇最近时，只有不到一米。机长手心都紧张得出汗了。距离，稳定，稳定，距离——保持住，上尉的生命完全在他的掌握之中，稍一不慎，撞在游艇或者礁石上，后果不堪设想。可是，现在的直升机怎么就那么难以平稳控制呢？

徐豹将绳子的一端系在软梯的尾端，另一头系在腰上。风浪太大，他试了几次都找不到跳落的可靠地点。晃荡中有一次还撞到游艇舱顶，他的左脚踝突然一阵钝痛，随即就因冷得麻木而不觉了。

艇上的人开始绝望了，他们甚至没有力气挪动一步。时间越久，救援成功的可能性越小。

徐豹有点头晕恶心，浑身被大浪浇透，开始还是冷，起鸡皮疙瘩，渐渐的偶尔会打一个哆嗦。徐豹脑中十分清楚，他只有冒险一跳。两腿夹着软梯，他活动活动有些僵硬的手，看准时机，猛然一越。绳梯没有承受力的支点，立即荡开，大大减低了他跳出的距离，徐豹没有着艇，擦着艇身落下，然而就在他将要落入海中的时候，他腰一扭，硬生生地在空中转了一百八十度，伸手猛地抓住了艇上栏杆。

栏杆被他这么用力一拽，一头竟然断了，然而这给他延缓了一点时间。徐豹腰身一耸，手臂发劲，脚也点住艇身，借力一跃，另一只手也伸出去，刚好抓住了另外一根栏杆底部。很快的，手脚并用，徐豹爬上了游艇。巨浪使他几乎是匍匐着爬到了驾驶舱，然后一点点收短绳子，将软绳梯拉了过来。

游艇上，仅存的两个人紧紧抱住破裂的舱门边，目睹了这惊险的一幕。

那女子精疲力竭，加上一时激动，竟说不出话来。涛声很大，徐豹不得不震着声音说，男子哇啦哇啦跟他对话。徐豹一句也听不明白。

“是日本人。”徐豹瞬间竟犹豫了一下，但也只是瞬间。他指着软梯让男子先上，可是那个男子不知什么原因，竟然没动，他拉起女子想帮助她上绳梯。可是他也快要没力气了。徐豹摇摇头，心里却很佩服那男子的气概。

徐豹凑到女子跟前说：“你能听懂我说的话吗？”

女子点点头，很费劲的迸出了一句沙哑的话：“能。谢谢你。”

她说的是中文。徐豹咧嘴笑了：“叫那个男人自己先上软梯，我随后和你一起上去。”

“嗯。”女子有些不解，盯着徐豹。

“你们都没有力气了。我救不了两个。他是男人，勇敢一点。自己先上吧。最后的一次了，就会成功了，别怕。”徐豹对那个男子挤出一丝笑，鼓励他，又伸出手指做了一个“V”。

女子对男子嘀咕了几句，男子才开始行动，上了软梯之后他还不断地回头来看艇上的情况。“多么真诚的情人。”徐豹冷笑着，真想在那男子屁股上踢上一脚，来回报他的磨蹭。

徐豹用多余的一段绳子将女子紧紧绑在背上。隔着还比较单薄的衣裳，两人的肌肤好像紧贴在了一起。这样一来，徐豹终于可以空出双手与恶浪搏斗了。一步一步地爬，徐豹站起来了，开始上软梯了，一个浪头，一个趔趄，背上的人也一滑。徐豹大叫着，让女子紧紧抱住自己肩膀。一步一步，他蹬住绳梯往上爬。往下看，游艇在白色的碎浪中，时隐时现。一点一点向上，终于爬进了直升飞机舱门。

“中校在为刚才的事闷闷不乐？”

徐豹从回忆中一下惊醒，原来是郭宁中将来看他。他不好意思地一笑。

“军人必须无条件地服从上级。”郭宁意味深长地说，“我也得遵守纪律。”

“我不会再给将军添麻烦。”徐豹给以坚决的回答，“我们都还能够忍受。”

郭宁转身离开，嘴角不被察觉的飘过一丝笑。飞船的速度越来越快，也将有越来越多的人进入休眠状态，进入无动力飞行期间，每艘飞船留守的人还不到十个。郭宁要在这之前就要做好创造一个新世界的准备。

时间在流逝。哥伦布太空舰队跨越了太阳系外围的终端激波区，已经从上万颗直径在100公里以上的柯伊伯带天体身旁掠过。这个数目是整个柯伊伯带天体数的十分之一，其他天体尚自在太阳的另一面和侧面转悠。这也是舰队经临的第一个危险区域。

舰队飞船所测到的太阳风速度从超声突降至亚声区域，这表明舰队已经进入了被称为日光鞘套的稠密太阳风壳层，它是太阳系与星际空间的分界层面。此时，舰队距离太阳已有约85个天文单位。飞船正在加速。

时间逐渐过去，距离太阳约94个天文单位时，磁强计显示出磁场增强了2.5倍，宇宙线探测器探测到了来自远方超新星的高能带电粒子即银河宇宙线强度的增强，在终端激波区外，湍动和强太阳磁场使宇宙线发生颠簸，使它们好像来自各个方向而不是来自一个特殊方向，飞船探测到的正是这一实情。

“我们的家园，就要别了。”希斯首先对告别太阳系作出了回应。

诨号Xena，编号为2003UB313的太阳系第十大行星，在左前方大约一个天文单位，静静地望着这地球之子自由的经过它的身边。这说明哥伦布太空舰队已经跨越了太阳系的最边缘，进入了真正的星际空间。

“代达罗斯号一切就绪。”泛欧盟的另一艘飞船首先向旗舰布鲁诺号发去信号。

神龙号一切就绪

哥仑比亚号一切就绪

太和号一切就绪

波将金号一切就绪

好望角号一切就绪

亚马逊号一切就绪

恒河号一切就绪

所有名录上的太空旅行者都已经登船，所有飞船都发回了信号，所有寂寞飞行的准备工作都已完妥，所有身置此境的地球人都必须从此以后了无牵挂。

哥伦布舰队九艘飞船排开阵形，开始向56万亿公里之外，遥远而陌生的巴纳德星系进发。

╫╫╫　＃＃＃　****　ｏｏｏ　∝∝∝　∞∞∞　……

光之箭影，射入了茫茫渺渺的虚幻之境。

一切感知，混沌于无知无觉的玄冥之渊。

只有巴纳德星光，微弱而稳定，指引着迷茫无际的航行。

第四章　飞临阿喜星

第一集

巴纳德星的目视星等，从 -2 星等逐渐降到 -4 星等，越来越亮。它在显示屏上占据的面积也越来越大，像一颗璀璨的钻石嵌在茫茫无际的宇宙中。距离宇宙里这颗熊熊燃烧的巨大火球尚有五百亿公里的时候，哥伦布太空舰队排在一个平面上的九艘飞船开始减速。

双颅人希格里 & 斯诺是第一批解除休眠的人之一。各个飞船上的一大批科学家也首先被解除休眠，这个科学家团体肩负着寻找巴纳德星系中可能适合生物生存的星球的重任。然后整个舰队就要向这个方向飞行，以确保最短的行程，最少的燃料消耗，以及最安全的轨道。

有首诗说“近乡情更切，不敢问来人”，恐怕以此来形容人类到达目的星系——巴纳德星系时的心情，也是恰当的。未知的命运，叵测的未来。是否这里有适宜生存的行星？哥伦布舰队会不会最终成为宇宙中凄寂的游魂，飘飘荡荡，无所终处？一切谜底将在不久揭晓。

希斯在科学家团体努力寻找希望的时候，总计了舰队飞船的情况，计算了一下最恶劣的后果。如果巴纳德星系是一片死寂之宇，舰队必须返航太阳系，那么，所有燃料凑在一起，也最多能让两三艘飞船顺利返回地球。而如果在这里寻找到了适宜居住的星球，舰队中所有的休眠生命液和活动人体的食物可供近八千个小时左右，他们将还有足够的时间登陆。但是部分人员登陆不等于就此可以高枕无忧了。假如新的星球上文明程度像起初预料的那样，远不能达到地球的准Ⅱ型文明的话，或者被无休止的战争所困，无法给登陆飞船生产，加注，送达新的燃料，星际飞船上大量的人员，将如何着陆呢？

任何原因的延误，都会给滞留在飞船上的人身体以致命伤害，许多人可能活活因营养物质，能量的补充不足，衰竭而亡。

再来看看，最幸运的结果，即使找到适宜的居住行星，以地球人的力量重新建设工厂进行生产，再给整个飞船加注足燃料，中间经历的时间肯定会很长。那样的结果是可能，以希斯两人的年纪，永远都不能以康建的身体状况，再回到地球母亲的怀抱了。

还能有别的良好的，或者还意想不到的结局吗？

计算到最后的意味是，希格里 & 斯诺两人互相许诺的，重新回到地球后，诗人，文学家斯诺将送给数学家希格里一箱古巴雪茄，而希格里将送给斯诺一辆奔驰尾箱所能装下的中国挂绿荔枝，这个许诺，永远地成为了一个不能实现的迷人的梦想。

其实，从一出发开始，希斯就已经预计到了这个结果，只是，更为深刻的理想，将这个自我安慰的梦想，轻轻地托了起来，让人们喜悦地欣赏，互相感染，坚定信心，以此驱走对未知世界的恐惧。

但是，如果真的奇迹发生，或者，如果希斯健康的年龄比地球上平均九十多岁的寿命更长的话，他们再回地球的梦想还是有可能成真。

有什么不可能呢？在这个奇迹常现，创造常新的时代，人类活活的将造物主挤到一边，自负狂傲，恣肆妄为，甚至在逃离地球之后，仍旧有许多狂热的头脑做着重整旗鼓，塑造宇宙的梦。但是，常常的，他们的梦想和执着，也得到了友善的回报。

和布鲁诺飞船一样，其他飞船逐渐地也有一些人被解除休眠，因为工作的需要，各飞船的活动人数达到了在太阳系中的水平，有的飞船甚至更多一些。睡狮猛醒，这个过程并不平静，有的飞船甚至经历了重大的人事变故，才重新回到了平静。

神龙号飞船就有这样的经历。事情是从郭宁中将拟出的神龙号飞船第一批解除休眠名单开始的。郭宁是飞船五人委员会中最后一个轮换值班的人，他首先将五人委员会的另外四人从宇宙航行的休眠中唤醒，通过十来个小时的适应性太空生活后，五个人在主控制室旁一间秘密小房间中召开了会议。

“郭宁将军所拟的这个名单，似乎和从前太阳系时值班人员差不多。”

杨若看完名单说，他对徐豹印象很深，他认为这个魁梧的军人不是一个顺服的人。

“那是因为他们已经比较有经验，所以就首先安排他们了。”

杨若搔着头，不置可否。其余三位委员也从主管沉思不语的态度中猜出了杨若的意思。他们都敏锐地觉察到杨若与郭宁意见相左。下一步需要表态来确认支持谁了。

郭宁虽然只是杨若的副手，天军中将，飞船主管，但是五人委员会中还有两位国防部和总参谋部的上将呢，不过郭宁作为老船长，显然在神龙号飞船上的军人当中威望更高。此时，其他三人一时还不知道应该同意谁，尤其不知道其他人的心思，虽只有三人，却也是三个独立的互不通气的秘密力量，因此，他们不动声色，静观着事态发展。

杨若并不立即表态，无论赞同还是反对，多年的管理经验使他采取后发制人的策略。反观郭宁，只要杨若主管说出话来，郭宁都准备好了说辞，他会据理力争，但是杨若引而不发，故意冷场，其他三位委员又噤若寒蝉，静观事态，郭宁就像箭射出去后瞧不见了目标。他一脸茫然，然而他是不习惯一直隐忍养晦待机而发的，他的耐性与杨若比较起来还是相差太远。

终于，在杨若逐一细看名单，似乎在沉默思考的时候，他说：“那我再去重新拟一个名单，希望主管能够满意。”

郭宁闷闷不乐地回到自己独立的办公室，他在心里对几位委员狠狠地骂着，他估计着这几位分别来自政界，军界的委员不会满意惯于摆弄理论术语的杨若主管，可是他们太过于老成，都采取了明哲保身的态度，等候时机，真是老谋深算。哪怕他们说说话，不管倾向于谁，都是有效果的。

他敲击着电脑键盘，一会儿输入一个名字，一会儿又把他改掉，终于对键盘烦了，改用手写板输入，由于字体潦草，识别较慢且有时识别错误，输入反而更慢。郭宁中将删删写写，犹豫不决，心事重重。

个子瘦小的聂风霜上校悄无声息地进了办公室。在宇宙飞行的最后一段时间中，郭宁和聂风霜的私人友谊已经达到了深交的地步。聂风霜上校竟可以不经允许随意进入办公室。

郭宁瞧见了，答应了一声，仍然站在显示屏前沉思。聂风霜绕到郭宁身后，从郭宁身后看去，完全能够看到显示屏上时现时删的名字，很多名字他都听过，有的甚至是熟悉的人。

聂风霜站了一会儿，明白了郭宁中将故意让他越权预先浏览名单的含意，将军是要他见到名单后先发表看法。

“杨若主管显然怀有成见，恐怕很难一次就通过将军拟定的名单。这第一批人可是地球上首先到达新星系的人，意义非凡，关系重大。将军左思右想，肯定非常为难吧。”

“你在胡乱猜测吧，怎么知道杨若主管的心思。”

“若是主管的想法不重要，那么将军还烦恼什么呢？其实，将军心里应该明白，军人们支持什么，反对什么。我与他们接触得多，了解也多。”

“如果你在散布谣言，制造事端的话，有可能军法从事。”郭宁说，可是他的语气毫无严厉之态，顿了一顿，又说，“杨若主管可是上面任命的绝对领袖。”

“天高皇帝远，有道是将在外，君命有所不受。”聂风霜轻轻地说。

郭宁猛然盯住了聂风霜，上校毫无惧意，镇定自若，以目相对。

郭宁一下子解开了心结。

“你在地球上是什么职务？”

“报告将军，上校参谋，西南军区的，和现在军衔一样。”聂风霜一板一眼的说。

知道他俩密切关系的人，纯粹会认为郭宁的问题是明知故问，但是聂风霜心领神会，这只是一个必须的程序而已，它后面暗含的深意，唯独他们俩知晓。

“参谋得很好，可惜被浪费了，也委屈了。”

“那也未必。将军还有更多的时间么？”

“必须等待，不然师出无名。”

“‘广故数言以亡，忿恚尉。’机会不是等来的。”聂风霜上校念了一句《陈涉世家》上的话。

“‘责任、荣誉、国家’，作为军人，上校难道不记得这基本的军训？”郭宁引用麦克阿瑟的名言责问。

“使人们能够用以确定什么是跋扈与暴政的，正是权利观念。权利观念明确的人，可以独立表现自己的意志而不傲慢，正直地表示服从而不奴颜婢膝。”聂风霜也用托克维尔的话来回答。

郭宁一笑，不置可否，稍待，不明所以地点着头，拿过手写板迅速地列出一排名字。

“这是按照杨若主管的意愿列出的新一轮值勤人员名单。”

“全部？”聂风霜靠近去，看了一遍。

“已经是全部。”

“好名单，全是主管的亲信们，神龙号飞船成了家族的财产了。”

郭宁盯着聂风霜看，奇怪他有如此的理解力，以及对人际关系广泛而准确的记忆和掌握。以前他看轻了上校，上校应该成为更重要的伙伴，对，伙伴。他点头，无语，用眼神鼓励上校继续说下去，看还能听到多少他想说或者还没有想到的主意。

“那些正在值班的军士，眼看建功立业的机会已到，却要进入无知无觉的休眠，好端端白费了这些年寂寞飞行的时光。有些人却几乎不劳而获，贪天之功为己有。他们真的应该看到这份名单的。”

“飞船上好像还缺少一位少将参谋长，上校不介意的话，我将向委员会提出这个建议。”

他们俩相视一笑。聂风霜表情坚毅，行了个军礼后，转身离开了郭宁的独立办公室。

在刚刚结束的例会上，杨若没有得到几位委员的公开支持，这使他略感意外，不过他还是把这看成是委员们老成和观望的表现。没有人可以超越和取代他。

一进入巴纳德星系就遇到这样的烦事，的确令人难以愉快，但是杨若相信不愉快的事情很快就会过去的，五人委员会还是一个坚强团结的核心，就像从前郭宁中将对他的无条件支持一样，毕竟他是经过政府任命的首脑。对军人的管理，他将会更加严格，而不会像在科学院里一样，往往碍于老同事或者朋友的面子，得过且过，心宽能容。可能正是他的疏忽，才未能在神龙号飞船上建立起一定的威望。

“这百姓用嘴唇尊敬我，心却远离我。”杨若念着想着，居然冒出一句《新约》上的话。他的确在认真思考着怎样先把五人委员会团结成一个整体，统一思想，统一认识。

为了加强对飞船的细致管理，杨若将六路主要监视器都暗中接入了自己的独立办公室，这样既无须表面上扩大冲突，又能密切注意飞船动态，然而，有一点他却不知道，他秘密命令设备工程师设置和转换监视信号时，已经被聂风霜窃听了。后者先行了一步。

聂风霜将其中一路监视器转到了健身房，指向一个特殊的角落，长时间的生活，密切的交往，上校清楚，在这个角落里，将会发生一些什么事。

五人委员会约好六个小时后再研究郭宁中将提出的名单。谁都清楚这份名单将对每个人的未来都有莫大影响。杨若用吸管吮吸着刚沏好的一罐龙井茶，龙井经过真空保质，又采用了特殊保存方法，其茶味仍然较浓。杨若细细地品味，借此也平静一下心情。他眼睛随着监视器上变换的图景瞟来瞟去，随着新世界的来临，对飞船每个角落都掌握，才能使他心安理得。

要是思想也能安装监视器的话，杨若主管可能都要吩咐亲信的人去做。

两名赤身裸体只着短裤的男子图像映入眼帘。“这是哪儿？怎么健身房也安装监视上了？”杨若狐疑着，把注意力放到了健身房里。

那两名男子都很年轻精壮，年纪大的也不超过四十岁，是值勤的军士，看样子，两人是互相帮助着进行锻炼，橡皮筋和弹簧拉力器在无重力环境中是最有效的锻炼器材，协助着锻炼效果更佳。随着滑溜溜的手臂上肌肉的颤动，杨若好像也跟着充满了力量，虽然他的年龄大约应该是那两个军人之和。他饶有兴趣地观看下去。

锻炼似乎停止了，一只手轻柔地抚摸着另一个的肩臂，哦，大概锻炼后要进行按摩放松吧，杨若想。

屏幕上，两个男人越靠越拢，最后两人竟然亲吻起来。杨若不禁大吃一惊，随着两人的动作越来越放肆，亲密，杨若看不下去了，可是忍不住又看了一会儿。这次他特意拉近了距离，将两人的面孔也认清了，接下来，该出现攻者和受者的心跳场面了。一个偶然的机会里，杨若读过一篇耽美类小说，虽然看了一段就扔了，个别情节描写由于给他的刺激太大，尚且朦胧记得。

杨若主管赶紧关掉了视频，但是监视系统仍然保持在录像状态，然后，他调出个人档案查出了他们的姓名。

在召开五人委员会议之前，杨若认为有必要先召开一次全飞船军人学习大会，飞船上正在值勤的十多个人按时集中了。精悍的军人齐刷刷地站在面前，杨若感到了一股无形的压力。他清清嗓子，开始他的演讲。

“众所周知，太空舰队已经到了重要的关口，我们正在寻找巴纳德星系文明，此时此刻，更需要我们有坚强而清醒的头脑，去应对随时可能出现的各种复杂情况，可是，一种腐化堕落的生活方式，却在腐蚀着我们的集体，……”

杨若主管第一次没有经过长篇大论就进入主题，众人略感意外，渐渐他们知道了事情的来龙去脉。

杨若虽然没有点名，可是平时就只有这么几个人，长年相处，彼此之间也是熟悉的。在健身房里同性恋那两位军人，一个尚还面无表情，显得较为害羞的那位却脸红了，唯一的勾起头，嘴唇咬着，忍着。他的表情一下子就将他和其他人区别开来。

“他们只是个人意愿，并没有伤害谁，因此请杨若主管还是不要再提了吧。”郭宁看一众军人愤愤不平的情态，便明白聂风霜已经悄悄地将名单故意不经意之间泄露出去了，他及时地出来说情。

杨若完全没有料到一向支持自己的郭宁突然站到了另一边，并且在众人面前公开反对自己，心里非常恼恨，忍不住训斥道：“就是你平时纵容部下，才会有这样的事情发生，这简直是神龙号的耻辱。”

“杨主席，言重了，如果地球上我们国家的同胞一个也没有减少的话，应该有上千万个同志。个人的生活方式并不违背法律，这恐怕说不上是什么耻辱吧。”五人委员会中国防部的将军说，在国防部里这位上将分管天军，与郭宁中将当然比较关系密切。他临时吞下去了“军队中同志更为普遍”这句话，免得显得他过于偏向于自己的下属。

“还叫什么，同志？简直是侮辱了这个光荣的词。”杨若此刻仿佛失去了理智控制，有些激动。

会议室中一时冷了场，杨若也意识到有些失态，转而改变一下口气，温和一点说：“肯定要严肃处理，刚从太阳系出发时，太空舰队就制定了统一的律令，其中有一条是禁止恋爱，想来各位都还没有忘记吧。”

仿佛决斗中一下被对方击中了要害，军人们刚才还有些群情激奋，突然变得鸦雀无声。郭宁暗暗着急，忙用眼示意聂风霜，聂风霜会意举手，没经过谁同意，就说道，“我可以发表意见吗？”

“聂风霜上校，你当然可以。”杨若知道强行阻止反而可能激起哗变，顺水推舟说。

“作为上司，领袖，应该体谅部下的辛劳。这些活生生青壮年军人，生龙活虎，精力旺盛，也许和杨主席是不能同等对待同等要求的。不要把他们看成是布劳涅森林里游荡的淫鬼，基本生理需要和相互爱慕碰撞出了刺眼的火花。半个世纪以前马萨诸塞州就通过了婚姻平等法，布什总统尽管反对也无用，为什么我们到现在还要故步自封，停滞不前呢。”

“华丽的辞藻掩盖不了丑陋。不要把不同的国体，不同的文化混为一谈。”

“那么，1994 年纽约东 58 街高档地段开了第一家亚洲同性恋酒吧，1996 年，亚洲同志隆重加入纽约每年 6 月的盛大同性恋游行，其中华人占据了大多数，这可以看作是华人公开化同性恋并获得社会承认吧。这难道不说明，任何国体和文化都存在并承认同性恋吗。上个世纪60年代格林威治的‘石墙事件’不会重演，石墙暴行日被国家法定为同性恋日，以纪念无辜的死难者，这便是现代文明对同性恋的宽容与承认。难道现在也要有无辜者来步百年后尘吗？文明究竟是在进步，还是在退后？”

聂风霜有备而来。能言善语本是杨若的强项，此时却显得笨口拙舌，他恼羞成怒，呵斥到：“简直胡说八道。上校搜集了如此多的材料，原来是早有准备啊。”

五人委员会之一，外交部的官员，也附和说：“上校，请注意你的身份。”

“身份，什么身份，任人宰割的羔羊，还是砧板上的肉，或者驯服的没有烙印的奴隶。”聂风霜突然一转身，面对众人，提高了声音，“有人以克格勃的方式监督掌控了我们的私生活，连健身房都成了受监督的场所，下一步该是洗手间了。够了，我相信每人都受够了，不断的这会那会，老大讲话，老二补充，老三再强调几点，老四要求如何贯彻，形式主义就是要剥夺我们思想的权利，如今更进一步，连生活隐私的权利都被剥夺了。现在大家相信了所看见的新任名单了吧，我们辛苦多载，就要没入地狱般的休眠中，而据最新消息说，已经发现了巴纳德星系的智慧文明。人类希望到来了，我们就要着陆于一个宜人宜居的星球上，去开创新的未来，然而胜利的曙光我们却暂时看不到了，我们的艰难和沉默，苦熬和寂寞，成了别人晋升的阶梯之石。”

“那怎么办？”人群中迸发出一个低沉压抑的声音。

“简直是大逆不道。”杨若敲着面前讲话台，“值班长，立即将聂风霜拿下。”

另外三位委员也沁出了汗，对聂风霜的刺耳发言怒目而视。郭宁着急起来，心中埋怨聂风霜上校不该攻击过宽，此刻，他只有缄默。

然而没人立即响应动作。

“汤武革命，顺天应人，抚我则后，虐我则仇。”

两位同志中较沉稳坚毅的那个，闻言冲上前来，唰的将一把军用匕首横在了杨若颈项上。杨若不禁仰身后倒，差点两脚离地飘起来，但是被抓住了。

“你们，反了。”杨若叫道，同时拿眼睛看着郭宁，他不敢动作太大，否则会割伤脖颈。

“我们这是逼上梁山。”聂风霜大声疾呼，“谁将是我们新的首领。”

“郭宁将军。郭宁。郭宁。”军人们齐声喊到，便有两人上前来，将杨若推到一边，又把郭宁推到了讲话台前。

五人委员会中其余三人大惊失色，却面面相觑，作声不得。郭宁中将不得不说话了。

他先咳嗽一声，平稳情绪。“各位，不得伤害杨若——先生。鉴于目前的紧急情况，由我暂时代理神龙号飞船最高主管，等事情平定以后，再由委员会讨论出合适的人选。”

“原来你们早有预谋，卑鄙。”杨若恨恨骂道。

“我们只是替天行道，用隐秘的计谋来对抗缺乏人性的专制而已，兵法上说，兵不厌诈，何况我们乃是为了正义自由的人性而战。杨若先生再要多言，恐怕要难怪军人们出手不恭了。”聂风霜一直保持着镇定的语调，冷冷地说。

往时里一向口若悬河，滔滔不绝的杨若，此刻哑口无言。另外三位委员，见势不妙，也都缄默了，默许了这场变乱。

哥伦布太空舰队进入了巴纳德星的引力范围。

当一颗直径一百多公里的小行星从舰队左前方一万公里处划过时，每艘飞船上，都有一二十个生龙活虎或学富五车的最优秀的人被解除休眠，开始他们简单而又崭新的生活。

神龙号飞船上，徐豹是这幸运的人当中一员。刚刚苏醒，他对周围环境保持着迟钝的神态，至于身体，也要经过十多个小时的适应性锻炼之后才能恢复正常。

他睁开眼睛的第一眼，是看见聂风霜少将参谋长显得瘦了但是是精神很好的笑脸，和他肩上耀眼的一颗金星。和其他苏醒的军官一样，徐豹首先接受了首领的祝福和慰问，然后是新的集训，熟悉新的管理条例。徐豹被任命为三个值班长之一，晋升为上校军衔，也被告知了飞船上的人事变动，五人委员会已经变成四人委员会，郭宁将军是现任最高主管，聂风霜晋升为少将参谋长，作为郭宁的助手。

徐豹对飞船上发生的变故不置一辞。他沉默了好久，才打开电子万年历，查询过后，自言自语说：“明天，不，再过十多个小时，就是妈祖天后一千一百一十年诞辰了。愿和平之神，带来祥和。”

十来年前，徐豹随舰参加过妈祖天后诞辰庆典，政府和军队参加民间的庆典是极少见的，那次的规模真是前所未有的壮观。现在，徐豹领悟到，那次军舰的参与类似于一次调动演习，军力展示。随后不久，战争硝烟无情地笼罩了海洋和大地。

动荡不安的日子不知不觉中，竟然已经过去十年了。地球人类，进入了新的星系，开始了新的探索。

第二集

远处有彗星飞行，其轨道可能和舰队飞船轨道交叉。观察员将此消息报告给了旗舰布鲁诺号，首先用射电望远镜发现彗星的是波将金号飞船，接着其他三四个飞船也陆续发来了这一消息。

突然而来的坏消息让人一下紧张起来，惶惶不安，在巴纳德星系陌生的环境中，接踵而来的难题还有多少呢？波将金号发回了最清晰的一张照片，显示出这颗彗星像一个长条土豆，拖着清晰可见的彗尾，在宇宙空间中飞行。目前，它正处于距离巴纳德星的远距点。

“为防不测，必须改变它的飞行轨道。”希斯对所有飞船的首席科学家说。

“我们可以考虑撞击它。绕过去，从斜侧面进行撞击。”

“撞击的速度有多高，能量有多大，能达到改变运行轨道的目的吗？”

“只需要将它的轨道偏移一点就够了，别太计较。”

“真的会轨道交叉吗，我计算的结果是没有可能。”

“小心为好，尝试一下地球人处理这类事件的能力，也未尝不可。”

“这样算来，根据彗星的体积和质量，以及运行速度，有一个一吨以上的物体，以相对五十多公里每秒的速度撞击，便可能达到目的。”

“从正侧面撞击，当然能量最大了，先绕过慧核，再以25到35度的倾角撞击。”

科学家们纷纷表态，各抒己见，一个成熟的方案，在对话讨论中，逐渐形成，撞击计划由彗星最近侧的波将金号飞船实施。

经过精密的计算后，一颗拆掉了核弹头的大型火箭，携带着一些各飞船的废弃物，以增加撞击质量，总质量达到了三吨。它从波将金号的底部发射出，带着炽热的烈焰，奔向远处的彗星，这是地球人在外星系第一个与外星之物的亲吻。

三千多秒过后，火箭穿进了彗星的彗发，同时甩出了一个照相仪器。它会以最近的距离，把壮观的场面发回舰队。接着，又是一个探测器被甩了出来。

漆黑的太空中，有较小的亮光一闪，接着是巨大的白光迸发出来。撞上了，撞上了，彗核表面的细粉状碎屑，以每秒6公里的速度呈喷射状腾空而起。在这些漫天飞舞的碎屑中，包含有水、二氧化碳和简单有机物，在彗星一边形成一片模糊的云雾。

数十万吨之多激起的细粉状物质，细得便如滑石粉一般，在太空中绵延数千公里，直达彗发层，又被恒星风所吹开，像仙女飘逸的白色长发。随即的测算结果表明，彗核运行偏移了微小角度，在飞行一段时间后却偏离原来轨道上万公里，足以避免与舰队飞行轨道交叉。

壮观的景象，使看到的每一个地球人都相信，人类已经有足够的智慧和力量，去敲击宇宙命运之门。

一千多秒之后，舰队相当于是从彗星上侧成功越过，分析数据更是接连不断地出来。一段振奋人心的话，在科学家们反复研究之后，拟成发言稿，从希斯的嘴里说出，传遍了舰队每一艘飞船：

“这颗彗星彗核是分层的，彗核表面覆盖着10多米深的细粉状物质，下面是较硬的‘彗核之核’。彗核的平均密度不过0.7克每立方厘米，比水还轻些。彗核外表的细粉，是多年以前就存在或是逐年累积的，这也证明彗核的内部含有巴纳德星系初期的原始物质。上帝保佑，彗核内部存在大量含碳和氮的有机分子，撞击之后彗核中喷发的物质中含有氢氰酸（HCN）、乙腈、冰和二氧化碳，而彗核表面的粉状物中却没有这些物质，说明它们存在于表层下较浅的部位，在受撞击或热影响时才喷发出来。这还表明，在彗星和小行星撞击频繁的巴纳德行星早期阶段，彗星有可能把最早的有机物带到某个行星上。上帝保佑，地球人有福了，勇敢的人类有福了。”

舰队继续飞行，速度降低到三十多公里每秒，还在继续减速。一颗颗巴纳德星系的行星被抛在外面，越过了两颗冥王星一样的冰体矮行星，又越过了一颗木星一样的气体巨行星，巴纳德星的目视星等每隔一段时间，就降低一等，已经达到了——20 星等，可是，舰队仍然朝着越来越明亮的巴纳德星，朝着那光照寰宇的新太阳，不停的飞驰。

舰队的目标，锁定在巴纳德星的内侧第二颗大行星上，那是一颗岩体类地行星。根据巴纳德星星体能量的辐射强度，和第二颗类地行星与巴纳德星的距离，应该是最有可能适宜居住的。空气，水，是否已在亿万年以前，就铺设好了摇篮，那里，可是地球人类梦寐以求的新家园？

第三集

当巴纳德星的星等，降为——26 等的时候，人类啊，请抑制住剧烈的心跳，是什么的光芒，刺痛了你盼望的眼，而让它潸然泪下呢。

请低下头来，以一百倍的虔诚，祈祷那所见的景象，不是因埋藏久远的希望所激励，而产生的幻象吧。那极似地球家园的蓝色星球，圈着灰白色的美丽光环，像含情脉脉的美丽少女，等着迎接远道而来的尊贵的地球客人。那时啊，每一颗激动的心，怎不盼望着热烈的拥抱，喜极而泣的泪，怎不滴湿胸前的衣襟，蕴积了久不抒放能量的躯体，怎不雀跃旋转升腾，欢呼的畅音，怎不冲破喉咙的憋闷，爆发如盛大的礼炮之声。

“凭着两百多万公里之外的照片，我们已经可以确认，这是一颗适宜生物生存的行星。我们探测到空气成分了。我们探测到水了。各飞船注意，各飞船注意，保持队形，减速下降到这颗行星的三万九千公里高空的同步轨道，以便进一步探测这颗行星。请务必注意行星外环，注意行星外环，那是大大小小的卫星组成的，位于行星的赤道面上，行星环共有五个，最外一个是亮环，环宽约三千公里，厚度约一百公里，直径约四万公里，舰队降临的同步轨道正好处在此环。外环是由黑色的块状物体组成，每块数十米至数百米不等。请密切注意。”

旗舰布鲁诺号向全舰队发布了这条指令，播音员清晰而平实的声音回荡在舰队飞船的每一个角落，多少双聆听的耳朵，获悉了令人振奋的确切判断。说完这段话的时候，舰队已经飞行了几百公里。

“那这颗行星应该叫什么星呢？”有人问道。

“啊——嘻。”希斯还未来得及回答，先打出了一个喷嚏，其实希斯竭力想要挺住的。近来他的身体有些不适。

“噢，可不可以，就叫做阿喜星呢。”郭宁建议道。在神龙号经历重大的事变之后，没费什么周折，舰队总部，所有飞船，都承认了郭宁的合法地位，因此，郭宁对克里和希斯的好感愈增，他很乐意和两人保持良好的个人关系。

一个最中庸的名字，没有任何主观色彩，谁都能够接受，于是，很快地，阿喜星的名字传遍了舰队，获得一致通过。

接着，克里将军发表了讲话，崇高的使命感，激起了许多军人的斗志，他讲道：“我们已来至遥远的阿喜星，是从我们的母亲地球背井离乡而来，多少人因此而妻离子散，天各一方，但是我们更要想到地球上多少人家破人亡。我们肩负着诺亚般的神圣责任，哥伦布舰队便是我们歌斐木的诺亚方舟。勇敢的人们啊，我们已经闻到了橄榄枝的清香，听到了鸽子的咯咯欢叫。为胜利的明天，让我们一起祈祷，一起歌唱。”

舰队每艘飞船都响起舰队队歌的时候，克里的眼眶湿润了，他想到了在地球战争中牺牲的儿子，想到了还在休眠中的侄子基弗里，想到了更多更多的人，甚至想到了那叫人一眼难忘的奥特丽小姐。

九颗闪亮的新的星星，稳定地出现在了阿喜星上空，六种仪器展开了繁忙的工作，它们是：可见光和红外摄像／摄谱仪，紫外成像摄谱仪，无源辐射计，长程侦察摄像机，恒星风和等离子体谱仪，高能粒子谱仪。低轨照像监视卫星，更是紧锣密鼓地进入了制造。

阿喜星最内的环几乎和大气层相接，从雷达的反射回波得知，内环是由分离质点构成，全部是直径介于 2 到 40 厘米之间的冰块。阿喜星直径约 7200 公里，地表重力约为地球的 1.05 倍。阿喜星赤道上，有广阔的海洋将南北陆地分成大约相等的两部分，整个星球陆海面积之比大约为 1∶2，海洋分布在各大陆之间，比较均匀，只有赤道海洋连成一片，赤道海洋最窄处仅有四、五百公里。阿喜星公转周期暨一年为 298.102 天，自转周期暨一天是 29.41 个小时。

各种数据迅速汇集在一起，希斯和众多科学家现在要考虑的是：在什么地方，什么时间，让第一批地球人登陆阿喜星。

“报告，外环中发现有一块不明物体，直径大约三百米，偏离出光环五百多公里，跟随在舰队后面，距离舰队六千多公里，与舰队的相对速度是一点二公里每秒，其飞行轨道正在舰队轨道上。”

刹那间，舰队被一股紧张气氛所笼罩。

“阿喜星的环是卫星进入阿喜星的洛希极限内，为行星的起潮力所瓦解，为何却有例外运行轨迹的一块呢？”

科学家们聚集在各飞船主控制室的屏幕前，紧张地讨论着，其中一个天文学家这样问。

“可能是流星从外部被阿喜星吸引，运行中撞上了外环中的这块岩石，使它大大偏离了外环轨道。”立即有人猜测。

“我们仍然可以撞击它，让它滚开一点。”答话的是波将金号上的科学家。

“这么近的距离，况且谁能不保证以后它不来纠缠我们呢。仅仅是撞击开就够了吗？”

众说纷纭中，克里那沉着冷静的话响起来了：“可以让它像灰尘一样陨落。”

“三百米的直径，一颗氢弹完全能够胜任。”哥仑比亚号飞船主管布来登将军已经征求过科学家的意见，马上补充。

希斯逐一征求了各飞船的意见，最后决定用一颗 10 万吨核当量“标准型”氢弹，来炸毁突如其来的岩石，从上面往下炸，炸毁的同时利用推力，尽量让灰烬掉向外层空间。舰队最后面的飞船亚马逊号，因为与正在接近的岩石最近，将负责完成这一使命。

“5，4，3，2，1，发射。”

亚马逊号飞船上，在首席科学家贝贝尼的命令声中，罗贝尔上校和马科斯上校插入铂金钥匙，同时揿动了一蓝一红两颗核按钮。这时两人相距三米，在同一个机要控制室中，进入这间控制室必须经过主控制室。

悄无声息的，火箭喷着火焰冲向尾随舰队而来的捣乱者——太空岩石。

八分钟后，阿喜星辽远的上空突然出现了一颗闪亮的星星，星星绽开成一朵奇异庞大的粉尘团。

第四集

地球上，有一种飞行急速的鸟，叫做雨燕，它是鸟类中的绝顶飞行高手。修改过部分基因的雨燕卵，在舰队进入巴纳德星系刚刚开始减速的时候，就孵化出了十多枚。雨燕原初基因上切割补入的基因，是从家燕体内截取的，目的便是要借取家燕喜欢在建筑物内筑巢的习惯。

亚马逊号飞船一间生物实验室中，十来只雨燕唧唧的叫声，穿透了一层层舱板，四处回响着，生命的活力也借此传扬在单调的飞船人的生活中，欣喜和期望在滋生蔓延。

仅从表面上看，这些雨燕没有什么特别。生物及生理医学实验室主任鲁本森挽着袖子，伸出他毛茸茸的手进入鸟笼。中央空调营造出舒适的 220C 温度环境，雨燕扑腾着灰黑色翅膀，在奇怪的环境中进行着生命之初的体能训练。它的扑腾虽然扇动了空气，却无法使它获得有效的飞行。常常是一次扇动，就让它迅速贴在了笼壁上。

它细小的爪子抓住了鲁本森主任的手指，站立住。它飘摇的身体仍像在要杂技，故意卖弄本事似的，倾斜得很厉害也不跌倒，偶尔地，它用喙去啄鲁本森的手臂，似乎要啄住什么才能站立稳当。

另一旁的视屏上，展示着实验场地近景，鲁本森手上金灿灿的汗毛清晰可见。有时，另一个镜头切换过来，鲁本森宽厚壮硕的身体也摇晃着出现在监视器的屏幕上。

“真是一个伶俐乖巧的生灵。”亚马逊号飞船主管阿里布诺由衷赞道。

“更是一个勇敢的生灵。”首席科学家，飞船总顾问贝贝尼补充说。

“不过，我仍然担心雨燕能否迅速适应重力环境，它是在微重力环境中出生并长大的。肌肉的力量足够吗，能承担起阿喜星的引力吗？雨燕需要更多的时间适应。”旁边，另一位科学家提出了异议。

“勇敢无畏者总能获得命运之神的垂青。”贝贝尼的话像竞选演讲一般富余情调，很有感染力。

主管阿里布诺对此话产生了一分警觉。贝贝尼尽管是个温和的在野党人，但是执政党和在野党解放阵线联盟从来没有停止过争吵，甚至有时诉诸尚算和平的暴力。和另一个反对派丛林党相比较，解放阵线联盟虽然提倡非暴力抵抗，但是由于实力很强，特别是获得知识分子阶层的支持，有强大的民间支持力量，是更重要的反对派。

阿里布诺深深地明白，亚马逊飞船以他和贝贝尼作为一文一武两个最高首领，其实就是两派相衡势均力敌的结果。不过，阿里布诺认为，他与贝贝尼的合作，正朝着令人愉快的方向发展。不久前，执政党派的罗贝尔上校和在野党派解放阵线联盟的马科斯上校就上演了共同揿动核按钮的一幕。这一幕场景，也是阿里布诺和贝贝尼共同策划的。

“我们的勇敢的生灵已经可以在阿喜星上自由地飞掠了。”鲁本森抽回手臂，看了看小臂上留下的细小划痕，他启动着厚实的嘴唇，自信地说。

如果雨燕成为第一批登陆阿喜星生物，那将是亚马逊号的光荣，阿里布诺和贝贝尼都这样希望。鲁本斯身为生物及生理医学实验主任，肩负重任，他能够不负众望试放成功么？两人的眼光被鲁本斯壮硕的身体吸引过去。

迎着望过来的眼睛，鲁本森坚定地点点头。

亚马逊号飞船已经向旗舰布鲁诺号发出请求，旗舰将集中舰队中几名著名的科学家乘小型太空穿梭机过来，最后一次面对面进行实体检验雨燕，之后，这批在拟重力实验舱待过一段时间的雨燕，就将乘上超小型登陆器，降落在阿喜星上。

原来，这批雨燕，头部植入了生物芯片，可以发射电磁波。雨燕能够将它所看到的一切情景，转换成电磁信号发射，由超小型登陆器中暗藏的接收器接收后，再定向发回给三四万公里高空的太空舰队飞船。

这样，这些侦察兵就完成了近距离侦察任务，不需要用人去冒险，而且成本极其低廉的，又不被注意。即使用在地球上，谁也难以怀疑这些真实的生命，居然是一些深藏不露的动物间谍。生物芯片发射的能量来自于动物体本身的肌体，因此，只要动物活着，四处活动，它所见到的一切，也就是接收者所见到的一切，检测到的信息将源源不断的发出来。

欠缺的是，动物间谍的操纵者无法控制雨燕的运动方向和运动的时间，一切都听命于动物体本身的生存方式，所以，为了更好地侦察阿喜星上智慧生物的情况，舰队科学家选择了喜欢在人工建筑物上筑巢的家燕基因，掺和在雨燕的胚胎体中。实验室主任鲁本森就是负责这个任务的首席科学家。

考查的科学团队一行四人，分别从各个飞船乘太空穿梭机，来到了亚马逊号飞船。他们对实验结果非常满意。

“有没有考虑到阿喜星上的大气压力略微要大一些，雨燕是否完全也适应这一变化呢？”一位动物学家提出了苛刻的问题。

“看看这只雨燕，它关在密封的玻璃罩里，里面不仅大气压力按照阿喜星上设计，就是大气组成也完全和阿喜星上面一样的。”鲁本森胸有成竹，“各种情况我们都作了不同的实验，完全不必担心。”

“真是万无一失，真该为鲁本森先生的成功和认真干一杯。”这位挑剔的动物学家发出了由衷的赞叹。

“我建议，应该将本年度的诺贝尔生理医学奖颁给鲁本森实验室。”

“那也行，但是得先把瑞典皇家科学院搬到阿喜星上来。”

“等不及了，先颁一个提名奖吧。哈哈，哈哈哈。”

看着大家兴高采烈的劲头，鲁本森提议，应该让全飞船的人都来分享这一成果，“我们应该开一个庆功酒会，预祝亚马逊飞船名扬舰队，首发成功。荣誉，属于亚马逊，属于哥伦布舰队。希望阿里布诺主管这次不会吝啬珍藏多年的香槟吧。”

鲁本森此话说得委婉，实则咄咄逼人。阿里布诺不为人注意的皱皱眉头。

“何妨也看作是为第一批地球动物登陆饯行呢。呵呵，我个人赞同鲁本森先生的提议。”那位从别的飞船上过来的动物学家也兴致勃勃附和。

一听说还有开香槟庆祝，多年不闻酒味的科学家们都被勾起了肚里的那条馋虫，本能的食欲被唤醒了。他们都加入了振奋的行列，纷纷拿话来挤兑阿里布诺，让他能爽快答应这件美事。

亚马逊飞船主管阿里布诺和首席科学家贝贝尼都觉得这种做法太过张扬，可是他们想来想去也找不出反对和担心的理由，众情难却，鲁本森先生难道不应该享受这个荣誉吗？

“我得事先声明，香槟数量非常有限，大家到时候可不能责怪亚马逊号不够慷慨。罗贝尔上校，现在你就去准备庆祝。”阿里布诺说。

除了值班的马科斯上校外，所有的飞船上活动的人开始集中了。在飞船唯一的大厅中庆祝，说是大厅，其实就是一间可以完全封闭的较为宽敞的屋子，实在大不到哪里去。它平时作为会议厅使用，是飞船上唯一可以大规模集中船上人员的地方。

几只雨燕作为主角，明星一般引人注目，在众人面前，它们再次演示了如何将所见场景变成电磁信号发射出去。舰队的所有飞船，此刻，都接收到了这一清晰的信号。旗舰布鲁诺号立即发回了贺电。

试验非常成功。关闭了信号发射后，庆祝酒宴开始，从脱离地球轨道以来，亚马逊号飞船第一次出现这种欢腾的场面。

在这欢快的场面中，唯一的遗憾是不能举行一场舞会，所以，所有的人，把喜悦的心情发泄在笑话，议论，逗趣的言语喧嚣之中。空气中的每一个分子，仿佛都沾染上了这种愉快。

鲁本森先生对试验的结果最清楚。他更清楚的是，空气分子沾染上的不是什么愉快的气息。

此刻，一种无色无味的气体，在悄悄地“嘶嘶”喷出，迅速地扩散到宴会厅的每个角落。这种气体的浓度在渐渐增加，里面的人却全无觉察。

突然，有人昏迷了，站着站着失去了知觉，有的正在说着话，嘴巴迟钝于大脑，在昏昏失觉之前还蹦出几个含混不清的单词来。由于兀自站着，因此竟然不容易被觉察。一个，紧接着又一个，反应敏捷一些的，有的面色惶惑，有的惊惶，仍然逃脱不了昏迷的命运。顾问贝贝尔在昏迷之前，大叫了一声“有人施放了醚气”。那是因为他此时距离放气口最远。

醚气是什么，主管阿里布诺不是太清楚，可是他听到了首席科学家贝贝尼情急之下喊出的这句话，那么肯定不会是贝贝尼指使干的了。那会是谁呢？只是在迷糊中有这么一闪电式的疑问，来不及作半点思考，阿里布诺便昏迷过去了。

只有鲁本森是嘴角带着微笑昏迷过去的。

最后一个昏过去的是罗贝尔上校，他强健的身体，坚强的意志，和敏捷的身手，使他能够在昏过去之前，还能急跨几步，手刚好触到了发射器开关。

刚才还热闹喧嚣的大厅，忽然变成了一片静寂无声的空场，站立着一个个浑无知觉的，还都活着的人。

“这是什么？”布鲁诺飞船上，舰队司令克里首先看见了亚马逊号飞船上这幅场景。宴会厅中，所有的人突然间都停止了动作，好似画面突然定格了，又像被施了魔法。有的人甚至漂浮到了空中都自不觉察。

“可能，他们都昏迷了？”希斯想了想说。

“昏迷？什么原因？难道有人阴谋袭击？”克里急着问，“快，能联系上吗？阿里布诺在哪里？”

“联系不上了。那个好像是阿里布诺主管。噢，又晃过去了。通讯值日官看着屏幕说。

“看样子那些人似乎都活着，是被空气里的某种物质迷昏的，肯定有人实施了阴谋。不过，不像是恐怖袭击，倒像是政变。”希斯慢慢地说，他也充满着疑惑，“但是，是谁又打开了发射器呢？这些信号很不稳定，画面跳动不停，显然来自雨燕，而不是有头脑的摄影师。对，对，是雨燕看见的场景。有个人借此向我们告知，亚马逊号遭遇了事变。怎么那只雨燕没事呢？要是它们也被迷晕了，这些情况就不知道了。”

他们立即尝试着用各种方式联系亚马逊号飞船的主控制室，可是显然，有人切断了联系。政变，几乎是无可置疑的了。

亚马逊号飞船上，玻璃罩里的雨燕窜上窜下，唧唧地叫着，好像显得不太舒服，可是，此时宴会厅中，谁也听不到它的叫声了。

克里摇着头，愤愤地说，“我们得立即派人到亚马逊号上去。”

“要装作毫不知情的样子去，再随机应变。”布鲁诺号飞船主管帕欧卡提醒说，“如果结局已经无法改变，那就不要引起动乱。”

“不错，可以推断亚马逊号飞船的确不知道我们已经发现了这一异常情况。帕欧卡将军的提议是对的。时间越短越好。”希斯表示赞同，“去的人一定要少，以免引起警觉。要有充分的执行任务能力，随机应变尤为重要。”

通过迅速的甄选，哥仑比亚号飞船的阿莱斯上校和波将金号的聂莫夫中校被指命派去执行这个任务。

两架太空穿梭机如母鸡生蛋一般，从哥仑比亚号和波将金号飞船下部钻了出来，驶向了亚马逊号。

马科斯上校带着一名上尉巡查飞船，当他尝试着呼叫阿里布诺主管时，没有回应，他心里明白，计划成功了。

在野的解放阵线联盟一直指责大选中获得胜利的现在执政党作弊，要求重新进行选举。为此，各种罢工和游行示威层出不穷，国家动荡不安。可是，谁也没有最后取得胜利，在僵持中，全球战争爆发了，于是两党之争延伸到了太空，进而延伸到了遥远的巴纳德星系。作为解放阵线联盟的党员，马科斯上校厌倦了党魁之一，党内要人贝贝尼的温和作态，最终，他选择了和丛林党合作。他想，要达到正义高尚的目的，可以不择手段，暴力是必须的。暗中，马科斯上校和丛林党达成了一致，分头行动，完成政变。

现在，只剩下飞船主控制室里的飞行主管了，他是一个无党派的忠实的人，但是，马科斯无须去控制他，飞行主管只对控制飞船和服从上级感兴趣，谁来执政，谁是主管，飞行主管不会太多过问。从这个意义上来讲，飞行主管是敬业的职业技术专家，平和而安全。

所以，马科斯上校带着自己忠实的部下，赶往宴会厅。宴会厅大门打开了，掺杂着高浓度醚气的室内空气涌出来。尽管醚气喷管已经关上，涌出来的空气，在大厅外边靠近大门处，仍然具有极大的迷醉强度。

马科斯上校早有准备，将携带来的除醚装置打开了。吸气扇呼呼的转动起来，一进一出，空气中的醚气和装置中的特殊材料起了化学反应，被吸收掉成为固体物质，渐渐的，宴会厅里的空气又纯净起来。至于大厅里空气部分涌到过道里的，浓度太小，不足为虑，飞船上的空气清洁器经过一定时间，自然会把它清除干净。

太空飞船上，每个主舱都是可以互相隔离的，这是为了避免万一有一个舱出现空气向太空泄露，而波击整个飞船。马科斯上校就是利用这一点，成功的单独在宴会厅里实行了集体麻醉。

鲁本森和贝贝尼，首先被救醒过来。其余的人则在昏迷中，就被铐住了，手铐不够用，马科斯还找了一根长长的电线，当作绳子，将六个人像贩卖的奴隶一样捆起来，连在一起。

“谁叫你这么做的？”贝贝尼第一句话便是责问马科斯上校。

“坐等别人退步是没有希望的。”马科斯毫不留情面，这时候他已经摘掉了防化学面具。

“可是，这样做是违法的，宪法应该得到遵守。”

“哈哈，违法？在大选中舞弊，利用他们执政党的种种便利，强求连任，难道这就是遵守宪法吗？”马科斯反问道。

停了好长一段时间，贝贝尼问：“现在该怎么办。”

“要求阿里布诺放弃主管的权力，由您任主管，鲁本森先生任副主管。”

鲁本森终于说话了：“这是我们已经达成的协议。”

“鲁本森先生好像不是解放阵线联盟的人。”贝贝尼语含讥讽。

“是的。可是现在我们是合作得很好的朋友。”

“可是，要是阿里布诺主管拒绝答应呢。”稍作停顿，贝贝尼又说。

“那就处决他。”

“决不可以。”

“别紧张，处决的方式有很多种，比如正常的疾病死亡，又比如，因身体健康原因，暂时进入休眠状态。将来在阿喜星上，何愁替阿里布诺先生找不到一个避难所呢。”鲁本森插话道。

“鲁本森先生究竟是什么身份？”贝贝尼感到一丝害怕，转头问。

“丛林党的鳄鱼，听说过吗？”

“什么，你就是丛林党三号人物鳄鱼。”

“不像吗？”鲁本森问，此刻，他的表情和身体都让人感到他内藏的凶狠劲，而根本不像是一个生物学家。

贝贝尼在言语和眼光上都回避了和鳄鱼相对，什么事都能干出来的鳄鱼，居然就是面前这个魁梧的生物学家，他一点都料想不到。他对马科斯上校说：“舰队总部不会承认的。”

“做成既成事实，总部不得不承认。谁都不太愿意去干涉别人内政，那是要付出代价的，而且可能得不偿失。神龙号不是有了先例吗？”

“这——好像不太一样吧。”

“事已至此，啰嗦有什么用。”鲁本森极不耐烦地插了进来，“顺便告诉贝贝尼先生吧，马科斯上校已经加入了丛林党。”

贝贝尼真的怀疑马科斯上校还会依旧忠于老东家解放阵线联盟。上校不是未经他的许可，已经和丛林党暗中作了肮脏的交易吗？事已至此，似乎只有按他们所说这一条路走了。

在亚马逊飞船主控制室里，飞行主管一个人闷闷的监视着飞船状态，虽然飞船现在处于同步飞行状态，需要操作改动的飞行数据很少，但是还是离不开时刻的监视。宴会厅里定是群情沸腾，他多么想也去那里感受那种久违的激情，就像足球场上的啦啦队一样，把激情宣泄在呼喊和桑巴舞中。

但是，甚至连一杯庆贺的香槟都没人为他送过来，他满怀怨言。阿里布诺主管居然把他给忘记了，不可思议。而且，更不可思议的是，宴会厅的监视录像也被关掉了，大约主管是不想让那幅场面惹动值勤人员的好奇心，而疏于职守吧。飞行主管搔着头，又摇头。

“请求登陆！”太空穿梭机发出了信号。

穿梭机飞临进入窗口，他才收到信息，而且居然接连有两艘，接连不断的拜访，飞行主管感到亚马逊号飞船真的快成了繁华的客栈了。他叫助手打开底门，让穿梭机沿着安全滑道进入了飞船。同时他向飞船主管通报了消息，没想到，这一次主管接了他的通话，而前几次都没有接，他想他们肯定是忘情于欢乐中了。阿里布诺主管嗓音大概是喝了酒的原因，有一些细微的变化。

雨燕继续把宴会厅里的情况向外传送出去，登上飞船的阿莱斯上校和聂莫夫中校都知道宴会厅中正在议论着的三个人，是政变的主谋，并从旗舰的叙述中记住了他们的衣着和长相。在过道拐弯处，两人遇上了迎面而来的马科斯上校。

“欢迎光临。”马科斯上校内心狐疑，脸上却面带笑容，略微仰头，友好地伸出了手。

“你好。我是哥仑比亚号的阿莱斯上校。”

“真是久闻大名，再次表示欢迎。”

“总部让我们送来登陆匣子，这是刚制做完工的最好的登陆匣子，结构精密。总部怕你们飞船上匣子不够好。”阿莱斯一边伸出手去同马科斯相握，一边打量他身后。

阿莱斯上校说的是实情，亚马逊号飞船是九艘飞船中吨位最小的，承载还不到一千人，登陆装备也非完善，只是，鲁本森培育的动物间谍——雨燕，让亚马逊号获得了首发登陆的殊荣。

“这是波将金号的聂莫夫中校。”阿莱斯突然没有想好聂莫夫中校也来了的原因，便回头对聂莫夫发出微笑。这时候，他的仍然握着马科斯上校的手，后者把这当作是热情的表示。

聂莫夫中校领会了阿莱斯上校眼中的含意，在阿莱斯上校的手就要离开马科斯上校手的瞬间，他也伸出了手。

马科斯上校还以为这个军阶低一级的军官也要和他握手，看得出，眼前两人不是主从的关系，而是主副的关系。聂莫夫中校只比瘦高个的阿莱斯上校稍矮一点，却更加健壮，真的像一只俄罗斯大熊。出于礼貌，马科斯上校依然微笑着，手依然伸着。

“咔嚓”一声，马科斯一只手被铐上了，就在他惊诧的那一刹那，另一只手被顺势抓住，也铐上了。

马科斯知道来者身上肯定还有匕首和激光枪等武器。“这是干什么？有敌人来了！”他立即大叫道，竭力想让守在宴会厅门口的那两个部下或者贝贝尼等人听见。

阿莱斯冲前一步想阻止他大叫，聂莫夫反应更快，率先抽出了激光/电击/眩光三用枪，“哧”的一下，第二下的时候，马科斯被高压脉冲电流击晕了过去。

阿莱斯将马科斯推到过道墙边，靠墙站住。两人迅速赶往宴会厅。

贝贝尼正与鲁本森和马科斯上校在宴会厅里争论间，接到了飞行主管的报告，说有人登船，贝贝尼的心脏不由得怦怦直跳。在通话中，飞行主管称他为阿里布诺主管。贝贝尼相信飞行主管还未听出他的声音，也不清楚飞船上发生的重大变故。应该说，贝贝尼自己还有一些时间来处理混乱无序的局面，他含混着应对了过去。挂好通话器后，他开始惊慌失措的向马科斯叙述了这件事。

“不必紧张，外面没有谁知道亚马逊飞船上的事。我们自己不要乱了阵脚。”接着马科斯建议贝贝尼和鲁本森到另一间屋里去，他好将来者带去见他们，宴会厅里的局面暂时不可让外人知晓。贝贝尼完全可以声称阿里布诺主管在宴饮中突发心脏病，现在亚马逊号飞船暂时由他代理，一个是首席科学家，一个是著名的实验室主任。这样两个德高望重的人，谁会怀疑呢。

“如果发现来者有什么异样，我会直接带他们到宴会厅去，干掉。”马科斯说，他又安排两个部下在宴会厅门内设下埋伏，打算出其不意。

但是，马科斯上校被电晕在飞船过道里，还来不及实现他的第一个目标。

阿莱斯和聂莫夫举着藏在匣子里的激光/闪光/电击三用枪，直奔宴会厅而去。

“哧。”激光划破空气的声音很微弱，饶是聂莫夫察觉异样避得快，手臂还是一阵灼痛感，衣袖被烧穿了一个洞。两人躲进了墙脚。

“叛乱分子真够大胆，敢在飞船上随意使用激光枪。”聂莫夫恨恨地说。

“不过现在没有用了，激光拐不了弯。他们还不至于搞一个同归于尽吧。”阿莱斯查看了聂莫夫的伤情后安慰说。“他们好像人不多。”

“他们只有两人，藏在门后。”

旗舰布鲁诺号这样通知说。总部通过雨燕的间谍之眼识破了宴会厅里的情况，里面情况尽在掌握之中。

“可是我们人也很少，装备不足，更不敢随意开枪，冲不过去。”

“如果能够使用常规武器，一个手雷扔过去就突破了，现在的确有些棘手。”

阿莱斯上校和聂莫夫中校躲在拐角后商量着。

不时，有一道激光射过来，射在墙上“嗤嗤”作响，显然宴会厅中的两个警卫也万分紧张，他们不断地发出威胁的死亡之光，不准敌人发起进攻，一边等待着贝贝尼等人有所察觉而采取行动。他们被逼在宴会厅里，也出去不了，甚至连一个与马科斯上校联系的通讯器也没有。

阿莱斯却有通话的优势，通过总部好不容易联系上了亚马逊的飞行主管，飞行主管已经通过布鲁诺号飞船转过来的信号，看见了宴会厅里的情况，也知道了飞船上的政变。他按照阿莱斯上校的吩咐关掉了过道里的照明。

宴会厅中，两个叛乱军人更加惶恐不安了。他们完全退入大厅，关上了宴会厅大门，至少要给敌人多制造一个障碍，然后再想办法。

“叛变者应该是通过通气口向宴会厅里施放醚气的，事成之后关掉了。”阿莱斯像是在问自己。

“应该是这样，我们也可以以彼之道，还施彼身。”

聂莫夫一下道出了阿莱斯心中的想法。

阿莱斯让聂莫夫守住道口，自己迅速赶往主控制室，取来了夜视设备，以及中央空调安装图。

两人就着安装图，仔细搜寻着通气孔，终于，发现了一股手臂粗的导管伸入了宴会厅，另一头连接着一大瓶醚气。这瓶醚气是飞船上的必备品，外科手术和休眠等都会用得上。

两人相视一笑，拧开了开关。

嘘嘘的放气声很小很小，过了一会儿，总部告诉他们，宴会厅中那两名叛乱分子似乎不动了。

阿莱斯扔出了一把军用匕首试探，没有反应。他们眼色一传，疾风般撞进了宴会厅。

宴会厅中，许多人还站在那儿，默然等着他们到来。其实，他们无一例外地被迷晕了，尚未醒转。

飞行主管再次连通了贝贝尼，这次他听出了贝贝尼的声音比阿里布诺的要尖细一些。他告诉贝贝尼，总部送来了登陆匣子，有两名军校正要见他们，请他们说出所在位置。

贝贝尼大大松了一口气，看来马科斯上校再次成功了。上校没来得及与他联系，完全在情理之中，说不定，上校正在主控制室里，与飞行主管聊天呢。

鲁本森浓眉下的大眼却流露出了狐疑之光。

门推开了，亚马逊飞船上的警戒程度远远低于别的飞船，贝贝尼并不在意，他整整衣服，准备迎接总部的客人，鲁本森则捏了捏怀中的军用匕首，现在，这是他唯一的武器。

极亮的光芒，一闪之间，贝贝尼和鲁本森霎时失去了视觉，眼前一黑。

“不好。”鲁本森念头刚起，就觉得手腕上多了一件什么东西，接着，两只手便分不开了。

“手铐都能自动化，好快啊。”

眼能睁开了，目标看清楚了，面对着高个子阿莱斯上校，鲁本森却沮丧得只有这么一句话。

第五集

亚马逊号飞船恢复了秩序。因吸入醚气而昏迷的人一一被救醒，许多人还是一身软绵绵的，仿佛刚从梦中醒来，只道是睡错了地方，对于刚刚发生的事情也是一无所知。

关于叛乱者的处置，亚马逊号飞船上层发生了分歧。马科斯上校将变乱的责任一肩承担，贝贝尼和鲁本森是受迫于胆大妄为的军人，才不得已出来收拾局面，事实上看起来也蛮像那么一回事。阿里布诺主管回避了上校和贝贝尼都是解放阵线联盟成员的问题，资料不全的鲁本森主任的身份，他也含糊其辞的尽量不去探究。地球上叫人心力交瘁的纷争不应该再在飞船上重演，这是阿里布诺主管的内心愿望。

但是，参与叛乱的人，每个人应该受到什么样的惩处呢？阿里布诺左右为难之际，想到了将叛乱者带往旗舰布鲁诺号，由总部审判，决定处置的办法。克里很干脆地接过了这盘难下的棋。

“是该结束糟糕的民主的时候了，”克里对双颅人希斯说，“军人全部就地正法，不用带过来，贝贝尼和鲁本森拘押待审。希斯顾问对这样的处置有什么意见吗？”

希斯还在思考，克里却对阿莱斯发布了这条命令。

“命令稍待执行，阿里布诺主管正在商议。”阿莱斯迟疑着，他并没有接到自己的唯一上司，哥仑比亚飞船主管布来登将军的命令。

“克里将军，还没有进行审问啊？”阿里布诺主管不得不表态了，他担心这样快刀斩乱麻的处置方法会埋下变乱的种子，至少在程序上不那么合理。

“我们来到一个陌生而危险的环境，我们必须果断坚决。军人叛乱无须容情，按律处决。至于亚马逊号遗留下来的问题，休眠人群中潜藏着的危险分子，请阿里布诺主管事后妥善解决吧。审问结果很快就有的。”

克里坚决地说，与其说是对远在另一飞船抗命不遵的阿莱斯上校解释，不如说是对整个舰队宣布准则，这时候，每艘飞船都在听着舰队司令克里将军的话。

“我可以请示一下布来登将军吗？”阿莱斯继续问道。

“我有一种感觉，更多时候，我觉得你更像一个欧洲人，而我则是一个地道的美国人。”克里心里在想，他继续用坚决的语气对阿莱斯说，“善良过了头便近似怯懦，对叛乱者的宽容就是对存在者的残忍。”

阿莱斯上校一时无言，他揣摩着克里的话，屏幕上突然没有了任何人的动作和语言。阿莱斯还是不顾抗命的后果，向他的顶头上司，哥仑比亚号飞船主管布莱登将军独立征询。此刻，通话加了密，没有人能够听到他们的谈话。

“需要执行克里将军的命令吗？”

“克里将军，嗯，他像肯尼迪一样年轻果断，又像艾森豪威尔一样坚毅，也最容易引起反对之声。”说完，布来登主管嘴角微翘，满含深意，并不直接回答阿莱斯，他在等待着阿莱斯的回应。

“我明白了，是的，将军。我立即去执行命令。”

“那，请等一等，我要公开命令。”

通话又回到了公开状态。

过了许久，哥仑比亚号飞船主管布来登毅然说话了，他的话显然是对着阿莱斯上校说的：“立即执行克里总司令的命令！”

马科斯上校被执行的时候，已经蓄起了短胡须的脸上毫无惧色，十分瘦削的脸刚毅沉着。他对着两位部下说：“我们是为正义而死的，我们虽然失去了自由的躯体，却获得了自由的灵魂，不必悲伤，勇敢的战士面对死神也要泰然自若，丛林里万种生灵都将为我们歌唱呢。”

在这瞬间，阿里布诺甚至闪过特赦马科斯上校等人的念头，但是一闪即逝。克里司令已经下达了命令，阿里布诺先将几人交了出去，由总部处置，是不可能出尔反尔的。他叹了一口气。

马科斯上校提出了将来要将他们埋葬在阿喜星上丛林里的要求，坟墓朝着地球的方向，可以不要墓碑，就让他们的魂灵平静的凝望遥远的故乡，安息吧。

阿里布诺主管立即答应了他们的请求。

九颗闪烁的新星，在阿喜星上空围成一个圆圈，多么像一串亮晶晶的项链，正中间那颗，便是布鲁诺号飞船。静静的夜空里，谁能想到那里竟发生了这些劫难呢。

十多个小时后，小型登陆器弹射出了亚马逊飞船，在经过轻微的定向推动后，它自由的降落到阿喜星地面两万米的高空时，降落伞自动打开，六只装在登陆匣里的雨燕，开始了它们的阿喜星之旅。

各个飞船都紧张起来，他们进行着各种准备工作，要将巴纳德星系中的第一幅照片，满怀希望的照片，发回地球，发回自己的国家，让地球上尚存的人们和他们一起分享这份激动和惊喜。

降落伞飘落在阿喜星北半球的陆地上，飘落在一个城市旁边的草地上，降落地点与城市相距不超过一百公里。这个城市从远距卫星图片上看去，是这一带比较大的城市，或许也是最大的。

登陆舱包裹在许多个气囊构成的球中，外壳裂开四散后，气囊蹦出来迅速膨胀。着地了，气囊跳跃着，滚动着，将下落的冲量一点点消减，停住后，气囊里的气自动放掉，登陆匣子像花瓣一样打开了。

雨燕伸出头来，左右一摆，唧的一声，迅疾地窜上了天空，不愧是地球上飞得最快的鸟，它伶俐优美的剪影，在淡蓝色的天幕上，剪接出一幅生动的图画。

登陆匣子里的机械手自动将自个儿调整着，它伸出一段三米多长的天线，望着雨燕飞去的方向。短小的三脚架稳稳地扎入了泥土，支撑起它奇形怪状的身体。

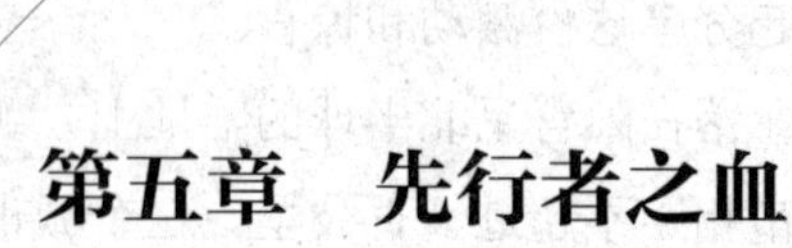

第五章　先行者之血

第一集

十年的宇宙飞行时间中，本田一郎大将休眠了将近九年，只有一年的时间亲自主管着飞船。

这并不是本田大将的原意。因为根据千叶公主的旨令，不允许帝国最优秀的军人把生命浪费在无聊寂寞的太空穿越中。军人健康而强壮的身体，是帝国未来最重要的本钱。每个军人，不管他如何强烈要求，都会被强制休眠，轮换休息。为此，曾有几个热血澎湃的尉级军官，痛哭流涕，直到被电击枪逼着，才不得不上了休眠位置。在此之前，他们跪着向千叶公主恳请，愿意为帝国献身，何况只是值勤几年的光阴呢？但是，他们被拒绝了。

光阴荏苒，并没有改变多少本田一郎的面容，唯一与以前不同的是，本田一郎蓄起了仁丹胡，保存了最传统的标志，以表达他对帝国的忠诚，这反而使他看起来突然之间更加老成威武。与之相对应的是，千叶公主一旦出现在公开场合，总是浓妆和服，仪态庄重。

他们一走到哪里，就带起一股神圣的崇拜。看着臣民们虔诚恭敬的面容，千叶公主不知道是自己感动了臣民，还是臣民感动了自己。

接到了舰队总部决定首先向阿喜星施放间谍鸟——雨燕的通知后，本田一郎大将不以为然。他向总部提出了让太和号组织人员首先登陆的建议。勇敢的军人们无所畏惧，一定能够完成光荣的首访使命。

显然，希斯没有把更多的想法晓谕舰队，与其让人们争论不休，不如让他们接受一个较为简单的既成事实。

其他几艘飞船也提出了可以由他们单独组织登陆的要求，都没有批准。在本田一郎不断的坚持下，克里司令很客气地回答道：“如果初次侦察尝试失败，或者效果甚微，我们一定首先考虑本田将军的请求。”

本田的思想并非来自他一人的好大喜功，在进入巴纳德星系之后，一次，千叶公主在和他的私人对话中，表达了一些迟到之悟。在这次谈话中，也确定了太和号飞船的行动纲领。

“密旨是本田君从地球上亲手接旨的吗？”那时，千叶公主透过飞船的双层舷窗，望着外面黑茫茫的太空，肉眼可以看见几颗微弱的星星。

“不是，是议员乘坐飞船带来的。公主殿下此问，难道，密旨能有什么问题吗？”

“现在我有点明白，也说不准确，只是我初步的猜测吧，那道密旨可能不是天皇写的。”

“啊！”

千叶公主突然回了头，面色严峻。

“因为天皇驾崩是在严岛神社突然遭到炸弹袭击的情况下，根本来不及写什么密旨，而如果是事先就拟好的话，按照天皇的习惯，他一定会写成他最喜爱的文体，字斟句酌，形式优美。小时候，天皇常常亲自教我们的诗歌，散文。而且密旨一定会写在皇宫宣纸上。”

这一点，本田大将相信。据他所知，天皇因为没有女儿，一直将千叶公主这个皇室侄女视如亲生，疼爱有加。

“天皇喜欢骈文，是个非常讲究形式的人，一个遵循传统的彬彬有礼的人。我相信，那天，严岛神社的市杵岛姬命、田心姬命和端津姬命这三位镇海之神，是正在和天皇讨论茶道呢。嗯，本田君怎么一言不发呢。我的推断有错吗？”千叶公主疑惑地望着毕恭毕敬勾起头的本田一郎大将。

本田一郎听而不答，千叶公主才想到，在下属面前评价天皇是不恰当的，哪怕是自己最亲密的伯父。可是没有这段评价，就不能证明密旨的可疑。再加上她自己长年在各个国家留学，见识颇丰，耳濡目染中，甚至坐在办公室中跷着二郎腿都不觉为忤了，所以她多多少少留下了有悖于传统的习惯。

“那密旨会是谁写的呢？公主难道有怀疑的对象吗？矫诏是极罪，而且，谁又能有这个胆量，这个机会呢。”千叶公主直接发问，本田不得不回答。

“哼——除了首相，本田君认为还能是谁呢，因为皇族的人已经全部殉难，时局紧张，他正好大权独揽。可是，议会和选民不会答应，首相能掌权多久。因此，他只有一个办法，如果我没有猜错的话，现在，地球上已经出现了专制帝国，借着战争的名义，要求实行特权独裁，可以想象得到，我的克隆皇子，成了一个襁褓中的傀儡。”

这时，千叶公主的脸上，竟浮现出一丝难以描述的羞涩与幸福之态。

“既然如此，公主殿下为什么还要离开地球呢，岂不正合矫旨之人之意。”

“当时，情况十分紧急，来不及慢慢考虑，也完全缺乏主政经验。本田君不是也没有半点怀疑吗？”

“我们好像都被老奸巨猾的首相给骗了。那么，密旨上的计划，公主殿下还打算付诸实行吗？”

“当然要，否则我背井离乡就完全没有意义了。失之东隅，收之桑榆。只要有了土地，足够的土地，富饶的土地，便可以建立一个新的强大的帝国。子民在新的国度里繁衍，这是我们共同的目的，而不仅仅是遵循天皇的什么遗旨。所以，没有承载国体的广袤土地，我是永远不会加冕的。不管这是不是天皇的真实意愿，建立一个新帝国，是必须的。本田君是否有这个坚强的信心呢。”

“愿意鞍前马后，殚精竭虑，为天皇陛下效劳。”

“与本田君说过多少次了，你现在只能叫我公主。一不小心，本田君就改口了。现在，还不能透露半点风声，必须注意，特别是关于帝国的计划，目前不能让第三个人知道，而且可能是永远。”

“哈依！”

“如果此事流传出去——”

“公主是怀疑我的忠诚吗？”

“唉，算了。考经据典的历史学家们能够从死人嘴里掏出话来。事实不可能永久保密。猜疑，证据和逻辑往往比真相更让人信服。”

“公主殿下已经长大了，可以掌控帝国了。天皇的冠冕可以是殿下的装饰品了。”本田一郎这一次称呼得很准确。

千叶公主淡淡一笑，还正要和本田一郎关于如何培养最亲信的干将进行商议，警示铃声响起，红光也不断闪烁，主控制室送来了紧急信号。

“阿喜星上开始发回信号。”值班干事报告说。

“啊，这么快，已经登陆了。”

千叶公主中止和本田一郎大将的对话，呼叫菅谷沙子小姐，后者是千叶公主贴身侍女，为了掩人耳目，已经被授予了少尉军衔。她迅速帮助千叶公主更衣换装。当要面对和其他飞船主管及总部在屏幕上会面时，千叶公主总是浓妆和服，一副庄严之态。

没过多久，千叶公主和本田大将就到了太和号飞船主控制室，也出现在整个舰队的视频会议的显示屏上。这时候，各飞船的所有主管和高参都已齐聚在各自的主控制室里。

雨燕掠过广袤的原野，山峦在远处绵延。原野起伏不大，有河穿越其中，原野上长着齐腰深的草，个别地方似乎高达人的头部。那是些什么草，当然谁也叫不上名字，有些像芦苇，但是叶片更为宽阔，似良姜一样，叶子的数目也更多。一位科学家简单地叫它苇草，这个命名被默认了。

一条棕黄色的公路穿行草原间。公路不宽，两旁不时有奇特的建筑，那是一些夯土建筑类的，带有许多方形窗孔的平房，猛然看去，怎么看都有点似中国新疆地区风干葡萄用的土房。房顶，使用原野上普遍得不能再普遍的草叶晒干后铺盖，呈现出灰黑色或者浅棕色。房顶颜色的区别显然是由于新盖或者年久的缘故造成的。

由于雨燕飞得很快，飞得也比较高，谁也来不及看清楚平房里面的结构。而且没有见到一个阿喜星上的智慧生物。可惜雨燕头部空间太小，还不能安装高速照相机。

“这些苇草，我们就叫它苇草吧，长得十分茂盛，四周没有水渠和田埂。它不应该是种植的农作物。”

“那这应该是一个牧场。”

“可是，哪儿看得到放养的动物，不管它像什么，牛，还是羊，哪怕怪得是六只脚，或者长着一对翅膀，总得有放养的大型动物吧。”

“虫子倒是多得很，瞧，雨燕一去就遇上了这顿美餐，可是，看啦，看啦，它们居然难以啄到那些虫子，是蝗虫吧。”

“蝗虫，阿喜人会这么叫么。它们几乎有蚂蚱一样大吧，不仔细区分，还会以为地球上发生了蝗灾呢。”

“这些雨燕怎么啦，是不是在飞船上养尊处优惯了。这么笨拙，哎，错过了，又没啄到飞虫。那些蚂蚱一样的飞虫飞得并不很快呀。”

“刚刚从失重环境中出来，至少得有一段时间适应吧。换成是你，捉一只爬着的乌龟恐怕都难呢。”

“那，倒是，要是你爬着走，我是一定捉得到的。”

“嗨，别闹，我说，雨燕这个适应的时间可不能太长，不能等到都饿成干尸的时候。”

“呸，你恶毒的话听起来简直是对自己的诅咒。雨燕是我们骄傲的生灵。”

科学家和飞船的高级管理人士，围在各自飞船的荧屏面前，就着看到的新奇景象，开始发表各自的见解，七嘴八舌。科学家们此时率真而激动，像一些小孩子般叽叽喳喳，一想到什么便脱口而出，口无遮拦。

雨燕飞过一条河流上方，河水平缓而深阔，突然，屏幕上出现了两只动物，这可是第一次看到阿喜星上的大型动物，它们在河里游泳。六只雨燕的画面逐一晃过，一个动物爬上了岸。

“什么动物呀，它的头像獴一样，很可爱吔，肯定是哺乳类。它也能像獴一样站立。是直立动物啊。哦，还耷拉着手。”这位科学家一边说一边模仿着缩肩绻手。

“你看清楚了吗？它浑身多数地方没有体毛，倒更像是穿衣着裳的智慧生物呢。”

“嗨，眼看岔了吧，这些动物哪里穿着衣服。别乱认亲戚好不。”

太和号上两个科学家关于动物的归属争执起来，但是谁也不能说服谁，因为画面是一掠而过的。本田一郎挥手制止了他们的争论。

每个飞船上的人都在为看见的景象激动不已，从植物的茂盛和游泳的动物几乎可以断定，阿喜星北方现在正处于热季，中午骄阳似火。旷野中看不见什么活动着的饲养的大型动物颇为正常，但是谁也不明白的是，那野生动物总该可以瞧见一些的呀，在这野草丰盛的原野中。可是，在哪里呢？除了漫天飞舞的虫子外。

蓦地，一只雨燕撞上了一张密网，网线是透明的韧性十足的细线。网抖动着，网眼很小，似乎上面还带有勾，雨燕急速的挣扎，扑腾，羽毛纷纷落下，可是它的力量与安置的巨大而巧妙的网相比，显得幼稚而弱小。

这种网罟显然是专为捕捉飞鸟之类的动物安置的。雨燕浑身都被钩刺扎上了，越挣扎，钩得越深，钩上有倒刺。好不容易挣脱了一根钩刺，肉也拉下了，血浸湿了雨燕的羽毛。终于，它遍体鳞伤，再也无力挣扎。它还想飞，扑了几下，钩刺穿透了翅膀，扎得更紧了，它又抽搐几下，便不动了。

盯着屏幕的人屏住了呼吸。从屏幕上，动乱中，他们只能看到硕大的网罗，一些时隐时现的勾刺，和飘落下来的羽毛，偶尔闪入画面的翅膀尖，以及颠倒动乱的天空和大地。

“阿喜人竟然设置了网罗，将我们的雨燕捕杀了。”不知是谁说了一句。

“阿喜星上的智慧生物竟然已经安装了防备武器了？”

担忧和疑惑又像乌云一般笼罩了人类的心。

不久，另外几只雨燕陆续的也遭了刺网的毒手，人们甚至已经远远地看见了成片的农田，蔬菜菜地，结了果的果树，看见了城市的建筑物，雨燕正是翩跹着向那个方向飞去。

最难受的人是雨燕的培育者，亚马逊号的鲁本森，是这骄捷的生灵挽留了他的性命，鲁本森被特许在拘禁的条件下观看雨燕的飞行表演。接连两次惨烈的失败，足以摧毁任何一颗坚强的心。他一脸青白，仿佛地狱之门就在前面，他健硕的身体也委顿下来，最后干脆低下了头。

每张屏幕上都是一片白色光栅上闪动着黑色的噪波粒子。六只雨燕都已死去，停止了发射信号，只有登陆器还将转发信号源源不断的送上太空中的舰队，过了一分钟后，屏幕上变成一片静噪黑屏，一排字母提示：有效信号中断。

“是不是阿喜人已经发现了我们，已经做了截击的准备。”克里问希斯，“这也太快了。”

“不太像。但也无法确认。阿喜人是不可能这么快就设置网罟专门来对付雨燕的，不合情理。他们怎么会知道我们要施放动物间谍呢？如果没有判断错误，阿喜人可能连对我们的到来都还一无所知。”希斯慎重地说，接着提高了音量问，“各位科学家对此有什么个人见解吗。”

“站在阿喜人的角度，我们仔细想象一下，舰队星群的出现，完全能够引起了阿喜人的警觉。回想两百年前的地球人，难道会对天上突然出现的几颗星星不感到诧异而加强观察，引起警觉吗。舰队星群视像虽然比较暗，仍然能观察到，尤其是使用天文望远镜的话。想想伽利略用望远镜观察月球时，要比地球人无线电发报早得多。因此可以初步认为阿喜人拥有望远镜这样的仪器。炸毁小行星而导致的流星雨，必然也是轰动阿喜星的大事。”

好望角号的首席科学家，黑人教授南根·姆贝拉这样说，他有一副浑厚的嗓音，格外的引人注意。

“姆贝拉教授对阿喜文明有何准确的阐述呢？我们都洗耳恭听。”希斯说。

姆贝拉教授的头像，出现在每艘飞船的主控制室屏幕上。

“前些日子，我们的确收到了阿喜星上的电磁波信号。据我，我们的初步判断，这是阿喜人在进行无线电报传送的实验，顺便提一下，我们正在加紧对阿喜人语言的破译。从接获的电磁信号中，已经辨别出两个语言系统。根据地面上的水渠，道路，来判断——我们没有发现机场，铁路，似乎阿喜文明处于相当于人类十九世纪末的水平。比较而言，南半球多山林和丛林，北边更多平原，以及雪山高地。但是这些照片实在太粗略了，正等着施放低轨卫星拍摄更为清晰的照片呢。”

“如果教授的阐述是正确的话，我们应该向阿喜星派遣地面人员进行接触了，依照教授论述的文明程度而言，阿喜人文明正处于上升期和朦胧期，是最能容忍和接受外来文明的时候。以友好的态度直接登陆，是较好方式。克里将军，是否可以通知各舰队主管，是讨论人员登陆的时候了。”波将金号主管抓住这个机会率先提议。

“很好的建议，地轨卫星要加速制造了。”克里司令说。

“不管怎样，雨燕的遭遇并不能说明阿喜人对我们怀有敌意，应该清楚，阿喜人根本不知道我们会放出雨燕下去，又怎能设置好空中的捕网呢。我们不要太主观，妄自设立敌人。第一批登陆的人，一定要谨慎从事，克己忍让，不可激起误会和猜疑。要绝对接受舰队总部的指引和命令。”希斯补充了这句后，各飞船开始选拔适合的人员。

经过斟酌协商，制造并发射低轨卫星的任务由波将金号和哥仑比亚号飞船协作完成，因为他们在此方面具有最悠久的历史，最丰富的经验，与其说是尊重他们的技术实力，还不如说是尊重他们的先创先知地位。

第二集

五十多个小时过去了，一颗低轨卫星施放到阿喜星两百多公里的上空。这颗卫星立即以 0.5 米的分辨率将阿喜星地面情况比较仔细的送回舰队，遗憾的是 0.2 米分辨率的仪器，制造中出现了一些问题，暂时还不能使用。用负责制造高分辨率仪器的首席科学家的话来讲，0.2 米分辨率的照相机，就是一只狮子是雄狮还是母狮都分得清楚。目前而言，地面上一间房子是砖混结构还是土木结构，0.5 米的分辨率基本上能将它区别。

卫星每隔130多分钟绕阿喜星一圈。令人欣喜的是，十多次绕星飞行过去了，阿喜人并没有去攻击这颗卫星，或者说，他们没有发现，也没有这份力量来攻击极高空的任何物体。主动权，真的是掌握在地球人类的手里吗？掌握在更加文明更加具有优势的一方。克里司令思考着。更令人惊喜的是，阿喜星土地辽阔，人口却很少，从上千幅清晰的卫星图上可以看见大片的树木葱茏的荒山野岭，甚至很多肥沃平坦的草原，都没有人居住。上帝保佑，人类来到一个多么美好的地方啊。

第一支由十二人组成的登陆部队出发了。每艘飞船派出一名军人，再加上一位生物学家，一位语言学家，共计十一位，队长由太和号飞船上的加和正夫上校担任。

加和正夫上校正是从前的加和正夫少佐，舰队统一了军衔制，少佐又不断升迁，使他拥有了上校军衔。加和正夫上校荣膺此任得益于克里司令那句不容置疑的话：

“我们需要一个绝对忠诚，绝对服从的军人担任队长。”

好望角号首席科学家，生物学教授姆贝拉也因为他不懈的坚持和崇高的声望入选第一队。来自代达罗斯号飞船的语言学家温萨特·莱因克尔，则肩负起重大的使命，可能的话，他将完成地球人类和阿喜人的第一次对话。

溅落登陆的地点，在距离上次雨燕降落地点三十多公里的地方，这里依山傍水，向南不远处就是一片森林，连绵几百公里，而向西几十公里的地方，就是雨燕飞过丧身的原野。过了这片广袤的原野，一个陌生的城市，在等着他们。是祸，是福，是喜，是忧，每一个登陆的人，都紧张而兴奋。

按照计划，他们要首先在降落地点住上一宿，逐渐适应阿喜星的气候和重力环境后，第二天，甚至第三天，才开始向城市进发。可能的话，他们将首先和路上遇见的乡镇居民接触，再进入城市。

加和正夫上校带上两名军人去周边环境进行安全检查，来自波将金号的副队长阿列里·沙利夫斯基中校则带领其他人安营扎寨，收拾登陆舱和安装各种仪器。如果可能的话，登陆舱还将加足燃料返回太空飞船，重复使用。

加和正夫上校一行三人全副武装，深绿和浅棕黄交替的丛林迷彩服，即使戴上各种精密测试镜来看，也不会变色，仍旧和环境高度协调。他们提着激光枪，腰里还别着五颗鸡蛋般大小的微型手雷。腰侧是必不可少的单刃军用匕首。激光枪的枪膛十分短，更像没有似的。枪膛下是宽厚的能量弹夹，每个能量弹夹在满额电压的情况下，能够连续击发将近一百次，最快速度每分钟能击发三十五次，每个人配备有四个备用弹夹。能量弹夹蓄电用完后，重新充电能够循环使用五十次以上。他们携带了可以卷曲的太阳能电池板，借助巴纳德星炽热的阳光，他们可以有取之不竭的能源，尽管充电比较慢。

万事俱备，加和正夫上校真有些踌躇满志。

加和正夫上校首先巡视了南边的山林地带，除了一些叫不出名字小动物和昆虫一样的飞行动物之外，他们没有见到任何一种大型动物，山里也看不到有智慧生物居住的建筑，真的是荒无人烟，天生一派原始状态。

但是从卫星拍摄的地图上来看，西北方向不到一百公里的距离，是一座人口不少的城市，也可能是方圆一两百万平方公里内最大的城市，为什么这里却不见人烟呢？加和正夫上校有些纳闷。一个多小时过去了，三人兜了一圈，走了将近十公里的路程，加和正夫上校相信这一方面不会再有什么危险，连绵的森林是一个更加寂静的无人区，他们折了回来，回到降落地。

生物学家姆贝拉被新奇的生物弄得眼花缭乱，他用捕网网住了三只虫子，又用激光枪射倒了一只豚鼠似的小动物。姆贝拉教授又是照相又是解剖又是记录，努力而认真的认识着这些新家伙，一块大而平的青石当作了他的解剖台，他的脸上沾了一些虫子的橙黄色体液，自己也不觉察。

语言学家温萨特·莱因克尔则坐在一块圆石上，对着膝上的电脑敲敲打打，拼命研究在飞船上获得的无线电信号，那是一台DNA型计算机，使用显示屏又是OLED软屏，因此有时在他走神的时候，计算机从膝上掉下来也无关紧要，轻易摔不坏的。他努力地要拼出一种语言体系，可惜接收到的词汇量太少，看来一时里莱因克尔教授恐怕还难以大有成就。

通讯军尉打开一个近似正方体的箱子，剥掉面上的隔热泡沫，拉出了一团黑乎乎的东西。这是一架用钛镍形状记忆合金做成的天线，在低温下揉成了一团。他不断地往手上吹着气，不时搓搓手。在温暖的阳光下，那团东西逐渐变着形状，伸展着，最后展开成了一架2.5米直径的瓣状定向天线。稍待，通讯中尉吆喝着另外两人帮助架好，调整起方位角来。

“报告上校，帐篷已经搭建好，仪器安装完毕，正在调试。现在问题是，晚饭吃什么，请指示。”沙利夫斯基中校一见加和正夫上校回来，立即放下手中活计汇报。

“当然不想吃那些牙膏食品了。阿喜星上的第一顿晚餐应该别致而丰盛，但是什么植物能吃什么不能，我们不太清楚，谨慎是必须的，你们切忌不能乱尝食物。但是活的动物呢，可能不需要检验毒性吧。姆贝拉教授应该更有发言权，想一想——我先看一下你们搭的帐篷。”

说完，加和正夫将手中的激光枪递给一旁的上尉让他拿着，自己跑到了四方形三角顶的帐篷前，这里摇摇，那里拉拉。他钻进了帐篷，很快就出来了。

“很抱歉，地面不够平整，沙土上完全可以弄得再平整一些的。弄些干草铺在上面，晚上才睡得舒服。还有，拉绳的地楔打得不够深，我们不知道风将有多大，会有什么不可预测的力量来破坏，因此一定要具备坚强的拉力。有一扇观察窗被一棵矮小的树挡住了一半视线，不够开阔，要砍掉那棵树。还有帐篷里，各种设备的位置安排得不够好。重型的应该靠里一点，轻便的放在外边。”

加和正夫上校这么略微一看就挑出许多漏洞，沙利夫斯基中校有些傻眼了。他不知道上校是不是有意为难，百般挑剔。原因是什么，中校当然无从知道，总不会是因为北方四岛，上校心存芥蒂，故意出难题吧。

荒唐！沙利夫斯基中校不禁也对自己的胡思乱想谴责道。

语言学家莱因克尔暂时没有什么研究进展，被他们的对话所吸引，也过来了。莱因克尔教授名字后边有一个记号F.R.S，他是英国皇家学会会员，本来是剑桥大学的数学高才生，却转而研究语言，还喜欢叫嚷什么“一切皆数”的话。他的目光因浓密的络腮胡而显得深沉，头颅都因此似乎增大了几分，其实他的头型是意大利美男型的。

他去时，正见沙利夫斯基中校无言以对加和正夫队长，场面有些尴尬。

莱因克尔教授便上前开解道：“上校队长他们一向是这么认真仔细的，别太介意，你的餐具不干干净净洗上五次，上校是不会用餐的，哈哈，典型的日本式精密。中校还是去想想怎么准备晚餐吧，我可有些想开饭了。但愿加和君精细无比的癖好不要延迟了晚餐。”

对于世界各地民族和习俗见多识广的莱因克尔教授一句话，便替陷入窘迫的沙利夫斯基中校解了难，中校心存感激。他的拇指偷偷地在腰侧对着教授竖起来，夸赞着。加和正夫恰好看不见。

加和正夫上校顺着话说道：“晚餐当然是最需要费神的事了，可不能勉强凑合。中校先生可带人到河边那一带检查巡视一下，那边草比较深，也容易隐藏，可要仔细一点，别放过潜藏的危险。我们生好火等着你的美味带来。”

“水里的动物可以吗？”沙利夫斯基中校问。

这时，姆贝拉教授也提着一只四脚动物的腿走过来了，因此，沙利夫斯基中校这句话，既像是问加和正夫上校，更像是问姆贝拉教授。沙利夫斯基中校觉得水里的动物可能更好捕捉一些，他不想再被挑剔的加和正夫上校所嘲笑，因此有此一问。

“可以。只要你能捉到。瞧这只类豚鼠，多肥美，可是太舍不得了，还是等你们的好消息吧。”教授说。

“鱼类好像安全——嗯，要多注意一点。”加和正夫嘟囔着说，此时他突然想起了美味的河豚，著名毒物河豚毒素是氢氰酸的一千二百倍，可那是绝品美味啊，他有个堂兄就在横滨开着一家有名的河豚餐馆，好多大饭店都特意去那里定制，或者请堂兄去料理，上校读书时可是那里常客，有时也帮助打工来换得尝一尝绝品美味。

加和正夫上校咽下了口水。拼死吃河豚，此种念头在此刻出现，是吉兆还是不祥呢，加和正夫上校愣不防打了一个冷噤。

沙利夫斯基中校带上两名尉官向河流那边巡视而去。巴纳德星已经西斜，光线也不如先前明亮，看样子，大概两三个小时后黄昏将要来临。他们得趁这段白昼时光找点好吃的，不然的话，真的只能吃一顿从飞船上带来以防万一的工业食品了。

出于对陌生环境中植物毒性的提防，沙利夫斯基中校打算，重点寻找能够捉到的动物来开晚餐。他相信这要安全得多。他们穿过乱石堆积，长着些低矮的野草、灌木的河滩。这些河滩是发洪水的时候冲刷而成的，鹅卵石都还呈新鲜的灰白色，另一方面也说明阿喜星北方现在可能正是雨水较多的热季或夏季。开始进入苇草较深的近河区域，脚下也变得磕磕碰碰起来，不时有藤本植物的叶枝或勾刺拉住裤脚，尽管下身笼在长裤中，有些闷热，可是每个军人都必须整装齐备，虽然带来一些小小的不便，却免去了小腿划伤之忧。

四周非常静谧，三人走得虽然比较快，眼睛和耳朵都保持着高度警惕，不放过一个微小的危险信号。突然，前面似乎有些动静，沙利夫斯基立即一挥手，三人一齐跳进了较深的草窝里伏下，沙利夫斯基拿起胸前的望远镜往前仔细搜索，在他身边，另外两人的心跳几乎都能听见。

果然，前面的确有声响，先是哗哗的水声，慢慢的，在苇草的缝隙中，沙利夫斯基看见一个动物爬上了岸。它个子有一个滇金丝猴那样大小，除头顶长着一撮长毛外，浑身皮肤几乎再也没有什么毛。皮肤呈深棕色，有很多的皱纹，它半站半立，胯下吊着的一根东西滑稽的晃荡着。它一点都不在乎周遭环境，口里呼呼的发出什么声音，然后，它躬下身去，从地上草丛中抓起了什么东西往像獴一样尖尖的嘴里送。

啊，是蚂蚱，望远镜里，圆框锁定了这种地球人早已见识过的飞虫。或者说，是阿喜星上像蚂蚱一样个头很大的昆虫，那滇金丝猴般大小的动物嘁嘁嚓嚓嚼了起来，把嘴里的蚂蚱吃得津津有味。偶尔一个大蚂蚱，还在那动物尖尖的嘴边蹬着腿，那些大蚂蚱多半还是活的吧。

沙利夫斯基顿时开心了，没想到上天很快就送来这么一顿美餐，看来他们不会空手而归了。那野生动物个头虽小，总有十六七公斤吧，大家尝尝鲜，也是不错的。

沙利夫斯基中校打开激光枪，示意另两人从两侧包抄过去，他则从正面悄悄接近那正大嚼美食的野生动物。近了，近了，那动物没有反应，兀自嚼得正欢，它可能抓了很多蚂蚱存放在河边的沙坑了，上面好像盖着草，现在正要慢慢地尽情享用。

这家伙的聪明居然不亚于大猩猩，它也没有同伙。前面已经没有苇草阻挡，沙利夫斯基中校几乎要和那野生动物打个照面了，可是显然它不够警觉。沙利夫斯基停住了，悄悄举起了枪。

“嗤—”很细小的声音，那野生动物尖叫了一声，接着另外两道激光也穿过空气射在它身上，飘起一股焦味来，那动物再不叫了，倒了下去，又挣扎一下不动了。

沙利夫斯基松了一口气。他们陆续走出草丛，来到动物身边，一个上尉拎起动物的躯体，抖动着，试探它还有没有反应，它的个头还不足一米长，上尉捏了捏它长着四个指头的前肢或者说上肢，说道：“它可真像一只不长毛的狒狒。瞧它那机灵劲儿，——这家伙怎么长了四个指头，——要不是中校先动了手，我还舍不得开枪呢。”

“带上吹箭筒，我们简直就是一个努卡人了。”属于亚马逊号飞船的少校说，努卡人是亚马逊丛林中喜欢猎杀猴子为食的部落，猎到更多的食物是男人们的骄傲。

他们果然又从沙坑了找出一堆被掐掉了头的蚂蚱，刚才，这游泳的家伙就是津津有味地吃着东西来着。沙利夫斯基中校拿起一个放到嘴边，想尝尝什么味道，一沾到嘴唇，又恶心了，连忙拿开。自己干吗要跟野生动物一般生吃呢？拿回去烧熟了，味道一定不错，若是用煎油一炸，加上盐，更是鲜美脆香。这些大蚂蚱肯定是没有毒性的。军事训练中的野外生存，很多军人都尝试过各种食物，昆虫算是比较好入口的了。

亚马逊号飞船的少校摘下迷彩帽盛进了全部蚂蚱，他们又在浅水滩边用帽子扣住了更多的蚂蚱，直到将三个帽子盛满才住手。

中校一行三人轮流扛着不知名的野生动物，喜笑颜开。巡视中有所收获，沙利夫斯基中校想，至少不会在加和正夫上校面前只有挨奚落的份了。又走了一段路程，天色渐暗，他们才打道回程。

营地里支起了架子，除姆贝拉教授经过识别认为可以食用的少量植物茎叶外，烧烤野味是他们最诱人的菜肴。蚂蚱浸过盐水后包在宽大的叶子中，埋入火堆，食盐从飞船上带的非常少，因为他们相信很快就会获得的，因此丝毫不吝啬在第一顿美餐上恣意耗费。

那只动物的头被放在距离营地两百多米远的河边一堆石头上，在河里整理洗净动物躯体时他们把它顺便放在了那儿，放在石堆的最高点，好像炫耀他们战绩。这是首登阿喜星的战利品。在还没有找到大量的植物食物之前，恐怕地上跑的，水里游的，凡是证明对人类没有毒性的动物，包括姆贝拉教授在树枝洞里射翻捉并到的豚鼠一样的动物，都是他们最好的食粮。

“为什么扛这十多公斤重的东西，感觉好像比地球上要累，是不是刚从失重环境中出来，还没有完全恢复体力？”

晚餐的时候，沙利夫斯基中校问生物学家姆贝拉。

“那可能是原因之一，另外的原因可能是——要记住阿喜星上的重力是地球的1.05倍，因此恐怕我们还有一些在行动反应上不适应，甚至我们跳跃，奔跑的灵活程度都要降低一些，看来在阿喜星上，肥胖是一个比地球上更为严重的负担。也许我们要过了一年多才能适应呢。建议各位在运动时不要用力过大，要循序渐进。”姆贝拉教授这样详尽的回答。

就过晚餐，安排好了营地，天黑了已经两个多小时了。新鲜感渐退，劳累大半天后，此时大家都有些疲倦。加和正夫上校又再次检查了营地后面靠山的那边情况，砍些树枝做障碍物，还特意在地上几处留了红外感应报警装置，有大型动物经过时，便会惊醒两个帐篷中休息的人，监视探头要在白天才起作用。正面则保留了篝火，防止肉食类野生动物的来犯，又留下了两名军人守岗，三个小时一轮换，根据阿喜星的自转速度，三班值过，便能挨到天亮。

加和正夫在四周均匀的鼾声中久久不能入眠，他所带领的是一支由各个飞船人员拼凑起来的队伍，虽然太和号飞船因为自己是队长的缘故而有两位，但是从力量对比来说，绝对不占优势。千叶公主和本田大将所暗示的目标，则至少要等遥远的将来或者出现机会才能实现，作为一个重要的开国功臣，加和正夫上校自然对宏大的目标心驰神往，但是目前不得不耐心忍耐，等待时机。

突然，夜空中传来一声惊恐万分的尖叫，然后这个叫声持续着，越来越小，发出叫声的动物似乎向着远处跑去了。寂静的荒山野外，这阵叫声就像警报一样，立即惊醒了所有的人。他们纷纷穿起衣服，带上武器，钻出了帐篷。

“是什么声音？”加和正夫上校问值班守岗的军士。

“不知道。好像是从河那边传过来的。”守岗军士回答说。

两位科学家也出来了，这时候，叫声已经很远很远，几乎声不可闻。语言学家，被沙利夫斯基中校亲切地称为“大胡子彼得”的温萨特·莱因克尔皱皱眉头说：“这叫声似乎有一种语言的味道，嗯，里面的确包含有比较丰富的内容，这会是什么动物呢？难道是一种智慧生物？”

“好了，别胡猜乱想了，诸君还是回去睡觉吧。初来乍到，我们不应该用一些未知现象杯弓蛇影，吓唬自己。守岗的人务必要更加警觉一点，一旦发现异常情况，不妨先发制人。请诸君努力。”

加和正夫上校尽量稳定了众人的心，人们开始往回走，只有莱因克尔不肯进帐篷，还留在外面，凝视着夜空。

“莱因克尔教授，你可以回营了。”加和正夫催促道。

“是莱因克尔，不是教授。”

“哦，莱因克尔博士——”

“是莱因克尔，不是博士。”

“那好，莱因克尔先生，请你回营房。你的行为会引起大家的不安的。”

“我真的有些疑问。”莱因克尔可爱的搔着脑袋，他向来喜欢喋喋不休的讲话，而且一个问题没弄清楚，决不轻易罢手，但是事情太复杂了，他最终还是听从加和正夫上校的话。

众人暗中议论纷纷，各各按捺下刚才还“怦怦”跳动的心，回到了帐篷。上校和姆贝拉商量一阵后，准备明天请舰队总部再用超小型登陆器送一些警戒仪器到地面上来，包括各种性能的遥感摄像器。低轨卫星也要尽量多发一些附近地面的照片。上校现在打算暂且不忙向城市靠近，先熟悉一下再说。之后，加和正夫以精细无比的习惯，再次把四周检查了一番，才去安歇。

第三集

毕喜国首都，金碧辉煌的议会大厅中，八日一次的议会晚宴就要开始了，二百九十八名议员陆续就位。

作为阿喜星上一个有确切民主共和建制的国家，毕喜国的议员是298人，一年是298天，每天轮流由一个议员作为议会值班秘书，而特殊的八日一次的例行议事期间，只有元老级议员，才有资格任值班秘书。元老议员是曾经担任三届及以上的议员。

拥有五六百万人口和近四百万平方公里的毕喜国，首都有十多万人，当仁不让地成为阿喜星上强盛的大国之一，因此，议会大厅也透露出雄伟壮丽的不凡之势，尤其是那议事大厅顶部的多层格蜡烛吊灯，金灿灿格外耀眼，那些部件全是镀金制件。三层蜡烛架，从下到上依次插着十六支，八支，四支蜡烛，全部点燃时，加上四壁的油灯，议事大厅简直是灯火辉煌。

这天的值班秘书是贵族温温儿，他以所养门客和子女亲友中，成为职业军人的人数最多，而声望显赫。温温儿穿着宽大的黑色丝质礼袍，系着紫色腰带，庄严而华丽（作为仪式之一，议长和值班秘书议员必须着装黑色礼袍和紫色腰带，以显示最重要的，与众不同的地位）和议长阿仆拉拉杜，首都毕西市长孛古，一路穿过长长的走廊。

巴纳德星的阳光把廊柱和三人的投影，映在地上，短短的。廊道里不时掠过清凉的风，引得廊柱外并不高大的像棕榈一样的树摇动着长长的树叶，婆娑起舞。

走廊的廊柱是用灰白色的石头雕砌而成，石头呈现出玉一样的质地。议院的房子都只有两层，上层主要居住，储藏，下层办公和举行各种会议和集会。只有议会议事大厅那里是一层楼，却比两层还高。半圆形排列的座椅拾级而上，圆心处便是演讲台，演讲台比任何一级座位都低。台上一侧有四把精致，线条简洁流畅的棕黄色木椅，那是供值班秘书议员和议长，市长，以及来宾中的贵宾首领坐的。演讲台正中是一张古旧而锃亮的木台。

毕喜国有个特殊规定，可以公开辩论的议事，如果有外来的贵宾或者他国特使要求旁听，就会有一个人获此殊荣就座，只能有一个人。因为，在明确建制的民主国家中，独裁的阴谋结果是绝对禁止的，所以外来者可以有知晓的权利。演讲台上前齐腰高的硬木讲台，可供摆放讲稿用，演讲台背后是坚实的墙，墙呈弧形，设置巧妙，结构独特，使用特殊的石质材料砌成，对声音有十分优良的反射共鸣作用。

两道小门通向邻间的宴会大厅，大厅十分宽敞，磨石地面光可鉴人，磨制细腻的八角形石柱排列其中。大厅四周靠墙排列着休憩的座椅，各种阿喜星上不同动物的雕塑分置其间。墙壁上密集的灯全部打开时，大厅便显得灯火辉煌。这是刚刚新装的直流电灯，几年前使用的还是会冒出淡淡黄烟的油烛。过不了多久，议事大厅也会换上这种发明出来将近十年的直流电灯，那样的话，大厅执事者就再也不用经常搬动着三角梯，给中央大吊灯更换蜡烛了。不过，议事大厅的任何变动都是最慎重的，所以目前暂时还保留着蜡烛灯光。

再外一间是舞厅，石柱更为高大，间隔得也更开，以便石柱之间有更为宽阔的空间。地面除经过细致的打磨之外，还打上了蜡，平整光滑。舞厅背后是一排小屋，一间间隔离的浴室。连同宴会厅一起，这里是议员们结束争辩后纵情狂欢的地方。

八日一次的议事过程是这样的，先在议事厅议事，由议员提出议案，上午进行辩论，下午进行表决，然后是晚宴，如果议事中表决通过了某个提案，或者修改了某条法律，晚宴后还将举行盛大舞会，不愿跳舞的也可去议会大浴室泡温泉，彻底的忘记不久前议事厅中的针锋相对，言语硝烟，所有的愤怒，不满，失意，仇视，都在精神轻松与身体疲倦中消弭。

议员们都已经齐聚在议事厅里。从近日来奇怪天象，草原捕鸟网捕捉的奇特飞鸟，和市民的传言中，议员们都已经知道阿喜星上即将发生重大事件，议员没有一个缺席的。他们都穿着深灰色丝质长袍，议事厅高大而且通风良好，楼顶铺设良好的隔热层，所以即使在热季，里面也不觉得闷热，反而有清凉怡人的感受。

在当值议员温温儿口令下，议员全体起立，齐唱了一遍赞美自然之神和智慧之神的歌，议长阿卜拉拉杜，当日值班秘书议员温温儿，和来自邻国巴拉比王国特使默卧儿，市长孛古，在主席台上就座。

按照日程安排，首先是当班秘书议员温温儿就这些天发生在全国的大事作一通报说明，然后休会，由议员自由讨论并提出提案，下午辩论，最后举手表决，看结果是通过，待决，还是否决。通过议案需要三分之二的同意票，而否决则只需要过半的票，被否决的提案，一百日（八进制的一百日即十进制的64日，后有解释）之内不得再行提出。宣战或者停止战争则必须得到议会授权通过。战争的统帅由国家军事会议提出人选，再由议会通过，宣布战争结束后，则统帅自动免除权力。

温温儿将所有的大事叙述完毕，又特意将一连串的事串接在一起，重新讲了一遍，来提起议员的重视，讲到激动的地方，他甚至手挥臂舞，以加强语言的感染力，这时候，完全可以看见他手掌上四根手指，收拢或者打开，显得非常的坚毅有力。

“异常的天象，九颗新星，恒定在赤道上空，猛然闪亮的光芒，以及随即而来的陨石雨，这一件件事情里面，难道不是必然联系着吗？牧场里刺网捕捉到了从未见过的鸟，谁曾见过这样，迅捷而异样的飞物呢，就是最博学的先知，也不能说出它的来历和生命之源。最后，肯定地说，有人，有许多人，看见了天上降落的物体，它甚至离都城不远。今天一早，我们的首都毕西城首席执行官，市长孛古已经派出了京都卫戍部队进行搜索，或许我们很快就会有所发现。”

“因此，可以总结地说，有外来智慧生物侵入了我们星球，他们不怀好意，偷偷摸摸，但是显然，在对自然世界的了解和知识掌握上，我们好像处于下风。因此，一个团结有效的组织，一只强大而灵活自主的军队，一支行动迅速而不受牵绊的军队，只有这样一支军队，才能保卫我们的公民，保卫我们辛苦创造的财产，保卫和平的家园，美好的社会，公正的制度。”

议院秘书温温儿终于发表完了演说。

“反对授予军队特权！大家别忘了，温温儿一直借着贵族的优势，仗着财产和一些豁免权，想拥有更大更多的权利，他甚至还想做军队的终身指挥，做我们毕喜国的第一公民，享受特权，为所欲为。大家回想一下，温温儿议员已经不是一次提出这种腔调了，我们应该把他放逐到巴拉比王国去，在那里，他们彼此完全可以臭味相投，让这些独裁者去死吧——”一个议员跳出来很激动地嚷着，他的声音又尖又细，很像一个小丑在逗笑，但是谁也没有笑，他们都表情严肃。

另一个胖一些的议员举着手势制止他说："要注意，请注意，巴拉比王国是我们的友好邻国。"说着一边向讲台上坐着的巴拉比王国特使默卧儿友好地微笑。

"现在，请原谅刚才发言者的冲动。因为爱国而产生的激情总是应该宽宥的。我也想提出的问题是，当初，我们为什么要派出南征部队，越洋征讨那些安守本土的土著居民，而当南征部队陷入困境时，又久久不决呢。为什么要征伐条形岛呢？中洋，一道界限式的中洋，是天上银环映射到地上而成，是自然之神造设的分界线。南北不同种属的智慧人，本该各安天命，却被我们国中，那些喜欢穷兵黩武的好战分子，妄自派出军队攻伐，以至于陷入进退两难的境地。要警惕，目前天呈异象，正是要警告我们。各位，要警惕。"说这番长篇大论的议员，看样子是第一个反对温温儿的议员的友好伙伴及同盟者。

三十多日前，征讨南部条形大陆——毕喜人含有蔑视味道的称做条形岛，这个称呼沿用至今，其实这块大陆有五六百万平方公里——的军队先遣队渡海南征，却在刚入条形岛内陆，就尝到了丛林的残酷无情，南蛮躲入深深的丛林和山地中，伺机出击，而驻扎的部队尝尽了他们饲养的一种凶恶猛兽的苦头。南征部队进退两难，要求回兵，但是议会没有即时通过撤兵的决议，南渡部队只有在海上巡回。但是登陆的先遣队陷入了进退维谷中，先遣队也罕首领甚至发出威胁的口气说，再拖延下去，他们南征军可能不顾毕喜国议会的决议而自行其是，撤军回国。关于这件棘手的事，已经产生过不少次的争执了。

"我们征伐条形岛是因为有几个岛上部落在海上抢劫过往船只，我们只针对条形岛这些海盗部落而言。上午暂时不讨论这些问题。"温温儿一句话，将反对之声压下。

第一个发言，且激动的议员显然不甘就此罢休，又要叫起来，议长不得不出面提醒他说："上午只辩论一个议题，如果另加议题的话，按顺序，下午才是辩论的时间。"

稍稍安静一点后，温温儿继续提议应该立即推选出一个强有力的军事领导，来保证国家军队迅速的，不受干扰的进行军事行动，不能再像南征南大陆那样拖拖拉拉，举棋不定。因为一切迹象表明，外来入侵者可能行动迅速，力量强大，而且善恶未知，相对于南征军队的困境，天外来者更令毕喜国有不测之虞。顿时，议事厅又陷入了混乱之中。

议长阿卜拉拉杜审时度势，知道如果不立即就此问题进行表决或争论，议会将陷入漫无休止的对立和不安中。他的上下唇薄而尖，长有几根稀疏的长胡须，为了避免露出牙齿总是紧抿嘴唇，显得更加威严。现在，这几根胡须开始随着他说话而上下晃动。

"根据个别议员的请示和各位议员的意愿，时间决定着我们是否能够成功的组织军队，打败入侵者，因此，我们必须改变一下议事日程。现在，我们关于是否授予一个人以首席公民的权力，以保证他在指挥军队对抗外来侵略者时自行其是，迅速采取行动，无须另行获得议会授权一事，来进行投票。"

又有几个议员叫嚷起来，无非是要以法律的名义和至高无上，阻止立时进行表决，这招致了温温儿支持者的一片攻击。在这些支持者看来，睿智勇敢的贵族温温儿无疑是首席公民的最好人选，而反对者则讥讽温温儿借助自己当值日秘书的机会，利用那些莫名所以的外来入侵为借口，扩张权力，践踏民主。甚至在此之后，温温儿还可能会借此要求议会增加赋税，广征兵员，安插亲信，他的势力不就越来越大了么，最后效仿阿迪华帝国建立帝制，也不是不可能。

一时间，两派争议不下，场面颇为混乱。

阿卜拉拉杜情急之下猛拍一块拍板，坚硬的深红色漆木拍板在他重力拍击之下，竟然一裂两块。议事厅忽然安静下来，这块拍板叫做静堂木，谁都不敢在议长拍了静堂木之后还忘乎所以的大叫大嚷，那样的话将会受到驱逐出议事大厅的惩处，那就意味着连续三次议事这个议员都不得参加了，更为严重的是，有可能影响到今后全国议员选举，会对自己不利。选民们对蛮不讲理，固执暴躁的人不会抱有好感。国民难以相信这样的人，即不尊重最起码的议会议事规则的人，会是一个好议员的。

阿卜拉拉杜四个手指拿着破裂的木板，一只手一块，碰了碰，发出清脆的声音，议员们知道敲击惊堂木，那是再次警告。他们只有依次按序的发表意见，进行争论，并且安静的听从别人的辩解，才是议员之规。但是，此时反而不知道该是由谁来第一个出来发言，议事厅一时间鸦雀无声。过了一会儿，才有彼此悄声交流的嗡嗡声响起。

这时，门外的议事厅侍卫进来了，在温温儿耳边小声说了几句话。温温儿面色突然非常沉重，他和阿卜拉拉杜议长小声地交谈了一会儿，阿卜拉拉杜先是大惊失色，然后不断地点头。

“诸位，有一个牧场的妇人要向我们讲话。”温温儿宣布道。

“怎么，今天的例外也太多了吧，温温儿议员是不是要在这天轮值之时充分地用够权力。谁能允许一个妇人随便在议会发言呢，是不是不久的将来，任何一个女人也可成为列席议员来议事厅聒躁了，各位，各位请注意，违反法律的事情不要从今天开始变得理所当然，顺理成章。”一个议员大声道。

“很抱歉，我先前也抱着和你一样的看法。可是，你为什么不等弄清楚了一些可怕的事实之后，再来发表你的高论呢。你总是有时间有机会的。”

“反对。”

“同意。”

“支持。”

“不能违宪，要追究温温儿的责任。”

议事厅霎时间又乱成一锅粥。议长不得不再次拍响了静堂木。议事大厅又突然安静了。

“各位尊敬的议员，大家如果高兴在议院里吵成一团的话，何不赶到门外去看看。那里，闻讯而来的成千上万的毕喜共和国公民们，正等着你们拨冗接见呢。他们群情激奋，悲愤难耐，比起各位来，他们要激动上一百倍，难道，各位作为公民们选举出来的议员，竟要罔视民意吗？”

议员们都不知道外面发生了什么，窃窃私语起来。但是按照规定，议事期间，议员是禁止与外界接触的。他们的生活起居全局限于议院大楼以内。

说完，温温儿并不待其他议员表态，指示侍卫将那妇人带进来。

妇人脸色苍白得像死人一般，她走路都几乎要靠侍卫搀扶着才能行动，看样子她遭受了巨大的打击，以至于精神快要崩溃了。侍卫手里提着一个布包裹，经过旁边时能够闻到一股浓浓的腥味。

妇人靠上了讲台，她不足一米四，在阿喜星北方，男人通常身高都不足一米六。对于议员们齐胸的讲桌，对于妇人来说，差点可以把头搁在黑红色的讲桌上了，她抖索着，四下张望，不知道从何说起。

议长叫人送上一杯水让她喝。温温儿开始介绍妇人，以安定议员的骚动。他说，此时他的声音因悲恸而哽咽："这位悲惨的女人，是大蚂蚱牧场最边远处的护养人。她兢兢业业的工作，忠诚地以勤劳来换取一日三餐，从来没有过分的贪欲和奢求，我们盛宴上才得以有美味的油炸大蚂蚱，盐渍蚂蚱。可是，昨天晚上，厄运降临到无辜的女人一家头上，她的儿子，惨不忍睹的死去。这幅惨景，甚至我无法用语言来向各位描述。是的，我违规地让这可怜的女人进来了，走进了神圣的共和国议事大厅，并且允许她叙述她的悲惨遭遇。各位，面对真实的惨象，难道我们还有闲情逸致，用花哨的语言来磨炼我们的舌头吗？"

接着，温温儿后退了一步，并向侍卫示意。侍卫上前打开了布包，一颗小小的头颅，赫然出现在眼前，众人都忍不住一刹那间朝后一仰。

"我的小儿子，一个人到外面玩，他走得，很远，他爱到河里去游泳。可是，可，是，昨天晚上，很晚了，他都不回来。我们四处去找。天啊，一群恶魔，我从来没有见到过他们，从来没有见过。他们自天而降，凶神恶煞，吃掉了我的，儿子，我，看到了他们的篝火，还有，营地。他们，很高大，但是肯定不是南蛮人。他们有，两只手，比南人更丑陋。他们，是一群从来没有见过，陌生的，凶恶无比的魔鬼。"女人抽泣着说，哽哽咽咽，话刚完，女人已经耗尽了她的全部力气，昏倒在地。

议事厅里一阵骚乱。温温儿让大家安静后，说道："请务必注意到证人所说的从天而降，敌人像天神一样降临，却比山魈更残暴。是该团结和迅速作出反应的时候了。同仇敌忾，舍我其谁。"

原来毕喜人说的牧场，就是雨燕飞过的那片长着茂盛野草的原野。毕喜人放养的，不是大型动物，而是长着翅膀的昆虫——大蚂蚱。油炸蚂蚱和盐渍蚂蚱是整个阿喜人都喜欢的美味，宴庆时必不可少，也是日常生活中重要的食物。因为鸟类等飞行动物，会大量啄食大蚂蚱，所以牧场到处都安装有空中刺网来阻止和消灭这些抢食者。在公路边，四处开有窗口的夯土房子，则是夜间用来光诱捕获大蚂蚱的收集站。每天上午，一辆一辆牲口拉动的大车将满罐满罐的大蚂蚱运到城里。可怜的女人就是乘着运送大蚂蚱的车来到城里的。

议事大厅被一种悲愤情绪所控制。未经休会，毕喜国议会直接开始进行推选和表决，温温儿议员如愿以偿的被推举为军队元帅。接着为适应重大战争的需要，是否建立第一公民制，一干议员又开始争论不休。议长要求大家即时表决，来结束那些无谓的争吵，多赢得一些准备的时间。

表决结果，二百二十五票赞成，二百二十五票反对。没有弃权票，弃权票在毕喜人看来是可笑的，作为议员模棱两可地表达思想无疑是不称职的表现，受人鄙视。（北阿喜星人因为只有八个手指，故采用八进制，一十相当于十进制的 8，一百相当于 64，二百二十五即十进制的 149，以后凡是北阿喜人自述的话中，计数均用八进制）。需要三分之二的赞成票才能通过提议，通过是不可能了，但是会不会被否决呢，目前恰好势均力敌，如果反对票超过半数的话便遭到否决，众人面面相觑，只好紧张地等着议长那关键一票。

议长阿卜拉拉杜思虑良久，庄重的走上前来，举起了右手，柔软贴身的丝质袍袖从他手臂上滑了下来，他一字一声地说道，“我支持设立首席公民的提议。”

提议没遭到否决，这为下次表决甚至应急通过留下了重要的机会。温温儿向阿卜拉拉杜投去满含深意的一眼。

午饭被送到了议事厅，议员们将就另外几个议题进行辩论表决。许多年以来，议员们没有过过如此紧张的生活了，他们甚至忘记了第一公民的权力和产生之后重新结束的必要程序，现在他们有许多事情要做。至少，目前，他们需要赋予新的军事统帅温温儿更多的权力。

新的军事统帅温温儿宣布了战令，他的家臣克弥尔，将率领一支五百人的先遣队，立即向外来入侵敌人降落的方向进发，那个失去儿子的可怜女人作为军中向导一同前行。随后，他将亲自带领一千人的队伍和更多的重型装备出发，征兵令也将在第二天生效，所征召的人将作为预备役人员随时待命，这批人将达到两万，原来各地的军人严守待命，加强警戒，发现入侵者，立即毫无保留的剿灭。命令立刻向全国各地送达。

最后，温温儿统帅向巴拉比王国特使默卧儿致谢，请他回国后带去他致以尊贵的巴拉比国王的信，请巴拉比国王发兵搜索并警戒靠近毕喜国一带的疆土，共同对抗强大的外来人。他还送了巴拉比国王一台毕喜国刚刚研制出来还在试验改进之中的无线电发报器，一本毕喜语和数字代码对照手册。特使默卧儿受到可怜的女人悲惨遭遇的刺激和感动，慨然应允，他会努力向巴拉比国王进言，促成两个最强大的国家的联合。

第四集

清晨，一阵清脆婉转的鸟叫声传来，几只从远处的森林里飞出来的小鸟，把营地后边用于阻挡物的树枝当作新鲜的活动场所，奇怪的吱吱直叫。明媚的阳光射进了帐篷的窗口，地球人第一支登陆阿喜星队伍迎来了他们的第一个早晨。

空气清新，阳光明媚。加和正夫上校在无人处偷偷打了一个哈欠，要是能再睡上一个钟头的觉，那是再美不过的事情了。他不愿意别人看见他倦于工作的懒散之态。永远以勤奋的表象出现在人的面前，这是他成人后受到的最早的教育。昨天晚上受到的恐怖惊扰，一大早起，似乎每个人都忘记了，就像那仅仅是一个集体梦魇。

负责通讯的军尉终于安装调试好了远程通信器。加和正夫上校能够直接用卫星移动电话，和几万公里高空的舰队通话了。不过调试好像不尽如人意，图像信号很差，画面不时飘来飘去，扭个不停，声音也夹杂着哗哗的噪声，有时干脆一闪而逝，只留下一片灰白色。军尉摇摇头，表示他暂时还没有找到症结所在。看来制造更为功能强大的通讯器迫在眉睫，加和正夫上校不清楚什么时候舰队才能完成这份工作，想来下一次登陆之前能完成。

舰队总部将飞驰过的低轨卫星所拍到的画面传了一些下来。画面，能看见公路上一些像牛一样大小的动物拉着车，它们从那些夯土建筑的屋子里出来，向城市的方向行进，路上的人很少。仔细观察那些不太清楚的画面，他们发现那拉车的像牛一样的动物，它前肢旁边好像总多了一点什么东西，它有时在动物两边舞动，不像是负力的模样，是装饰的带子一类的东西吗？阿喜人是什么样，具体也瞧得不太清楚，从上往下看，似乎也和地球人差不多。

分析卫星图像得知，离加和正夫上校他们最近的一个城市，似乎应该是阿喜星上能够找到的城市中最大之一，另外还有大片的森林，荒原，竟然很少看到人迹，这对于地球人来说实在是一个莫大的喜讯，阿喜星上可能人口稀少，只要有了宽广富饶的土地，资源充足，人类应该能够很好地和阿喜人相处。

根据舰队的计划，首次登陆这支队伍，目前仍然是原地待命。要与阿喜人建立和平互知的关系，先要保护自己，再了解他们，熟悉环境，所以队伍里的人暂时没什么确定的事情可干，巡视的人扩大了巡视范围。昨夜，大家都睡的不太好，可能是重力环境的变化原因，第一夜，也难免会有些紧张，加和正夫上校与顾问姆贝拉教授，副队长沙利夫斯基中校商议后，干脆先放一天假。是否建立固定营房，不用帐篷的事，明日再作决定。

一闲下来，每个人都想着去找点喜欢的事情干。有的人拿出了藏在身上的微型扑克，暂时玩一些大家都熟悉的游戏。沙利夫斯基中校则寻思找到一些更多的美味之物，来满足久久未能进食天然美味贪婪的嘴。他们从河里捉到了一些颜色鲜艳的鱼，但是加和正夫上校凭直觉禁止立即弄这些鱼来吃。拼死吃河豚的念头时不时跳出来警醒着他，让加和正夫上校莫名其妙的有一种不祥预感。

姆贝拉教授后来解决了这个问题，他把这些肥嫩的鱼切成小片，有的干脆烤熟了，喂进了昨天他捉到的像豚鼠一样的动物的嘴。这些类豚鼠是窜出它们在岸边用树枝搭成的窝里时，被教授用衣服扑上去罩住活捉的，另外一些被射杀的类豚鼠，则在昨夜烧烤熟透后进了众人的肚子。

类豚鼠饿了一天，大概也是饿坏了，起初它拼命地把塞进嘴里的食物往外噜，吐了出来，但是不久它放弃了对侵略者的戒备，也不管从前它们的食物已经变了一个味道，开始小心地咀嚼起来，慢慢地放开怀猛吃。原来，类豚鼠竟然是杂食性动物，说不定鱼正是它的食物中最喜好的呢，像溪流中筑巢的水獭一样。

此时，姆贝拉教授开始卖弄他的知识和收获，他说："这只尖吻兽前半身的特征接近于较先进的真兽类哺乳动物，比如牙齿尖利并有形态上的分化，但是后半身的特征又接近于比较原始的单孔类哺乳动物，如存在较长的腰肋骨，这乃是趋同演化的结果，也就是说，进化了的后肢在适应过程中重新获得原始哺乳动物的特征。这些现象可能说明，阿喜星经历过较大的地理气候变化，动物进化的方式、结果，也有区别。千差万别，本是自然伟大法则。因此，如果你们看到特别奇怪的动物，或者，你看到两种阿喜人类，那是可能的，千万不要当成妖魔鬼怪。"

众人都因姆贝拉教授的话而笑起来。

饱食一个多小时之后，类豚鼠机灵的小眼睛还在嘀溜溜地转，于是姆贝拉教授也笑了。

"这些鱼没有毒素，可以尽情享用了。"姆贝拉教授的话引起一阵欢呼。

"不好了，不好了。"一名少校从河边急匆匆跑回来，对着加和正夫叫着。

"什么事？有情况。"加和正夫上校边问边拿起激光枪站起来。听见了叫声的人都围了过来。

"昨天，晚餐前，放在石堆上的那个头颅不见了。"

"好大一回事，是不是记错了地方。"加和正夫上校略带斥责。

"绝对不是。沙利夫斯基中校也知道。"少校还在喘着气。

此时，谁都听明白发生什么了。有的嗤笑一声走开，只有姆贝拉教授走到少校跟前，拍拍少校的肩膀说："小伙子，别紧张。丢在野外的东西，谁也没看见，保不定是哪只夜里经过的野兽拿去享用了。"

那个刚才还很紧张的少校豁然开朗，拍着自己的后脑勺："真是，真是，原来可以这么简单地解释的。嗨，昨夜的怪叫声把我弄糊涂了。"

加和正夫上校没有再理会这位上校，他走到大砧板旁边，其实就是一段好不容易弄断的树桩，蹲下来，教导队员像对付河豚一样收拾那些鱼。这是他在公司实习时学得的一门技术，他一直保留着，秘不外宣。在国内时，加和正夫无法展示这一手艺，怕被男人们笑成是为讨好老婆练习的技艺，也不能在饭店里做，没有专业技术等级证书，谁都不会让他去收拾一条河豚，要是被食品卫生厅官员知道，饭店就会被罚款罚得怨天恨地，甚至可能吊销营业。在阿喜星上，加和正夫却能却能够无所顾忌的演示给别人看了，而且引起一阵羡慕的议论。在每个队员看来，这些几乎取之不尽的鲜鱼简直就是比河豚还美的佳肴，而他们的队长无疑是点石成金的神奇术士。

这一天，是在平静中度过的。

第二日早晨，加和正夫上校还在用一把宽大的木头挖成的瓢，盛了水洗脸时，他洗得非常仔细，负责通讯的军尉走过来了。

“报告上校，总部要和你通话。”

“好的，我就来。”上校匆匆擦了脸，由于缺少香皂须膏等物品的润滑，刮胡子修面可不是惬意的事情，毛巾擦在脸上，加和正夫上校感到了嘴唇四周火辣辣的疼。

“根据卫星图像显示，城里有一支人马正向你们方向过来，他们乘坐的是机动车。请注意。”

通讯官对卫星接收参数按照总部通讯处的指示作了重新调整，今天的图像接收效果比昨天好多了。听到这话，又看着屏幕上移动的队伍，加和正夫看见，车上边似乎飘着一团水气，使车形模糊晃动，增加了神秘感，总人数大概有几百人，还有重型武器。加和正夫上校心里突然一阵狂跳。

卫星很快飞过了，再过一两个小时，才能再次监视到那个地方。

加和正夫上校压抑住怦怦乱跳的心，向总部提出了需要更多监视装置和多种武器的要求，总部委婉的答复说，目前登陆器非常有限，由于缺少燃料，登陆器一旦着陆阿喜星，就成了一团废物，再也不能起飞回用，因此，总部会在多个需要着落的人或者物质凑集到登陆器能承受的最大载量时，才能使用，可能很短的时间里暂时不能满足他们的需要。总部对加和正夫进行了嘉勉，鼓励他们以人类的智慧和勇气，去迎接所有的困难。当然，必要的时候，总部会以最大限度来支援他们，目前，一是不要惊扰阿喜星人，二是要尽快地和他们建立联系，获取他们的理解和支持，一定要尽量避免发生冲突。

加和正夫吹响了集合的哨音，语言学家莱因克尔和沙利夫斯基中校，以及一个少校，已经出去巡逻了，不能及时归队，其余的人，每个人都知道了有一队人马正朝自己方向开过来的消息。

“他们是专门来欢迎我们的吗？或者与我们无关呢，这只是阿喜人的一场日常活动而已。”一个军校说。

“小心为妙。此时太空舰队对于我们已经没有什么帮助，一切全靠我们自己去应付。”加和正一上校告诫各位。由于彼此来自不同的飞船，不同的国家和地区，加和正夫虽是作为队长，语气却总透露出商议，平等的意味，显得彬彬有礼，走路的时候，加和正夫也多是勾着头，一副谦逊的派头，已经获得了一众人等的好感。他们很乐意接受上校的调遣分派。沙利夫斯基中校可能是唯一一个心里不是很顺气的人。

加和正夫上校用短距离无线通话器，通知了外出的三人立即回营地，在十几公里范围内，处于空旷地带，无线通话器借助营地通讯部的长天线，完全能够顺利接收。

沙利夫斯基中校走得不远，回话说，正是因为这样，他们三人才有必要把周围打探清楚，避免近处潜在的危险。加和正夫上校在内心里乱骂了一阵，只得限令中校必须在一个小时内回营。他自己则带上一名军校和一名军尉，向总部指示的公路尽头的方向，带着对未知命运的忐忑不安之情，徐徐而去。

公路的尽头，与营地路程大概有六七公里，那里，有一片除去了野草的开阔地，大约有一千多平方米范围，周围被苇草包围着。它与上校他们安营扎寨的地方，中间隔着两道三四十米高的土坡，所以阿喜人如果不翻越土坡的话，是不知道相隔这么近的地方，居然有从未见过的人类来了，还大模大样的驻扎下来。四五间夯土建筑矮小的平房，分布在四周。更远一点，离公路最近的西北角，一座两层木楼，静静的守立，木楼的柱子都十分粗大，很是结实，看起来是阿喜人的居住地，那些土房或许是生产的厂房等。

离那块阿喜人居住地尚有将近一千米的距离，加和正夫上校停下了。

加和正夫爬上一棵枝繁叶茂的大树，这棵树树冠像房屋似的遮盖了一大片土地，在空旷的原野中显得很突出。在这一带的草原上，每隔一两百米就有一棵这样的大树，倒比较像巴西稀树草原。阿喜人的居住地静悄悄的一个人也看不见，虽然加和正一并不知道阿喜人长得什么样。

“好安静啊，莫非，阿喜人都在睡觉么，还是出去做工了。他们做的什么工呢？”

加和正夫上校的头慢慢转动着，望远镜扫视过面前的所有地方。前面三四公里远处，又有一道山坡挡住了视线，要不然的话，加和正夫上校猜测，可能可以望见城市的轮廓。他们来得太早了，总部所说的阿喜人队伍还没有半点踪影，或者说，那些队伍根本就不是冲他们而来的。

一直没有看见期待中的阿喜人类，大树的浓荫中，加和正夫有些昏昏欲睡。大树下，两名军官无所事事，一位打开了太阳能电池板，替他的能量弹匣充电。他们压平了一块草地，舒适地躺在上面，望着湛蓝的天空，等着上校的消息。

“上校，看见了什么啦？”许久没有动静，树下问。

“连个人影都没有。”

“阿喜人的军队不是已经出发至少两个小时了吗？”

“是啊。我们还是等吧，过了中午都还没有动静的话，我们就回去。”

离中午还有两三个小时呢，阿喜星上的一天大约是29.5个小时。不知道是不是睡着了，加和正夫突然惊醒，他也许只是打了一个盹，担心和焦虑猛然把他从迷糊中唤醒。幸好他是坐在树杈中间，没有掉下树去。他揉揉眼，又按按太阳穴，好让自己清醒一点。他又举起了望远镜，又放下。如果再没有什么动静，他该考虑是不是回去了。

突然，他又举起了望远镜，因为他好像看见了什么动的东西，果然，他搜寻到了几个移动的黑块。仔细看，哎呀，竟然是几辆大车头的机动车，它们前面立着一根烟囱，看不见冒的气，但是加和正一猜得到一定在冒着蒸汽，那不是蒸汽动力车么，只有蒸汽机车才会有这么大的车头，阳光很强烈才看不见蒸汽。接着，轻微的轰隆声也传了过来。树下面的军官也听见了一丝动静，都站了起来，紧张地望着加和正夫上校。

来了，真的来了，来者不善。加和正夫强作镇定，继续观望着。

机车越来越近，最后都摇摇晃晃开进了公路尽头的居住地。此刻，加和正夫察觉到，一个重要的时刻就要来到了，他的望远镜一直没有放下来过。有人从车厢里出来了，也举着什么在看。突然，加和正夫惊得差一点儿从树上摔了下来，两腿连忙加劲夹紧了树干。

加和正夫望见，那举着另一副望远镜也在四处张望的阿喜人，也是长着獴一样的头，尖尖的嘴，他瞧得非常仔细，那拿着望远镜的手上正好长着四个指头，稍显细长的四个指头，他过目难望。

加和正夫迅速溜下了树。

“快撤！”

两个军官来不及收拾好正在充电的电池板，拎了便跑，紧随着加和正夫上校钻入深深的苇草丛，专捡草比较深的地方走。这里草高都在一米上下，勾着腰时，还是能够隐藏住的。

他们走出了大约一百米开外，“砰！”一声巨大的枪响，接着，砰，砰砰，子弹不断地向他们的方向飞来。阿喜人一边叫着，一边纠集着队伍，向三人追了过来。加和正夫盲目的回头射了几枪，没有什么效果，一点也不能阻止阿喜人的冲劲。那个军尉站住了，举枪瞄准冲在最前面的一个阿喜人，“嗤，”一道蓝光穿过空气，射中了那个阿喜人，可是他并没有倒下，反而向军尉开枪。军尉立即又开了两枪，那个阿喜人才倒下，延缓的时间给这名军尉带来了致命的后果，几颗子弹倏地钻进了军尉的身体，这是阿喜军队中狙击手长射程步枪的射击结果。

军尉的血流进了阿喜星的土地。加和正夫哼了一声，大声疾喊剩下的那名军校，不要抵抗，立即后撤。

两颗小型手雷稍稍阻挡了阿喜人进攻的气势，但是那只是从声音上显示一下威力而已，并不能伤害到他们毫毛，因为最近的阿喜人都在八九百米开外。第三颗烟雾手雷更是立竿见影，狙击手被烟雾迷失了准头，飞弹不停地胡乱向加和正夫他们射来。每一次子弹近身的凄厉尖叫，都是一次死亡的警告。

尽管他们在拼命地逃，两方距离却越来越近，八百五十米，八百三十米，瘦小的阿喜人显得比他们更灵活敏捷。只是由于不断的烟雾手雷的作用，阿喜人的狙击手一时还无法保证能一下准确地将两人击中，盲目向他们开着枪，不过密集的枪弹组成的火力网正渐渐地逼近来，终有一刻要将他们一网打尽。再近一些，就不会再是狙击手的点射，而是步枪的以及机枪的扫射了。

加和正夫上校跑得气都快要脱了，军校跌跌撞撞紧跟在身后。手雷也用光了。放弃逃跑，投降，但阿喜人接受投降吗。不！宁死不降，加和正夫咬着呀又蹦出十几步远。

多么窝囊啊，被阿喜人追着这样匆忙逃命。愿生和死，都如樱花之灿烂，上校并不畏惧死亡，但是不应该如此狼狈啊。

“嗤——嗤嗤。”忽然，加和正夫上校耳边似乎听见这熟悉的声音。又是一阵手雷爆炸声。阿喜人倒下两个后，忽然放慢了追击的步伐。加和正夫一阵惊喜，果然是营地的人赶过来了。就是语言学家莱因克尔和生物学家姆贝拉，也都举着激光枪射击着，他们登陆前接受过简单的军事训练，残酷的现实迫使每个人都变成了军人。

进攻加和正夫上校他们的，正是先遣队统领克弥尔的部下。第一队轻甲队六十四人，已经和登陆部队展开了战斗，受到比较强的阻挡后，他们停了下来，一边伺机进攻，一边等待重甲部队的到来。

阿喜人暂时停止了进攻，他们不仅对敌人悄无声息的武器捉摸不透，心存恐惧，更是在潜意识中把敌人看作多么的强大，而等待增援。可是他们并没有停止试探性的进攻，一旦测出激光枪的威力并不比他们的火炮火枪更加强大，一旦测知敌人活着的仅有十一人，一个已经毙命，那么，他们的仇恨和荣誉都会激励着他们勇敢地完成对地球人的致命一击。

遭遇悲惨的可怜女人也在先遣队队中，与她一同来的，还有她的丈夫和牧场屋的一个长年雇工。他们因恐惧而逃走，因仇恨而重返，去毕西城的半路上，遇上运送大蚂蚱的车子，但是车上装不下那么多人，所以只有妇人一人乘车先进了城，并遂愿在议会大厅叙述了悲惨遭遇。难怪加和正夫上校在牧场屋周围什么也看不到。

枪声零星地响着，加和正夫猜想阿喜人正在进行合围，等待火力增援以彻底断绝他们的退路，所以在刚一受到较大的阻碍后就故意停下来。卫星相片早已告诉他们，赶来的阿喜部队远远不止这点人。

“我们遭遇到了阿喜人的猛烈进攻。”上校抓过远程通讯器向总部呼叫。

“我们已经知道。你们后面近十公里便是大山，有浓密的森林，可以撤到那里去，那里暂时没有发现人迹。”营地的接收器一直在开着，总部的建议通过碗状天线接收器，传达给了加和正夫上校。上校向沙利夫斯基中校征询意见。

“山地和丛林对于弱小势力的一方显然是一个较好的选择。”沙利夫斯基回答说。

“只好这样了。”加和正夫上校下达了撤退到山中的命令，可是，巨大的接收天线怎么办呢，负责通讯的军尉提出这个问题来，一向精细的加和正夫上校才想到居然疏忽了。难道折回营地去背走么？

“先放弃。”上校无可奈何地说，又补充道，“包括营地里的一切。”

第五集

枪声重新猛烈起来，身边的苇草被打断了草尖，不断下掉，每个人身上都沾满了草屑。忽然，巨大的炮声，震得双耳欲聋。炮弹一发接一发呼啸着落在加和正夫上校他们这边。显然，阿喜人先遣队中的重甲部队到了，而且有了类似于迫击炮的火炮，用来对付近距离作战的敌人，再好不过了。“呼儿——”长长的尖声刺破了空气，这次是一枚炮弹飞啸而来。

“快卧倒！”沙利夫斯基中校对愣着的莱因克尔大叫，后者明摆着缺乏起码的军事常识，兀自在一道土坎后张望。沙利夫斯基飞身扑了过去，几乎在同时，炮弹猛烈地在他们身边炸开了。

硝烟慢慢散去，沙利夫斯基中校压在莱因克尔教授身上，两人都倒在血泊中。

加和正夫上校只看了一眼，就不再回头。

剩下的九个人，在烟幕弹的掩护下，在不断飞来的炮弹的爆炸声浪和四处飞溅的弹片土屑中，迅速地向山里退去。这一段路程，简直就如炼狱一般，那一头连接着的，不知是地狱还是天堂。这时候，高高的茅草或多或少帮了他们的忙，多亏这两天的巡视，对地形反而比远道而来的阿喜人熟悉，这时起了作用。

进入树林的时候，通讯军尉官被一颗飞弹打穿了膀子，加和正夫一冲而至，搀着通讯军尉躲进了树林，浓密的树林让局势稍稍缓和一点。

便携式通讯器从军尉身上掉了下来，拖在地上，咣当当响。加和正夫拾了起来，打开便携式通讯器，图像不见了，耳朵里只有哗哗的噪音，原来，营地里的接收天线已经被炮弹炸掉了。看来阿喜人早就知道了他们的营地在什么地方。加和正夫原想错开方向，引开阿喜人保住营地，这一招也落空了。上校当然意料不到，一报还一报，是那个仇恨的女人指引着阿喜人摧毁了营地。

子弹和激光在树林里穿梭，不时有树枝和树叶落下。阿喜人跟着追进了森林，步步紧逼。

“谁带有定时手雷吗？”加和正夫上校问。

恰好一个军校身上带了两颗，他还准备今晚用一颗尝试一下在深水里炸一次鱼来做晚餐呢。这种手雷填装的是黑索金高能炸药，大小比乒乓球大不了多少，威力却不小，而这些炸药是在登陆之前临时配制的，因为危险，数量十分有限。加和正夫上校吩咐把它放在了他们撤退经过的路上。

阿喜人继续着他们的死亡追逐，不料，在意想不到的地方，一颗手雷爆炸了，虽然没有伤到人，但是阿喜人一时之间还没想到这颗手雷何以扔得这么远，这一下减慢了阿喜人追命的步伐，两支队伍的距离拉开了一些。

第二颗爆炸的定时手雷炸翻了两个阿喜人追兵，距离再次拉开了。

转过山坳后，暂时看不见了阿喜人紧追不舍的身影。一行人仍然不敢停歇，一直又向山中跑了一气，已经听不见枪炮声和阿喜人的叫声了，一众人等方收住脚，喘口气，缓缓地继续往大山深处撤退。

一口气狂逃了十多公里，谁都累得不行了。这时候才下午，离天黑还早着呢。此刻，人人筋疲力尽，不知不觉中他们竟然已经作战两个多小时，一点风吹草动，小动物从树丛中跑过，都会引起一阵恐慌，真是风声鹤唳，草木皆兵。但是看着连实际五十多岁年龄，生理年龄也都四十好几的姆贝拉教授都奇迹般熬过了体力的透支，每个人又强打起精神，走一步，便离死亡远了一步。森林中，光线不是十分明亮，这对逃跑的一方相当有利。

死去了三个人，沙利夫斯基中校，莱因克尔，和一名军尉，不仅留给活着的人以悲伤，更传播着绝望和恐惧。多种仪器都留在营地中得不到了，与总部再也联系不上，唯一比阿喜人先进而有用的东西，可能就是军人们人人都有的夜视仪了，可惜此时也只有两架。加和正夫上校甚至担心明天还有没有足够的能量弹匣供使用，他们有机会在阳光下给能量弹匣充电吗？下雨了，又怎么办呢？粗略统计，只有三块太阳能电池板带来了，其余的要么留在营地中，要么丢在了逃亡的路上。手雷在这天的战斗中已经消耗了大半。不用说，阿喜人此时肯定已经占领了营地。他们只有暂时做山林流浪汉了。

加和正夫上校估计阿喜人这次总共有三四百人参加了围剿，明天，可能会有更多的部队开来。凭激光枪的火力和他们寥寥几人，根本不可能抵挡住阿喜人的进攻，唯一的办法就是躲进深山里让阿喜人找不到。

在一块铺满落叶的平地上，这里地势较高，刚好能够看见来路，筋疲力尽的九个人，终于再也走不动了，纷纷躺倒在坡地上。

整整三分钟，谁都没有说一句话。加和正夫上校取下卫星电话，不知怎的，也联系不上舰队总部了。加和正夫上校这才想起自己救援通讯军尉时，肩膀曾经狠狠撞上过大树。

“瞧瞧这些阿喜矮子，顶多也就是圆锥子弹和来复枪武器的后期水平。”有谁在这样鄙视地说，“他们甚至连马克沁机枪都没有。索姆河会战中，德国人的马克沁机枪一天就叫英国人伤亡六万呢。”

“不对，阿喜人好像有机枪，哒哒，哒哒哒，连续的枪声就是。”

“真熊，没打过这么窝囊的战，要是有了飞机，坦克，导弹，这些重型武器，阿喜人肯定屁滚尿流。”另一个军尉十分不服，恨恨骂起来。

“谁说不是呢。哪怕是从横滨博物馆弄一台 T90 坦克来，也能把阿喜人打得落花流水。”加和正夫上校补充道。他也满腹委屈没处诉。

“驾驶一架阿帕奇改进型武装直升机，横冲直飞，指哪打哪，更爽。我冲，我射，我爽。”受阿喜人的羞辱多了，乐意过过口瘾的人还不少。

“哎，我更想要一架科曼奇直升机，问问克里司令慷慨不慷慨吧。”接下来的一人将武器使用得越来越先进，可惜科曼奇直升机正是因为太先进太昂贵而封存着，直到近来，加以更多改进的新型科曼奇出现在一些战场上，可那也是地球上十年以前的事情了，人们还保留着以前的记忆。

“用什么T90，马克—1型坦克都够了。”典型的复古主义者说。

“就算给你T90，科曼奇，有石油吗？能提炼了吗？”一个军校突发奇问，继续追究下去，“阿喜星上肯定也生产不了液氢燃料。”

“拿黄金给阿喜人买吧。”加和正夫上校只得自我解嘲地说。

“说起来还我们莽撞了些，要不是激怒了阿喜人，恐怕没有这些待遇呢。哎，谁叫那小鬼连裤子都不穿一条呢，才造成这个天大的误会。”姆贝拉教授忧心忡忡，把话转入现实。这天的战斗几乎叫他虚脱过去，亏了一个军尉的帮忙携手，他才几次从危险之境脱离，纵是这样，手臂上也是伤痕累累，那么结实的纳米材料做成裤子，居然也挂破了。明天会怎样呢？

姆贝拉教授这么一说，人们都沉默了。前面巡山的队员回来，带来一个安慰的消息，“我们找到一个山洞。”

坐在地上，刚才还靠幻想来发泄的军人，都立刻起来了。

有山洞过上一夜，肯定比露宿山上好得多。加和正夫上校劝大家打起精神，先到洞里休息，那里安全一点，然后弄点吃的再说。上校这么一说，众人方感到饥肠辘辘。九个人拖着疲惫不堪的身体，拨草开路，进了山洞，洞口留下一个人把风。进洞以后，谁都不想再动了。

“这样不行的，必须起来，做点事情。天色都在暗了。起来，起来。”加和正夫上校安排了三个人出去找吃的，两个人去捡柴生火，姆贝拉教授年纪大了，不用做事。一人守洞口。剩下两人，包括自己，去全面摸清洞里的情况，看看洞有多深，有没有另外的出口。

“必须小心谨慎，阿喜人晚上可能不会进来搜山，可是保不定他们就守在山口，等着我们自投罗网，只能向山里更深处去寻找食物。”加和正夫上校吩咐说。可是最后，他自己成了寻找食物那一组的人，因为姆贝拉教授坚持要去洞的更深处，他不想一个人干坐着，于是又多分一个人去找吃的，那当然是加和正夫。

加和正夫上校在山中小心翼翼地转了一个多小时，除了摘回十几个野果，和一堆野菌，以及两只老鼠般大小，在树上跳来跳去，被射下来的小动物之外，最大的收获便是因为地险生疏，又得紧张的防备四处，每个人都摔了几跟斗，一个军校的手肘都撞破了皮，一动手臂便火辣辣的疼。天色渐暗，夜视镜对于发出红外线的动物身体很敏感，对付冷凉的地表却用处甚小，因此夜视镜不足以让他们在黑夜里行走自如似白天。趁暮色尚浅，加和正夫等人回来了。不过，捡柴草的两个军人却让众人略略开了心。

“这能吃么？”加和正夫望着一段枯树中，一条条白白的肥嘟嘟的春蚕一样的家伙，它们被军用匕首从破裂开的树干缝隙中挑出来。望着这些食物，上校心中确实有些发怵。

“这有什么呢，上校，看看我的吧。”姆贝拉教授用刀尖挑起一条，穿在刀尖上放到明火上去烤，那虫扭动着身体，烤得吱吱作响，很快便不动了。

几分钟后，教授拿虫离开了火焰，放到嘴边吹着，吹凉后，放进口中一口咬掉了半条，大概是有点烫吧，教授嘴里呼儿呼儿作响，舌头直打转，终于咽了下去。

“不错，不错，真是毛利人的美食。”姆贝拉教授称赞道。他又抓起一个黄色的橄榄形状野果，用衣袖擦擦表皮，大大地咬了一口，果汁很多，从教授的嘴角溢出了一些。

教授将剩下一半蚕一样的虫子全放进嘴里，一边嚼着一边说。“这同毛利人的绝品美食呼呼虫，一个味道呢，真棒。尝尝，不过少了点盐，遗憾。也没有果酒配餐，这些野果凑合着当酒吧。”

看着教授吃得很香，众人都跟着吃了起来。门口把风的军尉闻到香味，看看树林里已几近黑暗，便也进洞来了，美美地大吃起来。查洞的军校边吃边汇报他们看见的洞内情景。

原来这个洞并不太深，仅三四百米，洞里最宽处便是他们现在待的地方，有五六米。洞内没有水，很干燥，好像也找不到第二个出口。

“不过，以前这个洞可能被人居住过。我们看见一些岩壁上的岩画。肯定是阿喜人的创作。”

加和正夫上校一下来了兴趣，他要求姆贝拉教授再次陪着他去看那些岩画。

“真没想到上校先生还对艺术感兴趣。”姆贝拉教授十分乐意陪同加和正夫前去，凭他的感觉，他知道一定能从岩画上看到与阿喜人生活密切相关的动物图形，如果这的确是阿喜人作的画，而且只要有充足时间。

第六集

在微型强光电筒的照射下，赭色和变成深灰色的线条准确地勾勒出一些动物的外形，岩画背景的涂底、轮廓线和阴影的添加都产生了非凡的效果。岩画上的颜料是用碎火山岩制成的，经久不变色。和上次初探不一样，心情一放松，姆贝拉教授望着岩画简直入了迷。其中一种类似牛或鹿一般的怪兽特别引起了他的注意，在健硕的四肢外，前肢前面还长有小一些的前肢，这竟然是一头六肢怪兽，最前肢更像是一双小手手，难道阿喜星上竟然有这种奇特的动物吗？进化会如此宽容地允许无效生物组织的基因长期遗传下去吗？用进废退，适者生存，如果这些多余的前肢不是有非常作用的话，岂不是对拉马克和达尔文极大的挑战。

姆贝拉教授期待着总部通过同步卫星能够拍摄到更加稳定清晰的照片，以确认这个激动人心的事件。教授忽然想到，曾在屏幕上看见过这种动物的模样，当时，它拉着大车走向城里，但是因为是从上到下直拍的，也不能说确认就是岩画上的动物。

“这些可能是阿喜人驯养的动物，和阿喜人的生活应该相当密切。”姆贝拉教授抚摸着岩画说，“画得非常逼真，像圣弗朗希斯科山岩画一样优秀。”

“教授要在此细看，不往前走了吗？”

“你先去吧，我敢肯定我已经发现了三种以上不同的动物。还有一些是象征性的符号，这些符号甚至可能演变成文字呢。可以初步断定这个洞窟既是阿喜人类古人的居所，又可能是祭祀场所。可惜莱因克尔教授看不到了，他定会惊诧呢。或者他能有更多发现。”

“那好，或许前面还会有新的发现。”加和正夫独自举着电筒往里走，仔细留意着可能出现的岔洞或者一些器皿，走到洞的尽头什么也没找到，至少地面上没有见到。用时不少，返回时，教授还在那里仔细揣摩，他叫醒教授一同回到生火用餐的地方。

“门外没人警戒么？”看到其余的人都围在火旁，神情漠然，加和正夫上校问道。

“这个洞比较隐蔽，而且阿喜人似乎停止搜索了，到明天早上可能都怕没问题吧。”原来把风的上尉回答。

“你已经违反了军纪，现在你还有补救的机会。”加和正夫上校严厉的训斥道。他突然想起姆贝拉教授说过的，这个山洞可能是阿喜人类古人的居所，那么，阿喜人不会对此山洞一无所知的。上校不禁冒出冷汗来。

上尉将夜视镜套在头上，默默地起身往洞外走去。望着他疲惫的背影，加和正夫上校真有些于心不忍。他便也悄悄地跟着上尉后面，想出去瞧瞧有什么异样的动静。跃动的火焰把每张涂了迷彩，颜色奇异的脸都照得光怪陆离。他们不能弄到一些水来擦掉迷彩涂料，涂料粘紧了皮肤，极其不舒服，其实，明天也许又要用上呢，真没有时间涂来擦去的。恐惧和孤立无援的感觉浸润着每颗清醒的脑子。

猛地两声枪响，每个人立即从短暂的虚无缥缈的幻想中回到现实。上校立即冲到了洞口，差点撞上回撤的上尉，他们迅速退回了洞中。

“怎么回事？”

“阿喜人来了。”上尉强作镇定，至少在夜里，凭借夜视镜还看不出来他有什么惊慌。

加和正夫脑中闪过一连串的问。但是他明白，自己的担心被证实了。

又一阵枪弹打来，蓦地，猫着腰往洞内深处移动的加和正夫上校叫到，“快灭掉火！快灭掉火！”

立刻，火堆被几双手手忙脚乱地打散，爆出火星，很快，剩下的火星都被踩灭了，洞内一片漆黑。

洞里的人摸不清洞外的虚实，都退到了一块突出地面六七十厘米高的石梁后面，天然石梁正好可以做掩体。灭掉的火堆就在石梁前，这里距离洞口大约二十多米，比洞口略高一些。

枪声越来越响，零星的，却很有目的性，并不是盲目的乱发，听得出来，对方是要压制洞内的人，警告他们不能冲出来。渐渐的，看得见了洞外闪动的火光，大概阿喜人一阵狂射之后，正向洞口包围过来。

“是火光把阿喜人引过来。”加和正夫大声说着，十分后悔自己的一时大意。在黑夜里，火光会传射的很远，洞口就像一轮明月似的。

“山里这么大，他们怎么就知道这里有个洞呢？”有人不太理解，他抱怨上帝没有站在他们一边。

“呵——”姆贝拉教授似乎领悟到了什么，由于靠得很近，即使在猛烈的枪声中，他呵气的声音也清晰可闻。“洞穴，问题就在这里，洞穴，就像是阿喜人的耶路撒冷，他们的祖先是从这里走出去的，这里是他们原始之家啊，怎么不知道，说不定阿喜人还定期的到这儿来祭祀一番呢，那些岩画是他们祖先的创作。”

这番话让众人听得目瞪口呆，看来上帝的确要遗弃他的这些子民了。

“我们投降吧。”教授突然提议。

“还不等你举起白旗，身上已经被子弹穿上十个洞了。这可是阿喜人报仇的绝好机会。各位都知道，我们竟然吃了他们的人，一个幼童。”加和正夫上校讥讽道，“阿喜人咬牙切齿，占尽上风，正等着我们意志崩溃。”

“可以试一试。”一个军人说。

“试一试，好的，当然可以试一试。那你知道阿喜人的话怎么说吗？”

加和正夫一句话便把人问傻了。

“轰！轰！”两发炮弹在洞门口炸响了，震得洞似乎快要坍塌了，洞顶直掉沙土。

两声炮弹响过之后，沉寂了很长一段时间。

“不是说这里像阿喜人的耶路撒冷么，这么神圣的地方，怎么也敢随便轰炸？”这话好似在讥讽姆贝拉教授，声音压得很低。

“嘘，有人进来了。”

果然，洞口有几个闪动的身影。他们勾着腰，轻轻地摸索着走，本来就矮小的个子，更若地鼠一般。借助夜视镜能看见他们举着枪随时准备射击。

“干掉！”

加和正夫上校的命令刚出，整天被打得抬不起头的军人们顿时有了发泄的机会。一条条死亡之光准确的射向进洞者，来人还看不到对方隐藏在何处，就已纷纷倒下，只有一个人来得及胡乱放出一枪，打得洞顶某些地方的碎石哗哗直落。

只听得洞门口一阵喧嚷声，声音虽然嘈杂，却再没有阿喜人冲进来。在洞中漆黑一团的环境中，夜视镜使得地球人拥有绝对优势。

加和正夫上校想着另一件蠢事，他们不该进洞的。洞中没有第二个出口，他们被封在洞里了，真是自绝后路。刚摆脱阿喜人的追击时，加和正夫上校还估计着可能要在深山里过一段半野人的生活，现在连山林流浪汉的机会都没有了。可以确定的是，阿喜人中，有人很熟悉这个洞，最先有恃无恐的几个人进来证明了这点，但是他们也低估了地球文明。看来，这里虽然不是什么圣地，但也是的确曾经有人来过。

“我们出现了一个重大失策。我们不该稀里糊涂的跑进洞来。”一个军校不满的嘀咕。加和正夫黑暗中还不能区分确认他是哪国人，假装听不懂那个军校蹩脚的英语口语，一声不吭。

“不用枪弹，阿喜人也会把我们像圣诞节的烤鹅一样拖出去。等着吧，明天天亮他们就会做这件事。不能这样待着，得想办法。”抱怨声持续不断。

“如果你再胡说八道，用不着到了明天，今夜就扔你出去先让阿喜人尝个鲜。”见加和正夫上校因愧疚而不说话，另外一个军校，他的军衔是中校，他这样警告那个乱发牢骚的家伙。

“总会有办法的。”上校不得已说。

“冲出去吗？”

“不行，阿喜人一定守得很严，早一点或许还有机会。”

“有最后一条路，就是投降，我不反对做俘虏。只有生存，才有机会。”姆贝拉教授宽慰众人。

加和正夫没有那样乐观，看样子阿喜人下了格杀令，即使投降也难说保命，何况目前连投降的机会都没有。如果再找不到第二个可能的出口，又不能冲出洞口，他寻思着自己冒冒险，尝试着先叫几声，举手站出去投降，他应该首当其冲去做这件事。但是，晚上，阿喜人也许来不及辨明敌人的企图，就一阵乱枪把投降者打死了，因此，如果能够熬到天亮去做这事，成功的可能性就大多了。上校把这个想法和大家说了说。

如果，现在阿喜人就从洞口使用火攻，又该怎么办呢？有人发问。

山里很安静，山洞更是安静。阿喜人没有发动进攻。他们是在等待天亮吗？离洞口六七十米远的地方，燃起了十余堆火，火光隐隐约约晃动在洞口边。这时候，包围山洞的阿喜人已经超过了一百人。时间一点点过去，还是没有动静。

“原来阿喜人也怕死啊。”

“他们可能在等什么呢。”

“不管怎样，等到天亮，还没其他办法的话，就出去投降吧。”

加和正夫上校不置可否，“现在，我们需要休息一下。”他安排两个人守住入口，其余七个人则退到拐弯之后的洞角去休息，那里更安全。但愿今晚能想出一个好办法，上校这样祈祷着。

“怎么有水落下来?”一个说道，接着，其他也有人说真的有水落到了头上。加和正夫心中一喜，这不说明洞顶有缝吗，如果是地面水浸润而下的，可能离地面也不会太高。是不是阿喜人也知道这个情况呢？

“快看看，是不是顶上有缝隙。”

上校打开了微型手电筒。另外又亮起了四根微型手电筒。来了逃生机会，谁也不想节约用电了。

“这不是水，是油。”姆贝拉教授的声音。

“油？滑腻腻的有点像，但是怎么会是油呢。”

“是石油吗？”又有一个人加入议论。

“要是石油的话，你的迷彩服就要变成黑色了。”一个年长的军校嘲讽道。

油腻的液体的确是从洞顶滴下来的。那里洞顶有三米多高，加和正夫上校抬头的确瞧见了一条石缝，在石缝对应的下边，地上已经有了一大摊油。说明已经滴了一会儿了。

“这究竟是什么油？这不是刚滴下来的吗？先时都没有。”加和正夫突然满腹疑问，他不知道该问谁。

沉静中，恐惧随着思考增加起来。

仿佛是给上校一个明明白白的回答，巨大的火光一闪，巨大的声浪几乎将整个洞震坍。爆炸过后，山洞里再也没有人声了。

液体炸药原来是阿喜人打算在山脚下开路使用的，储存在山脚的一个地下仓库中，阿喜人原来打算把公路从大蚂蚱牧场牧工居住屋一直修到山脚下。现在，这些液体炸药正好派上了用场。

谁也意料不到，阿喜人会将液体炸药从山洞顶部的石缝中流下，他们太熟悉这个洞穴了。阿喜人祖先居住过的洞穴，成了第一批地球人登陆者的坟墓。

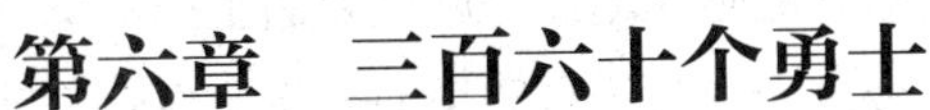

第六章　三百六十个勇士

第一集

克里司令和希斯等人完全想得到，与加和正夫上校失去了联系意味着什么？科学家从定向天线发出的噪声信号都消失了，来判断出营地已经被摧毁，登陆队员生死未卜。在这之前，通过卫星天线，他们接到了登陆营地的告警信号，也听到了真实的枪炮声。

这时候，舰队所有知情人员，心中都无比沉重。

“到哪里都逃脱不了斗争的命运，处处都有劫难。”旗舰布鲁诺号飞船上，帕欧卡主管叹息着。主控制室里，未来在筹划中，此时处于各飞船等待信号连接的间隙中。

“是的，将军。在宇宙中，并没有一个世外桃源似的没有争斗的地方，不要寄希望于寻找这样的地方来逃避地球人的责任。如果我们深爱人类，深爱生命，请首先珍惜我们的地球吧。如果我们缺少的是仁爱和宽容之心，克制和包容之态，挥霍资源，放纵物欲望，骄奢淫逸，恣意妄为，那么，最后毁灭我们的，将是人类自己。”希斯中的诗人斯诺立即接着说了一大篇，另一位希格里则半闭着眼睛，像是欣赏一幕话剧。

“先生还是谈谈现实吧，我们忧心的已经够多了。”一位高参打断道，他已经了解了这个情况，双颅人希斯一旦思如泉涌的时候，就会唠唠叨叨，应该有人出面提醒。此时此刻，每艘飞船的主控制室，都已经互相连接好了。

波将金号，亚马逊号和恒河号飞船主管都建议暂缓登陆，等到低轨同步卫星和高分辨率的照相机，彻底将阿喜星的情况了解透彻后再行登陆，并且尽量选择远离阿喜人居住区地带，不要给阿喜人压力，激起他们的激烈反应，然后逐渐和阿喜人接触。

哥仑比亚号主管布来登将军则力主登陆人员选拔应立即进行。太和号飞船不遗余力的支持这一计划，甚至声言如果舰队不能统一行动的话，他们可能将要自己组织登陆队伍。

好望角号，神龙号保持着一种谨慎持重的态度，建议大家再做商讨，不要急着决定，应该在辩论中弄清各飞船的主意，找到调和点。

布鲁诺号本身，即总部旗舰，主管帕欧卡将军倾向于神龙号和哥仑比亚号之间，既支持立即进行登陆准备，又强调在总部协调下统一行动，言下之意是要给太和号一个警示。代达罗斯号毫无保留地站在旗舰布鲁诺号一边，巧妙地阐述了自己观点。

“我们还能有多少时间呢？”克里征询希斯和科学家团体的意见。双颅人希斯一直在令人信服地领导着科学家团体，他的睿智、包容、敏锐、周到、幽默，又不缺少激情和想象力，使每一个科学家都乐于敞开心扉而又尽职尽责。

“可以说没有时间等待。进程能有多快就该有多快。”希斯开始对未来感到焦虑，征询众多科学家的意见后，他说：“依地球文明的水平，完全做得到，能够及时地为登陆部队提供必要信息。”

克里司令下定了决心，一面指令神龙号和太和号，代达罗斯飞船，调集所有技术力量和制造材料，协助哥仑比亚号和波将金号制造多功能自行定位低轨卫星，这种携带动力自行控制方位的卫星比先前释放的无动力卫星复杂得多。高分辨率照相机也即将制造出来了，特别是透镜镜片的精度令人满意。卫星电话，监视仪，红外检测仪，高灵敏度接收器，卵形手雷，军用多功能匕首一系列的器具，在根据需要量制造中。另一方面，克里司令又同各飞船协商登陆人员的组成。

登陆行动紧锣密鼓的准备着。

“如果阿喜人看轻我们的力量，就会毫无顾忌地攻击我们，肆无忌惮，战争的代价反而会越来越大。因此，即使作为最慎重的考虑，我们也要给阿喜人一个警告。这一次，将有大量的人员登陆，装备也将更加齐备，是展示地球智慧文明的时候了。”

“破釜沉舟？”有人提问。

“孤注一掷？”略带讽意。

“应该是团结和动用舰队最大的力量，争取一击成功。”克里不理会那些冷言冷语，坚决地说。

哥仑比亚号主管布来登立即表示赞同克里的话。其他各飞船主管，随后不久，陆续都表示支持这一原则。

经过反复和激烈的争论商讨，最后确定这次将分三队，在阿喜星上三处登陆。三处互为犄角，互相照应。每队一百二十人，每队又分成三个支队。一个支队只由一个飞船人员组成。支队人员完全由各飞船独立甄选，总部不再分派过问。

接下来，在选任各队队长的时候，大家出现了一些分歧。

“除开一个军人必备的坚强勇敢智慧之外，队长应该具有国际声望，以使部下容易服从。”希斯提出具体要求。

国际声望？克里心中经过希斯这么一提醒，逐渐有了清晰的名单。他提议由曾获得国际军人大赛前三甲的军官担任各队队长，无论从体魄，智慧，还是忠勇的品格，他们都应当无愧于这一荣誉。一份名单迅速传到各飞船主管手上，这份名单是十年前地球上一次军人盛会的获奖名单。

国际军人大赛：

第一名　莱昂多·穆姆托　空军中校　二十七岁　土耳其伊斯坦布尔

第二名　乔尼·阿莱斯　陆军少校　二十六岁　美国新泽西州

第三名　徐豹　海军上尉　二十四岁　中国四川

各飞船主管召集重要人士认真讨论了这一名单后，觉得没有比这更好的方案了，便一致通过了，接下来是确定各自支队的名录。

千叶公主看到登陆分队队长这份资料，心头鹿跳。幸好，宽大的和服与浓密的化妆足以掩盖她的紧张和兴奋。一份四十人的支队名单，在本田一郎大将的主持下，太和号飞船高级人士迅速拟出了。已经组织出了三十九个合适人选，只剩下支队长了。本田提议了三个人，并将他们的名字和个人资料呈送千叶公主过目。

千叶公主内心的激动，从获悉各分队队长确切身份后就开始了。坚强的心一下变得如此柔软，回到了青春少女的柔情波翻。从年岁上讲，千叶公主应该三十出头，可是十来年的太空飞行岁月，对于任何人来说，衰老的程度只像过去了一两年。千叶公主又恢复到了那个纯真浪漫，朦胧好奇的少女时代，耳边仿佛又听见了黄海汹涌的波涛声。

“支队长将由我亲自担任。”千叶公主说这话的时候，浑身软绵绵的，像在温暖的西班牙白色沙滩上做了半天日光浴，她的声音也温婉柔和如和煦的春风轻轻拂过。

“这，怎么可能。公主殿下万金之躯，不可亲身涉险。”本田一郎不敢相信，当即反对道。此时，他旁边还有几个飞船重要人员，一致地以恭敬而轻柔的声调反对千叶公主亲临阿喜星。据他们看来，那个时间应该是在阿喜星上已经建立了居住安全，物产充裕的基地，以及和阿喜人确立了友好和平的关系之后。

“你们愿意看到在加冕仪式上，千叶公主只是一个无所建树、仅凭家族血脉的遗承，而端居万民景仰高位的天潢贵胄吗。时代更愿意尊崇那些通过个人努力和拼争，得享荣誉的勇者。”

众人还想以加和正夫上校之事来说明什么，千叶公主首先出声阻止他们：“危险，当然，是难免的。能够看到子民们身蹈险境，而我却置身事外吗？我意已决，请诸君成全我。你们再三考虑的无非是安全问题，这不太困难。至于皇位后裔的问题，诸君和我应该想到了最稳妥的办法，以做到万无一失，排除任何后顾之忧。诸君务必将此事保密，除几个贴身侍卫之外，不应再有人知道我就是千叶公主。”

“公主殿下如果执意此行，请允许我随同公主鞍前马后，侍奉左右。”

一个上了年纪，个子不高，干瘦干瘦，但是精神矍铄的男人说。

“你是？哦，是刚解除休眠的。”

“是，公主殿下。鄙人，陆军医学院院长，陆军少将荒山孝郎。”

千叶公主思索了一会儿，又和本田一郎交谈几句后，说：“荒山将军充作太和支队的医官，不会感到委屈吧？”

“那将是我无上的荣幸，公主殿下。”

当第二颗低轨卫星和一颗中轨卫星进入稳定轨道之后，登陆人员也准备就绪。那三队人马分别是：

第一队，莱昂多·穆姆托上校任队长，前瑞典皇家科学院院长丹尼·埃芬博格任文职首席顾问。穆姆托上校，密罗辛中校，罗贝尔上校任支队长。三人分别代表布鲁诺号，恒河号和亚马逊号。三个副队长是索莫斯中校，泰米尔中校，莫宁中校。通讯官阿仆杜拉上尉。

第二队，乔尼·阿莱斯上校任队长，傅立叶·伽罗瓦博士任首席顾问。阿莱斯上校，甘奈·姆贝拉少校，拉耶维奇·聂莫夫中校任支队长。三人代表哥仑比亚号，好望角号和波将金号。三个副队长是曼特中校，约翰逊中校，克里沁中校。通讯官科比奥上尉。

第三队，徐豹上校任队长，鲁克院士任首席顾问。三个支队长分别由徐豹上校，夏雅惠子中校，杰夫·基弗里中校担任。三人分别代表神龙号，太和号和代达罗斯号。三个副队长是陈诚中校，东条巴莫少校，戈培里·戈林曼少校。通讯官谭力少校。

甘奈·姆贝拉少校，对了，他正是好望角号首席黑人科学家姆贝拉教授的儿子，说巧不巧，他之所以能够获得支队长的职务，一半原因恰好是由于他自己坚决的申请和出于对教授的悼念，不过，好望角号飞船主管临行前还是郑重嘱咐了年轻的少校一句话：“你不是为了报仇而去的，和平是你永远的主题。”姆贝拉少校用沉默回答了主管。

比较特殊的是原来在布鲁诺号上服役的密罗辛中校，他因杰出的表现成为南亚诸国联盟飞船上人人心目中的英雄，大家都为南亚有此杰出的英才，为这个泰裔法国人而自豪。此时，有谁更能比密罗辛中校让众人心悦诚服呢，他破例的被推举为恒河号的代表。当然，他所领导的第二支队成员，全部来自恒河号飞船。

三队分别的登陆地点：第一队为赤道以南的大洋中一个条形大陆最北端，标做M点。这个大陆从赤道附近一直伸延到了接近南极。从卫星测量结果来看，它大约五百多万平方公里，岛上多是密密的丛林和同样树木浓密的山地，沿海四周有一些平原，不过面积不大，呈条形，最宽处大约有两百多公里。条形大陆距离加和正夫上校他们首次登陆的大陆，最近处只有两百多公里，西边通过一大陆桥和另一片更为广阔的大陆相连。但是这片更为广阔的大陆，却多干旱的荒漠，而且距离另外两队登陆地点稍远，因此没有列入首选着陆地点。舰队把这块大陆叫做番离岛。第一队具体的溅落地点是番离岛北边突出的一块尖角地带，是一块约几十平方公里的平坦地。那里正是距离北方大陆最近的一个突出点，而且可能有适宜做港口的地方。

第三队登陆点，为第一次登陆地点的西北面六百来公里的地方，标作X点。这里西方和北方是一片五十多万平方公里的无人区，有山地和高原，夹杂着一些面积不大的盆地，和河谷平原。一条融化雪水作为起源的南北向的大河突降而下，穿过这片土地，西面有一片面积约两千平方公里地势平缓的沼泽湿地。这条大河暂时命名为雪河。沼泽湿地的南面是一条东西向的河流，注入雪河。X点南面距离六七百公里即是一个大城市，毕喜国的首都。在这个城市的南面，已经有十二个地球人先行者长眠于斯。

第二队登陆地点是前述两个地点中间偏西方向，即X点的西南方和M点的西北方，标作A点。A点处于和毕喜国属于同一块大陆，且紧紧相邻的一个国度。这里是山地和丘陵相间的地方，背靠大海，隔海相望，几十个大大小小的岛屿分布海洋中。有些岛屿达到了上千平方公里。越过这些岛屿，再往南几百公里，就是番离岛了。

这样，溅落的三个具体地段都是人烟稀少的地方，又同时处于无人区和繁华区交界地带，可进可退。三个地点又都位于方圆八百公里的一个圆上，以便互相策应。

地球的希望和梦想，将在三百六十个勇士的身上，一一展开，实现。地球人没有等待的时间和耐心，命运把这群远离地球的子民推到了悬崖绝壁之上。

克里司令看到太和号名单中夏雅惠子的名字很惊讶，直觉告诉他这是个女人的名字，随后发送到各飞船的相片证实了他的猜测。夏雅惠子看起来很像千叶公主，难道她与千叶公主有什么血缘关系么？他将此疑问告诉希斯。

“将军说的这点的确值得注意，但是难解难猜。太和号飞船人员充裕，完全会有合适的支队长人选，为什么会让一个女人充任支队长呢？这显然是个非凡的女人，才能胜任此职。日本人城府很深，总让人猜不透，从他们的言行举止，很难判断出其内心的真实想法。将军应该知晓一百多年前著名的珍珠港战役吧，事前表面上与美国积极和谈，暗中却安排轰炸，出其不意发动战争。先前本田大将急不可耐要派兵率先登陆，就值得我们注意了。不过，也不能把事情预料得那么糟糕，或者这只是太和号一个普通的安排呢，法兰西不是也有个圣女贞德么。战争，让女人走开，但是，战争，女人却走不开。把基弗里中校分在那一队，就是我们的适当考虑，牵制一下，防患于未然。将军应该相信自己的侄子，那可是绝对忠诚的军人。”

接着，希斯告诉了克里一个更为大胆的惊人计划，这个计划只出现在脑子里。如果，此番登陆再次地全军无功而没，陷入僵局，只有孤注一掷，大量的武器装备，武装人员，直接溅落一个工业发达城市，强行占领，至少在协同作战和夜间作战方面，信息拥有使用方面，地球人占绝对优势，阿喜人的一切行动在卫星的监视下都无所遁形。然后，专制统治，夺取那些现成的工厂，建造发电厂，生产坦克和导弹，最大程度地威慑阿喜星人，让他们不敢再越雷池一步。同时大量生产航天燃料，全面登陆。

“强行进攻一个城市，如果遭到强烈抵抗，或阿喜人至死不降。在我们缺乏重型武器的情况下，也未必能占上风。”克里面无表情。

“将军当然清楚，地球人决不会束手待毙。最后的武器——我们可以有许多选择。”

“是的，作为将领，谁都清楚。如果舰队危在旦夕，为了强行登陆，中子弹，次声波炸弹，将是消灭这个城市所有人口的最好选择。爆炸过两三天之后，地球人就可以进驻这个房屋、工厂、器具，都还基本完好的城市。”

中子弹是以高能中子辐射为主要杀伤因素，且相对减弱冲击波和光辐射效应的，特殊设计的一种千吨当量级小型氢弹，用中子弹来制造一座人亡物在的空城再适合不过了。次声波炸弹则是在爆炸中产 2 ～ 16Hz 高强度声波，使人体器官共振，发生部位位移或器官变形，人体受伤以至死亡。克里一旦流露出此念头来，飞船舱内气温并不低，但是希斯打了一个冷战。

“我们不希望第二次全星球战争，但是命运如果逼迫我们的话，我们不会畏惧，不会退缩。如果再遭不测，我会首先考虑希斯先生的计划。”克里又补充了一句，“现在，我要去听音乐了，希斯先生一同去么，在我个人办公室里。”

“好的，非常乐意接受将军的邀请。”希斯忽然自嘲地一笑，“纯净的音乐能消除心中的罪孽感。”

克里耸耸肩，报以无奈的一撇嘴。他希望各个飞船主管，当然只有主管，提前获悉这一秘密计划，地球人有必胜的信心。希斯考虑之后，同意了克里司令的想法。

第二集

一块黑色峭壁赫然兀立，湛蓝的海水在脚下不停地拍打了上亿万年，千仞绝壁岿然不动。石与水的对立较量，绵延了十多公里才告和缓，接下来是低矮的树林和盐渍地，比较陡直的地方，水流把盐渍地挖出许多条小沟，平缓之处，海水涨潮时变成水淹地，鱼类在其中穿梭。由于仅有巴纳德星的引潮力，故阿喜星上的潮差比较小，整个海洋平静时看起来更像一个无边无际的大湖。

矮树林一直延伸到内陆二三十公里后，被一片火山岩隔断。过后，再往内陆深处，高大浓密的树林代替了低矮的树林。

在这片宽广得不知有多远的树林山地中，与海边绝壁相隔六七十公里之外，也有一道绝壁，屹立在群山之中。绝壁之上，一座棕色城堡矗立在山顶，它外形极像坐落在德国图林根州阿尔卑斯山北部余脉的瓦尔特堡。城堡依山崖而建，五六座两面坡房屋围绕着一高一低两座方堡。中央方堡为高堡，有六层，堡顶飘扬着蓝白两色上下等分的旗帜。东南角方堡为低堡，有两层，扼守着进堡之路。

这块地属于巴拉比王国，在毕喜国的西面。南面便是阿喜星上最大的海洋——中洋，而番离岛在南边遥遥相望。番离岛与北方大陆之间，是中洋最为狭窄的一部分。

第二队登陆飞船在一百一十公里的空中，火箭停止了径向推进，开始按照溅落地点改变推进方向和推进力。进入预定引力范围后，火箭熄火，借助重力加速度，登陆飞船急速下坠，高度不断降低。出了黑障区后，三枚火箭成鼎立式启动了反向推动，以减缓登陆舱下落速度。着陆雷达启用，以判断飞船高度，调整速度和方向。

登陆船长，尼尔·奥尔德林工程师熟练地操作着飞船登陆。奥尔德林工程师是阿莱斯支队的成员。尽管与舰队总部的联系时断时续，但是只要登陆雷达保证显示准确的降落数据，飞船可以自行手动调整姿态。此时，奥尔德一副清闲派头，胸有成竹。

“错误101。警报！”电脑合成声音突然尖叫起来。

突如其来的叫声吓了奥尔德林一跳。奥尔德林不太明白这是什么意思。接着，屏幕上出现一个巨大醒目的红色过载警报。这是执行溢出警报，太多的信息量进入计算机，超过了它的承载量，计算机崩溃了。由于量子计算机研制成功时间不长，目前尚不很稳定，虽然计算量要大得多，却暂时还不敢用于非常重大的场合，以免出现危险，所以登陆飞船仍然使用的是电子计算机。大型登陆飞船太大，人类也是第一次在阿喜星上正式使用。情况生疏，为了谨慎起见，力求准确，连小数需要保留的数位都比往日在地球上时多了两个数量级。因此，登陆需要计算的信息量非常巨大。

突然，那个刺耳的合成声音又响起，它说：“抱歉，搞不明白，关机了。”

奥尔德林顿时目瞪口呆。屏幕上什么也看不见，所有信息，高度、速度、方位，都无从得知。只有手动控制了。如果过早打开大伞，可能会将大伞撕碎，结果是舱毁人亡，而如果打开过迟，则飞船减速过慢，太快的速度也足以将登陆舱撞坏。紧急！紧急！

队长乔尼·阿莱斯上校也察觉了登陆舱的异常，他不敢大声说话，怕引起舱内惊慌骚乱，反而造成不可挽回的灾变。阿莱斯上校身后站满了人，就是转一个身都会碰到别人。上校没有动，他伸出手去，捏住了奥尔德林的手，镇定地问："是计算机问题还是仪器问题？"

奥尔德林突然涌过一阵欣喜，喊道："卡门在哪里？"

卡门是第二队登陆人员中的年轻的计算机天才。他在最后一排，闻言后从拥挤的人群中挪了过来。奥尔德林低声对他说了几句，卡门敲着微型键盘，看着屏幕，用了几秒钟，便判断出了故障。

"别紧张，是电脑问题。执行溢出。只要不再发生就不会有事。你可以当作我们仍处于黑障中。希望在下降到开伞高度之前，它能够恢复正常。"

卡门把正确的解除警报的电脑操作程序写在便条上。然后看着奥尔德林操作登陆舱。此时，舱内的人也察觉了登陆舱的异常，顿时空气中充满了紧张导致的肾上腺素分泌的气味，在登陆舱狭窄封闭的空间中，这股气味扩散得那样快，根本不需要谁的命令。

终于，屏幕上跳动的数据恢复了正常。此时显示登陆舱处于近两万米的高空。随着高度下降，空气密度迅速的增加，登陆反推火箭熄火了。比几十架喷气式飞机一起起飞时还大的音量突然消失了，这种消失没有引起舱内人员的注意，因为在舱内，外面的声音他们很难听到。

"噗！"三面黄色大伞弹出打开，巨大的声音在舱内却一点也听不见。每面大伞都有半个篮球场那么大，在淡蓝的天空中格外抢眼。大伞拉住登陆舱的三个角，阻止它下降速度的加快。透过舷窗，奥尔德林看到了黑色的火山熔岩流地貌，那是融化的火山熔岩流经过的地方，熔岩流冷却以后便形成了扭曲的特殊地貌。中间有一块十多个足球场那么大的开阔地，正是计算机寻找到并设计的着陆地点，虽然地面坚硬，确实是这一带比较平坦的地方。

脚下一震，众人都感到落在了坚实的土地上，登陆舱停下了。底部四十多厘米厚的高压气囊，受到撞击的压力后，通过几十个气孔迅速把空气放了出去，大大减缓了巨型登陆舱冲撞地面的震荡程度。阿莱斯上校长长地吐出憋了许久的气。舱内一百多号人齐声欢呼起来，上校却叫大家必须安静：“请安静，休息十五分钟，适应一下重力环境再出舱。”

这一刻钟把大家都憋坏了。舱门缓缓打开。阿莱斯支队的副队长罗依·曼特中校第一个走出舱门。脾气暴躁，性急的曼特中校在坚硬的岩地上，欣喜地以手拄地连翻两个跟斗，然后，他没能站住，摔倒了，隔着迷彩服，肘部也被搓板似的岩石面擦破了一块。他疼得直龇牙。众人想笑却捂住了嘴。

各种监视和检测仪器打开了，周围环境的情况一一被送入舱内电脑，呈现在屏幕上。又过了一阵子，活动开手脚后，通讯官乔治·科比奥少校带着人首先在岩地上安装卫星天线，他太着急了。

花了不到两个小时，第二队登陆的经历过程，就传到了舰队。舰队的九艘飞船，阿喜星赤道上九颗特殊的同步卫星，这九颗闪闪的星星眨着欣喜的眼睛，望着阿喜星上的同胞。

从第一艘登陆飞船着陆后一个多小时，第一队和第三队也开始登陆。有了阿莱斯上校他们的经验，这两只庞大的，前所未有的登陆舱，安安稳稳的停靠在了预定的位置。

阿莱斯上校所在部队将营地安扎在距离降落地点几百米远的地方。那里土层虽然薄，还是有一些草木，在有一定厚度泥土的地上，打桩安置帐篷比较容易。阿莱斯上校对三个支队作了简单的分工。通讯官科比奥少校只需要将拼装好的锅状天线，从原来搁置的火山熔岩硬石上，挪动几百米再重新定位就可以了。

飞船上资源非常有限，这次登陆再没有使用记忆金属天线，都是一片片花瓣似的天线板，拼接起来就可以得到抛物面天线。瓣状天线虽然有 2.5 米的直径，但是是用特种塑料制作再内加反射涂层，重量不大。年轻的科比奥少校在一起挪动天线时开心而天真地笑着。同在一起干活的曼特中校困于手肘的伤痛，忍不住对干活不够认真而导致天线摇摇晃晃的少校吼叫了两次，直到被阿莱斯上校警告要善待同事，语气平和，曼特中校才强忍着收嘴。

营地西面，一条溪流从火山熔岩上淌过，形成几条小型瀑布，落差最大的一道超过三米高。背后面是山林，一直绵延着，直到远处的那个山顶城堡。营地这里位于海岸绝壁和山中城堡中间，恰好扼住了城堡通向海岸的去路，而营地周围山势十分陡峭。

眼见着清澈的流水哗哗地坠下三四米下方的深潭，着陆的人们都立即想跳入潭水，浇水洗浴，尽情地享受大自然的恩泽。他们一大半人围住深潭上叽里哇啦议论着，多数使用英语，相熟的也有用自己更流利的俄语，法语，或者西班牙语。阿莱斯上校走过去制止了众人的逸乐之心，强调此日之内不得有人下潭游泳，待营地安置完毕，次日方可畅快洗浴。军人们，还有科学家，工程师，以及两个语言学教授，不得不接受这一苛刻的命令，四下分散，投入到营地的建设之中。

比较而言，曾经是房地产商人的鲁道夫·沃尔夫工作轻闲。作为建筑工程师，让他登陆自有刻意安排。每个支队都有十人左右的非军事人员，鲁道夫·沃尔夫先生归属于姆贝拉少校支队，此时该支队的任务是外勤，即负责寻找食物，柴火，周围巡视，警戒。可是沃尔夫先生爱唠叨的脾气在沉默了十年之后一点没变，这个曾经让北美月球基地最高行政长官，莫菲·辛普逊国务卿头疼不已的人物，如今依然叫人头疼。从月球出发时他将地球上遗留的房产一半继承给了儿子，一半捐给了国家，如果这些房产还存在的话。所以他是光溜溜一个人到了阿喜星，打算重新开创他的地产事业。他跑到营地工地那边，对选址，平基，打锲，一直评头论足，说个不停，弄得工程院士布朗博士很是尴尬，他脑子里那些高深的数学公式，此时一点也用不上。

“只是拉帐篷而已，用得着那么挑剔？”布朗博士到一边喝点水的时候，不满的嘀咕。

阿莱斯上校听见了布朗的发泄，他放下手头活计，来到建帐篷的地点。

“我捐出去的大厦，有约翰内斯堡的，巴黎的，洛杉矶的，每幢楼都有无比坚实的基础。”沃尔夫先生还在那里比手画脚。

“美国人没受你半点好处，干吗对着我们叫功。你应该滚到棺材里去叫嚷，相信你的坟墓修得比谁都坚实，好好地在那里待着吧。有好货先替自己留着，商人们都这样。”

一个校官十分不满嘲骂。他的嘲骂声引起了干活的人一阵哄笑和嘘声。阿莱斯支队要在天黑之前搭起六个帐篷，活可不轻。看看日头，已经到正午了。有了沃尔夫时而头脑敏锐，时而神志不清的插科打诨，干活都变得轻松许多。

“咦，咦咦。”沃尔夫跳到那个军校跟前，扬着手比画，手指上四枚硕大的金戒指十分显眼，这些金戒指让他的手指都合不拢了，嵌着的名钻更是夺目，衣着也全是名牌货，一点都不含糊，大概从地球上临走时，沃尔夫把家当都带在身上了，又从月球带上了太空，而且居然让检查的人疏忽了。飞船上的人都穿着迷彩服，但是允许个人携带一两件衣服，而沃尔夫一着陆的第一件事情，居然就是换上了自己的名牌休闲服。

“众志成城，众口一词，众人拾柴火焰高，众什么，反正就是哪个意思。分什么美国南非中非。众星捧月。对了，大众的幸福就是个人的幸福。”此刻，鲁道夫·沃尔夫先生急得有些迷糊了，他抠着脑袋想找一个贴切的词语，模样十分滑稽，可是费尽心思也没能如愿。

“姆贝拉少校安排你干什么活？”阿莱斯上校走近沃尔夫，以两米多的身高居高临下盯着他问。

“捡柴，干柴，湿柴，能烧的柴，不是木材。不是建筑用的高大冷杉，也不是做家具的巴西红木，当然更不是美国的红巨杉，那我可弄不动。”

“那你完成了吗？”

“完成了。”

“完成了？”阿莱斯沉着地问。

“尊敬的上校，姆贝拉少校并未规定具体的柴火数目。因此，在我认为完成的时候就完成了，这是对国家荣誉爵士的奖赏。”

沃尔夫的夹缠不清有点叫阿莱斯上校应付不来。好望角号竟然疏忽让一个迹近半疯癫的人登陆。上校忽然想起月球上的遭遇，那次他好好地让沃尔夫先生安静了一些日子。这次究竟是谁的疏忽，还是故意开的一个玩笑。

“现在，我们急需建造一间坚实的禁闭室，沃尔夫先生是否愿意代劳呢？”

“禁闭室？谁用？”沃尔夫一朝被蛇咬，十年怕井绳。

“你呀。木匠戴枷。最好请我们著名的建筑师自己设计修建，要造得越牢越好。”

“不，不要。”沃尔夫害怕的摇着手，刮得很净，面皮已有点松弛的脸上露出祈求神色，看来他对月球上的禁闭室还心存余悸，“我是遵规守纪的。你不能滥用职权。”

“那好，该干什么就干什么去，别打扰人。那边溪流淙淙，景色迷人。”阿莱斯用言语把沃尔夫的眼光引向远处。

如果不是怕脚被尖石戳破，沃尔夫真想扔掉了鞋子在山沟里走。他沿着溪流一直往山中深处走去，忘记了距离和时间。有时候，沃尔夫先生还会哼起歌来。一根棍子在手中甩着圈，打着节拍。走到一个水潭时，随着唧唧两声清脆的鸟叫，有只麻褐色的鸟从草丛中跃起，高高的越过树林飞远了。

嘘。沃尔夫先生手指按在唇上，叫人安静。他躬着腰，蹑手蹑脚，身体一纵一纵地走到了潭边。潭水荡漾着醉人的浅绿，最深处可能没过头顶。

“呀呀，好一潭清凉的水。”沃尔夫一时兴起，忘记了上校的戒令，他坐在一块光洁的大石上脱掉鞋子。金戒指的反光晃过他的眼。

“嗨呀，这些廉价的耀眼之物，可是仍旧是那样的可爱。”

沃尔夫嚷道。戒指中有一枚是他结婚时戴上的，过去二十多年了，由于地球人使用原子反应釜合成黄金成功，黄金变得和珍珠一样便宜，但是沃尔夫一直戴着这枚戒指，舍不得取下。

他慢慢脱掉衣服，只剩下一条短裤衩，临下水时，端详着手指，他又返了回来，取下三枚戒指放在衣服堆上，只留下那枚嵌有名钻的婚戒。水漾开了，沃尔夫一步一摆臀，慢慢地走进了水潭深处。

两个身影鬼魅一般从深草和灌木丛中溜出来，悄悄地靠近衣服堆，像是两堆移动着的草丛。

那两个身影一下显了形，他们身披着的由树叶和草编织成的绿色伪装服敞开了。瘦小的身材，獴一样的尖嘴，棕黑的皮肤，正是阿喜人。两人抓起了三枚戒指，惊喜地尖叫起来。

“嗨，你们干什么？”沃尔夫听见声音，立即摇摆着身体走上岸来。

两个阿喜人闻声便跑，身体异常敏捷，一边还摔掉了碍手碍脚的草叶伪装。

“站住，该死的强盗。着急往地狱跑吗。”沃尔夫挥舞着手骂道，只穿了裤衩，追了上去。

瞥见他挥着的手，两个阿喜人居然折了回来，一前一后抓住沃尔夫。他们只有沃尔夫肩膀一样高，力气却不小。

“土匪。你们要干什么？”高大的沃尔夫先生挣扎着，一时间里，两个矮小得多的阿喜人还无法制服他。

“##**%%￥￥。”

沃尔夫当然听不懂阿喜人说的啥话。

一个阿喜人吊着沃尔夫的手臂示意他放下来。沃尔夫还指望着招手和大叫能让营地的人发现呢。阿喜人开始拉他左手中指上仅存的一枚戒指，沃尔夫挣扎着使他们难以如愿。

“啊！”沃尔夫突然一声凄厉的惨叫。一个阿喜人掏出一柄宽叶短刀，狠狠地戳在沃尔夫的中指上，此时他捏着沃尔夫的指头，想把它割断。就在沃尔夫疼痛难当之际，阿喜人趁机扳倒了他。他们将他按倒在地，又一刀，接连不断的惨叫声，白森森的骨头露出来了，血也喷涌而出。

两个阿喜人并不理睬狂叫着的沃尔夫先生，回身到水潭里洗了洗，取出断指扔掉，欣赏着这枚造型漂亮的戒指。沃尔夫在地上打了几个滚后翻身起来，疯狂地扑向仇人。两个阿喜人灵活地躲开了。他们竟然没有杀他，而是迅速地逃走，很快的，他们没入了山林之中。

第三集

第三队登陆地点在毕喜国国都的西北方，称作 X 点。这里纬度比阿莱斯上校的第二队登陆地点 A 点还高，然而从阿喜星自转来讲，正适合航天器的起飞和降落。

徐豹上校的眼睛从离开太空穿梭机，登上登陆飞船起，就像被粘住了似的，紧紧贴在支队长夏雅惠子身上。

“郑莹!?”他轻轻的念道，心中涌起一股激动的柔情。

夏雅惠子中校但舒玉手，礼貌地握住了徐豹宽厚有力的手掌，朱唇微启，吹气如兰，吐出几句落珠溅玉之声。

“上校你好，我的日本名字叫夏雅惠子。”

“哦，真没想到。我看过支队队长个人资料，当时，我以为眼睛看错了。”徐豹紧张得喘不过气来，左侧脸上的肌肉微微抖着。谁能想到，夏雅惠子，就是他心里多年来念念不忘的郑莹。

“上校还好吧。如今，我们又是战友了。”夏雅惠子脸微微发热了，眼睛望着下面。

徐豹这才知道他还握着夏雅惠子的手没放呢。他们恰好挡住了舱们入口，这里地方本来就非常的窄。他狠狠地命令自己：“冷静，冷静。”

登陆飞船着陆过程中，徐豹和夏雅惠子之间只隔着一个位置，操纵登陆飞船的临时船长位于其中。徐豹克制着内心的波涛汹涌，静静的和船长交流一些着陆的问题。一旁闲着的杰夫·基弗里中校却把眼睛往右边瞟了一万次，他坐在徐豹的左边。

X点着陆点已经在眼前。缓冲气袋噗噗向外喷着气，又一分队安全着陆了。

具体着落地点是一片沼泽旁的高地。更北方是山地，森林，高原，高原草原，人烟非常稀少，临近雪线及以上完全无人居住。卫星照片已经告诉了分队这些情况。一条大河，雪河，在这里绕了几个弯后向南流去，穿过毕喜国全境直入南边大海——中洋。

东面是大河阻挡，后面是山林，雪山高原，无人居住，西边是几千平方公里的沼泽，大型动物难以顺利穿过全境，只有南面直对毕喜国。这里也属于毕喜国国境内，只是地球人无从知道。雪河两侧山峦夹峙，中间低平宽阔的丘陵延伸出去，一直通达毕喜大平原。一条河流横亘于X点南面，最窄处宽仅约十多米，向东注入雪河。河的对面是广阔无垠的草原。

好一个天然险阻，一切来犯之敌都不能轻而易举的进行突袭。

“‘山林，险阻，沮泽，凡难行之道者，为泛地。’哈哈！”安排好了各个支队的任务后，三个支队长对营地四周做一个整体的大概的巡视。徐豹巡视过四周环境后，赞叹不已，忘情之下用汉语念出古兵书中一段，“真是表里山河，天然险隘，‘隘形者，我先居之，必盈之以待敌。’好，地形太好了，简直可以建立一个长久的山寨营地。天然之势，无可比拟。”

“他在说些什么？”基弗里中校听不懂汉语，不解地问夏雅惠子中校。他总是找一切机会与夏雅惠子说上话。

“上校在背诵他们的武圣之书。”夏雅惠子在几个国家留过学，通晓汉语，英语，法语。她拿起望远镜碰碰徐豹的手臂提醒，用她的母语日语说，“基弗里君在向你提问呢？”

徐豹是经聂风霜少将提议，四人委员会批准，在登陆之前晋升为上校军衔的，这样做也是为了和另外两个分队长阿莱斯上校，穆姆托上校统一等衔。徐豹同样听不懂夏雅惠子用日语在说些什么，但是他知道郑莹——即面前的夏雅惠子中校，是能够说汉语的。他也明白夏雅惠子用开玩笑的方式提醒他要使用英语，她亲昵的举动更叫徐豹心头涌过一阵暖流。

徐豹感激而温馨的一笑，他大声对基弗里中校用英语说道：“对不起。我是说，这里安营扎寨，足以长久的据守。”

“这样说来，徐豹上校是打算做山匪啦。占山为王，得过且过。”基弗里中校悻悻地回了一句。他对于刚才徐豹和夏雅惠子的对话，无论汉语还是日语，都听不明白，以为他们用自己听不懂的语言嘲笑自己。夏雅惠子对徐豹的亲昵劲更让他妒火中烧。不等徐豹回话，他独自超过两人走到前面去，快步回向营地。

“哦，你开罪了他了。”

“是基弗里中校自己多疑了。”徐豹回道。

“中校似乎把你当成了敌人。”

“敌人?！为什么？你是说——唔，我不太明白。”

夏雅惠子中校嫣然一笑，举起手，手指捻着做了一个奇怪的动作。徐豹还没有看懂，她已经低头往前走了。

“基弗里中校原来军衔和我齐平，又有伯父克里司令作强大的后盾，竟然屈尊在我手下任支队长，难道就是竟因此心怀嫉恨吗？‘怨在不舍小过，患在不预定谋，……轻上生罪，侮下无亲。’我该怎样怎样去调和这些矛盾呢？”

一思索间，夏雅惠子走得远了。

“哎，等一等。”徐豹叫道。直觉告诉徐豹，夏雅惠子中校会毫无保留地站在自己一边。

“徐豹君在后面想什么呢？”夏雅惠子听到呼叫，停下来回头问。

礼貌的语气顿时令徐豹有些气短，鼓起勇气溜到嘴边的话柄哽了回去。“嗯，夏雅惠子中校是否因为战争而中途结束了留学学业呢？”

“原来你问这个。我已经毕业了。游艇遇险，就是毕业后想放松一下，出海游玩时发生意外的。”

“啊，庆幸。我的运气就差一点。结束学士论文答辩后，正在读硕士学位，没机会了，战争结束了象牙塔生涯。”

夏雅惠子柔和温情的目光扫过徐豹脸庞。明亮的阳光下，她日本女人特有的温婉白皙的秀丽小脸清晰而真切。徐豹看得有些发呆。

“那，夏雅惠子小姐不辞而别，又是何故。”他忽然问道，话一出口就觉得自己很唐突，心里怦怦地剧跳不已，但是徐豹庆幸自己终于大着胆子说出憋了好久的疑问。

像天降万丈狂涛，猛然撞在胸上，而且不断地撞击着。一瞬间，夏夏惠子脸上经历了几种微妙的变化。徐豹看到的却是夏雅惠子忧郁的侧面。她把嘴唇咬出了一个青白的牙印。

“今天不说这个好吗？我们离得基弗里中校已经很远了。巡视也该结束了，回营吧。”

夏雅惠子十分艰难的吐完这段话，头也不回往前走。

嗨！一声高喊，似乎还有呼的声音。前面，基弗里中校身形飙动，甩手一镖，扎中了从深草丛中跳出来的一只个头和外形都很像松鼠的长耳动物。它带着钢镖又冲出去几米远，才栽倒在地。钢镖插得很深，可见手力之雄。长耳鼠褐色的毛上，有一块地方因血的浸染变得颜色更深了。

“呀！中校真是棒极了。”夏雅惠子称赞道，拍了几下手。徐豹也由衷的佩服。

基弗里走过去捡起长耳鼠，拔出飞镖在鼠毛上擦拭干净，插在腰际。他拎高了长耳鼠，炫耀似的摇晃着，估量着它的大小重量。然后，中校垂下了手臂。此时，他琥珀色的眼睛像黄昏时的巴纳德星，发出柔和的光辉。

“这是献给夏雅惠子中校的晚餐。惠子中校接受吗？”

“敢不受命。”

“这片草地里，还有中校的用武之地。基弗里中校何不再展示一下镖技，让我们再开开眼呢？”徐豹笑着道。

“可是这里草不太深。这种长耳鼠恐怕不会有太多。我想，河的对岸，那广袤的草原上，可就多了去。”基弗里放下了长耳鼠，摸出两只镖在手里掂着，一边偏着头问徐豹，“上校，何不也试试手气，我替你把长耳鼠找到，赶出来。”

“呵。这个，飞镖，我伺候不了。”

“上校真的好谦虚，我知道你们是不喜欢率直的。但是要知道，这飞镖可是你们的传统啊。在苏格兰，我还跟着一个中国师傅练过手法和眼力呢。”

“飞镖是冷兵器时代的武器吧。徐豹上校是国际军人大赛的探花，有什么武器不会弄呢？”夏雅惠子心情突然格外好，满含深意的说。

这一军将得好，徐豹再也无路可退，只得硬着头皮道：“给我一支，我试试。”

基弗里中校的飞镖和微笑同时递了出来。

第四集

莱昂多·穆姆托上校所率第一分队在平缓迷人的白色沙滩上降落。各类热带树木点缀在海滩边缘，越往内陆，林木越是密集，遮天蔽日。高大的草本植物伸展出巨大的叶片，足有两米来高，中间的草本茎上挂着几个橄榄一般深绿色的果实，个别的已经变黄了。海水荡漾，波光粼粼，景色怡人，这里的风光使人感到简直就是在夏威夷的海边度假。

呼吸着似乎带有咸味的潮湿空气，浑身被一种生命的活力充满，忍不住会吙吙的叫上几声，表达心中的舒畅，这种舒畅是长期被压抑后突然放开束缚心理的尽情倾泻。宽阔辽远的空间，自然秀丽的美景，清新湿润的空气，无一不透露着生命的自由与活力。

“上校在看什么？”支队长密罗辛中校安排交代完支队任务，忙里偷闲向穆姆托上校这边走来。穆姆托上校此时站在一段土坡上，望远镜挂在胸前，正看着前方出神。

“美不胜收的美景，主赐给的礼物。”

“是啊，感谢上帝，脚踏实地的感觉真实而美妙。”

“安拉是唯一的真主。”

密罗辛中校一时里摸不着头脑，稍后他明白了穆姆托上校的信仰，其实他早就察觉到了的。他有点尴尬。“真对不起，唐突地冒犯了上校的信仰。”

穆姆托嘴角奇怪地向一边扯了扯，似笑非笑。他用这种平静的方式表示事情已经过去。“我们的友谊是超越信仰的。”他伸出手向密罗辛示好。

“为什么上校从来没有在飞船上明确表达过信仰呢？”密罗辛握住穆姆托的手问。

穆姆托沉默不语，密罗辛立即感到自己又犯了一个错误。

“凡为势所迫非出自愿，且不过分的人，虽吃禁物，毫无罪过，因为真主确是至赦的，的确是至慈的。”穆姆托念出了麦地那的黄牛章中一句。不管是不是言不达意，毕竟也算对密罗辛中校的回答，只是中校能否正确理解其中的含意那还真难说。

负责营地建设的另一个支队长罗贝尔上校也过来了。

“这里环境不错，营地选址就在这儿吗？”罗贝尔上校问，如果穆姆托队长同意，他便要开始吩咐手下建营地了。

“再向内陆伸进五公里。”

“抬着这么多设备走五公里？军士们会很辛苦的。”罗贝尔心中叫苦不迭，不由得发问道，“而且，隔得那么远，我们怎么照管登陆舱这个庞然大物呢？”

“登陆舱不需要照管。在海边，我们无法断定会遭遇海上多大的飓风，帐篷可抵挡不住飓风，甚至营地也容易成为海上舰队搜索和攻击的目标。上校，我们不是来旅游的，怕什么艰苦。这里距离北方大陆只有两百多公里，可以肯定对面有巡逻船只在海上游弋，那是我们现在的敌国。借着他们初胜的荣耀之心，一旦发现我们，他们会毫不犹豫地来进攻，妄图再续辉煌。战争不是我们的目的，虽然我们并不惧怕战争。”

“可是我们也不是懦夫，军人就是为战斗而生的。勇敢战斗是军人的天职，干吗要躲着北边。”罗贝尔上校的口气比分队司令更咄咄逼人。

“遵守条令才是军人的天职。”穆姆托上校的原意本是说舰队总部的秘令如此，在罗贝尔上校听来，却是穆姆托上校借分队司令的职位，强迫他执行命令。他不再争辩，以手触额，向穆姆托行了一个标准的军礼。

留下了五人负责用树枝野草伪装登陆舱，其余的人拾掇好装备，携短扛长朝丛林里行进。行走不到一公里后，树林越来越稠密，路，是从落在地上厚厚的一层叶子上踩出来的，不时有一两支灌木枝条挂住衣裤。长袖迷彩服尽管是透气的极好面料，众人还是大汗淋漓。尤其是罗贝尔支队，边走边把讥诮的话彼此之间悄悄地传播，发泄着不满。

穆姆托上校走在最前面，这些不满不敬的话语也飘进了他的耳朵，然而他却装着不闻不知。“你们当服从真主及其使者，你们不要纷争，否则，你们必定胆怯，你们的实力必定消失；你们应当坚忍，真主确是同坚忍者同在的。”默念着这些章句，穆姆托上校平静了许多，两腮及颌下的胡茬已显浓黑，他等着它们长出来成一片呢。在土坡上时，上校并不是在观风望景，他已经观察过周围地形，选择好了营地地址。

相比之下，罗贝尔上校却有些着急，因为他的支队在涌动着一种不满的情绪。他感觉自己的支队就像一只众星云集的南美足球队，谁也不服谁。束下不严，管辖无方，罗贝尔上校才不愿意被穆姆托上校如此容易找到理由来看轻嘲笑的。他跑前跑后，厉声相斥，出了一大身汗，才勉强把军人们的怨气压下去。支队里人人收敛起个人意气，使他们看起来像是军纪严明，步调一致的队伍。

“上校辛苦奔忙，真是认真啊。”密罗辛中校在前面看到罗贝尔前后往返，善意的慰问。

罗贝尔一脸苦相，他赶上密罗辛，悄悄地说：“没办法。上校司令好像很压抑似的，叫人猜不透心思。难道对营地地址，上校已经胸有成竹了。”

“海边的确有许多危险。本世纪初，印度洋海啸瞬间就夺去了二十多万人的生命。当时，十多米高的浪头直扑海岸，冲过海堤，卷走一切，淹没房屋和街道。”

“中校说的真像身临其景，大概还在海啸中潜过水吧。”

“别取笑，那时候我离出世都还早着呢。可是我外祖父遇难了。”密罗辛没有说的是，在那场灾难中，他法裔父亲和泰裔母亲相识了，并迅速结合了，最后，就有了混血儿的他。

“我本来希望能在阿莱斯上校那一队的。”罗贝尔上校说。自从阿莱斯上校和聂莫夫中校亲身涉险平息了亚马逊号飞船上的叛乱后，罗贝尔上校心存感戴与敬慕，和阿莱斯上校成了莫逆之交。

“可是这不是由我们来决定的。穆姆托上校忠厚坚强，百折不挠，会是很好的朋友。”密罗辛真诚地说，他脸上最多的表情是微笑，不断的，不知疲倦的微笑。

“这么说，密罗辛中校和穆姆托上校已经是很好的朋友了。”

完全可以这么说，密罗辛心里道，话一出口却变成：“同处一队，与人为善嘛。未知的命运难道还不能使我们紧密团结么？”

罗贝尔有些扫兴，回到了后面自己的支队。

终于到了穆姆托心中认定的地方。这里比海边高出了大约三十多米。大树参天，藤萝盘缠，植物丰盛，也的确比较隐蔽，几棵高达五十米以上的大树，可以做天然的瞭望楼。以已经知道的阿喜人的科技水平而言，这里应该是一个安全的地方，海上是无法直接看到这儿的。

“再往陆地纵深五公里，罗贝尔上校和我一起到前面去巡视好吗？”穆姆托发出友好的邀请。

“拉帐篷建营地的事多着呢。”罗贝尔回绝道。

“只要吩咐下去就可以了，还有副队长莫宁中校呢。我支队的事都交给索莫斯中校了。”穆姆托上校坚持着，“走吧，上校。初到密林，就像探险一样，上校可别是有些怯意吧，呵呵。”

听着穆姆托上校半嘲半笑的话，这次，罗贝尔上校真的不好意思再拒绝，只好带上望远镜，跟着穆姆托上校一路去巡察。队中首席顾问丹尼·埃芬博格院长看着两人离去，他自从登陆以来从来不对穆姆托上校建议或要求什么，仿佛他只是一个无关紧要的执行者。

既然这样，除了罗贝尔上校以外，没有人再会对穆姆托阻碍什么，所以穆姆托上校故意要罗贝尔上校跟在自己身边。两人拨开挡在面前的枯枝，荆棘，艰难的在丛林里行走，都后悔没有带上一把砍刀来，军用匕首太短了。他们几乎同时说出这句话来。两人相对思索了一会儿，才想起登陆的装备中没有砍刀这个项目。过于先进的文明丢掉了许多传统实用的器具。

穆姆托上校要罗贝尔上校跟在他后面，罗贝尔不服气地说，“上校是要把我当作柔弱的女子么。”说完，加快两步，窜到了穆姆托前面。

行进的速度依然比较慢。罗贝尔抓住一根伸到了眼前的灌木枝条，轻轻地折断了它，他一脚跨了出去，谁知脚下一松，地面发出一阵枝丫断裂的噼吧声，竟然陷落了下去。罗贝尔身体也随着向下倒去。

说时迟，那时快，两三步之遥的穆姆托上校疾跨一步，猿臂骤舒，五指猛拽，竟然拉住了罗贝尔的上装，啪，啪，迷彩服上两颗纽扣猛然绷脱，罗贝尔上校的下落之势却止住了。他借力往后一窜，脱离了险境。

陷坑四周的枯枝新丫还在唰唰地望坑里掉，削尖的树桩穿破枝叶泥土掩层露了出来，狰狞的仰指着上方。

“好险。”罗贝尔用这句话来表示对穆姆托上校的感激。

“这是一个典型的人为陷阱，说明阿喜人在附近不远。”穆姆托取下挎在肩上的激光枪。

罗贝尔的激光枪已经摔到一旁去了，他走过去拾起来，检查了枪的情况。他的眼睛迅速地朝四周敏锐搜索。

“敌暗我明，再深入危险很大，我们撤吧。”穆姆托突然想到了海滩边的登陆舱，心中一惊。

沿着留下了痕迹的来路，穆姆托和罗贝尔迅速后撤，凭着超人的记忆，穆姆托知道，转过前面那株气根群生，爬满藤蔓的参天大树，就能看到待建营地的那片树木较少的空旷地了。

“噢嚯，嘻嘻！”

突然，穆姆托和对面迎面而来的两个阿喜人打了个照面。

他们相隔十来米远，阿喜人吓得直叫，大概是吓傻了，却不逃跑。对方没有突袭的征兆，穆姆托端起激光枪瞄准的手也慢慢放下了，他已经看清楚，两个矮小的阿喜人，长着獴一样的脑袋，他们真像俾格曼人的兄弟——现在，地球人已经知道阿喜人长什么样了——他们手无寸铁，一脸惊恐，浑身哆嗦，像獴一样的尖嘴里吐出穆姆托他们听不明白的音节，好似地球人猛然吃进极热的东西烫了嘴一样，舌头乱转着。

罗贝尔上校乐了。眼前两个阿喜人最多能及他的肩膀。他们是那样胆怯弱小而滑稽可爱，他不得不哈哈笑了。两个阿喜人迅速逃走。

第七章 火山堡之战

第一集

第二队即阿莱斯分队的降落地点 A 点，犹如一个硬汉，线条粗犷，岩地坚硬，山岭险峻，森林稠密。火山熔岩地貌和山地丛林黑绿相衬，再加上不远处的蓝色海洋，对比鲜明，引人称奇。

支队长拉耶维奇·聂莫夫中校迫不及待地催促着部下，马不停蹄的设置安装各种通信设施，这是聂莫夫支队目前最主要的任务。姆贝拉支队那边传来的哄笑声对这儿没有半点影响。聂莫夫中校俄罗斯大熊般的身躯走到哪里就是一种压力，不言而厉，不怒而威。

聂莫夫中校有一个爱好，这个爱好综合在音乐和绘画艺术中，体现着他对贵族生活品质的追求。他总是随身携带着温特哈尔特所作的油画《里姆斯基·科萨科夫夫人》，当然那是油画的缩小复制品，像六英寸照片般大小。聂莫夫中校常常独自凝神静看，沉醉于画上那贵妇人的高贵纯洁，典雅气质中。精美的相框其实是一架

MP3 播放器，插入耳塞，便能欣赏到堪称俄国乐派典范的里姆斯基·科萨科夫的音乐作品，里面还保存着好几位俄罗斯古典派大师的很多作品。这种深深的爱好伴随着他度过了许多寂寞的时光。

瓣形天线一瓣瓣的严丝无缝的拼接起来，逐渐呈现出光滑整齐的抛物面外观，白色塑钢支架和白色塑料拼板在阳光下格外刺眼，看着它们，聂莫夫中校偶尔会露出欣快的微笑。塑料反射板上涂着金属反射层，通过仔细调整，锌白色天线中轴指向了近四万公里高处的太空飞船，那正是九颗阿喜星同步卫星，两百多公里高处的低轨卫星信号通过飞船同步中转，一一传送到地面。太空舰队和登陆营地之间建立起了良好的通讯联系。

“哔，哔哔。”蓝色警报灯亮了，急促的警报声敲击着通讯值勤官乔治·科比奥少校的听觉神经。刚搭起的简易帐篷内，只有两个人，科比奥少校检查了警示数据，拨通了阿莱斯上校的步话机。

“报告上校，02119 发生意外情况。”

阿莱斯上校其实就在一百步之遥。大型帐篷已经完成了两顶，今天之内，估计能够完成全部六顶帐篷的装设，上校感到满意。

DNA 软屏计算机摆在了上校的面前。输入编号一查，原来编号 02119 的人是鲁道夫·沃尔夫先生。02 是分队编号，119 是沃尔夫个人编号。

“沃尔夫先生距离这里多远？”上校侧着身子，问通讯官科比奥少校。

“大约两千六百米，正在移动。距离越来越远。方向是北偏西 15 度。我们正在结合卫星照片判断测试他的具体地点。”

“在移动？嗬，那说明沃尔夫没事呀。哦，是不是这头非洲大猩猩又在调皮，玩什么花样了。”阿莱斯上校对沃尔夫非常头疼。

“卫星定位跟踪器内侧有个非常灵敏的红外检测器，它不离开人体，是不会发出警报的。”科比奥少校提醒阿莱斯。

“难道沃尔夫先生不会取下指环跟踪器，折根树枝高高挑着，手舞足蹈，庆祝他在山里大厦的奠基仪式。或者，对了，可能就是这样，沃尔夫跳进了水里，正在那里瞎扑腾，水花四溅。”阿莱斯尽量把沃尔夫的处境想象得滑稽有趣，通讯官科比奥少校不由得也笑了。

“只要卫星跟踪器不从手指上取下来，就不会发出警报。所以，即使在水中，跟踪器也是处于安全无警报状态的。”

“啊。”阿莱斯站起来走了两步，“我明白了。大概沃尔夫先生觉得戒指脏了，就取下来在水潭里。还说不定，一不小心，掉水里了。”

“我也愿意有这样乐观的结局。瞧，上校，持有戒指正在往山里走，而且肯定没有戴在手指上，越来越远了，速度，似乎并不慢。前面山中有一座城堡，卫星照片上校是看过的。但是沃尔夫不该有明确的方向啊。难道沃尔夫先生竟然想直接进入城堡去？观察城堡的建筑结构。哦，城堡内有阿喜人活动的，太危险了。”科比奥少校仔细看了显示屏上的图像数据后说。疑点越来越多了。

“嗯，依沃尔夫的体质而言，难以有这么快的速度。这倒值得注意。”阿莱斯接通了支队长甘奈·姆贝拉少校的卫星电话，让他立即派两个人沿北偏西15度方向追回鲁道夫·沃尔夫。

二十分钟后，西北方向响起了两声枪声，在空荡荡的山里回映得很远。枪声？阿莱斯上校心中一惊，难道派出去接应的人与对方接上火了。阿莱斯上校立即问讯姆贝拉少校，后者也不知道发生了什么事情，少校赶紧往通讯帐篷里来。

没有再响枪声，但是阿莱斯上校他们也只能看到，屏幕上，两个军尉的卫星定位跟踪器显示点与02119的显示点比较接近，除此以外，别无信息。

出去追赶沃尔夫的军尉是没有卫星电话的，只有通讯距离在开阔地能达一千五百米的对讲器。而卫星电话这种长距离通讯器，只有三个支队长和队里首席文职顾问，来自美国航天局的技术主任傅立叶·伽罗瓦博士才配备，每个分队里只有四部。枪声响过之后，02119号卫星定位跟踪器在屏幕上显示移动更快了，向山里更深处，即火山城堡的方向挪去。

现在，可以确定，沃尔夫先生身遇险难了。姆贝拉少校非常担心派出的部下安危，要求增派人手前去，被阿莱斯上校挡住了。

“在不明情况之前，我们更要守住营地。少校不必太担心，瞧，跟踪器的亮点在往回走呢。还是两个，没有少。”

接到阿莱斯分队的要求后，舰队发出指令，低轨侦察卫星将摄像机的镜头移了过来，专注重点搜寻这一带。恰好卫星正要掠过这一区域。不久，一张张照片传送了过来。

“那里有一座棕色城堡，四周是悬崖绝壁，只有一条路可以进去。”伽罗瓦博士接到请求，也赶过来帮助，所幸卫星通信能正常工作了，屏幕上图像稳定。看到第十二张照片时，伽罗瓦博士用手指划着说。

“他们是从城堡里出来的。”阿莱斯指着另一个小一点的屏幕，“看看，卫星跟踪器的亮点移动轨迹表明他们正在向城堡撤退。由此看来，阿喜人似乎，没有在我们派出去的人面前占得便宜，否则，他们该进而不是退。但是，哎，上帝保佑沃尔夫先生吧。”

在场的几个队中首脑都认为阿莱斯的判断是正确的。姆贝拉少校不禁对自己的紧张和幼稚感到羞愧，但是更为自己队里的沃尔夫担心，他在心里企盼着副队长劳里·约翰逊中校能够及时地再派人出去接应。

尽管阿莱斯上校此刻是坐着的，姆贝拉还是感到了上校的高挑身材的压力，上校狭长的脸就像一个金刚石钻头，什么秘密及困难的坚硬土地都能钻透，探个究竟。姆贝拉少校年少气盛，唯一对阿莱斯上校存有敬畏之心，心里顾念着队员，却没再动。

又等待了一会儿，营地中一阵骚动，两个追赶沃尔夫先生的军尉回来了，他们还带回了沃尔夫。沃尔夫一脸的沮丧和痛苦，满身血迹斑斑，他左手中指没了。卫星定位跟踪器——外表镀金十分逼真的指环，当然也不见了，在沃尔夫取下三枚指环下水时，其中就有一颗是跟踪器指环。

“阿喜猴子——阿喜人向我们开枪，我们也还击了，他们其中的一人受了伤，他们跑得太快了，而且方向明确，并不惊慌，因此我们怀疑前方有埋伏，便没有追击。回来的路上碰上了沃尔夫先生。”军尉中口齿伶俐的一个向姆贝拉少校汇报。

很快，营地里很多人都围了过来。

“有埋伏，肯定的，他们有很多人接应。”队医开始给沃尔夫包扎，沃尔夫有气无力地说，“这群土匪，他们抢我戒指的时候，手中并没有枪。”

“强盗！十恶不赦的强盗，该下十次地狱的强盗。”姆贝拉少校愤怒地咒骂着，他一定想到了遇难的父亲姆贝拉教授，和蔼风趣的教授，心中的仇恨突然猛升起来。

“他们，抢走了全部金戒指，该烧死他们，烧死他们。”沃尔夫突然亢奋起来，挥舞着拳头。米色短袖衬衫上血迹斑斑，再昂贵的名牌货此刻也与普通衬衫没有什么区别，沃尔夫先生往日的高傲和优雅在落难的时刻难以保持了。

这么蹦了一下后，沃尔夫几乎瘫软下去了。姆贝拉队中两个军尉连忙扶他坐好，又慢慢躺下，好接受队医治疗。

“沃尔夫先生少安毋躁，作恶者一定回付出代价的。”阿莱斯上校安慰好沃尔夫，背地吩咐医生给他注射了镇静剂，接着叫人送沃尔夫进安置好了的帐篷里去。伤者需要安静，营地需要平静。

躁动的营地终于平静下来。虽然人们还激动难宁，但是都分头去干自己的活了。

“他们会是些什么人呢？”阿莱斯像是问自己，又像是问伽罗瓦博士。他又表扬了两名接应沃尔夫回来的军士，没有冒失的追击敌人是正确的。

“瞧，有几个黑点进了城堡。喔，卫星过去了。”科比奥少校说道。站在门口的聂莫夫中校闻言，也走过来聚在通讯显示屏前，观察着卫星刚才搜索到的地面场景，0.2米分辨率的镜头的确不同凡响，中校眼尖地瞧出了一点细微之处。

不久，卫星定位跟踪器的亮点也停止了移动，几乎在一个不大的地方转悠。

“那两个抢劫的山匪是城堡里的人，他们进城堡了。”伽罗瓦博士联想丰富，一下为抢匪确定了性质和来历。

“他们，可能真的是一群土匪。”聂莫夫中校将自己观察到的情况做了分析和想象。

中校的见解得到了阿莱斯上校的首肯。

“今天晚上，营地必须具有稳当的安全保障。最好是所有的摄像监视仪和红外线探测器都能全部安装好，由聂莫夫中校负责。姆贝拉少校在安装好全部帐篷之后，可以再为营地要害处设置一些障碍。”

聂莫夫中校和姆贝拉少校领命而去。阿莱斯上校，伽罗瓦博士，通讯官科比奥少校，三人继续在OLED屏幕前分析卫星所拍摄到的地面情况，不久，他们又有了新的发现。

“我们已经搜寻了附近一百公里的直径范围了吧。”阿莱斯问伽罗瓦博士。

“完全正确，上校。在如此大的范围内居然没有大的城镇，那些村庄比城堡还小，是不是城堡是这个国家的国都呢。”

“如果是国都，那应该更繁华一些，我们应该见到更多的人的，可是在哪里呢？博士难道改变看法了？我更同意博士山匪的说法。”阿莱斯耐着性子继续观察图片，一张张的换着，谁都觉得目前卫星拍摄的照片太少了。

“我只是觉得先前的判断有些操之过急。”伽罗瓦博士连忙说。

阿莱斯心想也是，他虽然与伽罗瓦博士相识甚短，但是直觉告诉他，博士是一个思维敏捷的人，同时也是心胸开阔的人。

太空舰队高悬在近四万公里的高空，是一颗颗功能全面同步卫星，它主要起通讯作用，而一颗低轨卫星则主要负责长程摄像机的工作，每天中十几次绕过阿喜星。目前只有一架长程侦察摄像机投入使用，又是三个队轮换使用，要是同时发生危急情况，这只高高在上的天眼该向着谁呢，伽罗瓦思考着这个问题，寻思着怎么去解决。转眼之间，伽罗瓦博士的思维又转到另外一个念头上去了。

没有过多久，两个支队长，聂莫夫中校和姆贝拉少校，竟然回来了。两人路上相遇后，同时进了通讯室帐篷。在没有更多的隐秘的房屋之前，通讯室帐篷成了队中的机要办公地点。看见阿莱斯上校疑惑的表情，姆贝拉少校首先说道：“所有事情都很顺利，劳里·约翰逊中校干得真不错呢。沃尔夫先生说了一些细节，想着想着，我就过来了。上校有了新的发现吗？”

阿莱斯上校倒找不到话来问姆贝拉少校了，他刚把眼光转向聂莫夫中校，意思是他的支队任务完成得怎样。中校立刻露出难得的一个微笑，点了点头。他不用再夸赞自己的队副了，那神情分明是说：嗨，我的副队长尼古拉·克里沁中校更不赖呢。

“那我们就来研究一下，说不定，今晚我们就要和阿喜人交手了。”阿莱斯招手说道。

“啊，这么快，敌人在哪里？”姆贝拉显得迫不及待。

“别急，先听伽罗瓦博士把已经了解的一些东西谈谈。”

“现在，我们认为，城堡——我想我们替它起一个名字，叫它火山堡吧，是一个孤立的地点。这是我和阿莱斯上校共同的观点。请注意我们看到的城市，有一处规模宏伟的地方，那地方说是王宫一点也不为过。噢，照片少了一点，明天会更多的。看吧，这面飘扬的旗帜虽然不甚清楚，但是那是一个中央有复杂图案的旗子，而火山堡呢，巧的是也树着旗子，但是是一面蓝白两色旗。看见了吗。非常肯定，只有蓝白两色，没有图案。再请看一下所拍到的另一个城堡，湖边的美丽的城堡，水堡，水堡也飘着一面旗子，也是中央有复杂图案的。感谢辛勤的科学家们，卫星照相机这几天忙的可没有偷懒的机会。

“用概率的观点来说，可以有百分之九十九的概率认定，城市和湖边的城堡是一个国度，火山堡和这片土地在社会关系上是对立或者孤立的。如果这座城堡也代表一个国家的话，那它太小了，不足以抵抗邻国的占有吞并。可以想象，有一群恶魔，占着火山堡，据险而守，和一个较为强大的国家分庭抗礼。但是，由于它的地势险要，似乎，价值也不是很大，所以至今还没有被这个拥有广阔土地国家攻打。确切地说，目前种种情形说明，火山堡可能是强盗的山寨。”

伽罗瓦博士侃侃而谈，众人都听得入神。话一甫停，姆贝拉少校反对道：“博士用数学分析就可以征服阿喜人的话，我们倒是愿意做学生毕恭毕敬听课呢。凶残是阿喜人的本性，阿喜人都是匪盗，我们对他们万万不能心慈手软。我愿意做先锋，攻打火山堡。”他向阿莱斯上校请求。

“少校，你的支队只有三十来人，而且没有重型武器，很难有把握取得胜利的。我们也只是猜想火山堡是匪窝，万一，城堡是某个国家派驻的军事据点的话，那随便动手动脚，岂不等于捅了马蜂窝。倘若对方大举派兵报复，我们将难以抵挡。”阿莱斯觉得姆贝拉是急于报仇，求战心切，考虑不周。

“我也同意攻打火山堡。”聂莫夫中校也表了态，他魁梧的身体穿上迷彩战服，真是一个勇猛的战将。

阿莱斯目光转向顾问伽罗瓦博士，这位应用数学家想了想，说："你们也太急了点，目前还不能轻率行动。我想，再用三日的时间，利用侦察卫星统计一下进出火山堡的人数，来判断火山堡的性质和对外联系。另一方面，可派人秘密地在晚上接近火山堡观察，最后总计各方面结果，再行定夺。如果能征询总部意见，更能万无一失。"

"征询总部意见，难道博士不相信自己？"姆贝拉少校问。

"如果征询总部意见，这能改变少校急躁脾气的话，我倒是宁愿被称作缺少自信。"博士说。

"好了，你们不要争执了。博士的分析很有道理。今晚就派出侦察人员。在晚上，我想我们是有绝对优势的。"阿莱斯上校两手往下压着，示意二人停止争论，又强调了一句，"记住，只有在确认火山堡是土匪占山为王的前提下，我们才可以动手。绝对不要贸然对一个国家无礼。"

姆贝拉少校努力争取到了夜探火山堡的任务。不过，阿莱斯上校对他嘱咐了许多话。

第二集

虫吟四起，夜里，温度也下降了，穿上军靴扎紧衣服也不觉得太闷热。姆贝拉少校和一名上尉潜伏在树丛中，通过夜视镜观察对面山头上火山堡内的活动情况。一公里之外，还有三个接应的军人。这里，峡谷深陷，距离对面城堡最近处直线距离不过两百多米。

不时有各种山林野生动物出现在夜视镜中，却一直没有阿喜人从火山堡出来。树林稠密，常常影响了观察，姆贝拉少校有些不耐烦。忽然，镜头中，一个直立的六肢动物朦胧地出现了，引起了两人的好奇心，他们低声交换着彼此的发现。

"那也应该是阿喜星上的智慧生物吧？它在下山呢，那家伙真的有四只手吗？”上尉说。

“直立行走是动物发展为智慧生物的重要条件，但并不等于就一定是智慧生物。”姆贝拉少校受父亲的影响，多少在生物方面多一点知识，断然否定说。

“可是我怎么看都像。瞧，他往山下走，噢，停住了。他肩上扛着什么。”有了夜视镜就不好使用望远镜，两人心里的那个急啊，恨不得三步两步跳过去，扳着对方的脸看个清楚。

直立六肢动物似乎挑着一副担子，它在那个地方往担子里装了什么，然后挑着回火山堡。它的身影不断被树木割开，很难看得真切。

“啊，看清了，那头怪兽，不，那个，是阿喜人吗？是在挑水。那儿竟然有一口井。隐藏着一口水井，对了，火山堡在山顶，没有水源，堡内的人必须出来担水。”

这次姆贝拉少校无法反驳了，怪兽的确像是智慧生物，而且又上山了，进了城堡了，两人都没有看见那物从何处进的城堡。城堡处于这道山的最高处，堡内的人出来取水也在情理之中。

难道阿喜星上有两种智慧生物，而且，共同生活在城堡中？

什么都看不见了，姆贝拉少校蹬了蹬有点僵直的腿，活动着身子，然后躺在山坡上看星星。静谧啊，只有虫吟，异土他乡的第一个夜晚。虽然走了很远的山路才到这里，姆贝拉却不感到劳累。他心潮澎湃，仰望着星空，甚至，莫名其妙地流出了伤感的泪水。

头顶偏南的方向，一条银白色亮带横跨了整个天穹，淡淡的光辉也洒在地上，林中隔着十几米远也能看到瞳瞳树影。每棵树都像是一个细高的人站在那里，威胁着初到此地的人，要么把他打倒，要么躲起来，否则，他会永远在你身边威胁着你。想着想着，少校一下子坐起来了。

“我们过去抓一个俘虏。”

姆贝拉少校突发奇想，他把目标定准了挑水的怪兽，好奇心骚扰着他，使他难以安宁。他不能想象挑水的动物，那会是另外一种奇形阿喜人。

“可是，没有这个命令。”

“现在有了。我命令你，上尉，随同我执行任务。”

“遵命。”上尉兴致勃勃站了起来。

夜色并没有把一切都遮盖住。仔细看去，静静的山林中，有两条人影悄悄接近了怪兽挑水的地方，他们在草丛中蹲下了，等待着挑水怪兽出来。水井一米见方，边上似乎砌着石条，水面闪着粼粼的微光，两人真想扑上前去，捧起那清冽的山泉，喝个痛快。

响起了吱呀门的声音，姆贝拉少校立即藏好身。直立六肢怪兽是从城堡东侧一道小门出来的，它再次挑着巨大的木桶下来了，这也是它这晚第四次出火山堡来。借助微弱的星光，在比较陡直的山路上它竟能轻快地走路，显然路径很熟。水井离小门不太远，垂直高度有三十多米，来回一趟花不了多少时间。那怪兽魁梧的个子像座山一样挪过来，越来越近。

上尉悄悄地抄了后路。怪兽近了，几乎要踩到趴在草丛里的姆贝拉少校的头了。

少校猛地站了起来，激光枪对准了怪兽。

“不准动，举起手来。”

怪兽猛然间被吓住了，“哇”地一声，接着水桶砰嗵掉了，面对面大家都直起身子时，姆贝拉这才看出，那家伙足有一米九高，上身裸着，腰间系着粗布围裙，完全不是他视频中所见过的阿喜人，但是绝对是一个具有相当智慧的生物。它和姆贝拉对峙了几秒钟，没有动静，少校便以为它明白了自己话里的意思，已经屈服了。

上尉端着枪从另一边围过来，悉悉窣窣的声音格外入耳。怪兽，也许叫他怪人更恰当，突然怒吼一声，震得山林似乎都在颤动。他迅速弯腰拾起扁担，“呼”的向姆贝拉扫来，水桶中的一只也被带起来，像个巨大的木球，横扫过来。

姆贝拉急忙向后仰倒在地，堪堪避过这致命的一扫。未等怪人第二次抡起扁担，上尉在他身后，对准他的后背射出了一道激光。夜视镜里，血液被蒸发，冒出的水气一现即逝。

怪人再次怒吼一声，扁担也掉了，两道激光又射在他身上，这次，他的叫声衰弱而凄怜，轰然仆倒在地。上尉再补了一枪，怪人只抖了一下，声音越来越弱，直至毫无声息。

姆贝拉少校惊魂甫定，倒地时尽管有机会，少校却一直不敢开枪，怕误伤了对面的上尉。他小心翼翼地靠近庞然大物的怪人，踢踢怪人，没有半点反应。上尉将微型电筒转换成暗红色弱光，照着怪人，他身上三个激光烧出的深深小孔已被凝固的血液堵塞，四周褐色皮肤因血的浸染更加深黑。空气有一股血腥气味。

“上尉急了点，我正要使用电击功能，弄翻这家伙的呢。”

“担心少校安全，太紧迫了。他死了。嚯，好大的身材，这么大个个子，电击倒了，恐怕也搬不动吧。”上尉话音刚落，树林中响起了砰砰枪声，子弹从他们身边飞过。

两人迅速卧倒，饶是这样，姆贝拉左臂还是挂了彩。

“少校，城堡里的人发现我们了。”上尉趴在地上一边望低洼的地方挪动一边说。

“是乱射，不是点射，他们没有发现我们，也没有追出来。”

子弹呼呼地在头上，身边，乱飞，两人贴在石阶下，几乎不敢动弹。响了一阵枪后，渐渐稀落下去，终至于停息。隐隐约约好像有人声，堡中的人可能开始出来看看了。可是他们没有姆贝拉少校他们溜的快，当火光照着小路时，两人已经消失在茫茫的夜色中了。

借着夜色的掩护，姆贝拉少校和上尉，安全地与接应的人汇合，撤回了营地，这时，距离枪声鼎沸时已有三个多小时。

“你们违反了命令，事已至此，我们与火山堡没有谈判的可能了。”

阿莱斯上校一边看着医官处理姆贝拉臂上的伤口，一边责备他说。

“也就是，一群山匪吧，那么小心。”姆贝拉低声嘟囔起来。

“他们是匪是官，与我们何干，土匪还能招安成为政府军呢。”伽罗瓦博士立即驳斥少校。

少校自知冒失错误，再不开口辩解。同去的上尉在一旁替他说话，说是阿喜人好像听见了声音首先开枪，迫不得已他们才还击的，杀死担水的怪人纯属误伤，他们只想抓个俘虏以更好地了解堡内情况。

姆贝拉少校惊讶地望着上尉，他对上尉故意颠倒了杀死担水怪人和城堡里的人开枪两事顺序感到不安。上尉对着姆贝拉的紧张注视毫不在意，继续有枝有叶，若无其事的叙述完事情的前后经过。他描述得那样准确，毫无破绽，以至于在场的每个人都相信了他的话。

“战斗是免不了的，迟早都要爆发。无险可守，我们也不能等着阿喜人来进攻，只有背水一战。其实姆贝拉少校当时也并无什么过错，安全比什么都重要。”聂莫夫中校也替姆贝拉少校求情。

仔细想想，那时的情景下，姆贝拉少校的确无可选择。阿莱斯上校在帐篷了走了几步，说：“已经发生的事情当然不能逆转。只是，各位考虑过没有，进攻一个坚固的城堡，以我们的兵力和装备，不是自讨苦吃吗？山匪，暂且把这股势力看作是可以消灭的匪类吧，他们的火力不会比我们弱，还凭险而守，而且对周围环境非常熟悉。我不可能让部下去做无谓的牺牲。”

阿莱斯上校说过这番话后，营帐里沉寂了一会儿。曼特中校坐不住了，故意弄出响动来。伽罗瓦博士随着曼特中校动作而目光流转，若有所思。

“此时此刻，进攻才是最好的防守，等着阿喜人摸清我们的情况后，更会对我们不利。”冒着再受斥责的风险，姆贝拉少校大胆进言。

“那你说说，怎么进攻？我们现在需要的更是智慧，而不是盲目的勇气。莽撞和冲动只会将将士们宝贵的生命往火坑里送。”阿莱斯上校责问道。

见两人说得僵起了，伽罗瓦博士插嘴说，“也许，进攻真的是唯一的一条路。如果夺取了火山堡，我们反倒可以站住脚了。阿喜人的重型武器在陡峭，树林浓密的山中用处不大。”

“那你说得详细一点。”

“首先，几乎可以肯定，堡内没有外援，或者，这真的是一股强盗的山寨，否则，他们怎会明知我们已经对他们构成威胁，却躲在堡内按兵不动。说不定，他们还会将我们错误当作政府军的盟友呢，是协助政府军来清剿他们的，是一支奇特的部队，闻所未闻，见所未见。这样考虑的话，从心理上来说，我们就已经站绝对上风了。敌不知我，而我知敌，一旦错过阿喜人尚且怯惧，一无所知，徘徊观望的这个大好机会，再想有所成就，就太难了。兵贵神速。根据卫星录像初步统计，他们大约有两百来人。”

“进攻，面对着悬崖绝壁，一阵猛攻，真刀真枪？占领火山堡？用什么火力？”阿莱斯沉稳地，不动声色地问。

“硬攻当然还不行，伤亡太大。”伽罗瓦博士摇着头。

“每个人员都是宝贵的，我们要追求零死亡。”阿莱斯面色坚决。

三个队副和通讯官乔治·科比奥少校很少发表意见，暂时没说什么。偏向于立即战斗的伽罗瓦博士，聂莫夫中校，姆贝拉少校等人，一时却面面相觑。他们想到了要以最小的伤亡取胜，却没有想到阿莱斯上校提出了还要苛刻一百倍的要求，零死亡。

“既然是一群土匪，能不能把他们赶跑就行了。要给对方一种震慑力。在山林多处，树立起两面旗子，一面是黄色中间有复杂图案的，代表王国官府，代表政府军。另外一面，代表……”

姆贝拉的副队长劳里·约翰逊中校忽然说，他已经想了好久了，一开口就言出不凡。他也想帮姆贝拉少校解接围。

“另一面代表我们。”博士立即领会，补充上一句。

“对，既然堡内的人不敢轻易出来，我们就给他打迷魂阵，让他们摸不清虚实。既然在夜晚我们拥有绝对优势，那就让他们疑神疑鬼，心怀忧惧。既然他们是使用堡外的水源，那我们高明的化学家们有事可干了。什么药物能令他们昏倒或病弱丧失战斗力呢。捣弄堡外水井总比攻进城堡简单多了吧。给我们时间，我们就会成功。”聂莫夫如此说。

阿莱斯满意地笑了，鼓励着人人各尽其言，他的沉着和发问取到了预期的效果，人人畅所欲言，献计献策。放松的状态最能激发人类的想象。你一言我一语的，计划初步制定出来了。王国，或者政府的旗帜，通过更加清晰的卫星图像可以完全知道图案样式。至于代表自己的旗帜，要怎样的呢？

“红色，应该用红色，最为显眼，有震慑力。”博士建议道。

“中间再套五个黄色的环，代表地球的五大洲。”聂莫夫中校也积极应和。

“嚯，在阿喜星上开奥运会？”

“是不是还要戴上蓝色头盔？写上 UN。”

“傻瓜，怎么要写UN呢。”曼特中校冲出了一句。

“好了，稍静。对各位的建议，我作一些改动，把五环改成蓝色五角星，代表战斗的军队。五颗五角星排在中间，上三下二。颜色嘛，就红底蓝星吧，很醒目的。好，就这样。”阿莱斯上校一锤定音。

第三集

舰队总部对阿莱斯分队的处境非常担心，通过再次对长程侦察摄像机的图像情景进行分析，总部比较同意伽罗瓦博士的分析结果，也通过了阿莱斯上校进扰偷袭火山堡的计划。

这一天白昼里，火山堡果然没有大规模的阿喜人出来，偶尔几个，出来或是探风，或是办事，总之一切显得很小心。阿莱斯上校等人已经注意到，火山堡里的人在与他们分队相反方向的地段，活动得更多一些。要么是他们惧怕南边的奇人，避其锋芒，要么根本就没有当一回事。相反，北面的情况更叫他们上心。

在第三天的卫星照片中，阿莱斯上校他们看到了似乎是火山堡中的人在北面一条大道上抢劫的情景。莫非，打劫鲁道夫·沃尔夫先生的，就是专门埋伏在小路上实行拦路强抢的两个小喽啰。

阿莱斯上校的信心越来越充足。

第三天夜里，火山堡南面山中，好几处插上了两面旗帜。一面红底蓝星，另一面代表当地王国，或者政府，那面旗帜，因卫星所拍图像不是非常清楚，所以做得稍显模糊，神似而已，像中国的泼墨山水画，半卷着挂在旗杆上。

这些旗帜对火山堡形成了半包围，每处旗帜旁边五百米左右，隐伏着十来人的战斗小组。如果火山堡里的人径直朝插旗子地方进攻的话，注定要扑空，而落入埋伏圈中，而只要他们一有行动，会立即被地球人侦察到，卫星电话和短距通讯器能够保证各战斗小组迅速的调动增援，对来犯者实施围歼。

火山堡朝北的一方，山势陡峭，没有插上旗帜。但是再往北走五六十公里，已经是平缓的丘陵地带，人烟也稠密了一些。

堡内的人似乎真的被震慑住了。一天之内竟然没有人出得堡来，连悄悄出来打探消息也取消了。

插好旗子的第二天清早，天刚刚亮，无线传输的摄像仪监视到了重要的情况。

火山堡内的山匪大概自恃城堡坚固险要，并没有在城堡之外设置什么岗哨，因此，设置监视器可以靠得很近。在四个安放在树枝间的无线传输摄像仪中，有一个最近竟然距离火山堡只有两百多米，而且正对着大门。出入担水的小门那一边，也在全天候监视之中。这个距离最近的摄像仪，忠实地将一股阿喜人的行踪暴露了。

一支阿喜人队伍，大约三十人，携带着轻式武器，行动敏捷，迅速扑向最西边的旗帜飘扬的地方。显然，阿喜人想借着他们熟悉地形的优势，打敌人一个措手不及，至少也可以试探一下包围自己的敌方的实力。而地球人干的几件事情都是在晚上，这使得阿喜人认为白天行动己方更有信心。清晨，是一个极好的选择。

山林中，到处还挂着露珠，露珠或躺在叶子上，或悬着，久久不肯掉下来。万物都懒懒的，似乎还没有从清晨的清凉中舒醒。偶尔的一声鸟啭，反而衬托出山林的幽静来。

阿喜人突袭分队经过监视摄像仪的监视范围时，用了一分钟多点的时间。这批阿喜人的确很谨慎，行进得并不快。他们成一条线纵队，走在最前面的两组四个人，与后面的距离有百十米。他们的首领在第二梯队中，是一个脸上挤满了皱纹的小个子，地球人不知道他脸上这些快要堆不下了的皱纹，是表明的智慧呢还是表示经验，但是他显得十分机灵，不时地低声吆喝。突袭小分队像一条蛇一样，悄无声息地穿过了密实的山林，看起来，灵活的丛林战的确是这帮山匪的强项。

“02002，AX 袭击目标应该是最西边的旗帜处，已经接近你们所在点。”阿莱斯上校对着卫星电话说。

“收到，我们已经向西边移动，准备让开三百米，AX 可以通过。”聂莫夫中校说。AX是他们对阿喜人的称呼代号。

既然火山堡内的山匪突袭队已经走出了所有摄像监视器的监视范围，何以他们的行踪如此始终被掌握呢？在密密的山林中，望远镜的作用非常有限，而阿喜山匪同样拥有望远镜，虽然精度和望远距离都要差得多，但是地球人并没有太突出的优势。

说来有趣，抢劫沃尔夫先生的山匪，也在突袭分队中间，正戴着沃尔夫先生编号02119的卫星定位跟踪器，这是火山城堡的首领对他的额外奖励。02119的定位亮点，在显示屏上明确无误的指示出了这支分队的位置。因此，地球人不用使用望远镜或者通过监视器，就大概掌握了突袭队的动静去向。

“02003，请速赶往西边一号地点方向，具体位置在城堡和旗帜之间。”

“收到。我们正在行动。”姆贝拉少校率队奔赴两公里之外的设伏点

“02006，请向我靠拢。重复，请向我靠拢。”聂莫夫中校用短距通话器通知自己的队副。

“收到。正在行动。”克里沁中校低声对自己率领的十余人作了部署。

除曼特中校留守营地没有出来，约翰逊中校在最东边旗帜处原地待命外，四个战斗小组合围之势渐渐形成。

在距离飘扬的旗子还有两百多米的时候，阿喜人的两个前探小组都停下了，等着和后援汇合。他们聚在一块大岩石旁边，依靠望远镜对周围作了仔细的搜索，确信没有发现半点危险，不，连一丝一毫的动静，都没有。敌人究竟藏在哪里。阿喜人开始犯迷糊了。

仍然是四个人走在前面探路，后面的人小心翼翼地跟上。距离旗子越来越近了。一百米，九十米，看得见浅黄色的旗杆了。

突然，所有的阿喜人一冲而上，速度之快，令守卫者还来不及作出任何还击，他们已经冲到了面前。

确实没有人行动，因为这里根本没有人。

阿喜人只愣了几秒钟，立即勾着腰，在旗帜四周分散仔细搜索起来。十多分钟过去了，一无所获。

“啊哈，一群骗子。”

“胆小鬼，只敢玩弄花招。”

“看起来，这些不知其名的魔鬼同南蛮子一样，是一些中看不中用的大蠢物。”

占领了山头的阿喜人发泄着他们的嘲笑。

旗杆被踹倒了。它是才砍下的树，刚剥了树皮不久，还散发着一股清香味。旗子有一面撕坏了，撕坏的那面是王国的旗帜。阿喜山匪很气愤这一面描绘得并不准确的，可以说十分蹩脚的旗帜，居然将他们吓破了胆。官军从来都没有这么神不知鬼不觉的就逼得这么近，还四处插山上旗子。官军从来都是声势浩大的，老远老远的，就听得见号角声和鼓声了。但是这面旗子太独特了，非常的轻薄，但是异常的结实，这种材料他们从来没有见过。阿喜人费了好大的劲才得手，将它撕成布条。

没有撕坏的一面旗帜，红色底子，绘有五颗蓝色五角星。这是了不起的战利品，被保留下来，突袭队准备带回去张扬一番。

喧闹嬉笑了一阵子后，这支三十来人的突袭分队开始往火山城堡里撤。一路上，他们还保持着警惕，但是比起出来时已经差得多了。

阿莱斯上校率领一支十二人的队伍，抄了他们的后路。

嗤，嗤嗤，强烈的激光划破了空气。

遭受反突袭的阿喜山匪，三十来人，被很准确的分配给了四五十支激光枪，每支枪平均还没有摊上一个。这个任务通过卫星通话器和短距通讯器，完成了精细的分摊。

嗤，嗤嗤，瞄准，枪在不断移动中。

因此，当依然走在前面的四人被死亡之光射中时，尽管并没有立即丧失知觉，没有立即死去，但是所剩的时间也只能够让他们凄厉的叫出两声，没有一个来得及扣动扳机。

袭击的前后间隔微小得以秒来计算。当还带着些许得意行进在回堡途中的阿喜山匪们，听见前面自己同伴的叫声时，紧接着，他们每个人身上都受到了炽热激光的招呼。没有爆炸声，死亡在似乎在平静中恐怖地降临了。

砰砰，终于有了两声枪响。

参加反突袭的地球人一个个现身了，他们向全部已经倒在地上的山匪靠拢，激光枪还举在手中，不过枪口朝上。有人露出了笑，这时候，他的牙齿没有涂上迷彩，现出来了原形。

忽然，从死人堆里蹦起一个山匪来，飞快地朝树林最密处跑。

事起突然，立即有三四道激光射了过去，竟然没打死他。树林里在冒烟。侧面的人这时候不敢射击，怕误伤了自己人。

“都停下，停止射击！”阿莱斯上校喊道。

就在这犹豫的几秒中之间，逃跑的山匪窜出了一大截。

“再次命令，停止射击。”

阿莱斯上校毅然重复命令之后，逃跑的山匪溜到一棵大树后面去了。

然后再也不见了踪影。

“上校为什么要放跑他？”姆贝拉少校心里憋不住，有啥问啥。

“嘿，让他去报个信，好让城堡里那帮家伙快点弃堡逃命。城堡后边不是已经留下了一条活路么。”

“噢，噢，原来，城堡四周故意留下一个空隙……”少校恍然大悟。他原来还以为留下空隙的一边是因为山势陡峭，又要经过城堡边上，不便于设伏呢。

胜利者开始清理战场。0∶31，阿莱斯上校的理想在这次战斗完全中实现了。抢劫沃尔夫先生的山匪，也在尸堆中。02119的卫星定位跟踪器，还戴在抢劫者的手指上。这枚戒指对他来说有些大，所以他套在了最大的大拇指上，显得够滑稽。他真是太爱黄金了。当然，如果幸运的话，他是能够带到城市里，找一个手艺上乘的金匠，改成较小的戒指的，他想。遗憾的是他没有等到那一天。

逃脱的山匪一路狂奔，终于捡了条活命逃进了城堡，哆嗦着说完了遭遇埋伏的经过。惊悸之余，他还是表达了对敌人的赞叹：

“这群不知从哪里飞来的魔鬼，他们的伪装做得真好，树叶子紧紧贴在衣服上，怎么动都不会掉下来。”

第四集

又是一个紧张的夜晚。聂莫夫支队分三处潜伏在火山堡对面，利用夜视镜监视对面。狙击行动已经展开，一旦有阿喜人露面，便以激光枪加夜视瞄准仪予以射击。死亡的激光无声无息，令对方一点都摸不着头脑，不知道神秘的死亡之光是如何，从哪里，精准的袭击他们。蓝光一闪，死神降临。

这一夜，堡内阿喜人有三个被激光枪射中而一命呜呼，还有两人受伤。

恐惧笼罩了火山堡。

地球人的神出鬼没打掉了火山堡中阿喜人的勇气。袭击过后的第二日，再没有人出来担水。晚上尚且遭到狙杀，何况白天呢，阿喜人不敢出来，直到晚上也没人出堡。同时，堡内的人活动也很小心，轻易不会露面，一旦露面也是匆匆而逝，还用一块玻璃，大概是镜面吧，挡在面前。

难道阿喜人竟然知道了夺取那几人性命的，是一束光芒？阿莱斯上校被堡中山匪的滑稽样和聪明劲弄得直想笑。

第三日，更不见人，负责狙击的聂莫夫中校失去了目标，憋得慌，不断地变换地方，射击堡内明显的目标玩，厚重的大木门也被射出一些细小的深孔，冒出一股青烟。

“堡内的人走了吗？”

“卫星告诉我们，绝对没有。”

分队的几个首领暂时无所作为，晚上，聚集在临时搭建的指挥部小型帐篷里，面对通讯显示屏，商量着对策。

“多么雄险的城堡，真像瓦尔特堡。”聂莫夫中校见没有人搭理他，又自言自语下去，“堡内是不是也有路德隧道呢？”

“路德秘密隧道？”身为基督教徒的阿莱斯上校立即被此话吸引了。他是知道一些瓦尔特堡的情况的。

“是啊，他们可以从秘密隧道进出的，水和给养都可以如此获得。”姆贝拉少校是对此最为着急的人。

“如果这样，赶走山匪倒有些费劲了。虽然这样，我们不能离堡离得太近，进入阿喜人的射击范围，也不能贸然进攻。现在，只要不下雨，起雾，我们长射程的激光枪还是有巨大威慑力和优势的，肯定比他们的枪弹射得更远。我们要有耐心等待。”伽罗瓦博士总是那么精确。

“只有保持距离，才能零伤亡。”阿莱斯点着头。

“如果堡内有水，够吃就行，又有充足的粮食，他们坚守不出，我们又不能靠得太近，拖延下去，对我们并不利。”聂莫夫中校一脸严肃道。

“威慑力，路德隧道。”阿莱斯把这两句连接在一起反复念叨。接着，嘴角露出了一丝笑容，稍现即逝。

“上校有主意了？是不是要想办法加紧威慑，把阿喜山匪从城堡中吓跑。”伽罗瓦博士猜道。

“什么都难以瞒过你？”

“但是怎么才能吓跑这些山贼呢？”姆贝拉满腹疑问。

“明天你就知道了，少校，今夜你需要好好地休息。我再琢磨琢磨。”阿莱斯结束了会议。

第二日一大清早，姆贝拉少校迫不及待的走完两公里多的路程，赶到阿莱斯上校营帐前领受任务。他来得迟了一点，聂莫夫中校和伽罗瓦博士已在那里等他，旁边还有醒目的一个机器人——金刚—2，他原本是一名矿山救难机器人，因身体硬实，真正的铜头铁臂，鬼使神差地充作了军人，竟然获得了登陆的机会。每个登陆分队都有这么一个矿山机器人。

“姆贝拉少校，你带领你的支队，分布在火山堡四周，狙杀堡内活动的人和逃出堡外的人。留出北方一面，不要布置人马，也不要插上旗帜。”

“是。”姆贝拉少校稍待又问，“那谁去进攻？”

“金刚。”

“金刚？就一个？”

“是，只一个，你们一定要坚守原地，不得冒进，执行命令吧。”

“是！”不管姆贝拉少校心里还有多少疑惑和多少遗憾，临战前的激动，已经足以令年轻而满怀仇恨的少校，心潮澎湃了。

聂莫夫支队分出一半由副支队长克里沁中校率领原地待命，其余的人在聂莫夫率领下，随同阿莱斯支队进攻火山堡。

经过卫星反复侦探，可以确信城堡四周没有阿喜人活动，当然也不可能有什么不测的危险，阿莱斯率领部队出发了。

火山堡的大门在东南角，大门处立着一座两层方堡，守住大门，堡外四周尽在方堡的视野之中，但是，坚固高大的堡墙下边，反而是一个火力达不到的死角。

整座城堡都是使用火山灰拌合石灰砌成，坚固而且耐久。用望远镜可以望见，城垛中，不时有人头晃动。有时，阿喜人从射击孔中，用望远镜往城外看，白天，相对说来反而比夜晚更安全，城堡中的人好像已经得出这个结论，因为敌人也怕受到狙击。但是，茂密的树林也影响了堡内的人向外观察的结果，他们只看到绑在大树上的飘扬的旗帜，是他们又恨又怕的旗帜。

至今，堡内的人始终弄不清楚，这些包围城堡的人来自何方，他们又何以专门来进剿火山堡呢？巴拉比王国多次清剿都无功而返，难道王国竟然请来了神兵天将，他们的命运可想而知了。

但是，他们侥幸逃命回堡的人证实，从撕坏的旗子来看，敌人只是装腔作势，哪有绘得如此拙劣的旗帜，简直不把同盟者放在眼里。敌人可能不是巴拉比国王的同盟者。但是……他们越是迷惑，就越不敢行动。

堡内流行的沮丧气氛随着战事进展而逐渐加浓。特别是晚上，最叫人胆战心惊，围堡者总是能看到堡内的人的活动，准确地将那些胆大或者疏忽的人送进地狱。堡主坐不住了。

“我们必须放弃城堡。”

“放弃？”

“放弃！”

诸如此类的念头迅速地在堡内的人中间蔓延，当此种灰心丧气的想法植根于每个人的心中时，地球人的进攻开始了。

一条小路紧贴着城堡墙根绕了四分之一圈，插入城堡大门。

所谓的大门，只有两米来宽，它建在几级石梯之上，门四周上下全是粗厚的砖墙，红色的砖墙有的地方斑驳脱落，露出黄白色的内墙体。

而坚固的方堡，紧靠在门内，虎视眈眈。

要进到那座门，首先要走过狭长的小路，小路一边是高大的堡墙，另一边是悬崖，葳蕤的树木使它看起来不那么惊心动魄。想要没有伤亡地从小路上攻入，简直难避登天。阿喜人这样想。

地球人的进攻恰恰就从小路上开始。

几十道激光从四面八方射在堡内的墙上，房顶上，窗棂，树干。堡内建筑被射中的木质部分升起浓烟，树枝烧断后掉下，带着尚未燃尽的树叶，发出吓人的哗哗声。堡中央的五层高堡顶上的两色旗帜，被灼断了旗杆，咔嚓一声折断倒下。在这之前，旗幡已经被烧穿出许多个洞来。

这是进攻的前奏曲，堡内的人知道。

机器人金刚—2 携带着三颗定时手雷，蹒跚在狭窄的小路上。他当然立即就被发现了，于是十多支枪从最高的瞭望方堡顶上，或从堡墙上的射击孔里，伸出来，时不时有子弹打在他身上，咣咣作响，火星直溅。

机器人金刚并不在乎这些子弹，只有爆炸力更巨大的炮弹，或反坦克导弹之类的东西，才能伤到它。它就像一辆人形坦克，矮壮结实，英勇无比。从墙上射击孔向小路射击需要伸出枪来，垂直向下，方堡中对下射击也要暴露身体，于是，那些正用子弹招呼金刚的阿喜人来不及躲避，受到了地球人激光更好的招待。

他们一半被死亡之光送进了地狱，这些死亡之光来自于他们火力达不到的神秘地方，来得悄无声息，却追魂夺命。

剩下的人不敢轻易露面了，他们心中的恐慌可想而知。金刚—2 大摇大摆走进了门洞，放置好定时手雷，来不及改装成遥控手雷，金刚—2 把时间定到最长。金刚—2 做好这一切，走下石梯，走上小路，安静靠着墙，等待轰隆一声。

金刚—2 成功了。轰隆一声之后，堡门，粗厚的木门，外面包了层薄铁皮，底部被炸开了一个大洞。破裂的碎木片像龇着的牙齿。即使是最魁梧的人，地球人，也能从洞里轻易地钻进城堡。

这时候，两层高的小方堡刚好扼守住了大门门洞，但是无所畏惧的金刚—

2，谁能抵挡它他的进攻呢。他简直就是不生不灭的天神。他又开始安置第二颗手雷了。他想把门洞炸得更大一点。他一点都不急着冲进去，也不一下子把手雷引爆完，仿佛是在慢慢享受进攻的快乐。

末日到了，末日到了。堡内每个人都被金刚的行动吓坏了，都这么想。

紧接着，在城堡的北方，那恰是地球人没有进攻，没有防备的一方，也是最为陡峭的一边。堡内阿喜人有了新的举动。

两根粗大的绳索从城墙方垛口中缒下。紧接着，陆续的有人扭着绳索往崖下边追去，身上还绑着什么东西。

堡内人的这些举动当然逃不过卫星的天眼。阿莱斯接到了这个令人振奋的消息。没有秘密隧道，阿喜人反扑的机会几乎为零，他们也不用费心去寻找这条即可逃生，当然也可以反扑，从内攻击的秘密隧道了。

接到指令，机器人金刚—2又在空旷处引爆了一枚手雷。攻击得手的地球人当然不会再损伤城堡了，这枚手雷像是送行的礼炮，催促得缒城的人心惊胆战，又像是他们激动的祷告：快跑，快跑，这边没有敌人。

卫星信息显示，堡内确实没有活动的人迹了，阿莱斯分队才大摇大摆的开进了城堡。以没有一个人受伤的代价，阿莱斯上校他们夺取了火山堡。

堡内的阿喜人留下七八具尸体，其余的跑得干干净净。他们的重型装备却无法带走，这其中包括两门火炮，这些火炮由于始终找不到目标，而没有响过一次。这些武器装备，加上地球人信息通讯的巨大优势，对付将来可能反攻的阿喜人可是大有作为。

然而，最令阿莱斯上校开心的，是厨房中一种嚼起来很粗的饼，味道还不错，很像粗小麦饼。它们显然是堆放在一间干燥房间中的植物粒籽磨成粉做的。分队的人找到了磨房。这些粮食供全队一百二十人，吃上半年，也没有问题。这样一来，阿莱斯上校不必为一日三餐劳碌了。实际上，由于阿喜星每日是29.4小时，他们有时要每日四餐才能挨过一天。

对阿喜人的形象，阿莱斯分队的人已经不感到新奇，但是，在厨房了找到的两具尸体，却让第一次见到的人，还是觉得兴奋不已。

这两具尸体，他们的体形比四肢阿喜人要大。

他们脸很长，像一匹会站立的马，紫色的眼睛，黑色而卷曲的头发，长着六肢，结实粗壮的下肢，修长有力的上肢，上肢之上还有一对小上肢，长得要短小得多，却明白无误的，是两只手，这两只手上长着四个指头，同逃跑的、瘦小的阿喜人一样的手。

两具尸体中，雄的，或者说男的那位，从伤口上看，显然就是姆贝拉少校两人射杀的。另一个却是雌的，或者说女的，女的穿着上衣，不像男的只系了围裙，上身赤裸。她长着两对乳房，竖着并排在一起，乳房不大，但是将热季所穿的单薄的衣服顶了起来，她的个头也不低于一米八〇。但是，女的却是被枪弹击毙的，是阿喜人的枪弹。

“可以这样设想，这两个也是阿喜人，是另一种类的智慧生物。两种阿喜人之间发生战争，这是他们的俘虏，他们任意支配的奴仆。正是如此，两个俘虏才得以活命。他们在厨房里干活，伺候别人，甚至还可以说，死者是一对夫妻，所以才不容易逃跑。但是从面相上看，这两个六肢阿喜人的种族，文明程度似乎比四肢阿喜人要低一些。”

伽罗瓦博士一口气说完了他综合情况后所得出的见解。

这些实物的画面资料，还有堡内储藏的文字资料等，也迅速地传送到了舰队总部，传送给了穆姆托分队和徐豹分队。

第五集

沃尔夫先生遭受抢劫的三枚金戒指没有找到，在堡内也找不到半点黄金制品，全部被逃跑的山匪带走了。这充分暴露了阿喜人对黄金的喜爱。

逃走的阿喜山匪，是四处流散，还是集结成群，那不重要，意图反扑。重要的是阿莱斯上校发现了阿喜人对黄金的感情，对黄金的崇拜。现在他有了新的想法，这个想法源自他和伽罗瓦博士谈及阿喜人的价值观和喜好习俗时受到的启发。

他向舰队总部打了一个长篇报告，报告上附有详尽的证据说明和分析，他要求帮助。总部第二天便答复了阿莱斯上校的请求。

火山堡是坚固的，坚固得即使储藏了富可敌国的宝物，主人也有信心将它守住，保管。聂莫夫中校反复将它和德国图林根洲的瓦尔特堡比较，最终他的愿望得到了更大的满足，因为在秘密的地下储藏室中，找到的不仅有大量的食物，果酒，炸药，还有土漆，铁器，地图，文件。

利用这些土漆，聂莫夫中校将两座两面坡屋顶漆成了砖红色和浅蓝色，后来，他将两种颜色的土漆混合，又得到了紫罗兰色。阿莱斯上校带着欣赏的微笑，看着聂莫夫中校饶有兴致地完成这件事。

从空中往下看，一片葱茏的绿色中，有三块非常显眼的斑块，分别是砖红色，浅蓝色和紫罗兰色，那便是登陆地球人的第一个安全堡垒——火山堡。

又过了两日，在水井不远有了一个建筑工程，因为这里是附近一带唯一能提供足够的冷却水的地方，它较为平坦的地方也宽得足以满足要求。沃尔夫先生，疯疯癫癫的沃尔夫先生，如今是头脑清醒，令人尊敬的鲁道夫·沃尔夫工程师，沃尔夫先生失去了半根手指，却获得了理性。他指挥着修建一座冶炼塔，协助他工作的还有另外一位工程师及远在太空的舰队总部工程师智囊团。

他们用木柴煅烧一种岩石而得到石灰，于是主要建筑材料问题解决了。堡中遗留下来的各种金属，派上了重要用场。它们用来和登陆舱中的材料一起，制作成了黄金原子反应釜。通过矿石冶炼得到的半成品，再送入原子反应釜，这便是主要的两道工序。请不要对人类的非凡创造力感到怀疑，真的，一座黄金合成工厂在阿喜星上诞生了。

起初，每日能产出成品黄金零点五盎司，只够做一枚大戒指，后来增加到了每日二点二盎司，接着产量越来越高，增产进展令人鼓舞，不久达到了日产一磅，这金灿灿的贵重金属可都是十足赤金。不过非英语母语国家的人如聂莫夫中校等，都反感使用盎司这个英制单位。中校在轮换当值管理黄金生产时，总是改成用国际单位制。

阿莱斯上校最终同意了一些人的建议，一律采用国际单位制，重新制作衡器。那副阿莱斯上校从飞船上带来的英制重量衡器，在作为参照器物制作出新衡器后，终于结束使命，珍藏在地窖里隐秘而干燥的角落，姆贝拉少校称它为文物。

黄金产量逐渐增加并趋于稳定，二十天之后，每天能够产出一点八千克左右的黄金。这些黄金做成一根根长15厘米的金条，每根金条搁手里都沉甸甸的坠手。金条统一放进城堡内牢靠而隐秘的地下室里储藏起来。

生产黄金，这便是阿莱斯分队在占领火山堡之后，唯一的重要工作。有时，阿莱斯上校也想到了山下的登陆舱，怕受到什么损伤，虽然已派人到那里值守看护，他仍然不时隔上几日去走上一遭。他在等待着另外两队的消息，所以暂时停止了所有更进一步的行动。

阿莱斯上校的成就得到了舰队总部克里司令的深深嘉许，以一个军人而具有如此细腻的心思及远见卓识，嘉奖和升衔势在必行，以激励其余两队。阿莱斯上校，应该升作阿莱斯少将了。但是总顾问，双颅人希斯更愿意把这个奇思妙想看作是伽罗瓦博士与之合作的结晶。

“等到克里将军将来登陆阿喜星，亲自为将士们授勋，那才能显示出荣耀和诚意。”

“好的，先发嘉奖令，升衔令稍作等待，相信我们很快会等到这一天。”接着，克里命令将阿莱斯分队令人欢欣鼓舞的消息传遍各个飞船，人人都为此振奋。

奥特丽小姐当然是这些振奋人群中的一员。在三个队登陆阿喜星后不久，她被解除了休眠。她感觉像是做了一个短暂的梦，一晃之间，竟然十年光阴从身边溜走了，从生命中一去不复返了。

经过十来个小时的适应性阶段后，奥特丽小姐开始了她的工作。克里第一次见到她时，像一个老熟人一样向她微微一笑。真是亲切的微笑，舰队最高长官的欢迎仪式如此细微亲切，平易近人，奥特丽小姐的感觉真是好极了。奥特丽不知道，这个微笑，将会彻底改变她的命运。当然也没有谁会知道，实际上，在命运显示他奇妙的力量之前，谁都懵懵然一无所知。

奥特丽小姐做的第一件事是往主控制室送四份咖啡。享用咖啡，这是极少数人的特权，特权似乎也是和人类共存的。三个分队刚刚登陆，总部主控制室总是有忙碌的身影。送到后，奥特丽等待着他们饮用，待会儿她还要将咖啡密封罐收回，进行洗涤处理，重新制作使用，飞船上是不允许随意浪费材料的。

休息间隙中，双颅人总顾问希格里 & 斯诺又同布鲁诺号首席科学家下起了国际象棋，飞船主管帕欧卡将军也喜爱上了这种深奥的智力游戏。克里站得较远一些，闭目养神，再过一会儿，将是他的健身房活动时间。

“将军不用了咖啡了吗？”奥特丽悄悄来到了克里身边。

“噢，不是，我还没喝呢。”克里取下罐边别着的吸管。

“你是奥特丽小姐吗？”克里又问。

“是。”

“你可真美。”

奥特丽仓促之间无言以对，只有羞涩一笑。

“在你醒来之前，基弗里中校已经登陆了。”

“是吗，祝福他。”

“你爱他吗？”克里突然唐突地问。

“啊！爱情吗？不知道。”奥特丽四下一望，稍待又补充道，“真的，我不知道。请不要问这个无聊的问题。哦，将军，对不起。”

“基弗里中校派往阿喜星执行任务。顺利的话，或许我们要过几百日，几百个阿喜日，才能见到他。真抱歉，连我也不说不准是几百日，一百，还是两百，或者三百。”

“哦，祝他好运。”奥特丽对克里反复的唠叨有些好奇，“将军对基弗里中校特别关心。”

“是吗。他是我的侄子呀。我已经没有儿子了。基弗里就像是我的儿子。所以现在我是以长辈的身份和你说话。”

“长辈？”奥特丽对克里老气横秋装模作样的话感到好笑，她这一笑，嘴与脸颊相交的地方便出现了一道柔美的凹痕，显得楚楚动人，“是长辈吗？可是将军看起来一点也不老。”

的确，克里的实际年龄应该是五十七八了，可是由于宇宙太空高速航行及休眠能减缓生命消耗缓减衰老等原因，他看起来还和在 CT 基地一样，四十七八的年纪，那航行的十年几乎一眨眼过去的。

“承蒙恭维。不管怎么说，我都比你年长将近一倍。”

“英雄是没有年龄的，少女的心仍然会为阿喀硫斯跳动。”

克里心里听得非常舒服，若有所思，他回头对奥特丽淡淡一笑：“你去休息吧了。”

“可是，将军还没有用呢，咖啡。”

“喝完后，我叫人，不，我亲自送来。我历来是一个忠诚的环保人士。”

奥特丽又露出了微笑，这微笑里面含着一丝赧然，她摇摇纤手走了，然而这微笑却把主管帕欧卡将军也吸引过来了。

“将军这次要自己清洗咖啡杯了，打工可是没有钱赚的呀。”他取笑克里道。

“实在不忍心啊，难道帕欧卡将军就不会怜香惜玉。”

无所顾忌是克里的一贯作风，帕欧卡哈哈笑起来，这番对话他没有占上风。帕欧卡半带揶揄道：“我倒是有心呢，可是哪有那么多奥特丽啊。”

说着，帕欧卡便往四处看，希斯等人还沉醉于国际象棋的杀伐中，一点也没有注意他俩斗嘴。两人互相指着，嘿嘿地笑起来。

等一个人独处静思的时候，克里才想起自己犯了一个错误，在太空船航行中寂寞漫长的日子里，休息一个词语，等于是一种惩罚。他本该对奥特丽更加细心的。克里懊悔地摇着头，觉得自己实在有愧于佳人。

第八章 初战番离岛

第一集

当莱昂多·穆姆托上校和罗贝尔上校突然迎面撞见两个矮小的阿喜人时，他内心的紧张几乎也是不亚于对方。他确信这就是和加和正夫上校发生激战的那类阿喜人。虽然还没有清晰的照片，但是加和正夫临难之前，简短的描述，已经足以让他作出判断。只是，这些阿喜人和北方处于不同的国度，或者还并未将地球人认作是明确的入侵的敌人。

穆姆托上校默念着麦地那的安法勒章：信道的人们啊！当你们遇见一伙敌军的时候，你们应当坚定，应当多多记念真主，以便你们成功。

上校手中的枪，直指对方，随时准备击发。

但是阿喜人除了嘴巴哆嗦，全身哆嗦外，甚至想要向后移动外，并没有进一步的动作。这些可怜的阿喜星的主人，他们吓得连行动的能力都丧失了。这时候，他们还不知道阿喜星上有异类降临的消息。

穆姆托上校于是放下了激光枪，他相信即使两个阿喜人突然发难，他也有足够的时间击倒他们。

“嗨，你们好，你们从哪里来？”穆姆托说，他平和轻松的姿态使身后的罗贝尔上校也降低了紧张感，枪口逐渐朝下。他们的激光枪枪管很短，与阿喜人具有长长的枪管的弹药枪完全不一样。激光枪造型优美，线条流畅，枪的贴皮和迷彩服是一样的颜色，根据需要，这些贴皮是可以更换的。所以不管从什么角度来看，它都像是一件卡通型的艺术品，逗人喜爱。

两个阿喜人你看看我，我看看你，疑惑都表露在脸上。这些高大威猛的从未见过的人啊，是人吗，他们究竟来自何方，意欲何为啊？

他们互相咕噜了一句，穆姆托同样一无所知他们的语言。对峙了一会儿，罗贝尔轻声道：“这两个阿喜人似乎不知道与地球人之间的战争，或者他们只是生活在这方丛林里的土著民吧。”口里说着，手中却没有放松。

要不是因为一直戒备着，防备阿喜人突然行动，穆姆托真想伸手取下绑在肩膀后背上的卫星电话，向远处的队伍通知他们的遭遇。一伸手就够了，但是，要是这个行动引起了对方的怀疑而还击，那可真是弄巧成拙了。两位上校都没有动。

其实，两个上校不知道，他们巨大的登陆舱在空中时已被这些阿喜人发现了，惊愕之余，派出了两名侦察兵往降落方向寻找侦察，彼此没料到在半路上不期而遇。

穆姆托摊开两手，仍旧拿着枪，但表示他绝无恶意。他指着自己的胸脯，又指指天上，比画了一个自天而降的动作。

“我们从天上来。”穆姆托上校说，此时他指了指阿喜人，“你们呢？”

看着穆姆托上校的举动，阿喜人似乎有点琢磨出了他话语的意思，而且，他们竟然相信上校并无恶意。他们中的一人——他胸前也挂着一副黑色望远镜，腰间别着转轮手枪，枪套是棕色皮，半露的，因次手枪的外形十分明显的显露出来，这可不是普通士兵，好像应该是一名军官，或者侦察兵吧，——他指指胸前，又指指北方，划动着手指，嘴里叽里咕噜的，意思好像是说：“我们从北边来的。”

“他们从北边来？好像不妙。”罗贝尔立即又紧张起来。

“镇静，上校。他们什么都不知道。随机应变吧。”穆姆托大胆地说，反正此时阿喜人对于他们的谈话犹如聋子一般。

穆姆托上校放开枪，任它挂在胸前，往前走了两步，伸出手，摆动着，示意相握。军官模样的阿喜人犹疑着，也向前跨了几步，伸出手来，哦，他的手掌上只有四个指头，仅用弯曲的三个指头碰碰穆姆托的掌心，便立刻缩了回去。

罗贝尔上校看得直发笑，对阿喜人的四根手指印象很深，但是两个阿喜人都一直盯着穆姆托胸前镀金的望远镜，也被罗贝尔同时认真地看在眼里。

突然，草丛中一阵急速的哗哗的响动，嗷的一声，众人还没反应过来，窜出一只大兽，猛然跃起，咬住了一个阿喜人的手臂。那动物样儿类犬，毛稀少而短，屁股后边几乎没有毛，后腿粗壮有力，个头挺大，看模样不少于三十公斤。穆姆托上校脑子里立即闪出了一个名称：土獒。

被咬住手臂的阿喜人军官大惊失色，甩了几下，却怎么都甩不掉，脸色疼得由微褐变成了青紫，但是他心灵上的恐惧似乎还要更甚于手臂剧痛的痛苦。另一个阿喜人惊惧之下，愣了半晌才想到去掏腰间的转轮手枪。

穆姆托上校比他更快，唰地抽出匕首，跨前一步，勾拳一样，由下向上，狠狠地扎进了土獒胸腹之间，刀尖刮过肋骨的噤牙的声音都历历可闻。土獒闷哼一声，并不松口，更加狠命摇头，似乎要将阿喜人的手臂咬断才肯罢休。另一个阿喜人举着枪，在混乱与扰动中却不敢开枪，怕误伤了。穆姆托抓住土獒后颈皮，匕首用力向外一别一划，猛地将匕首拉出来，匕首的锯齿边立即扩大了伤口，血喷溅而出。

土獒嚎叫一声，嘴松开了，负痛掉在地上。

穆姆托上校一脚踢开了土獒，同时退后了一步，臂下还夹着痛得和吓得几乎晕过去了的阿喜侦察军官。

罗贝尔上校趁机瞬间打出了两枪，土獒可怕的低沉地嗥叫几声，仿佛死不甘心，这时候，它的肠子从破开的大裂口处挤了出来，花花绿绿的，与獒皮的颜色迥异，十分令人恐惧。

忽然，它高高地跃起，扑向用匕首扎它的穆姆托上校。上校反应奇快，一沉腰，攥紧拳头瞅准了，砰地击在土獒的侧胸上，两力相撞，只听得喀嚓的骨折声，砰嗵掉地声，然后是持续的嗯嗡的低嗥声。

土獒被这迎面一拳砸出去四五米远，星星点点的血滴四处飞溅。罗贝尔上校的激光又至，烧得土獒在地上打滚，肠子露出来更多了，最被一根树桩挂住，拉得更长，而且随着土獒的翻滚，越滚越长。最后，土獒爆吼一声，再无声息了。

阿喜人惊魂甫定，受伤者伤口血肉模糊，深已见骨，可见土獒犬牙之锋利和撕咬之狠劲。罗贝尔上校抽出万能包里唯一的一卷救急纱布替阿喜人包扎。穆姆托上校此时已是满身血渍斑斑，一只手更是沾满血液，他捋了一把树叶擦擦手。经过这一擦，手上的颜色更加丰富了。上校好不容易从地上找到了几片较干的落叶，认真擦拭着望远镜上的污渍。

在罗贝尔上校包扎的时候，阿喜人的目光依然长久的注视两位上校胸前的望远镜，尤其是穆姆托上校某些部件表层镀金的望远镜，虽然他疼得不时龇牙咧嘴，但是看起来分了心反而对他减缓疼痛感有所好处。

罗贝尔上校包扎完毕，又替阿喜人注射一针镇痛剂，他进行的是简便式肌肉注射。然后，他拿起自己胸前也有的黑色望远镜，贴在眼前，往远方望了望，伸出去，递给阿喜人，又指着阿喜人胸前黑色的望远镜，说道："我们交换着看一看。"

阿喜人明白了罗贝尔的意思，却指着穆姆托胸前叽咕着。罗贝尔上校恍然大悟，他们喜欢黄金。他凑近穆姆托上校耳语几句。

穆姆托取下镀金望远镜，递向阿喜人示意交换。阿喜人欣喜异常，却并不立即交换，迟疑着。穆姆托拿着望远镜，两手在胸前互相交叉晃动几下，他不知道这个动作阿喜人能否理解为交换物品，可是上校也只能这样表达了。

吊着膀子的阿喜人终于上前一步，取下望远镜与他交换。他们仔细打量着，发现表面的确是镀的黄金后，大喜过望。即使是镀金，其珍贵程度，在他们的眼里，看来也是非同一般了。一不小心碰着伤手，那个军官模样的叽咕着骂人，挨骂的惶恐地后退了一步，眼睛却还不时地往那金灿灿的东西望。

两个阿喜人又盯上了两位上校左手中指上的卫星定位跟踪器，表情很异样。他们究竟想干什么，穆姆托上校不能完全确认，总之阿喜人看来是不能平静的模样，难道他们对镀金的戒指也不放过。太贪婪了可不行。穆姆托上校不禁开始厌烦了。

阿喜人互相说了一阵子，然后对着两位上校叽里哇啦说着，比手画脚，指着一个方向，正是他们来的方向，也许就是他们的居住地，示意两位上校跟着他们去。费了一点时间后，穆姆托上校觉得已经猜对了阿喜人的意思，却迟疑着，两个指挥官孤身进入险地，是违背军规的，但是，不去的话，岂不是失去了一个绝好机会，这样绝妙的时机稍纵即逝。

穆姆托上校是不想放弃任何机会的，此刻，他才后悔没有抽调两个军尉出来加入巡逻。

“罗贝尔上校，你先回营地，我跟着他们去一趟。”他对罗贝尔上校说。

“不行的，上校。”

“好运气来了就得抓住。刚刚着陆，阿喜人便送来这么大一件礼物，能不收下么。笑都来不及呢。我敢打赌这些人对北方大陆的晚餐事件以及战事还是一无所知。或者他们就是这里的土著，用不着关心北边大陆上的事情。”

“我完全赞同上校的乐观想法。这样吧，上校先回营地，由我跟着他们去。你是主帅。”

“兄弟，把危险交给别人，自己安享自由和平安是不义的。你应该回营，派出两个军士跟随卫星定位跟踪器，找到我将要去的地方。我会随时跟你们联系的。营地就暂时拜托你和密罗辛中校了，你要暂时代理。”

罗贝尔眼眶发热，这一天中，穆姆托上校两次让他领略了头领的英勇风采甚至救过他一命。他举手行了一个军礼，然后当着阿喜人的面，拿起卫星电话机联系营地，找来了自己支队的副队长莫宁中校，要求他立即派出两个最勇敢和敏捷的军官，跟随 01001 定位信号，直到找到穆姆托上校为止。

“行事前要听听埃芬博格院长的意见。”临行前，穆姆托上校突然特意嘱咐了一句。

罗贝尔差点就改变了主意，要么跟上校互换，要么跟随上校一路去。但是穆姆托上校坚定的目光深邃而不可抗拒。

罗贝尔再次举手触额，满怀激动，转身离去。

为了避免引起阿喜人的怀疑，一路上，穆姆托上校一直没有主动使用卫星电话。可是营地打来了卫星电话，穆姆托上校断定此时罗贝尔上校还没能赶回营地呢，时间还不够呢？是什么事呢？

阿喜人十分好奇，指指他腰间响着他个性设置的音乐铃声的卫星电话机，以为他没有听到，提醒他。好了，穆姆托上校放心了，他绽颜一笑，取下并接通了电话。

"距离你所在位置大约十公里的海边，港湾中停泊着两艘船，附近还有木房，可能是阿喜人的营地，或者是一个港口。请注意。"

通讯官阿仆杜拉上尉把卫星才发现的情况对上校重复的说，直到上校强调已经清楚了为止。

十公里对于走路来说，不是一段短路程。可是急切盼望的心情驱使之下，就不觉得远了。阿喜人和上校都是这样。穆姆托上校抱着不入虎穴，焉得虎子的想法，跟随两个阿喜人一路疾行，只一个来小时便来到阿喜人的泊居营地，位于两侧山岭围抱着的港湾。

一边是高耸的条形峭壁，深入海中三百来米，一边是坡度较缓的曲形的海岸，环抱着海湾。港湾面积不是很大，却绝对是一个良港。首先映入眼帘的，是泊在港湾中的两艘巨大的木船。一艘木船船舷两侧都装有巨大的轮子，远远的高出甲板。轮子上边排着八片铁质叶片，那艘船想来应该是蒸汽机作动力的船，船的中央竖着一根巨大烟囱也能够证明上校的猜测。

另一艘却是五桅帆船，比蒸汽动力船小一些，中部竖着三根高桅，三张大帆卷着横在桅杆上，船艏和船艉各加有一根辅助桅，中部船舷有桨孔，单侧便有十六支桨，两边加起来应该是三十二支大桨。船艏上翘，冲击角包着铁片，侧面画着一只巨大的眼睛，黑白分明，眈眈而视，那里便是锚锭孔，做了一些美术性装饰。前舷两边各有三眼炮孔，船的后部建有两层木楼，瞭望台在最上面，下边单侧也有三眼炮孔。大约估计，这艘长约三十来米（包括虚梢在内），排水量上千吨的木海船，共计装有十二门火炮，而且帆桨并用，设计巧妙，进出港口缓行需要或者海上无风时航行，可以依靠大桨，并不完全受制于海风。

边走边看，半是观察，半是猜测推算，走完海边那段路后，穆姆托上校已经将阿喜人的舰船构造和海上势力作了个大致的估计。如果这就是这支阿喜部队的全班家当的话，现在，上校可以断定，这里不是什么海港，而是一个军事营地，只是规模看起来很小。卫星初步拍照探测，也从来没有侦测到整个番离岛有什么大型海港，大型城市，甚至连有没有高度智慧的阿喜人都存在疑问，因为缺乏大型人工建筑来证明。那么，这些阿喜人，又为什么在这里建立了军事营地呢？

进入营地范围后，一路上，所碰见的阿喜人都惊异的打量穆姆托上校，多半都停下了手中的活。这可是亘古未见的怪物呀。阿喜人叽叽喳喳的议论，一些胆大的靠近了，跟在后面看。港湾里顿时骚动了。

阿喜人将穆姆托上校带到了他们首领的木楼中。那木楼悬空于地面约0.5米，木楼采用此地取之不尽的粗大的圆木拼就，楼面刨得很平。上校注意到，他所见到的几座房子全是纯木头结构，显然是就地取材的临时性建筑，难道这里只是一个临时营地？

阿喜人首领也罕的个子只及穆姆托的肩颈处。依上校所见来看，很难有超过一米七零的阿喜人，他所见的这个首领差不多就是较高的一个了，当然也不排除有的阿喜人在躬着腰干活，视觉会有误差，难以判断准确。

阿喜首领也罕虽然初见异人，却颇为镇定，表现得大度得体。他在听完带领上校来营地的侦察军官的话以后，两手在胸前交叉拍了两下，又摊开双手，再合拢拍两下，嘴里叽咕着。

这大概就是阿喜人的欢迎仪式了。迄今为止，穆姆托还没有看出阿喜人有何恶意，也许北方的消息真的还没有传到这里，因为隔着海洋的缘故。上校便也以地球人的方式，谦逊地躬身还礼。

也罕首领在欢迎过客人之后，请穆姆托上校就座，那座具是一截锯断刨平的树墩，倒也分外的结实。首领简单看了看受伤的侦察军官的伤臂，又对了一番话。他的眼睛里流露出对穆姆托上校一种异样的态度来。

“他们是想要扣押我呢，还是敬佩？”穆姆托费心的搜索起古兰经上的教义来，看看哪句话能鼓舞自己，使自己面临此境也处之泰然。

阿喜首领也罕在仔细地看过镀金望远镜后，脸上有了一种舒展的表情。上校不知道那是不是叫做笑，他觉得他们的脸上的皱纹总是显得多了一点。接着，也罕首领邀请穆姆托上校到海边去，他两手比画了一通，见上校不理解，又换了一个看起来是营地里智囊人物的稍胖一些的阿喜人，跳到门口指着外边叽哩哇啦叫，最终才让穆姆托理解他们的意思。

穆姆托上校很高兴地随着他们出去，没有敌意的邀请总是不应该拒绝的。木结构的栈桥在穆姆托上校看来还算坚固，但是在海水的浸泡腐蚀中不知能使用多久。从榫头处看，这座伸向海中连接战船的栈桥似乎新建不久。他们让他仔细看那艘五桅船，那个首领偶尔拍拍手，又向两边分开，这样重复的做了多次。

这个动作有点像先前的欢迎动作，但是肯定少了在胸前交叉拍手的细节，也肯定不是欢迎的意思。这下穆姆托上校可要费点心思去猜谜了。

阿喜人也有些着急。忽然，侧面一阵骚动，穆姆托掉头一看，两个阿喜人抬了一只土獒过来了。它的四脚用草绳紧紧缚住，倒吊在一根木棒上，虽然已经死去，龇牙咧嘴的模样依然十分凶狠，它的颈下穿透了一根剥了树皮光滑的木棒，正是穆姆托上校从罗贝尔上校差点陷进去的陷阱里，看见的那种经过粗加工，坚硬尖锐的木棒，土獒浑身还有多处弹痕。显然，阿喜人的陷阱对于身重力猛的土獒起作用了。

大概是阿喜人尝够了土獒的苦头，看着它死去的模样都很兴奋，围着前后奔跑，又唱又跳，不知是因为晚上有了美餐呢，还是因为报仇的快乐。他们走近后，有意走到首领那里说了几句话，首领也抖了一下肩膀，伸出两手相拍，又两边分开。这个动作和刚才对上校做过的几乎是一样的。

噢，穆姆托上校觉得自己领悟了，这个动作是称赞的意思。

“你意思是说船很结实，很好。”穆姆托上校指指船，重复了首领的动作。

也罕首领和跟随着的四个阿喜人看到穆姆托上校如此动作，都显得很高兴。他们指北方，比画着，船将要开动，他们将要回去，又指着船和穆姆托上校，来回比画着，表示要将五桅船给穆姆托上校。

“送给我们？难道天上掉馅饼了。”上校同样比画着，满腹疑问。

阿喜首领摇着头，他们几个交头接耳说了一阵，首领拿过交换得来的望远镜，擦擦它金黄色的表面，与帆船之间指来指去，又将手指点点上校。

用黄金，交换帆船，穆姆托上校居然猜出来了。哈，哈哈！他想，自己没有在牛津大学弄个语言学博士真是浪费了。上校认真想了想，也擦擦戒指式跟踪器的黄金表皮，将阿喜人的动作原封不变重复地做给他们看，然后点头。他同意了。

阿喜人也跟着点头，欣喜得手舞足蹈。上校感喟不已，嗨，难道全宇宙的智慧生物都理解点头“Yes”摇头“No”？

啊，真主，全世界的主，“他创造了人，并教人修辞。日月是依定数而运行的。草木是顺从他的意旨的。”

订下了这笔古怪的生意，阿喜人请上校和他们一起喝果酒。土獒肉烤熟的香味扑鼻而来，十分诱人。几个重要的人物一起享受了着特殊开怀的美餐。

正用得高兴的时候，穆姆托的卫星电话机响了起来，原来两名寻找他而来的军尉已经赶到，他们看见了泊在海湾中的两艘船，也通过卫星确认上校就在这里，却不敢贸然行动。营地通讯官阿仆杜拉上尉监视到了跟踪器亮点已经靠近，只得冒险给上校打电话试试。

穆姆托开着机，向阿喜首领连说带比表示他有两个手下来了，阿喜首领明白后立即表示欢迎，他委派他的智囊军师出去迎接。穆姆托上校立即开通了短距通讯器，通知两个军尉放胆地跟着阿喜人进营来。随后，上校比较详细地将准备黄金的事告诉了分队顾问埃芬博格院长，要求他务必集全队之力，完成此事。

“上校的吩咐，我等当竭力去做。我先同两位支队长商议此事。希望能够让上校满意。”

“好，一定。我等着院长的好消息。”穆姆托上校继续将卫星电话开着，急切盼望营地的回复。

没过多久，没有关机的卫星电话哔——，哔——的叫起来，低电告警了。

穆姆托上校这才想到，整日里，从巡视丛林到遇见阿喜人，他一直开着机，刚才也说了那么久，耗电过大，电池没电了。所幸军尉已被阿喜军师接到了。三人相见，真是说不出的感慨，个个压抑着激动，也来不及对阿喜人的营地表示出过多的探奇愿望，商量起回营筹备黄金的事来。

第二集

罗贝尔上校和密罗辛中校紧急召集齐分队的全部人员，要求收取他们身上全部的金饰品，戒指，项链，或是小巧的烟具酒具，佩饰什么的。要知道，这些物品既然带了这么多年，总得有它的纪念意义，一定是在心里留着一段美好的回忆。虽然黄金并非特别昂贵之物，只与白银相当，但是谁舍得轻易将珍藏的物品舍弃呢。

尽管队中目前军衔最高的罗贝尔上校许以十倍的补偿，可那补偿的也就是普普通通的黄金呗，个人物品的人世意义远远超过它的财富意义，谁会稀罕那些补偿呢？谁会稀罕那些廉价的黄金呢？物以稀为贵，黄金不再是稀少的东西，反倒是这些从地球上带来的纪念品，是一批稀少而珍贵的东西。

大多数人迟疑着不肯立即捐出来，彼此观望。有的人口里大声说着赞同，却等着进一步的行动。埃芬博格院长耐心的尽自己所知道的情况，向全部队员作着解释，他们要凑齐一笔数量不菲的黄金去交换一艘可以在海里航行的大船。

有几人在窃窃私语。确实，黄金交换大船的话，很难使人立即相信。

罗贝尔上校有些着急，仅仅凭着对穆姆托上校的敬慕，他就一定要完成这件事，穆姆托上校还正等着他的消息呢。

和罗贝尔上校刚说完需要黄金来交换木质炮船的事情后，穆姆托上校不打招呼匆匆挂机，然后就再也打不通了，转收基站台再也收不到穆姆托上校卫星电话的半点信号。

难道这是穆姆托上校借此暗示他的困难处境吗。罗贝尔上校焦急而关切的思索着，密罗辛中校和他的心情也几乎一样，许多想法在他们的脑子里不谋而合。

可能，卫星电话被阿喜人搜走了。他们正讪笑着，得意地高举着轻而易举就获得了的了不起的战利品，四下炫耀。个子矮小的人总是狡猾多谋的。那些可恶卑鄙的阿喜矮子，罗贝尔上校甚至猜想着穆姆托上校已经被拘禁，关押在一间闷热的木屋中。天一下雨，雨水会从屋顶嘀嗒嘀嗒往下掉，蚊蚋一类丛林里的盛产品就不用说了，肯定每日每夜狂飞乱叮，密集骚扰，驱虫燃香是肯定没有的。阿喜人可没有加入优待俘虏国际公约。说要黄金交换海船，只是勒索的托词。

罗贝尔上校和密罗辛中校不时互相望着，心里怀着能够突然从对方眼中看到欣喜的成分，那是在想通了身陷险境的穆姆托上校的确处于真实而良好的情况之后。

但是，很多时间过去了，两人都没有轻松一点，反而更加疑云重重。

虽然在电话里穆姆托上校语声平静，但是那是上校一贯的作风，临危不惧，胆存于心，他只是不想叫营地的人担忧罢了。几乎每一个人都按照着这个假设推理下去，得到了同样的结果。上校被阿喜人挟持作为人质，需要一大笔黄金去赎取，事情再也明白不过了。说什么交换炮船，想想都觉得比天方夜谭更……

这么轻易就上了阿喜人的当，居然最高首领轻易地就落入了圈套，还得准备黄金去做更加窝囊的人质交易。上校能不能安全返回，还完全是一个未知数。不久这个笑话就要在登陆部队和舰队中间传开了。恨，恨。

谁能力挽狂澜呢？罗贝尔上校思忖着，要不惜一切赎回上校，只要穆姆托上校能够平安回来，赎金是可以夺回的。

留得青山在，哪怕没柴烧。对!!

“听我说，如果我们凑不齐足够的黄金，穆姆托上校可能就不能回来了。”

营地中，三个支队的人都已经到齐了，埃芬博格院长已经比较委婉地将穆姆托上校的处境作了最坏的判断，以此激发军人们的同仇敌忾的激情。现在，在再次讲过之后，他也暂时沉默了。

“那有什么，他们的安拉无所不知，无所不能，肯定会解救他于危难之中。”一个基督教徒公然说。他故意边说边把十字架项链翻在了衣服外边。登陆之后，他知道了他们的队长，他的顶头上司是个安拉的信道者，他十分不屑，才故意出言羞辱。

“不可妄言，遵守军纪。”穆姆托支队的副队长索莫斯中校警告道，言辞却不甚严厉。

“难道不是吗？”那个坚定勇敢的基督教徒干脆站了出来，正要发表他的精论。

“中尉。”罗贝尔上校立即上前，抬起激光枪顶住说话者的脑袋，“再听见这样的话，我会射穿你的脑袋，你应该知道什么叫做军法从事。虽然你是穆姆托上校支队的人。”

看他盛怒样儿，杀掉个敢于置首领安危于不顾的军人，眼睛都不会眨一下。看来罗贝尔上校真的会以蛊惑动摇军心的罪名来军法处置任何一个人，那个中尉眼中飘过胆怯之意，只剩下缄口不语的份儿。

密罗辛中校趁机叫道，“穆姆托上校不在之时，由罗贝尔上校代理队长一职。我队全力支持罗贝尔上校。”话一出口，谁都不敢再乱吱声了。

此时，看到事情陷入僵局，多数人赞成响应，少数人却明确反对，而且反对者居然来自于穆姆托上校自己的支队。分队高级顾问，被舰队总部委派类似于参谋长一职的丹尼·埃芬博格不得不再次出来打圆场。他前身是瑞典皇家科学院院长，圆滑周到，察人知微恰是他的长处。

他说：“中尉对上校有些不满，看出来了，我们可以忘却这些的。或许，你可以将不满的原因讲出来，以后，我们会向上校转达，但是现在需要我们和衷共济。没有宽恕，就没有未来。要知道我们现在代表着地球文明，而不是一个国家，一个民族或一种信仰，当然要互相兼容，相容共济，切忌彼此对抗，相互拆台，导致变生肘腋间。尤其不能抗上不尊，违令不从。我支持密罗辛中校的建议，实行紧急状态，由罗贝尔上校暂时代理分队长。”

“顾问先生，我可以说话吗？”先前那个中尉问。

“当然可以，这是你的权利，但是请遵守规则。”

“也许我不同意你的话，但是誓死捍卫你说话的权利。”接着有人悄悄嘀咕着。

“为什么上校一直隐瞒和欺骗我们，他原来是安拉的信徒。”

“不可以吗？”

“怎么不可以，当然可以，如果他前后一致的话。我说的是以前上校总是以基督信徒的面目出现的？他是什么居心？莫非是宗教间谍。”

“呵呵，宗教间谍，真是一个新鲜的名词。请少安毋躁，听我辨析。时过境迁，一个人难道不可以改变信仰么？在飞行太空的十年中，什么信念不会改变。穆姆托上校不是已经公开了他的信仰，并且彻底地尊重着各位的信仰么，丝毫没有冒犯吗？投之以桃，报之以李。”

中尉终于无言以对。

丹尼·埃芬博格院长和中尉的这番对话，释去了许多人心里的疑问，抵触情绪如冰雪消融。看看情况缓解，院长又继续说：

“我当然理解大家对自己私人用物的情愫，敝帚自珍嘛。辞旧迎新可也正是我们远赴巴纳德星系的来由。我们远行外星系，步步是劫，更需要捐弃前嫌，精诚团结。仔细想想，与我们已经丢失和放弃的东西相比，还有什么舍不得的。我承诺，你们的每一件物品，都将用两千万像素的数码相机拍照并保存下来。将来偿还与你们的，将会无比神似，和形似。你就只当自己的心头喜爱之物到阿喜人的营盘里去旅游了一转好了。如果筹不齐赎金，我们只有立即攻打阿喜人，但是知敌甚少，敌情不明，根本没有必胜的把握。甚至时间延迟，穆姆托上校都有不测的危险。我们初来乍到，对这个地方的任何情况都不太了解，不能擅自陷入战争的泥潭中。因此，你们的捐出将不仅是解救穆姆托上校，也是将解救你们自己于战争和危险的边缘。”

“拿去吧，都拿去，只要远离该死的战争。”一个中校嘟哝着捐出了他的纯金烟斗，他已经十年没有找到烟丝了，烟斗只是一件装饰品。

“我们不惧怕战争。”立即有许多人反驳这位中校，“只是为了上校。”

“需要多少？”有人问道。

“当然越多越好。尚且不了解阿喜人的胃口。”埃芬博格院长这样说。

一大堆黄金饰件堆放在一块轻薄的军用帆布上。谁也不知这些一米见方的绿色军用帆布将会派上什么用场，只觉得它可能有用，而且它是纳米材料的质地，非常轻软，却异常扎实，带上它费不了多少劲，就随登陆飞船带来了一些。

在所有的黄金物件中，其中有一些是金币，它们作为纪念某一件重要的大事或人物而发行，比较早的年代里，曾经也是可以当作货币来流通的。24K，18K 甚至 8K 的金件都有，粗略计算一下，全部以赤金换算的话，也该有七八千克了。看起来，似乎能够做一件事情了。

天色已暗，从天象看，还似乎要下雨。罗贝尔上校等人商议，明天再着手去送黄金换人。卫星定位跟踪器能够分辨出实际上两三米的距离，再靠近的话就融合成一个点了。从显示屏上的卫星跟踪器亮点数据来看，穆姆托上校和后来赶去接应的三人应该在一起，而且在不停地移动，而且移动的范围还比较大。

难道上校等人并没有被拘押，他们是自由的？

罗贝尔、密罗辛，还有以聪明周全见长的埃芬博格院长，以及三个副支队长，都弄不清这到底意味着什么。不过这种情况肯定比其他任何的情况都显得要好，毕竟穆姆托上校还在活动呀，自由的活动。

当晨曦透过森林斜着照在各顶帐篷上时，用不着林中各类鸟来唱一段起床曲，分队的人纷纷都起来了。这是第一分队在阿喜星上的第一个早晨，心中有所挂念有所期待的人，不会贪睡懒觉。

帐篷上还往下滴着昨夜下的一场小雨的雨水。早晨的一丝清凉，很快就会消失，代之而来的赤道上的炎热。趁此时机，营地选派了两名中尉和一个少校，领队的是穆姆托上校的密友安德鲁·卡洛尼少校，送黄金到阿喜人营地去。

十多个全副武装的接应人员悄悄尾随于后，相距千米左右。激光枪，手雷，匕首，每人皆备的短距通讯器，迷彩服。前面三人是公开行动的，没有在脸上涂上绿色油彩，跟在后面的人却人人一个大花脸。500 米，在密密的丛林里，这么长的一段距离，对于阿喜人来说，几乎是不可能发现跟在后面的接应人员的，这同时也是地球人能够很好地联系和迅速发起攻击的恰当距离。

凭借地球文明的信息通讯优势，谁都怀着信心能够从阿喜人手中赎出或者救出穆姆托上校等人。已经过了一个晚上了，从跟踪器亮点移动情况来看，穆姆托上校似乎还仍旧处于正常的安全状态。这是怎么一回事呢？

聪颖过人，头脑灵活的丹尼·埃芬博格院长除了静待事情的发展外，也是无计可施，只有走一步算一步，他倒有些埋怨起穆姆托上校的胆大莽撞来，但是罗贝尔上校和密罗辛中校毫不掩饰的那种对上校真实得恨不能以自己亲身去替代上校那样的感情，感染了他。

埃芬博格院长守在通讯器旁边，全神贯注地注视着显示屏上微小的变化。他的卫星电话已经被卡洛尼少校拿去了，现在只有通过卫星通讯装置偶尔才能了解一些情况，但是很不详细。院长祈祷着三人的平安。

卡洛尼少校三人一路上处处小心翼翼，提防着阿喜人设置的陷阱。可以判断出，这些陷阱不仅仅是为了保护阿喜人的营地，而且还是为了捕杀丛林里的什么凶狠但是缺少智慧的动物，所以陷阱布设的范围很大，并不仅仅局限于营地附近。穆姆托上校曾经用卫星电话机告诉过营地的人要特别提防，小心陷阱。罗贝尔上校也以他的危险经历告诫了卡洛尼少校。

丛林里简直是蛮荒状态，林深树密，人迹罕至，丰富而充满生机的植物，还有潜藏的厉害的动物，当然现在谁都不知道是什么动物。依靠着营地的通讯指挥引导，卡洛尼少校他们终于看到了阿喜人在海边的营地。

他们看见，许多矮小的阿喜人在忙碌着往船上搬运东西，人虽然不少，却是有条不紊。这时候，阿喜人还没有发现有人在近处偷偷窥视，所以卡洛尼少校等人暂时没有出去与阿喜人见面。他想争取多用一点时间去观察这个营地，如果一旦发生冲突，他们应该首先占领哪个地方，以及穆姆托上校三人会关押在哪里。

望远镜的两个圆形区域慢慢地变换着场景。蓦然，卡洛尼少校激动了。

“穆姆托上校！”他叫道，一时竟然忘记了声音过大，完全可能被阿喜人察觉。

“谁。上校？”另外两人异口同声问。

“是的，上校。他竟然在散步，有几个阿喜人陪着他。噢，他卸妆了，脸上没有伪装油彩，很干净。天啦，他的络腮胡快要成型了，梳洗的那样整齐，英雄的男人。我肯定上校的心情很舒畅。他在散步，而且，神情轻松。多么悠闲的海滩假日。”卡洛尼少校有些语无伦次。

三人商议几句，径直从密林中走了出来。

阿喜人看见了地球人突然出现在眼前，一开始大吃一惊，本能地想要射击，却没有枪。巡逻的队伍还没转到这边来呢，他们只是干活，搬运东西的，枪支还放在营房里。

稍稍定下心来后，发现来者和昨天来的奇怪高大的外星人一模一样，而且显得平静和善，阿喜人才逐渐安定下来。

“早上好，请问你们的头领在哪里。”卡洛尼少校克制着激动，面带笑容打着招呼。穆姆托上校就在远处，但是卡洛尼少校不敢叫喊。

“依哇依呜叽哇。……”

阿喜人说些什么？卡洛尼少校等人都听得云里雾里。一个看起来年长一些，嘴突得更厉害的阿喜人，摇着手示意他们跟着他走。这时，远处的阿喜人也看见他们了，顿时营地中，又是一阵骚动。

穆姆托上校等人和卡洛尼少校相见了，自是一番欣喜激动的亲吻。此刻，卡洛尼少校直觉地感到赎金一事是个误会，地球人陷入了坏念头的泥潭。但是他也无法弄明白，怕不明就里，多嘴之下坏事，只是将沉甸甸的包裹递与上校。

穆姆托接过一看，再掂掂分量，点着说：“不知这些够不够买那条船。”

卡洛尼一听此话，顿时心中一块巨石落了地。

上校带着他们去见阿喜人的首领。这首领正是前面提到陷于进退两难境地的先遣队头领也罕。议员温温儿成为统帅后，第二件事就是召集议会，通过了决议撤回南征部队。这支南征军队原意是报复番离岛上的个别土著群落在中洋抢劫过往商船的。在温温儿看来，如果不打算彻底征服南蛮土著的话，吓吓他们就足够了。这块大陆那么宽阔，毕喜国人口又那么少，连自己的国土有时都感兵力稀少，哪里还顾得上南部这块蛮荒之地。

但是，统帅温温儿的策令还没有到达，无线电发报机暂时还没有配备在海军中，陆军也刚刚开始试用。没有接到国内的命令，也罕打算擅自行动，率军回国，他能够找到的理由就是：毕喜公民的生命之珍贵，无须浪费在没有价值的南征中。近来，由于南征军的威慑力，毕喜国附近海域，海洋上几乎已经没有海盗了。也罕完全有信心说服开明的议会，向他们证明自己撤军是一个明智之举。尽管无令而退，触犯了军令，但他是有辩解权利的。

只是，在回国之前，他如果能弄到一些献给国家的礼物，方不虚此行，也好在议会面前解释。能用一条准备放弃扔掉的帆船交换黄金，也罕还是感到十分高兴的。可以说这是一笔划算的买卖。从这些天外来客任意挥霍黄金来看，这些奇异的来客连望远镜上的部件都镀上了金，嗨嗨，他相信对方会给自己一个好价钱，甚至远远超过他心中满意的底数。昨天，也罕已经提出具体的数目了，只看对方怎样交待。

彼此按照自己的礼节见过面后，穆姆托上校托出了布包裹。一打开包裹，顿时金光闪闪，引起木屋内一片激动的嘈杂声。也罕首领看样儿肯定是不满意嘈杂声，露出不悦之色，重重地哼了几声，屋内的阿喜人方才噤声。

“这些足够了吗？”穆姆托上校问，将黄金饰件一一拨开，给也罕首领看。

阿喜首领也罕凭上校的动作也能知道他说什么。也罕默不作声，沉思着，模样显得犹疑，或者是故意拿架子。与静穆的屋内相比，屋外的嘈杂声此刻显得非常突出。许多阿喜人有意无意都要经过首领屋前，瞥一眼新奇壮观的景况，满足一下个人好奇心和团体的荣誉之心。

也罕的眼光故意扫过上校等人的手指上，他们每个左手中指都戴着一枚镀金指环，那其实不过是跟踪器，阿喜人误做是真金宝贝瞧上眼了。卡洛尼少校从旁看得清楚一些，知道阿喜人嫌黄金少了。他凑近了上校耳语几句。

穆姆托上校举起手指着指环，一边摇头一边连声说：“这个不行，不能交换的。”

也罕首领也猜出了穆姆托上校决不肯以指环交换，要是进一步后悔，连用黄金交换战船都不愿意了，他可就真的一无所获地回到毕喜国了。但是，与他对对方的黄金拥有量猜测情况相比，怎么也罕首领也没有想到会只有这么点。对方可是连一个望远镜部件都要镀上黄金的啊。黄金已经远超战船的价值，但是也罕是打算狠狠赚上一笔回去好交差的。

同意交换，还是要求再加筹码？

穆姆托上校取下了短距通话器，比画着请也罕戴上。旁边的军师理解了，与也罕说了几句后，自己先拿过戴上了。他的头，耳朵比地球人的小，轮廓也不一样，费了好大工夫，才勉强挂住耳塞。卡洛尼也戴好了一只耳塞，让军师站得尽量离自己远一点。他打开自己的开关，同时示意军师也打开开关。

卡洛尼刚一开口说话，军师立即惊得东张西望，终于，他明白声音是从耳塞里传来的，才不好意思的扶住差点掉了的耳塞套。

卡洛尼少校友好地笑了笑。他开始吹出嘘声来，吹的是一段《友谊地久天长》的调子。一边吹着，一边询问似的向军师点头。

军师脸上现出奇怪的表情来。他一时随着节奏晃起头，一时又看着卡洛尼少校点着头。

穆姆托上校拿下另外一副通话器，和黄金放在一起，比画着，意思是再加上一对短距通话器，希望这能让阿喜人满意。

军师走进也罕说了几句话后，也罕这下开始乐了。他抚摸着通话器，爱不释手。这神奇的玩意，不，还可能是具有重大军事作用的秘密通信工具，足以让国民和议员们目瞪口呆。

也罕是有成就的，也罕不是无功而返。

他咂咂嘴，与身边的军师咕噜几句后，点头同意了，交换成功。穆姆托上校还白赚了一个拥有多间木屋的临时营地，以及一些必须的生活用具。

也罕陪着穆姆托上校登上炮船检查了各部分情况。穆姆托上校再次对炮船感到满意，他甚至兴致勃勃的摇动起卷帆索轮，将一面麻灰色的船帆升了起来。港湾中的微风立即将帆涨满，船，也随着轻轻一动。

上校只对也罕首领提出了一个要求，请求多给他们留下一些弹药。因为制造弹药对于地球人虽然是一件很简单的事情，但是目前没有工厂和材料的前提下，穆姆托上校也不想自找麻烦。

这个要求，也罕首领迟疑了很久，才颔首应允。他派人多增加了一些弹药，和几支枪，数量很有限。他亲自看着手下将弹药运上船。五六个小时之后，毕喜人全部登船完毕。也罕首领此时一刻也不愿意在此地呆了。面对高大且智慧的地球人，毕喜人总有一种压抑着的恐惧。迅速远离陌生的危险，是每个毕喜人的愿望。

穆姆托上校估计这支部队有六七百人，看来人口在阿喜星上的确是稀少的。

蒸汽动力炮船回航了，烟囱口冒出黑烟，巨大的转轮搅动了水面，顿时波浪翻滚。刻着精细动物图案的舵柄，在一双褐色的，长着四个手指头的手操纵下，引导着轮船慢慢离开木制栈桥。海鸟盘旋，炮船驶出了港湾。

“上校一定该把通话器送给他们么。”卡洛尼少校此时才想起问。

“你不是已经执行了么？”

“执行时不需要疑问。”

“我敢肯定他们不知道怎么给通讯器充电。”穆姆托上校拍拍卡洛尼少校的肩膀，望着远去的炮船说，“那块锂电池最多还能使用十个小时。”

离岸远去的毕喜人，目送毕喜人远去的地球人，谁都不知道，此时，两双紫色的眼睛，在很远处，悄悄地通过透镜的放大作用，把临时海港中的这一切情景都看见了。他们是强壮的六肢人，番离岛的原始土著，手里拿着的正是毕喜人制造，又遗落了的望远镜。土獒，咬死了望远镜的主人。

第三集

“上校说过需要很多黄金。电话又突然断了，我们正为上校的安全担心呢。真没料到这是一件喜事。为什么上校要购买这一艘炮舰呢？”罗贝尔上校与穆姆托上校在丛林营地会见后，这样问道。

此时，海港营地已经派了密罗辛中校带领的支队驻守了。穆姆托上校回到丛林营地，正是打算清理并放弃这个营地。

“事情缘起我们所处大陆的特殊情况。”穆姆托上校一边看着剩下两个支队的人拆除营地，一边解释说，“许多情况表明，番离岛，或者说番离大陆，是比较独立的一块，面积比澳大利亚还小，这里的土著与北方大陆的人不一样，属于另外一支智慧生物体系。虽然具体的土著居民我们还没有见过，另外两个支队也没有这方面的消息。但是我们可以肯定，他们是相对北方大陆来说，是很落后的文明。这里可能没有建制的国家，而只有零星分散的部落。我们所遇见的北方舰队，正是来尝试征服番离岛的，但是在丛林之中他们遇到了困难。什么困难呢？番离岛土著身手矫健，善于丛林作战，而且天生不怕死，勇敢无畏。加上他们豢养的凶狠的土獒，北方人一点也没讨好，只能占据着海港，而不敢深入丛林内部。他们急于退回，已经是早有的打算。

这是我个人的判断。基于番离大陆的面积和文明程度的原因，我们将要征服这个大陆，成为整个番离岛的主人。在侦察，信息方面，我们巨大的优势会成为对付番离土著的撒手锏。”

穆姆托上校此时流露出一种近似迷茫的神圣表情。

“征服番离岛，不错的主意。我们要监督，指挥那些番离土著修建一座标准足球场。这样一来我们就可以尽情地跳桑巴足球舞了。好啊，上校真是妙主意。”罗贝尔上校兴致盎然。

“上校的意思是要用炮舰做交通工具，弥补我们缺少大型运输工具的不足。可是有一点，这样一来，我们将难以正常接收卫星信号。卫星接收器必须获得极大稳定性和精度才能接收信号，颠簸的海面上是做不到这一点的。而如果将人员分散，留一些驻守营地，恐怕我们应付不过来。本来我们的人员就少。”埃芬博格院长说。

“怎么需要留守呢。番离岛有五百多万平方公里，说是岛，还不如说是大陆。无论如何我们想要凭地球人力量全部占领，都会心有余而力不足。我们是要四处征战，直到整个大陆臣服于我们，然后再进军北方，与阿莱斯上校和徐豹上校会师。”

“此主意过于浪漫。依我看，不如占据海港，开拓基地，建立生产工厂，等待太空舰队大队人马到来。”院长突然固执己见说，这与他一向圆滑的态度可有些变化。

“上校的意思呢？”穆姆托上校转而问罗贝尔。

英雄的幻想此时正激励着罗贝尔雄心勃勃的思想，能和穆姆托上校一起并肩创立一个崭新的国家，怎不令人热血沸腾呢？他攥紧拳头说：“我们已经有了炮船。我们只需要一个更为详尽的征服计划。”

“寻找开阔地，建立营地，开垦土地，让番离土著来劳动。每隔半年左右我们就可以建设好一个营地。一个基地，就是一个城市的基础。然后再沿海而行，寻找更多更好的基地。”获得支持，穆姆托上校坚定的侃侃而谈，“我们可以留下十来个人驻守基地就够了。只是可能首先需要大量的麻醉枪药，以捕获番离土著，再进行教化——驯化。的确，我们是很缺人手的，需要大量的劳动力。怎样弄到，不，怎样生产出麻醉枪药，这个问题恐怕要依赖于埃芬博格院长带领非军事人员去完成。目前除了技术外，我们一无所有。当然我们要求助于总部，再给我们增援许多必须的设备来。”

院长见无法抑制两位上校的雄心，只得提醒说：“待密罗辛中校会齐后，再研究一下周密的行动计划吧。”

正说话间，通讯官阿仆杜拉上尉来电话说，红外线监测器发现有三个热点正在从丛林中向营地奔来，速度很快。

“只有三个番离土著？”埃芬博格院长十分不解。

“不，是土獒，我们已经领教过了。这是一种凶猛无比宁死不屈的动物，是番离人最可怕的武器。”穆姆托上校深知土獒的厉害，立即命令副队长索莫斯中校带领几个人迎击，最好远距离攻杀，且叮嘱他们准备好匕首，切不可让土獒近身。

两个小时过后，索莫斯中校带回了烧得千疮百孔的三只巨大土獒。他们在土獒来袭的方向上，上树设伏，土獒一进入射击距离，便遭到了激光枪悄无声息的偷袭，可怜的土獒根本不知道死亡袭击来自何方，想撕咬却找不到对象。它们傻啊，绝不肯逃跑放弃，在原地晕头转向狂哮一阵后，一一被击毙。

“今晚有美餐了。”罗贝尔上校仿佛已经闻到了烤肉的香味。

“不，上校，你不能享受这顿美味。”穆姆托上校出人意料地说。

“啊，为什么？”

“把它高挂在树上醒目的地方，挂在登陆舱附近。”

登陆舱不能跟随队伍周游，它太庞大，太沉重了，缺少大型运载装备，也没有宽阔的公路，来把它弄到炮船上运走，炮船尚不能承载如此的庞然大物，可是它的确是个以后还必须重复使用，目前又缺少条件不能在阿喜星上制造的宝贝。

在这之前不久，埃芬博格院长就关于登陆舱的问题反复与穆姆托上校争执过，甚至隐晦的嘲笑过上校是一个不懂得尊重文明的野蛮人。身为顾问的他除了据理力争外，他缺少权力去阻止穆姆托上校做任何事情。作为最高长官的穆姆托上校在取得罗贝尔上校和密罗辛中校的支持后可以干任何事情。

在军队中没有民主可言，院长为此郁闷不已。如果总是暗中向总部诉说穆姆托上校的不是之处，则自己今后的处境将更为艰难。埃芬博格院长进退两难。稍感欣慰的是，穆姆托上校采纳了院长的部分建议，还是命令对登陆舱进行加装必要的防卫设施。

这种防卫装备是，当动物体接触到登陆舱体的时候，舱内警戒检测器检测到接触信号，立即产生并释放脉冲高压电。它的电流很小，电压却达几万伏，足以给入侵者留下战栗不已终身难忘的痛苦记忆。登陆舱上的太阳能电池板能够满足长时间的供电需求，只要高压放电不是太频繁。

穆姆托上校打算用尽一切方法，来吓唬番离土著，使他们俯首称臣。万事俱备，可以移营了。

“现在，我们还要进行纵深搜索，看看有何危险，看看这些丛林野人到底是何模样，最好是找到他们的居住点。”

穆姆托上校刚表达出他的想法，罗贝尔上校和密罗辛中校立即表示，他们支队希望领受这个任务。

埃芬博格院长一言不发，不偏不倚，等着穆姆托上校定夺。

穆姆托瞟瞟罗贝尔上校，后者一副孔武有力，高大硬朗的足球前锋样儿。他笑而不答。

密罗辛中校也笑了。他竟然明白了穆姆托上校的心意，他很友善地把任务让了出去。

第二天一早，罗贝尔上校带领自己队中五个人出发了。他们的目标是南偏西三十五至四十度，纵深三十多公里的搜索范围。卫星照片和卫星红外线检测都显示，这个地带似乎有智慧生物活动。一张照片上显示的甚至可能是他们聚居的村落。丛林内高大参天的树木阻碍了卫星对地面的监测拍摄。

罗贝尔上校一行人无所凭借，只能摸索着前进。他们不知道北阿喜人的陷阱安装范围是多大，也不清楚土獒就在何处藏匿着，随时可能猛扑过来。这两者，都令罗贝尔上校还怀着半分心悸。尤其如此，他才知道怎样嘱咐部下小心翼翼前进。

过了一个多小时了，罗贝尔上校估计还没有走出五公里。此时，穆姆托上校已经带领着部队向海港营地迁移。罗贝尔上校默算一下，今天之内，他们很难完成纵深搜索，是否要在丛林荒野里过上一夜呢，还是加快速度，减少搜索距离，争取一天内完成目标任务。

在一个稍显开阔的地方，罗贝尔叫停了队伍，让军人们都说说自己的想法。

一旦停下来，丛林里飞来飞去的巨大昆虫的嗡嗡声音就显得更加响亮。这些昆虫形态像蜜蜂，个头却像蜻蜓，长着鞘翅又像金龟子。嗡嗡的声音来自它快速振动的共两对四支透明的膜质后翅。这时，它质地坚硬的鞘翅努力朝前举着，避免妨碍它的飞行。虽然他们看起来十分努力，飞行的速度可不敢夸奖，过重过大的身体成为它们灵巧的障碍。但是对于丛林植物来说，这些奇形怪状的飞行物仍然是绝对的取食者。

飞行的昆虫掠过一个少校的眼前，膜翅几乎碰上了他的鼻尖，一股锐风扑进了他的眼睛。少校狠狠地骂了一句，举起了枪。

怪模怪样的丛林昆虫过慢的速度给它带来了杀身之祸。激光枪击中了它。它跌落在地，一股焦臭味儿散发出来。少校发出两枪才击中，更高处，一片树叶也立即烧出一个洞，冒出白烟来。

少校撇撇嘴，弯腰捡起一根木棍，拨弄它的尸体。

所有参与搜索的军人都表达了意见。从谨慎的角度出发，他们应该保持缓慢的进度，至于时间问题，他们可以用在丛林里歇上一夜来弥补。

这是罗贝尔上校提出来的建议之一，可能他比较倾向与这个方案，手下也受了上校的暗示，很快都选择了慢行搜索的方案。毕竟，丛林里的危险更值得重视。

嗡嗡嗡的声音更大了。每个人都被吵得心烦。

“啊，来了一群甲虫蜂。”

突然最左侧的军尉叫道。

众人定睛一看，顿时不由得都大吃一惊。前面，有一大群被情急之下叫成甲虫蜂的昆虫，正飞过来。它们似乎目的明确，难道是来报复人类的？

“它们尾部有刺。”刚才拨弄过甲虫蜂虫体的少校叫道。

来不及多想，罗贝尔上校下令开枪。

甲虫蜂被突如其来的死亡之光打乱了阵形。第一轮射击过去，有三只掉落下来，第二轮过去，又掉下四只。

剩下的不屈不挠继续往前飞。杀戮，在紧张和悄无声息中进行。

每轮射击，相隔还不到三秒。一会儿，三四十只甲虫蜂射落地上。剩下的一百来只，已经飞过了这段距离，来到六个地球人面前。

甲虫蜂急速扇动着膜翅，调整着方向，对着这群地球人疯狂的蜇刺。

每个军人，都拔出了匕首，挥舞着，远射，近劈。甲虫蜂身体硕大，这反而是它们的致命伤。太大的目标，使它们无论远近都易遭受攻杀。许多好不容易接近地球人身体的甲虫蜂，生生地被手臂抡飞了，或者被回过来的匕首戳中而魂飞魄散。

一只，又一只。四五十平方米的范围内，掉满了甲虫蜂的尸体。空气里，充满浓烈的尸体焦臭味儿。

终于，空中只有几只甲虫蜂在飞舞了。

“怎么阿喜星上尽是一些宁死不屈的硬汉。连一只甲虫蜂都这样。”

望着兀自飞舞着，寻找攻击目标的几只甲虫蜂，罗贝尔上校叫道。

“上校注意。”

原来，说话间，一只甲虫蜂飞临上校的头顶，正寻找着下刺的间隙。上校仰头一看，一声冷笑。手中匕首划出一道白光。

那只在头顶飞舞的甲虫蜂，竟然被一刀两断，叶，叶，掉在枯叶堆积的地上。

尽管不好瞄准，剩下的几只甲虫蜂仍旧被锲而不舍的军人们反复射击之后，全部射落下来。

范围不大的地方，白烟四起，从天上看下去，像是着火了一般。

“哎哟，疼死了。”战事结束，有个军人叫了起来。

“他妈的，怎么往这里招呼啊，真是下流。”叫骂的是一个尉官，他的屁股上挨了一下螫。

六个人中，有三个人受到了甲虫蜂的螫刺。衣服脱下来一看，肩膀上红肿了两块，每块四分之一巴掌大；裤腿挽起来了，大腿外侧肿起半厘米高；内裤脱下了，像在臀上盖了一个粉红的印章。

“哟，你咋长了三个屁股墩，真不愧是外星人啊。”

叫骂过的尉官被取笑，可是他却没有精神气来反唇相讥。

所有的肿起来的地方都火辣辣的疼。附近连水也找不到，想冷敷一下都不行。更要紧的是，谁也不知道甲虫蜂的毒性有多强，会不会危及生命。

“我们还向前行么，上校？”

“回去的路程，一样很远。丛林营地，已经空了，我们还只有赶往海湾营地。而且，对螫伤来说，即使赶回海湾营地，也无济于事，我们没有这种药。”

罗贝尔上校迟疑着说。

肩膀上有两个红肿包块的校官，用刀尖划破了其中一个，伤口渗出鲜红的血。

“可能没有什么毒性。”罗贝尔上校看过后说。

“我也这样想。红肿，只是皮肤对甲虫蜂分泌液的过敏反应。疼是有点疼，不过还忍受得了。”

“嗯，恰好是因为还有疼痛的感觉，才说明可能毒性很小。那，我们稍事休息一下，再往前行。”罗贝尔上校做出了决定。

第四集

经过甲虫蜂的一番袭扰惊吓后，罗贝尔上校一行人行进得更加小心了。上校也下了严禁随意开枪的命令，避免引来不必要的麻烦。尽管丛林里已经很闷热，每个人都还是长袖长裤，灌木荆棘奈何不了韧实无比的纳米材料迷彩服。只有挽起袖子的小臂偶尔会被枝条挂上，有时也会留下细小的划痕。

搜索中，有时，他们会闻到丛林里散发着的一种特殊香气，若有若无，这种香气竟然给人一种莫名其妙的愉快满足感觉。这种芳香，以前谁都没有闻到过。当他们靠近一种高大茂盛，树冠硕大，树叶密布的树木时，香气会更浓一些。在这些树上，结着许多颜色艳丽的拳头大小的果子，样子像苹果。也有的果实掉落到地上，崩裂开来，果肉包着的核内，几颗石榴籽般大小的褐色籽实，也显露了出来。偶尔地，在这些大树下，还能看见类似于鸟，鼠之类小型动物的骸骨。

罗贝尔上校蹲下去，拔出匕首，划开了一个新鲜的果实，然后用鼻子快速的吸吸气嗅一嗅。

“香气不是果实里发出的。”上校摇起头说。

“也许，可能是大树上发出来的？”

“各位有没有注意到，这股特殊的芳香有种迷醉人的作用？”罗贝尔问。

“如果更浓的话，有这可能。刚才我觉得很香的时候，差点晕倒。”臂上被甲虫蜂蛰过的那位少校说。他看起来已经没有什么疼痛大碍了。

“是不是，你体内的甲虫蜂毒液发作了。”罗贝尔上校关切地问。

“不应该是。”

“不会的，上校。”

“我也觉得不会。想想看，这附近地上的动物尸骨怎么解释。”

所有的人都把晕眩偏向于怀疑结着美丽果实的大树。

“难道，这些就是传说中的食人树。”

“你说的不对，最多只能算是杀人树。”

“会有这种树？”

“当然可能，地球上也有，在非洲的扎伊尔。——我没见过，听说的。”

一阵毛骨悚然的恐惧，迅速地袭过每个人的心里。

队伍停下了。罗贝尔上校从肩上取下了卫星电话，接通了尚在迁营途中的穆姆托上校的电话。

“我需要一个植物学家。”他简短的叙述了遭遇的情况。

“你确认树上的果实正在成熟期吗？”植物学家从后面赶上来了，接过电话问。

“是的。”

“香气是不是果实里的。”

“不像是，果实里远远没有那么浓烈。”

“那么，有以下几种可能：大树散发出愉悦人的特殊芳香，是要吸引动物前来，吃它们的果实，把种子带走，从而通过粪便排泄的方式，将种子播撒向四方。”

“可是，大树附近常有小型动物的尸骨。”

“那，也可能是第二种情况。果树在果实成熟期，会散发出一种特殊的气体来催熟果实，就像苹果树在苹果成熟期会散发出乙烯催熟果实一样。如果散发的气体毒性较强、浓度较大，对小型动物就会产生较大的杀伤力。上校看到了新的动物尸体了吗。”

“是的，有。这类树都很高大，树冠浓密。”

“对了，那就基本上可以确定了。树冠的笼罩阻止空气流通，使大树下的香气，——毒气久久散发不开，达到一定浓度后，如果长期逗留，就能令小型动物晕倒，甚至毙命的——如果晕倒的时间很长，久久不能醒过来的话。上校请离开这类树远一点就行了。对于大型动物，它们的迷醉力还是有限的。从上校说的大树附近只有小型动物来看，我想我的判断应该是正确的。”

罗贝尔上校将植物学家的话原封不动的转告给每个军人听。大家虽然都有些惴惴不安，但是都同意继续前进搜索。

搜索在进行，各类奇特的植物，不断映入眼帘，直看得人眼花缭乱。不知名的小动物也不时从不远的地方跑过。军人们忘却了危险，兴致勃勃的谈论着，好奇心此刻得到了很大的满足。但是他们都尽量避免去碰触那些看起来不怎么友好的植物。有一些树，树根部盘着许多气根，貌似柔软的匍匐在地面，好像一根根粗大的绞索。一个尉官谨慎地用匕首试着插入了刀尖，看这些树根会不会动。

没有反应。树根的木质也很坚硬。大伙儿都开心地笑起来，嘲笑这名军尉的胆小谨慎。

忽然，西面传来凄厉的尖叫声。声音穿透了密林，也仿佛穿透了耳膜。所有的人一下子紧张起来。叫声不断，声音却变得沉闷起来，好像发出叫声的动物被蒙住了嘴一样。

躬着腰，一步一步地接近了发出声音的地方。突然，一幅景象，令看见的人都惊呆了，但是忍不住要更靠近一些去观看。

十多米之外，一头兔子般大小的丛林动物，被一棵巨大的“芭蕉树”叶卷住了，它四脚离地被卷到了树腰上。树根部原先摊伏在地上的巨大“芭蕉叶”正在向上收卷起来，只见这些硕大的“芭蕉叶”把丛林小动物逐渐包裹得严严实实，看不见了。小动物还在挣扎，惨叫，两条腿还露在叶片外面，只是声音逐渐变小，然后只是偶尔的发出一声呻吟了。

但见“芭蕉叶”越裹越紧，林中重新恢复了原先的寂静。

“先前见到过一次这样的芭蕉树，树叶也是摊在地上的，还差点走上前去，仔细看它叶片上水珠一样的黏稠液体物呢。”一名中尉心有余悸地说。

所有的人都停下来，静观其变。

向上翻卷的“芭蕉叶”越卷越紧，偶尔从叶片的缝隙中漏下几滴浅红色的液体，那肯定是小丛林动物的血水。

这巨大的“芭蕉树”其实是一棵外形颇像芭蕉的大树，它足有八九米高，顶部开着一些淡黄色的花。伏地的叶片呈蜡质的深绿色，厚实而显得韧劲十足，有一米至两米五长，由两片组成。现在，就还有十多片叶片环绕在芭蕉树四周，有的还互相重叠，粗大的叶柄连着树干。仔细一看，叶片上沾着黏稠的一些液体，还长着许多细小的尖刺。中间的叶脉呈浅棕色，像一副坚韧的骨架。

罗贝尔上校捡起一段手臂粗细的枯枝，扔进了张开的“芭蕉叶”。

两片“芭蕉叶”突然弹起合拢，像老鼠夹子一样敏捷。众人不由得都吓了一跳。

“芭蕉叶”开始往树干方向卷曲，这时，它收缩得比较慢。周围的叶片也助援一般，随着卷曲起来，这样一来，包住木棍的叶片就变成三片了。谋杀口袋变得更加结实。

人们都静静地等待着。

“我相信，这些叶片不仅分泌消化液，还分泌一种麻醉液，使落入陷阱的动物肌肉麻木，失去知觉而动弹不得。”

“芭蕉叶”已经不动了，沉寂中，充满了恐怖。有人忍不住说话了。

“说得不错。我们看看结果。”罗贝尔决心彻底的弄清杀手“芭蕉”的面目。

于是，军人们在附近找了一个安全的地方坐了下来。

大约 1 小时后，卷曲于树腰的“芭蕉叶”开始一片片地舒展开来。“哗啦啦”掉下一堆白骨，落入树干旁浓密的草丛中。丛林小动物的血肉不见了。

“芭蕉叶”重新摊伏在地面上，隐蔽于草丛中。可是上了心的人一眼就看得出来痕迹，因为它旁边的草都被压倒了。

众人都倒吸了一口冷气。

“我想，今天，我们就搜索到这里吧。”罗贝尔上校见人人都有悚惧之态，便打破了死一般的沉寂说。

“是啊，装备不够，人手也少。来日方长啊。”屁股受蛰的少校赶紧跟着打退堂鼓。

头儿的话自然是对的。罗贝尔上校连忙与穆姆托上校联系，简短地说了声“见面详谈”后，就带队沿着曾经走过的路返回。他们不知道通往海港营地最近的捷径，而且也不愿意去重新试走一条充满危险的陌生的路，只有先回丛林营地，再沿大队迁营人马的老路走了。

罗贝尔上校相信，只有丛林深处，才充满了这样的危险。

第五集

凌晨是个容易放松警惕的时候。天色还很暗淡，熹微刚刚显露在天边，无涯的海洋轻轻地把深蓝融化在天与地之间，使它们几乎浑然一体，颜色也灰黑而模糊。海港营地在经历了头两天的喧闹后，正迎来了又一个寂静的清晨。

穆姆托上校被执勤通讯官吉米上尉从梦中叫醒。他拍拍胡子连在一起了的络腮胡下巴，揉揉惺忪的眼，眨了几下，立即从眼中放出抖擞的神采。

“有大群动物正向营地逼过来。”

“数目多少？”

“很多，超过两百。距离还有六七公里。”

“啊，六七公里。这么早。速度呢？”

“速度不是很快，和人步行相当。”

“马上通知埃芬博格院长，罗贝尔上校和密罗辛中校到我的营帐来。阿仆杜拉上尉起来了吗？密切注意情况的变化，随时向我报告。”

吉米上尉领命而去。

穆姆托上校用润湿的毛巾擦擦脸。水还是昨夜下雨时，毕喜人挖的坑截留下来的雨水。海湾处在一个没有淡水河流的地方，一个连接几条水沟，在低洼处人工挖出的大坑，便是海港营地的储水窖。临战状态使穆姆托精神振奋，久疏活动的上校觉得全身筋脉都在发痒了。

停止了丛林的纵深搜索，地球人当然没能找到当地土著的聚居地，也没有见过任何一个土著人的形象，但是，穆姆托上校有足够的信心应对。

三分钟过后，三人都赶到了穆姆托上校的木屋，这间屋子正是毕喜国南征军先遣队统帅也罕居住过的地方。上校请进来的三人也擦擦脸，喝了一口昨夜就储存在水瓶里的开水。保温瓶是毕喜人留下的贵重物品。

“有两百来人的阿喜人开始进攻我们了。”穆姆托上校直奔主题。

“是吗？北阿喜人还不是刚卖了一条船给我们吗？难道其中有诈。炮船！有假？”埃芬博格院长打了一个冷噤。

“可能今天前来偷袭的不是北边的阿喜人，说不定正是番离土著。”罗贝尔上校精神倍增。

“连北阿喜人都放弃了南征回去了，可见番离土著从文明上讲虽然落后，确实是个难缠的角色。他们拥有天时地利，熟悉环境，我们可得小心。”密罗辛中校发表了自己的看法。

“时间不待。密罗辛中校带领你支队的一半人到炮舰上守住，以防万一。要特别注意那些水下试图靠近的潜藏物。”说到这里，穆姆托上校觉得自己说过了头，以阿喜人的文明想要从水下潜近后攻击炮舰，即使以较先进的北阿喜人都不可能，番离土著就更难做到了，不知为什么，穆姆托上校凭直觉一直认为前来偷袭的是番离岛土著。

“密罗辛支队的另一半人由泰米尔中校率领，巡视海湾，防止有人突袭。罗贝尔上校支队分出一半人从正面拦截敌人。”

“支队一半的人正面迎击，只有十四五人，而敌人可是两百来人的队伍啊。”罗贝尔上校担心地说。

“别急，我的支队会从侧面包围敌人，务必将他们全部歼灭，当然我们也不拒绝他们投降。我们首先从两侧袭击他们，使他们不能找准一个方向集中力量进攻，这样上校就可以下手了。注意不要冲锋，等着敌人送上门来就可以了。以逸待劳而已，罗贝尔上校不必担心。”

“我的支队还有一半人员呢？”罗贝尔上校又问，“是不是派他们驻守基地，防止混乱。”

“完全正确。至于埃芬博格院长，请你集中非军事人员到一块安全地方，莫宁中校会保护你们的。最好不要待在木屋中，因为我们不知道会发生什么情况。这可是阿喜人的木屋，目标明显，小心为妙。”

埃芬博格院长不得不折服了穆姆托上校的机智周全，临危不乱。“不需要保护，我们也会开枪，我们也有枪呀。”他说。

“你们当然得拿好枪，还得学会准确发射。等营地建设初步结束后，即可抽时间进行训练。”

三分钟后，各队人马集合完毕。二十五分钟后，以穆姆托上校支队为两翼，罗贝尔支队的一半人马为正面的钳型口袋，完整形成，静静地等待着阿喜人自投罗网。伏击地，距离营地不到两公里。时间太紧，不能设得更远了。

穆姆托上校和他的亲密战友卡洛尼少校藏身于一棵茂密的大树上。宽大的树叶还有些湿漉漉的，想是晨露的聚集。这些晨露在炎热的番离岛上，保留不会再超过一个小时。

呼吸着清新湿润的林中空气，感觉不像是在做死亡游戏，而是更像丛林探险。自然虽然危险，却绝对不会存心编织好了陷阱，等着猎物往里跳，自然从来没有用心险恶。

主动权完全在穆姆托上校这一边。对于来袭的阿喜人而言，不管是背信弃义的北阿喜人，还是当地土著，那却纯粹又是残酷的死亡之路。穆姆托上校信心十足。

埋伏圈设在距离海湾营地近两公里的地方，这近两公里地就是一个缓冲地带，即使有部分阿喜人侥幸冲出伏击圈，也难以对海港营地构成任何破坏，难以威胁到营地里其他人员的安全。宽裕的时间，迅捷的通讯，守卫营地的人二次阻截，当能全歼敌人。

可惜时间太紧，麻醉枪尚未能配制，要不然穆姆托上校认为这是一个绝好的捕获俘虏的机会。现在对对方一无所知，而且对方人数又多，当然不敢冒任何风险去活捉俘虏。

但是上校心中却有暗暗抱着一个幻想，来袭的敌人中肯定会有伤者，不可能悉数毙命。有伤者，所以，还是有希望在这一战中捉到俘虏的。

手持式红外线远视镜已经能够捕捉到远处林中移动的红色斑点了。树林很密，这时候还看不到任何敌人。根据数据测算，大约还有一千多米的距离。上校悄悄告诉了身边的卡洛尼少校，少校激动得浑身都有些哆嗦。

身藏大树，两人靠得很近，穆姆托上校当然察觉得出卡洛尼少校的激动和紧张。他递过去了望远镜。

卡洛尼接过望远镜，微微一笑，向前方仔细的搜索起来。

“啊！”

“什么事？”

“阿喜人有多少只手呀？”

“你说有多少支？”

“晃过了，没看清楚，树木又挡住了，反正不只两只手。他们像是马呢。好像是有两种动物在走，一种高大，另一种矮的几乎看不见。树叶太密了。啊！看到了，他们长着四只手，举着长矛。”

“长着四只手？”穆姆托上校拉过了望远镜。

“好，这才是真正的番离土著，他们身材高大，长着马一样的头，不过要短得多。啊，一群丑陋的家伙。拿着木制长矛，矛尖很尖利，有的举着弓箭。窜来窜去的动物是凶狠的土獒。请务必小心土獒，它们可是一些决不吝惜同归于尽的家伙。”穆姆托上校一边观察，一边打开了短距通话器，把消息通知所有伏击的分队人员。此前，远隔千里之外的阿莱斯分队已经将一些阿喜人长有六肢的情况汇报给了舰队总部。作为队长，穆姆托是知道一些情况的。

从现在开始，不到一个小时之后，包括徐豹分队在内的所有登陆人员，都知道了长有四只手的南阿喜人，或者说，番离大陆土著居民。

精心选择的伏击圈里，林木要比四周少一些，多为高大的参天大树，地面上事物因此比较容易看得清楚。慢慢的，近了，有一两个番离土著出现在视线中，接着一个又一个出现。不用望远镜，也能看得清楚。

这些番离土著人，看起来每个都超过一米八十，手中硬木柄长矛也差不多和土著一样高。他们果然长着四只手，相比之下，两腿就显得短了一些，不过十分粗壮。他们全部赤裸着上身，腰背看起来十分强健，腰际说不清是布条围成的呢还是坚韧的草叶，活脱脱像夏威夷草裙，但是更短一些。他们的头长而微突，只在头顶长着短毛，善于幻想的人会觉得似乎和地球上的马有亲缘关系。耳朵也较长，直立，还会动，以搜集来自各个方向的微弱声音。看来，阿喜星上的番离土著的听力应该是很好的了。

他们中一些人还同时擎着或拿着两种武器，弓箭和长矛。他们的手多啊，真是物尽其用。长矛顶部缠着黑硅石一类坚硬石块磨制而成的矛头，极像是古代地球人的克洛维斯长矛。毫不怀疑他们也能同时使用这两样武器，远射，近戳，一定是凶悍无比，勇不可当。

再近了，后来又看见，应该还有第三种兵器，标枪。其实就是一根硬木棍，枪杆比长矛细很多，没有矛头，顶部削得很尖，像是投掷用的。十来只土獒窜前窜后紧紧跟随着主人。它们不时停下，用鼻子去嗅四周的气味。但是土著为了防止它们在行进中发出嗥叫声，会坏了大事，因而用布套套住了它们的嘴。当到达海湾营地的时候，便会扯掉布套，驱动土獒发起撕咬的攻击。

但是这种做法，恰恰帮了穆姆托上校他们大忙。土獒失去了它们往日极其敏锐的嗅觉，因而对森林中飘过的微弱的人类气味难以清晰的辨别出来，所以不安的四下乱望，跑前跑后。

穆姆托上校的藏身之处位于伏击圈的最前面。

“这约翰身穿骆驼毛的衣服，腰束皮带，吃的是蝗虫野蜜。”穆姆托引用圣经悄悄地在卡洛尼耳边低语，以此嘲笑番离人。再过几秒钟，距离就近得没有机会说话了。

一个，又一个，高大强壮的番离土著经过了树下。

当最后一个番离人从穆姆托两人藏身的大树下蹑手蹑脚经过后，上校举起枪瞄准前面那个不时低声吆喝，看起来像是首领的番离人，用短距离通话器下达了射击的命令。

三十来条死亡之光无声无息地射出，突然，只听见正在行进的番离土著，发出一片慌乱低沉的吼叫声。激光射出并不立即置人于死地，多数都需要两枪，三枪，才能击倒，因此有人也把激光枪射杀叫做中国式凌迟。

悄然前进的番离人一下乱了套，他们的首领在剧痛之余奋力地毫无方向地投出一标枪后，才慢慢倒地。这时候，他手中依然紧紧攥着一柄长矛。第一阵突如其来射击过后，番离人已经倒下了二十来个。因为准备充分，这一轮的射击效果是最好的。然而死亡射击却几乎是连续的，因此番离人一个接一个倒下，没有喘气的间隙。

土獒遭受突袭，却找不到攻击之人，原地吼叫着。又有几个番离人痛苦的倒下后，他们终于明白了神秘的死亡之光来自于他们的身后和两侧，来自于高高的大树上。

空气中开始弥漫着皮肉的焦煳味，刚才还宁静清新的林中平地，霎时成了一个宽阔的烧烤屠场。番离人在不断的倒下。射击的人并不急着去解决那些土獒，如果方便凑巧的话才瞅准也射上一枪。

土獒永远不知道怎么去进攻树上的人，但是树上的人却可以轻易地置它们于死地。动物与人类，智慧与蒙昧，这真是不公平的较量。可是番离人开始反击了。

一个披着长发，身高足足超过两米，脖子上系着暗红色巾条，鼻孔上还穿着一只金属环的番离人，在中了一枪后，奔跑着跳近一棵有人的大树，事实上，这里几乎每棵大树上都有人。立即，又有两道蓝光一闪而入，射入肉躯，青烟升起。

高大雄壮的番离人巨臂猛摆，奋力一掷，竟将标枪呼地飞起，直指十多米开外的树梢上。那正是穆姆托上校和卡洛尼少校藏身的树。标枪迅疾如风。

卡洛尼少校惊叫一声，来不及侧向躲避，只得仰身一闪，避开标枪。标枪躲过了，人却直挺挺掉了下去。

就在他掷出标枪的同时，一道激光指向了鼻孔穿环的番离土著的头。他来不及欣赏他的英雄杰作，便永远失去了所有感觉。他倒地和卡洛尼少校落地恰在同一时刻。这时，他的左上手，还捏着一张不大的弓。

四只土獒两前两后飞速地窜了过来，甚至比激光枪瞄准的速度还快。穆姆托上校连忙射击，只放倒了一只，另一只被另一个方向射来的激光烧倒了。它们都是在蹦跳了几下后才挣扎倒地，以至于射手怀疑它只是受了伤，不足以致命，所以又补了几枪。而它们的拼命劲头足以让它们窜起来，张着大嘴，妄图以锐利有力的牙齿去撕咬正从地上爬起来的卡洛尼少校。

借着惯性，扑倒在地的土獒擦着地，翻了几个滚，才完全止住。最近的一只，距离卡洛尼少校只有两三米距离。

另外两只土獒已经扑到了卡洛尼少校跟前。少校本能地举起手中的激光枪去格挡，然而土獒的速度比他快得多，动作也准确得多，一张嘴，竟一下咬住了他伸出的手腕。

卡洛尼少校听得见牙齿刺穿皮肉和咬破骨头的咯嚓声，一阵钻心的疼痛立即袭满全身，卡洛尼少校几乎晕了过去。这还不算完，另一只土獒扑咬住了小腿上的腓肠肌，摇头猛摔，结实的裤子像草叶一般被撕碎。一块血淋淋的腿肉被撕了下来。卡洛尼少校只觉得地狱里的惩罚也就是这个样了。

穆姆托上校大吼一声，纵身跃下大树，借着六七米高度的重力冲量，那只咬住卡洛尼少校手腕还摇头始终不肯放松的土獒，一下就被踩憋气了。这家伙几乎半个身子都陷进了因积累了大量的腐殖质而比较松软的泥土里。

在空中，上校已经掏出了匕首，刚一落地站稳，匕首猛地扎进了土獒颈项。上校左手摁住土獒，右手往匕首的锯齿方向用力，一拉一锯，一大股鲜血迸射出来，土獒几乎半个颈子都要掉下来了，它再也嚎不出凶狠劲来。

另一只土獒在稍一愣神之后，掉头咬向上校，就在这一刹那间，上校的匕首来不及抽出，顺势左拳横着向外猛砸，土獒的前胸受此一击，倒飞出去三四米远。等它一连翻身起来，想再进攻时，两道激光射来燎倒了它。滚了几圈后，再被两道激光结果了。

番离人中，有几个看见了这边的情况，呜拉呜拉吼叫着，不顾激光的穿射，也冲了过来。他们挥舞着蜘蛛般的四只手，把长矛，标枪抡得呼呼响，以壮声势。其中两个张弓引射。穆姆托上校暗叫不好，未等他扑倒已经疼得反应迟钝的卡洛尼少校，哧的一声，一支箭，穿透了卡洛尼少校的咽喉。

穆姆托随着倒地了，他这样做是为了减小挨打目标，赢得时间。一颗手雷冒着烟，划出一条弧线，轰然爆炸，冲过来的番离人倒下一半，其余几人也被激光枪搁倒了。最近的，只有十来米远，穆姆托上校这颗装了高能炸药黑索金的手雷，真是让他险中求生。

可是更多的番离土著似乎已经察觉到了这边突然出现的情况，蜂拥而来。立刻，二十多道几乎看不见的激光在他们面前交织成一道死亡之网，细微的蓝光晃动，一个个冒烟的小坑嗤嗤作响。这道密集的光网阻止了番离土著对穆姆托的进攻之势。

一颗，又一颗，手雷轮番在番离人中间炸开了。他们开始四散奔逃，寻找突破口。现在，似乎只有朝向海滩方向没有阻力。他们中间的一个头领模样的人叫了一声，立刻，剩下的土著开始向海湾方向涌去。已经有超过一半的偷袭者倒在地上。这片堆积着落叶和枯枝，肥沃神奇的森林土地，原本是他们自在的乐园，现在成了他们永远安眠之地。这来回之间，又有十来个番离人倒下。

土獒已经没有了。在袭击卡洛尼少校的过程中，剩余的四只土獒悉数毙命。

吼叫声渐渐远去，穆姆托上校用最后一颗烈性手雷为番离人送行。一般说来，手雷是不可轻用的。由于飞船上常规弹药的拥有量，以及登陆舱运载量的缘故，手雷极其稀少，只是面临紧急时刻才使用，因此可以看作是护身手雷。普通校尉和非军事人员一人一颗，副支队长及以上才有两颗，可是穆姆托上校一口气砸完了全部。他身边躺着亲密好友卡洛尼少校，洞穿的咽喉已经停止出血，头颅旁边的土地都变成深褐色了。上校心中的悲痛可想而知。

仅仅过了一分钟，番离土著的吼叫声又再次剧烈响起来，显然，守株待兔的罗贝尔支队很好地接待了如约而至的客人。等番离人弄清楚激光的射来方向正在前面时，已经损失了近十人。

后有追兵，前有阻截，他们只有拼命往前冲锋。投枪，距离太远，只有一面借着大树的遮掩，跳来跳去冲锋，一面张弓欲射，然而却难以找到清楚的猎物目标。一旦有人终于看见了藏在树上的目标，正欲施展他丛林骄子的本色时，已经有一两道激光远远的过来招呼他了。

疼痛不仅挫伤了番离人的斗志，也极大地消耗了体力，因此，他们射出的箭多半失去准头和远度，但仍然是有一定威胁的，有的箭支飞出去钉在树干上，铮铮作响。

番离人的英勇着实让参战的所有人都心惊不已。只要番离人还有一点力气，就决不倒下，而是愤怒地发出他们的复仇之火，标枪和箭支在丛林里飞舞，高大的树木遮挡了他们的视线，也极大的削弱了箭和枪的威力，然而激光却可以通过细小的缝隙，穿过来引导他们走向死亡。偶尔的一颗手雷爆炸，更叫他们不知如何是好，简直是被炸得晕头转向了。

他们不断地在叫，在跳，可是只剩下四十来人了，纠结在一起，这样一来更为树上的人提供了射击的靶子。不知是谁又扔出了一颗手雷，虽然只在空地爆炸，还是有一个番离人倒地，但是这声爆炸提醒了纠结的番离土著，是该各自逃命的时候了。

有人高叫了一声，顷刻间，番离土著四散奔逃，不再去寻找藏身树上的敌手。这一来，反而使射击的人不知该先击倒谁了，并没有一个瞬间反应法则和精细无比的指挥，来分配谁负责攻击谁，以便全歼敌人。有时，一个人招致了几道激光的招待，而有的土著却侥幸的却没有一人照顾。

最后，大约有十来个番离土著躲脱直射，扫射，逃进森林，不见了踪影。

青烟，白烟，在丛林里弥漫。番离人除逃脱的十余人之外，全部静静地躺在林地中。穆姆托上校这边，除一人轻伤外，只有卡洛尼少校一人阵亡。

罗贝尔上校四处游看，检查他们的胜利结果。他无法安慰穆姆托上校，走近卡洛尼少校的躯体时，他默立了一分钟表示哀悼。番离人横七竖八躺在地上，他们几乎都把一种痛苦和惊恐的感觉停滞，保留在了脸上，许多人都并非立即死去，所以才把痛苦表现得淋漓尽致。罗贝尔上校此刻并未有打了胜仗的喜悦和满足，相反心情沉重。以番离人的英勇无畏和人数优势，以及他们逐渐对人类的一些了解，地球人类的优势能够占多久呢？如果刚才他们不是在树上，而是在地面，正视着番离人的冲击，他想，那一定才是惊心动魄。

罗贝尔上校伸腿，踢踢他面前番离土著头领身上伏着的一个番离人，从他张开四只手想要保护首领的姿势看，他可能是头领的卫士。上校弯腰拉开了卫士，以检查头领的样子。忽然，尚且闭着眼的头领倏地伸出上面两只手，抱住了罗贝尔上校的脖颈。他想往下拉，终究没有什么力气了，这个小小的动作也无法办到。他下面的两只手则努力想要抓住上校的腰身，但是举起来晃了几下后，无力垂下了。这时候，他的眼倏地眨开一下，紫色眼瞳发出逼人的光芒，随即暗淡下去，眼睑也合上了，抱住上校的手软软的滑了下去。

番离土著头领突然的动作令罗贝尔上校心惊胆跳，第一次本能的反应，要挣起身来，竟然没有挣脱，待头领丧尽一点仅余的力气后放下手，他才起身后退，退得很远了，却感到心脏还在怦怦发紧。

第六集

庆功会是在海湾营地的白色海滩上召开的。此时除徐豹分队尚无明确的与阿喜人交火的消息，阿莱斯分队正在进攻火山堡。说是庆功会，首领穆姆托上校却一点都高兴不起来。

在火葬还是土葬，或者海葬卡洛尼少校的问题上，分队的几位首脑产生了分歧。穆姆托上校当然是要求土葬，这需要费劲的去做一副棺材。密罗辛中校认为火葬是神圣，净洁的；罗贝尔上校则倾向于魂归大海的海葬，即水葬；埃芬博格院长则习惯于看到火化。最后，穆姆托上校考虑到，今后海上巡征还要倚仗各位的鼎力合作，作出了让步，不再坚持土葬，同意火葬。在离营地一公里左右，风景秀丽的地方，先火化，再土埋，安葬了卡洛尼少校。舰队总部也发来了唁电。

火化的时候，穆姆托亲手将准备好的一块白色毛巾，——这也是北阿喜人即毕喜人临走时的遗留物，——盖住了卡洛尼少校的脸，轻声说了一句：土里来，土里去。

接着，穆姆托上校在追悼仪式上，亲自这样念了祷词：

啊，安拉！宽恕我们这些人：活着的和死了的，出席的和缺席的，少年和成人，男人和女人。

啊，安拉！在我们当中，你让谁生存，就让他活在伊斯兰中；你让谁死去，就让他死于信仰之中。

啊，安拉！不要为着他的报偿而剥夺我们，并且不要在他之后，把我们来做试验。

没有人对于这段悼词公开表示异议，因为卡洛尼少校没有掩饰过自己的信仰。此时，哀思超过了信仰。每个人都沉浸在自己的思想中，平和而安静的，听完了穆姆托上校为亲密好友所念的悼词。

在培土的时候，有人轻声哼起了莫扎特安魂曲的《号角声起》乐章，接着有人加入随声附和的队列，并以增二度音程完整的演绎出悲伤、哀怨的情绪。加入无伴奏合唱的人并不多，也不是每个人都能唱这首安魂曲，但是那种情绪感染着每个人，使他们都在安静中屏息，无言中聆听。

埃芬博格院长则于此时间中，远离了送葬队伍，在营地里单独和总部通话了十多分钟的时间。总部虽然没有对穆姆托分队说什么，但是院长领会到其中暗含着责备，从反复叮嘱的要谨慎从事来分析，院长猜想舰队总部正是对分队的好勇冒进有些担忧。

庆功会上，每人都分得了毕喜人回国前赠送给他们一点酒。数量很少，却人人欣然。借着热烈的气氛和安葬卡洛尼少校后还留在人们心中的那份悲壮，穆姆托上校发表了慷慨的演讲，号召地球的勇士们乘胜出海，依次征服番离大陆，将番离岛作为传播地球人类思想的理想王国，将番离大陆作为地球人未来的家园。他的演讲引起了一阵欢呼声。

散会之后，人静之处，埃芬博格院长跟在穆姆托上校后面走，趁四下无人，他委婉地问上校是不是真的打算立即就开始征服番离岛的行动。

“那是当然。院长还有什么迟疑的吗？”穆姆托上校信心十足。

“可是舰队总部好像并不十分赞同我们的计划。”

“是吗，可是我还没有向总部汇报呢。院长已经打了秘密报告了吗。”

“绝对不是。以上帝的名义起誓。不可作假证见害人，这是耶稣基督的训诫。”

“哈哈，院长误会了，这将是事实呀，什么假证见。环游并征服整个番离大陆，将是伟大的事实。”

“目前，当地的番离土著已经吓破了胆，他们不敢再来袭击我们。慢慢地，或许还会与我们建立互相了解的联系，这不是很好的开端吗？而四处征战的话，别处的土著并不知情，仍旧会找机会来袭击我们，那样，我们不得不时时提防，疲于奔命。”

穆姆托上校一时不再说话，也不去反驳埃芬博格院长，他沉默着，心里默念着麦地那的穆罕默德章：你们不要气馁，不要求和，你们是占优势的，真主是与你们同在的，他绝不使你们的善功无效。

埃芬博格院长以为自己的话起了效用，暗暗欣喜，默默地继续跟在上校后边，在白色沙滩上漫步。前面不远，是一片水渍矮树林，切断了海滩的延伸，院长明白他们不会走得太远了。

忽然穆姆托上校站住了，他紧盯着海面，长袖迷彩服挽起了袖子，结实有力的小臂露出来，肌肉绷紧而且不时收缩着，说明他内心的警惕。他一直没有刮胡子，连嘴胡越来越青郁，看来标准的阿拉伯式胡子就要蓄成功了。

埃芬博格院长随着上校的视线看去，海面上有个地方似乎突出了什么，而且在动，但是凭肉眼看不清楚。

真的有吗，还是只是波浪起伏的错觉？院长问自己。可能穆姆托上校确实看见什么了。好厉害的眼睛，他不由得暗中佩服起上校来。

上校随时随身携带的望远镜取下来了，他搜索着海平面。确实，海面上有个突起的地方在移动，在向海岸靠拢，好像什么动物的头部，但是是什么样海洋动物的头呢？偶尔的它露出海面，像海龟，但是这么远的距离都看起来那样大，那么它的身体岂非不可思议。

上校叫院长立即躲起来。他们往水渍矮树林那边跑去，大约跑了三百来米的路程，在一丛枝叶浓密的矮树丛边蹲下。相信任何人不仔细往这边搜索的话，是不会发现他们的，但是他们却能看到整个沙滩。

渐渐的，那奇怪的头从海面上露出得越来越多，而且再不隐没下去，可以断定，那怪物已经爬行在浅滩的海底了。没错，看清楚了，是一只海龟，或者说非常像海龟的阿喜星海洋动物。它的头呈灰黑色，很缓慢的前后摇动着，与它的行动节奏同步。埃芬博格院长接过望远镜后，略一观察，根据距离便测算了它伸出的颈部，应该有一米多高，这还只是高出身体即龟壳部分的那段，龟壳以下应该也不会短于一米。

这还只是颈部啊。上校咋舌了。

“那是海龟吗？”上校抓回了望远镜，激动地问。

“当然不能确认它叫什么名字，怎能这样随便命名呢，可是没有比海龟更贴近于它形象的了。”院长摇着头，叹息着。

那海洋动物一半身体露出了水面，甲壳上一些地方沾着褐色或深绿色锦绒一般的水藻，不时的有轻微的反光。它身边的海水被它巨大的身体搅动得浑浊起来。一米，一米五，两米，越来越高。两人屏住了呼吸，等到看到它桨一样脚爪之时，它的身躯从头到底部，已经超过了四米高。

“象龟，陆地象龟。”埃芬博格院长语无伦次说。

“可它是从海里钻出来的呀。”

“我说的是，曾经在地球上可能存在过的象龟。”

“是吗？我怎么没有听说过，地球上出现过它的化石吗？”

“或者，是将来可能出现的，我见过这样的报道，它可能是一种猜想吧，进化和时间能创造奇迹。”

“哈，我的院长，我被你彻底弄糊涂了。这里是阿喜星。我们还是来看看那家伙想干些什么吧。院长刚才叫它象龟吧，对，就叫象龟，会不会有第二只？”

“附近应该很难有吧。这么大的象龟，瞧，我也叫它象龟了，在陆地上是难以生存的，它们速度太慢，身体也太沉重，我估计不会小于十吨。它可能是杂食动物。瞧见了象龟的桨状脚吗，它的确是在海洋中生存的。哦，上帝，它有六只脚。”

“是的，六只脚。那它爬上岸来，是要和我们一起庆祝吗？番离人是不是把他们当作美味很久了。它受尽了欺负，终于可以扬眉吐气了。”

“上校可以去问问它呀，对地主客气的打个招呼，才有礼貌。遗憾，我不能做你们之间的翻译。”埃芬博格院长还以幽默的回答。

象龟身后拖出几条沙沟，它完全爬上了岸，并且继续往陆地内爬行。连同它昂起的头，绝对超过五米高。它有六只宽大对称的桨状脚，轮流着地，以挪动庞大的躯体。它真像一辆笨拙的肉体坦克。砂粒在它身下发出沉闷的嘁嚓声。象龟昂着头向前望，一点都不在乎旁边会有什么能够侵害它。

“这大家伙上岸爬行多费劲，它上岸来干什么？”

“可能，应该是寻找产卵的地方。”

“现在是它的产卵期吗？”

“不知道，或者在赤道热带，随时都可以产卵的。不会是上岸觅食，象龟这样的速度，会在陆地觅食么？当然，还是有可能的，譬如植物类食物。嗯，它的主要食物可能是海藻之类吧，或者它是杂食性动物，如人类一样。作为肉食性动物，必须具有速度，力量，和特殊的捕食工具的。例如蓝鲸，便有一张巨大的嘴和游泳速度，能像网一样捕捞吞噬大量的磷虾。象龟能有什么呢？”埃芬博格院长竟然滔滔不绝的讨论起来。

象龟继续向内陆爬进，像一座小山似的挪移。它离开海水边缘已经有四五十米，由于此处沙滩很平缓，涨潮的时候，仍然会淹没到这里。它还没有停步的意思。

“看来要请大家大量生产腌制龟肉的盐了。”穆姆托上校走出矮树林，一边走一边举枪瞄准了象龟伸出的颈脖。

青烟升起，在明朗的环境里迅速散去。象龟扭动着脖子，摇晃着，疼痛使它难耐，小山一样的身体停下了。它将长长的比穆姆托上校腰身还粗大得多的脖子缩进了壳中，但是它巨大的六只桨状脚在沙滩上用劲的刨着，砂粒从它身下飞溅出来。

“象龟要转向了。”埃芬博格院长叫道，他也从矮树林中出来了，但是他没有带枪，而且象龟那么高大，院长几乎无从下手，只有在一旁干叫。

穆姆托上校用短距离步话机通知了营地的人赶过来，他估计这里距离营地有近两千米，由于山崖的阻隔而直望不见，不知不觉中，他们竟然散步了这么远。以象龟的速度，即使营地的人马上赶来，象龟可能也已经下海了。他得拖延住时间。

象龟缩进了头，他一时难以找到可以致命的地方，也不敢靠得太近，被象龟那桨一样粗壮的爪子刨一下，恐怕都得掉一层皮呢。但是，另一方面，缩进去头以后，象龟也失去了方向感，难免会走一些冤枉路。上校瞅准象龟上下两片巨甲中宽大的空隙，在它颈脖处又开了两枪。这下象龟更加惶惑了，它显然已经受到剧痛的困扰，两片壳合得更拢了。不过，它看来不仅仅只有视力起作用，凭借着对海水方向的各种敏感性，开始转过方向来，朝着有水声的那边爬去。

射人先射马，擒贼先擒王。如果能爬上去，对准象龟缩进去的头射上十来枪，足以让象龟毙命。怎样上去呢？上校摇摇头否决了这个方案。

犹豫间，象龟向海水方向爬回了四五米，偶尔也伸出半个头来，但是它开始停顿下来，不知是在判断方向呢，还是被刚才的射击灼得疼痛难忍，迷糊了。过了一会儿，它才又开始挪动。穆姆托紧跟着象龟走，埃芬博格院长离得更远，上校已经不准他靠近。

如果有一颗手雷，跳起来像扣篮一般塞进象龟的脖颈缝中，那也可以一下子解决。危险是危险一些。那前面的龟甲夹缝处，现在估计还有近三米高，拼力一跳，在较软的沙滩上，或许勉强可以成功。但是上校仅有的两颗手雷已经在与番离土著的交战中消耗光了。他还没来得及搜集分队中的剩余手雷重新分配呢。

那，只有爬上去，从后面爬到象龟身上了。扯淡！怎么行？背壳上滑溜溜的，象龟又在动，靠得太近都危险十分。

但是，如果烧灼象龟伸出来爬行的脚呢，他想，一想到便立即动手了。

穆姆托避开正面，退到象龟的侧面，向最前面一只桨状脚射了两枪。象龟负痛，果然暂时收回了全部的脚，整个变成了一个巨大的橄榄球似的。不过，稍缓过一口气，它好像明白了岸上才是危险的境地，又开始爬行起来，并且把沙粒向四周拔得如下着沙雨一般。沙粒打在身上生疼。

穆姆托上校的计划暂时被打了折扣。他仍然向它的脚射击。不过象龟这次并不停下来，尽管它的前面两只桨状脚已经被烧穿了几个小洞，竭力的运动使伤口裂开。沙滩上也留下了褐红的血迹。

随着象龟一点点的挪动，穆姆托上校也在不断后退。此时，他距离海水还有十多米。一旦象龟接触到海水，就会限制他的行动范围和行动能力，即使有了手雷，也难以准确地扔进象龟的龟甲缝里。

上校一转念，绕到了象龟身后，向它的后两只脚开枪。果然，象龟的这两只脚尚未受伤，还保持着比较敏感的反应，一旦遭受射击，便疼得缩了进去。它的前肢力量已经减小了，缩回后肢，中间一双脚便有些吃不住，它的速度几乎趋于停止。稍过了一会儿，它耸动着身体，往外又拨起沙粒，为避免沙子弄到眼睛里，上校不得不离它远一点。象龟努力的又向海边挪动。一米，两米，眼见得只有四五米便触到海水了，它的前脚开始感觉到了海水的湿润。

欢呼声从不远处传来。营地的人赶来了，他们为穆姆托上校和象龟的精彩对决欢呼，也为象龟这个亘古未见的庞然大物惊奇欢呼。

海水开始浸润到象龟的前脚，它受到这种刺激，活力重新回到了巨无霸的身体中。它更加努力的向前爬。

“快，把手雷扔进它头颈的缝隙中，炸掉它。”穆姆托对围过来的一个校官喊道。上校看见了他腰间的手雷。

“缝隙那么小，又那么高，怎么扔得进去，塞进去还差不多。”那个校官紧跑了几步，仰头望着四五米开外的象龟说。

“嗨！炸它的脚。”埃芬博格院长一语惊醒梦中人。

校官闻言，猛拍了自己脑袋一下。他退后几步，攥着手雷，在膝盖上猛一磕，算好时间，瞅准机会，将手雷滚到了象龟中间的一只脚下，然后向后扑倒。

象龟的桨状脚刚触到手雷，还没来得及拨开，轰的一声巨响，血肉横飞，碎片四溅，象龟中间的一只脚不见了，龟壳也炸掉了一块。它一阵抖索，暂时停止了前进。此刻海水已经淹没了它的前脚，近处的海水，也因此而变成一片鲜红。

“这样太危险了。”穆姆托上校制止了准备继续爆炸象龟另外几只脚的军尉。“射它，射它后面的三只脚，只剩下前面的两只，它恐怕爬不动的。”上校命令道。

于是每只桨状脚都有四五道激光射在上面，青烟缭绕，偶尔一枪射到水里，哧的激起一道汽柱。象龟的后面三只脚的脚部肌肉筋腱被激光烧断，再也用不上力。剩下的前脚本来就受创甚重，这下虽然还能划动，把近处浅浅的海水搅得波浪翻滚，混浊不堪，但是，它巨大的身躯再也挪不动半步了。

晚上，就着粗糙的焖烧龟肉，烤龟肉，——那味道比牛肉差不到哪里去，但是更粗糙，——穆姆托上校再次和分队的几个首领谈起了他的周游番离岛计划。他把整个番离大陆比作是象龟一样的庞然大物，虽然巨大，但是在人类的智慧文明面前只是一道菜，他们应该做优秀的烹调师。

“真主把如此优厚的礼物送与了我们，焉可不接受。象龟好像是阿喜人的神兽，他们从来不动的，可是还不是成为我们盘中餐。如果院长不愿意随船出行，可以留下十来人驻守象龟营地。正好固定卫星天线也可长留在这里呢。对于将来继续登陆的人员来说，象龟营地就可以成为一个坚固的要塞了。这里建城市不太恰当，没有河流，缺少淡水。”

院长思索着，过了很久才回答上校：“我们人员本来就很少，人人都要独当一面，各有各的不可替代的作用，如果再次分流，难免势单力薄。若真的要环游番离大陆，需要的话，留下四五人以便联系就可以了。但是前提条件是，我们必须确信，番离土著已经闻风丧胆，几年之内都不敢再来偷袭。”这时，院长的口中流露出一分忧郁和担心。

此刻的院长不知道，昨天早上来袭的番离人，几乎是整个部落倾巢来犯，现在，部落里剩下的仅是二百多名妇孺儿童，而附近，已经没有更大的部落了。几十，乃至一百公里之外的其他部落，轻易不会侵犯别的部落的地盘，因为整个大陆太宽阔了，而人口却太少。在番离岛上，土地和食物从来就不缺少，缺少的是人，番离人自己，所以，没有一个部落会轻易地发动战争去侵略别的部落，除非自己被逼到了危亡的边缘，部落之间的交往，也是比较稀疏的。

一向沉默寡言的密罗辛中校此时说话了。他兼具有军人的机智果敢和科学家的睿智周密，逻辑严谨。他慢慢地说：“其实，以我个人观点来看，营地的安危倒还在其次。只要我们集体行动到哪里，哪里的营地都能像铁桶一般，而目前的象龟营地即使失去的话，——驻守的人员太少，是有可能的，——但是那也不足为虑。我主要是担心来自北阿喜人的袭击。他们与我们交换战船，是因为还不知道北方的状况。回国后，便态度不一样了。可以比较肯定地说，从距离，方向和管辖权限来看，他们的国家正是让第一支登陆部队全军覆没的地方，至少相隔不远。如果他们率船队来犯，仗着船多炮利射程远，在海上袭击我们，而且，请一定注意，他们使用的是机动船，不受海洋上风向风力的影响，可以灵活的攻击我们。那样的话，才最有可能让我们陷入绝境。”

“密罗辛中校的意思，是不赞成乘船出海。”

“宜从长计议。”

“中校分析得颇为周密。我已经将此情况汇报给了舰队总部。”院长补充说。

“有回答吗？”穆姆托上校问。

“还没有，不过现在应该有了。”

“好，我们一起来听听总部的建议。”穆姆托上校打开了卫星接发通讯器。

当屏幕上出现克里将军，希斯顾问，及九位飞船主管的时候，穆姆托上校首先径直地把三位队长都基本上一致通过周游征服番离岛计划进行了汇报，只是有些细节还在探讨中。此时，虽然听到了穆姆托上校不尽诚实的汇报，密罗辛中校却没有公开表示异议。院长也保持了适度的沉默，他只是将密罗辛中校的提议加上以前自己的思考结果，向总部仔细的叙述了，包括五桅炮船的具体情况和与阿喜人机动力炮船的优劣对比。

“如果考虑到我们侦测信息的巨大优势，及时防备调动，避实就虚，再配以一种可以在阿喜星上现时制造的秘密武器，可以对付阿喜战舰在海洋上的进攻。”

克里将军把这段时间总部商讨的这个结果告诉了象龟营地的所有人。

征服，占有一个五百多万平方公里的广阔大陆，或者说，建立一个地球人自己的国家，对于人类是多么重要啊。恰好有利的条件是，这里没有比较先进的北阿喜人，人类可以比较顺利的实现占领和开发。以穆姆托上校为先驱，征服一处，便可降落一批人员去驻守，所以人手不够一事是很容易解决的，只要登陆飞船能够如愿成行，反复升降就行，而那将是另外一个分队的任务。

穆姆托上校的计划竟然通过了。

四天之后，两架携带着一些必要设备和四名专业工程师的小型登陆器，降落在阿喜星上。一架在火山堡附近的熔岩流成岩地段，专为阿莱斯上校分队的黄金工厂送去人员设备；一架在象龟营地。象龟营地自此开始了周游番离岛的筹备，但是制造神奇武器的工作速度仍旧快不起来。直到十多个阿喜日之后，才一切就绪。

五张大帆全部张了起来，穆姆托上校为炮船起名凯旋号。桨手们整齐划一地摆动起手臂，炮船徐徐驶出海湾。在海洋风的推动下，帆鼓涨了，凯旋号沿着番离岛曲折的海岸线，开始它未知的行程。炮船的第一个确定目标，是西南方向距离象龟营地三百多公里的一条大河的入海口。

第九章　田园，狩猎及娱乐

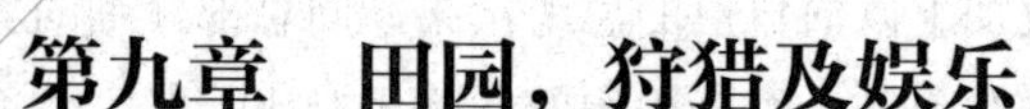

第一集

临时安营扎寨完毕后，徐豹分队在营地外点起了三堆篝火。这是一段短暂的悠闲时光，人们在跳动的火光中自由地干着自己事情。他们有的三三两两聚在一起，用不同或相同的语言聊着他们在地球上的往事；有的整理着心爱的物件，与旁边观看的人交流着心底潜藏的秘密；有的哼着家乡小调，无论是莱茵河的圆舞曲，北海道的民歌，还是苏杭的呢哝小调，凄清的云南山歌，也无论歌唱者唱得呕哑嘲折难为听，还是曲折悠扬动人情，都一样把淡淡的乡愁弥漫在无边的夜色之中。

总部通过卫星通讯看到了这幅情景。希格里 & 斯诺送给了营地一个充满希望的名字——诺亚营地。队长徐豹上校欣然接受。

自由活动两个多小时之后，所有的人，包括文职人员在内，在军哨的命令中统一地钻进了他们的酣梦之窝。只剩下值岗军人在营地四周巡游。劳顿一天的人们，很快地进入了香甜的梦乡。

诺亚营地紧挨着降落的登陆舱，五张大帐篷，其中一张较小，围成一个口字形，较小的那顶帐篷是通讯室。登陆舱在北面，与它最接近的是单独居住着女人的帐篷。

徐豹分队中，有十来名女子，是所有分队中最多的，因第三支队队长夏雅惠子是女子的缘故，她的队中女人便占了整个分队一半以上。经她的要求，所有女子单独居住一处，其余三个支队男子各居一处。而按其他分队的做法，则是所有非军事人员居于一处，再各支队居于一处，不分男女。但是夏雅惠子中校提出的这个要求，谁能拒绝呢。

全体队员就寝后，徐豹仍然在四处仔细检查，特别是各处监视器，看看是不是很灵敏准确。

营地四周检查走完时，营帐里已经鼾声四起。这晚，轮到徐豹支队值夜，又是第一夜，虽然各处安置的报警仪完全值得相信，徐豹还是特意安排了较多的人，四人轮换去值这第一夜。副支队长陈诚中校陪着他走完了所有的必查地点。

这里的纬度，比第一次加和正一上校登陆之处高得多，海拔也高一点，雪山就在一百多公里之外。虽是时处北方的热季，诺亚营地所在之地，白天热而不闷，晚上下凉很快，温度也比较低，真是一个可以睡好觉的天气。

“我们到河里洗个澡再去睡觉吧。”徐豹提议道。

营中似乎难有可以推心置腹的人，遥远异乡，陌生人群，彼此隔阂，徐豹感到有些苦闷，即使是分队顾问，诺贝尔生理医学奖的获得者鲁克院士，同是华人，他也觉得目前还难以倾心交谈，而面对着时隔久远的昔日恋人，——夏雅惠子中校，徐豹更有满怀说不清的惆怅，和欲说还休的愁郁。

“河水很凉了。——好吧，上校要去的话，我陪你去。”

他们穿过砾石河滩，在一处水流平缓而较深的地方停下。每个登陆人员只有两套衣服，内衣裤也是这样，所以他们在尚可见一点光亮的河中，彻底的赤身裸体，洗浴着一天的身体疲劳和紧张精神。河水不断翻起白花，哗哗作响。

天上澄澈无云，偏南方向，一条落入了两边地平线的亮带横贯天空，那便是阿喜星环。他们望啊望，真觉得自己是孤苦无依的孩子了，未来全靠头脑，双手和运气。

游了两转后，两人露在水外的身躯都起了鸡皮疙瘩，凉意浸透了全身。他们出了水，在岸上捂着一只耳朵偏着头跳着，控着耳朵里的水。又用手抹掉身体上的水滴，好让光溜溜的躯体尽快一点干。

“哎，跟趵突泉的水一样凉，‘泺水发源天下无，平地涌出白玉壶’。”

“上校又动思乡之情了。”陈诚中校说。

“哪里，偶然记起这句描写家乡古泉的诗而已，是我外婆的家乡。”

“哦。身为将领，一队之主，是应该冷静淡漠，不可太感情用事的。但是我看到上校似乎有心事呢？”

这话恰中徐豹内心之虞，但是他并不坦然承认。

“哪里，中校误会了，可能是我表现得稍显沉郁吧。诸事事关大局，有些事情的确要深思熟虑，——我看，面前这条河就叫作趵突河吧。”

“你还是忘不了你的家乡啊。在外婆家住得久么？”陈诚问。他本意是要借景深入，打破内心的隔阂，与徐豹上校倾心以对，但是徐豹机警的关闭了交流之门，使陈诚中校只能做泛泛之谈。

“谁忘得了呢。”徐豹说。他们开始穿上衣服。

“明天，由夏雅惠子支队营地警戒，我们支队去砍伐木头来做营地鹿砦。你是知道鹿砦怎么做的？”

“当然，这还用说，一头削尖，向上架成X形，围住营地，以防止大型动物的袭击。需要很多树木呢。最近的森林在北面都有六七公里远，这活实在不轻。艰难的事情，总是我们支队打头。”

“谁说一队干完呢。由我们一个支队当然完成不了。我们先干两天。”

“这还公平。上校不要老是亏待自己支队来成全别人，绝对不要做中庸的好好先生。那，明天，基弗里支队呢？干什么？”

“他们，明天的任务是狩猎，寻找食物，我们需要食物，天然食物，很多的食物，最好是找到一个固定的天然食物来源。要想收获后能长期保存食物，还是有些困难的。”

“狩猎，在森林里？那片针阔叶混交林里肯定有不少猎物，我们还没有见过，或在沼泽里，那里有很多的类豚鼠，长耳鼠，一些繁盛的草地动物。这活太好玩了。有句话，不知当讲不当讲。”陈诚突然转变话头，试探着说。

“应当知无不言，言无不尽。尽管说吧。”

“上校似乎处处对基弗里中校让步，不，应该说是迁就。”

“不可妄言，中校是胡乱的猜测吧，我们之间还是很融洽的。况且，只要不是原则问题，大度一点又何妨。伐木做鹿砦，我们一定要开一个好头，别懈怠。鹿砦一定要做得结实耐用。营地处于平坦开阔之地，鹿砦便是极好的护墙呀。”

“这我知道。上校既然要我知无不言，言无不尽，我就说得更清楚一些，上校也没必要回避。我觉得基弗里中校暗地里对上校不满。当然我只是一种感觉而已，察言观色得到的。我没有具体的证据，上校可以作参考。”

“是吗。陈诚中校真是一个细心人，我会注意的。时间不早了，我们回去吧。”

“谁？”陈诚突然喊道，同时弯下了腰。

徐豹也机敏的蹲下了。

他们摸索到了和衣服武器放在一起的夜视镜。绿色夜景中，一只长耳鼠机灵的摆头晃脑。

“送到门口来了。”陈诚中校悄悄举起了激光枪。

“中校，放了它。”

徐豹忽然伸手压低了陈诚手中的枪。

“这也舍不得？”

“在这样宁静的一个夜晚，真的，一点也没有杀戮的兴致。”

“好吧上校，不想扫你的兴。”陈诚收起了枪，“作为头领，不要因仁慈而软弱。可不要做阿喜星上的宋襄公。走吧，上校。”

回营的路上，徐豹一边回味着陈诚的提醒，一边对照着基弗里中校的言行，心里确实泛起一些不快，难道这是基弗里中校骨子里的傲慢使然，或者另有原因？徐豹上校记起《将苑》知人性里的那段话：“知人之道有七焉：一曰间之以是非而观其志，二曰穷之以辞辩而观其变，三曰咨之以计谋而观其识，四曰告之以祸难而观其勇，五曰醉之以酒而观其性，六曰临之以利而观其廉，七曰期之以事而观其信。”

也许他真的应该先暗中巧妙试探基弗里中校一下，避免以后在重要时刻坏了大事。徐豹想，不知不觉间，诺亚营地已经在眼前了。

第二集

鲁克院士对徐豹的安排没有半点异议。徐豹让副队长陈诚中校带领支队全部人马去森林伐木，叮嘱他一定要选择坚硬的木材。对基弗里中校，徐豹则只要求猎够数目以保证营地的食物供应，同时要求他采摘一些能食用的菌类，或者果实，不过一定要先想办法确保食物安全。

“植物食物，够费劲的。动物食物更美味，丰富的美味。”基弗里中校不以为然，在徐豹的反复提醒下，才爱理不理地答应了。

夏雅惠子支队只是警戒营地和完成剩下的一些营建工作，其实相当于整队休整。所以徐豹要求她和鲁克院士，以及一名地质地理学家，一名动植物博物学家，一名工程测量技师，和他一起去考察沼泽地。

基弗里中校不停眨着眼，听完徐豹的安排。

夏雅惠子支队的医官荒山孝郎要求让队长带上一名侍卫，她名字叫菅谷沙子，是一名少尉，少尉是飞船上军人中的最低军衔。菅谷沙子正是千叶公主的侍女，徐豹当然不知其中内情。对一个医官如此认真过问队中首领的生活细节，他感到奇怪和叹服。不过作为一个女人，多个随身同伴也是可以接受的

“那当然可以。我也带了一名中尉去呢。”徐豹爽朗地笑着说。

徐豹所带的中尉，主要负责扛运一些测量器材，而不是什么负责首领的安全。徐豹估计夏雅惠子，鲁克院士，两名科学家，包括比较年轻的工程师，都难以轻松地完成扛运测量器材这件体力事。

“那，可不可以让我也去凑这个热闹呢。看到上校这份兴致，我也心痒了。

狩猎的事太简单，交给副支队长就行了。徐豹队长不也把伐木交给了副队长了么。”

基弗里中校一边说一边注意观察着徐豹的表情。

“基弗里中校如果有兴趣的话，当然也是可以的。每队的队长都有理由首先熟悉四周环境。只是，要是中校去了以后，觉得跟着我们去干测量这差事，枯燥无味不好玩的话，又耽搁了这边的尽兴狩猎，那时候可别怪我没有提醒。”

“到阿喜星上，可不是为一个玩字。和科学家们一道，随时可学得不少东西呢。我非常向往。”基弗里中校表面上谦逊地说。

鲁克趁机说：“营地重大的事情和决定，本来就应当共同协商的。基弗里中校能有兴趣拔冗一路同行，那很好。时间不早了，我们动身吧。”

一行人向西进入了沼泽湿地。

一路上，徐豹将他和顾问鲁克院士商议后的未来打算慢慢地向众人说了出来。最保守的估计，面前这片沼泽地有好几百平方公里，是营地四周最大的开阔平地。往南是趵突河，过了趵突河就要和一个阿喜国家面对面了。卫星地面搜索显示，过了河往南二十多公里，便有零散的阿喜牧民居住。如果这个国度，恰是加和正一上校所率第一支登陆部队葬身的国家，那情况有点令人担心。从距离上和方向上讲，这种担心不无道理。

以目前情况而言，徐豹是绝对不愿意和对方发生冲突的，除非这个国家一定要置自己于死地，派出大军，远道来进攻。诺亚营地这里距离最近的具有相当规模的城市，都有两百多公里，以阿喜人的进军速度而言，徐豹分队还是有时间从容应对。所以对于趵突河南边，避免接触为上策。

南面既然不能发展，那么其他方向呢？诺亚营地东边，是深湍汹涌的雪河，趵突河向东汇进了雪河。过了雪河再往东是河流下切作用很厉害的崇山峻岭，绵延面积很宽的山岭，并不适合将来大量人马驻扎。

营地向北，不远就是森林，然后海拔不断升高，进入雪山高原地带，这片广大的区域也把沼泽包在了脚边，它足有四、五十万平方公里。穿过这片无人区域之后，就该是另外的国家了吧，也许这片无人区是几个国家共有的，那边当然也应该有同样警惕和敌视的眼睛在盯着。与其面对几个国家虎视眈眈，不如只进入一个国家的地盘。

因此，这块沼泽地几乎是这一带唯一的开阔好地了。里面情况究竟怎样呢？希望在地球人的心中涌动着。

沼泽湿地中，除偶尔的一块高地，突出于地面之外，真的是一块平坦开阔，肥沃的土地，它同时也是类豚鼠，长耳鼠一类小型哺乳动物的天堂。灰色，白色及褐色的大大小小的各类鸟也在这里安置着它们理想的窝巢。

不远处，有一大群，大概是上万只吧，这样一群像燕鸥一样的鸟，它们集中地把几匝杂草圈成的一个个窝，安放在一片斜坡上。窝里有的还留着一枚两枚鸟蛋。徐豹他们从旁边经过，距离还有两三百米远，便有一大群鸟乌云般的升空盘旋，发出“欧欧”的叫声，汇聚成一股声浪传播开，好像在对徐豹上校等人抗议示威。

在沼泽鸥混乱的时候，一只巨大的飞鸟，斜着掠过来，侵入了沼泽鸥的聚居地。它飞得不够快，因此在空中很难抓到小巧伶俐的沼泽鸥。但是落入沼泽鸥的巢居地后，它那宽大有力的翅膀拍倒了几只沼泽鸥。然后，这个贪心的大家伙，嘴里衔着一只，尖锐的爪子抓着两只幼鸟，扑扑地飞过趵突河，一直向南边草原边缘的森林里飞去。

“嗨，真想和那只大鸟较量一番。”

基弗里中校扬手喊道。

“你会有机会的，中校。如果它赢了，就该任命那怪东西为上校了。”对这飞行怪物一眼便略知一二的博物学家听见了，也在后面叫道，和基弗里开着玩笑。

他们鼓着掌，欢畅地笑着，逐渐远离那片鸟山。

按徐豹和鲁克教授的事先计划，他们将深入沼泽十来公里，探测沼泽的积水情况和水源，探测有多少硬地。

夏雅惠子中校和菅谷沙子少尉走在最后面。徐豹察觉到她们俩跟不上速度，有时故意停下来做一些观察，好等着她们。他这一停，那个扛着仪器的中尉便以为上校要使用仪器了，也连忙赶几步过来，可是稍过一会儿他便明白自己理解错了。

现在他们走进了积水地段，徐豹上校走在最前面。没有路，他们是根据地形地貌去判断前方是否是泥淖，而缓缓趟出一条路来的。

遍地是杂草丛生，草虽不高，却遮住了地面，有的草直接浮在深黑色水面上，他们不得不小心翼翼前进。有些地方，野草开出艳丽的花，虽然没有什么香味，七彩斑斓的颜色的确叫人神情舒畅。

夏雅惠子中校对一种禾本花卉特别感兴趣。这种花手掌般大小，绽开的五个白色花瓣上点缀着蓝色和棕色斑点，像展翅的蝴蝶一样的，看起来真像是一个娴静害羞的乡村女子。

“多漂亮的蝴蝶兰。”夏雅惠子自顾自地取了一个优雅的名字。

她停下来，蹬蹬地面，试试面前的土是否坚硬，然后弯着腰，伸长了手去摘。可是她错误地估计了这段距离，除非她能再前进一步，但夏雅惠子的脚尖已经印上泥潭的边缘了，只是被浅浅的草遮住而不易察觉。

夏雅惠子并不死心。多么美丽幽娴的花啊，久违了，自然的美色，这些花摘回去放在营帐中，心情都会愉快开朗一些吧。

好像与花梗只有手掌宽的距离了，夏雅惠子将身体重心再往前倾一点，就这一点，突然，她控制不了自己的平衡了，向前面扑了下去。

菅谷沙子少尉没想到，夏雅惠子队长会那么执着的去摘一朵花。眼见得她来不及拉住夏雅惠子，两人都发出一声尖叫。菅谷沙子一步跳到了夏雅惠子刚才站立的地方，伸出手去拉夏雅惠子，但是够不着。看起来是绿草如茵的地方，开了一个大口子，将夏雅惠子吞了下去。夏雅惠子半仰着身子，脚在泥下蹬着，泥淖瞬间已经没过了腰际。

尖叫声惊动了前面的四人。徐豹回头一望，大惊失色，箭步赶来，可是基弗里中校更快，因为他一点都不顾忌到脚下是否是坚实的硬土。临近时，他几乎是一个鱼跃扑倒在地。他一点点试着往前挪，身体都差点越过了硬土一半，但是他还能保持着重心在硬土上。

“压住我的腿。”他对菅谷沙子少尉大声叫道。

立即有重物紧紧地压在基弗里中校的腿上，那是徐豹的身体，这样，基弗里中校止住了向泥潭里滑进去的趋势。他的手臂刚好够到了夏雅惠子的腰，抓住了她被气泡鼓起来的衣服。一拉之下，夏雅惠子借助拉力向这边移了一点，扭过身体后，刚好手也接触到了基弗里中校的手。

夏雅惠子柔软的小手被紧紧地包在一双有力的大手之中，她感到了坚强的力量，这股力量排除了死亡的威胁恐惧，一点一点地将她往硬土方向拉去。终于，另外一双手，菅谷沙子的小手也抓住了夏雅惠子，于是大家七手八脚的将夏雅惠子拉了上来。

“啊嚏——”夏雅惠子一脱离险境，便打了一个喷嚏，不知是湿泥弄到鼻孔里去了，还是泥淖中受了凉。她浑身都被稀泥糊满，十分狼狈，泥腥味老远可闻。基弗里中校身上，脸上，也好不到哪里去。

“今天就走到这里吧。我们回营地去。”惊吓之余，徐豹内心百感交集，只得下了命令。

第三集

诺亚营地启动工作的第一天，什么都不顺利，阿喜星上一天有二十九个多小时，白昼很长，这么长的时间了都做了些什么呢？

不仅徐豹等人的探测队伍中途无功而返，狩猎支队也没有带回多少战利品，只有十来只小型动物，个头和兔子相差无几，数量也很少，如果用来烧烤做一道配菜，那肯定令人大开胃口，可是要作为一百二十号人的主餐，远远不够。晚餐只能以飞船上带来的人造食物为主，这种千篇一律的人造食物，最多也只能维持四五天。

杰夫·基弗里中校原来认为，在北边的森林中，应该有大群的像地球上的阿拉斯加驯鹿或南非山斑马之类，温和的大型草食性动物，供他们游戏一般捕捉猎获，所以他才放心的跟随地理探测队，而没有去亲自指挥自己的支队。谁料结局如此，他挠着头，打量那些摊在地上的小动物，十分尴尬。

另一支队即徐豹支队砍伐树木的成果也微小，由于缺少有效的伐木工具，如斧啊，锯啊的，他们仅靠军用匕首削断和激光枪烧断，一共有六十多根手臂或大腿粗的树木，而搬运回来的只有一半。

制做鹿砦的时候，夏雅惠子的支队大部分都过来了，有的干脆加入了木工队伍，现学现卖。反正闲着也是闲着，他们把劳动当作了乐趣。两种语言，有时候夹有第三种公用语言，奇怪的交织在一起。这种繁盛的景象，在他们相似的外貌上，显得十分融洽。

晚餐之前，鹿砦只做了十多米长，要想彻底完成对营帐的四围保护，按照这个速度，需要十多二十天才能完成。目前只能置放在北方朝向森林的方向，徐豹吩咐首先将登陆飞船和女队帐篷那边挡住。明天过后，该由到徐豹支队寻找食物，基弗里支队轮休执勤守卫，夏雅惠子支队伐木制鹿砦了。

“怎么只有这点猎获物？”

就寝之前，基弗里中校悄悄询问副队长戈培里·戈林曼少校。十年前，戈林曼上尉就曾经让基弗里中校因为钟情于奥特丽小姐而吃过苦头，基弗里中校还记忆犹新。因此他怀疑富有心计的戈林曼又在有意让自己出洋相。他其实对委任戈林曼少校作他的副手颇为不满。当着全体支队将士的面，在支队营帐中，中校向少校发起了试探性进攻，如果让他抓住理由，他会要求总部撤换掉戈林曼，但是他也清楚，他必须小心谨慎。

“也许是我们进入森林的深度不够，我们没有发现大型动物。”

“难道连可食用的植物，也不能够采集些来凑数吗？”

“的确如此。我们也找见了，但是遵照上校谨慎的嘱托，并不敢确认这些植物可食。雪山前的森林既不是牧场，也不是农场，第一次进入陌生的环境，哪能就有大收获呢。给我们时间，明天肯定比今天好。我们已经有经验，有发现了。或许，我们应该换一个方向去找食物的，比如西边沼泽地，那里有大量的飞禽走兽，个头不大，数量却很多。”

“这还用你说。可那是沼泽地，我们不能让将士去冒任何风险。我们正在勘测中。”

这话立即得到了营帐中每个人的心中首肯，他们都听说并且亲眼见到了夏雅惠子一身黑泥的狼狈相。到了营地后，夏雅惠子才找出唯一的另外一套野战迷彩服换上。她的神情简直抑郁到了极点。

“要不，向东泅过雪河，那边山高峡深，气候也较温润一些，试试运气怎样。”戈林曼少校一向精确严谨，虽是刚组队，队中军人也不尽熟悉，但是少校还颇有威望。

“更无可能，湍急水深，没有舟船，怎样渡过雪河。况且山高难行，一去岂是一两天能够回来的。而且，放着平原、森林，不去搜寻，到那崎岖之地岂能有更大收获。”基弗里的诘问十分咄咄逼人。

“那就只剩下南面这条河了。有些地方，几乎蹚着都能过河，过了遮住我们视线的小山，是低矮的丘陵和起伏不大的平原，那里才有取之不尽的上等食物，无论是动物还是植物。卫星已经告诉我们看见了大群大型动物。”戈林曼试探着说。

“过了河，我们会直接面对阿喜人，那将可能面对战争。徐豹上校不是已经下令不准随意接近阿喜人吗？”

“可是中校认为，假如我们不越过河去，阿喜人就不来进攻我们了吗？”

“只有徐豹上校才会这么想。”基弗里中校说，他扫视过营帐里，发现坐着站着的几乎每个军人，都用期待的眼神望着他。并没有明确的条令规定不能渡过河去寻找食物啊，哈哈，经过戈林曼少校的启发，基弗里中校忽然开朗了。

没有美丽绝伦的奥特丽小姐，或者说抛开他俩在爱情上的对立，那已经是历史了，基弗里发现，原来戈林曼少校是一个值得信赖的善于谋划的军人。他对全营叫道：“都睡了吧，明天你们会听到满意的行动方案的。”

基弗里中校没有失言。第二天，徐豹仍旧和顾问鲁克院士带领着三位科学家和两个军人向沼泽进发，他专门多安排了一个军校，目的不仅是要扛运仪器有个帮手，更是要兼顾科学家们的安全。在临危反应上，他发觉军人和普通人差别实在很大。

夏雅惠子则忠实的坚守她的职责，值勤防守营地。基弗里找个借口磨磨蹭蹭，看到徐豹离开营地后十多分钟，才带着他的支队出发了。

趵突河在平水时期，某些宽阔而水流较急的河面地段，河水还没不过大腿。基弗里中校派人找到了最易渡河的一条路线。他们将长裤脱下，多数干脆连深绿色内裤都脱掉，扭着光溜溜的屁股蹚过了河。

渡河的时候可热闹了，壮汉们用言语交流着凉水浸润冲揉着光溜溜下体的奇妙感受，放肆地爆出色情笑话。女人们都不在视线之内，这是唯一让他们略感失望的地方。支队一行三十多人，翻过了一道平缓的山梁后，眼前一亮，宽阔的草原是那样迷人，清风吹拂，草舞波浪，令人心头一阵爽快。

一队分成三路，间隔两三百米，成三叉戟队形向草原深处推进。走走停停，彼此之间靠短距通话器联系。

基弗里中校的望远镜中，出现了两头奇怪的动物。它们像牛一般大小，壮实，却没有犄角，驴一样的耳朵，鹿一样的头，浑身浅浅的细毛。

最奇怪的，是它长着六肢，触地四条腿，前腿前面还长着一双灵活的前肢。它的颈部比较短，头比较难够到地面，它便伸出长一些的前肢，肢端像四个手指般，粗而短，抓起草料，或干果草籽之类，喂进嘴里。它雄壮的身躯在基弗里中校眼里无疑是一堆丰盛的食物。他迅速地在心里把那动物叫做牛鹿。

两头牛鹿和他们相隔着还有一千多米远，它们真够悠闲，而且亲亲热热，有时，牛鹿一半身躯都没入半米多深茂盛的草中。它们没有察觉有人类越来越接近它们，两个牛鹿的头颅不时地挨着擦着，散步似的信步草原，自由自在。

它们是野生动物的一个家庭组合呢，还是阿喜人牧养的家畜，基弗里无法判断，因为在他的视野中还没有看到任何建筑物，包括游牧民使用的帐篷、支架木屋之类。他幽默地告诉部下，发现了两个偷情的大东西，可能它们仅仅是为了配种而寻找安静的地点，因而害羞地离群远走。他们不得不惊醒它们的鸳鸯梦了。

戈林曼少校也随着用望远镜看见了那对动物，更加绘声绘色地配合着基弗里中校进行拟人化的描述，引得众人一阵狂笑，趁机把长期的积郁压抑痛痛快快的发泄出来。精壮的汉子们，一个接一个地说起黄色段子，肆无忌惮，有时大胆地甩起手，亲昵地拍打着靠得最近的同僚臀部。

三叉戟队形逐渐靠拢牛鹿，分三个方向截住了牛鹿的去向。现在，牛鹿如果要逃跑的话，只有向东南面的斜坡上跑，可是那样势必速度减慢，而且坡上草也很浅，只没过人脚脖多点，无遮无掩，这无疑是射击猎杀的最佳地段。

大约相距三四百米的时候，牛鹿察觉到危险来临。它们昂起头，发出两声响亮的“哞——哞”声，它们不清楚靠近的是潜藏的天敌还是友好的善类，因为它们从来没有见过人类这种动物，但是由陌生感带来的天生警戒心，使它们张望一下四周后，开始调头往坡上跑去。

牛鹿开始还速度较慢，一拉开步子后，不由自主觉察到危险逼近，便撒开四腿飞奔，两支前肢滑稽的摆动，在追击的人看来，反而增添了运动的负担，也许还降低了速度。往山上跑吧，这正中下怀。

激光枪从三面射击，那么多道死亡之光，没有任何声响，牛鹿却遭受重创，身冒青烟，血洒草坡，又奔驰出去一百多米，狂奔使它们被激光烧灼封闭的伤口裂开，血流不已。一头牛鹿可能被打中要害，一头栽倒，又下滚了十多米才停住。另一头又走了几步，终于撑不住了，站下来，神志恍惚的调头四望几下，“哞”的一声，终于软瘫下去了。它的前肢还不甘心的在空中舞了几下，方才没了动静。

军人中爆发出一阵欢呼声。每人都叫喊着奔向战利品。

大的一头牛鹿大约有一吨重，下体已经被自己的血迹浸透变色。小的一头，有七八百公斤。军人们掏出匕首，开始整理战果。头，六肢，内脏被扔掉，每只牛鹿胴体分割成四大块，每块也有近一百公斤。

附近找不到树木，没办法弄根杠子来肩抬，只得由四个军人各提住一头，轮流着弄回营地去，八块共计三十二人，刚好军人够分配，谁都没有闲着。副队长戈林曼少校，拎着肉块一个角。少校的一些贵重的军用品，望远镜啊，激光枪啊，都由唯一没有提着牛鹿的支队长基弗里中校扛着。中校用卫星通信器，向营地报告了喜讯，让他们准备烹饪牛鹿的家伙，搭建烤架。

接电话的是夏雅惠子中校，当时她正守在通讯监视器旁，与通讯官谭力少校聊天，她甜美亲切的声音无疑是对满载而归最好的嘉勉。基弗里中校听得心头鹿撞，沉浸在了美好的幻想中。

前后花了七八个小时，基弗里支队带着牛鹿回到营地，此刻人人都手脚发软了。丰收立即引起了营地的震动，分队里没有出去的文职人员，纷纷打水奉坐，让辛苦了的军人们洗脸抹汗，坐下休息。

人们纷纷嚷嚷，议论着基弗里中校一行的收获，所有的人都开始觉得生活变得美好。从基弗里支队在草原所见判断，这样的牛鹿应该还有大群出现，不管是饲养的牲畜也好，野生动物也好，反正有了充足的肉食来源。从今以后，享受吧。不过，基弗里中校最为关心的，不是营地中大部分人的反应，仅仅是夏雅惠子一人的态度。

队长徐豹上校和顾问鲁克向沼泽地出去还没有回来，而副队长陈诚中校所率人马正在忙着伐木呢，虽然从基弗里支队出发计算已经有八个小时，但是对于阿喜星上比较长的昼夜而言，也只算是过中午不久，因此他们回归的时间都还早。没人打扰呀！真爽。

基弗里中校心情格外舒畅。他强作镇定，约请夏雅惠子到河边僻静处去谈话，夏雅惠子不便拒绝，她掉头望一望队中的医官荒山孝郎，似乎是在征询他的意见。

荒山孝郎以前是陆军医学院院长，少将军衔，医术精湛，德高望重，暗里兼任着夏雅惠子支队中顾问一职，对外，他隐瞒了军职，因此，别人多半将他当作一个知识渊博经验丰富的医生。基弗里中校常看见夏雅惠子与他独自说话，言态尊重，其器重态度显然不是对一般医官而言。因此，基弗里此刻稍稍离开他们一些以示尊重，眼神却还盯着夏雅惠子。

荒山孝郎平日里不苟言笑，此时也是面无表情，干瘦的脸颊总令人莫测高深。直到他点了一下头，基弗里才倍觉轻松。夏雅惠子整整衣装，跟上了基弗里，远处，女侍卫菅谷沙子则尾随在了后面。

菅谷沙子少尉总是这样，像夏雅惠子的影子一样。基弗里不解其意。这些女人也太小心了，还做什么军人，他想。

他们找了一处有树的地方，避免下午的阳光直射。趵突河水在几十米远的地方流淌着，哗哗的水声凸显出四周的宁静。自命风流的基弗里中校，忽然有些紧张，他把话题从草原捕猎开始，他向夏雅惠子中校描述了河对岸那边的丰盛水草和宜人风光。

“哦，真的令人向往。但是，河这边也很不错呀。森林，富饶的土地，还有沼泽，如果徐豹上校考察沼泽有结果的话，那片广阔的土地该是多么的美好家园。”夏雅惠子并不是存心要反驳基弗里，只是顺着话题说。

不料基弗里中校琥珀色的眼中立即喷出了嫉妒的火，夏雅惠子没有察觉出来。她猜想基弗里中校的意思，是要渡过河去安营扎寨，可是目前她对这里的环境渐渐适应，女人似乎天生就对安宁的生活更情有独钟。

“你们见到了阿喜人吗？”她问。

“没有，连影子也没有见到。”

“那这——牛鹿，是野生动物？”

“也许是吧。我们的确没有看见任何智慧生物和建筑住所，或者再翻过一座山能看到。如果是畜养的动物，应该是大群出现，不应该是两只。”

“但愿如此，否则徐豹上校回来又要发话了？”

基弗里中校差点连脸色都变了，冷冷道：“一个不太高明的指挥官，他的意见并非总是正确的，甚至很愚蠢。只要知道在河这边猎取食物的艰难，夏雅惠子小姐就会相信我的话了并理解我们的行动了，过河去是一种不错的选择。”

夏雅惠子一开始就察觉到基弗里中校爱和徐豹对立，什么原因，暂时不能确定，心中只是有所猜测。

还欠着基弗里一个重要的人情呢，但是她还是要故意的拉开与基弗里的距离。夏雅惠子说：“这我相信，我们都已经看见了中校的收获。请叫我夏雅惠子中校。”

“叫中校？哦，当然。不过，夏雅惠子小姐不像是个军人。”

“你说的什么话？”

“不论从体质体力，还是临危反应，以及对军纪的考虑和自我克制上，夏雅惠子小姐都不像是一个训练有素的军人。请恕我冒昧。”

“嗯？那，依你看来，我是什么人？”

“豪门名媛。”

“哈。嗬嗬，中校怎么会这样认为呢？”

“只是我还是有一点不明白。”基弗里故意停下，等夏雅惠子来发问。

“是吗，哪一点。”

“大和军人中不乏优秀男儿，为何却任命夏雅惠子当队长呢，而且支队中美女甚多。这有何深意？”

“原来是这个。那你猜一猜呀。”夏雅惠子调皮地偏着头。

“我，猜不到。你们大和民族一向城府深沉，表里不一。而且，军人不应该过问政治，我只忠实地服从上级的命令。”

夏雅惠子淡淡一笑带过。“我很感激你。”

“是吗？感激什么——”

“你完全不顾个人危险来救我——”

“如果，这种危险的最终代价，是生命，我还是会毫不犹豫付出的。”基弗里立即接上话。

夏雅惠子眼光从基弗里脸上扫过，看着基弗里坚定的神情，她相信中校说的话是真的。基弗里中校那双迷人的，令所有成熟的和天真的女人怦然心动的眸子里柔和的光辉，使夏雅惠子不觉脸上有了发热的感觉。

猛然，她察觉了自己的细微变化，不觉心狂跳起来，责备的理性立即占了上风。

夏雅惠子顿了顿，理清了思路，很清晰地说，“可能的话，第三分队需要召开一个专门会议来讨论寻找食物这件事。我已经明白了基弗里中校的意思了。我们支队会认真考虑这个问题的。”

夏雅惠子生硬地将话题转移回了捕猎找寻食物问题上来。一遇上这类客套的语气，基弗里明白，今天只能到此为止。但是，他隐晦的道出了对夏雅惠子的倾慕之意，而没有遭受明确的拒绝，已经使基弗里感到高兴。存有好感是爱情故事良好的开端。

“那，以后有机会再仔细讨论这个饶有兴趣的问题吧。我们该回去了，你的姐妹一样的菅谷沙子少尉，在不远的地方等候着。相信夏雅惠子中校有自己清晰的判断力。现在，出去的人都该回营了吧。”基弗里顺从着夏雅惠子的意思，免得尴尬。

他一语双关，显得彬彬有礼而且善解人意。他满含深意的微笑，使夏雅惠子的心中，不禁又不按照原有节律，咚咚跳动了一阵。

第四集

直到营地里开始晚餐，天色渐暗时，徐豹一行人才姗姗来迟。他们携带回了两袋鸟蛋，应该说是两衣兜鸟蛋。徐豹为此，和另一位中尉只穿着一件背心。尽管一路小心，还是有几颗蛋碰裂了，迷彩军服外面都被蛋清浸湿了，散发出淡淡的蛋腥味儿。

晚餐的气氛是热烈的。陈诚副队长带领的伐木队进展比第一天快得多，那是更有经验了的缘故，他们还捎带回来一些野菌类和可食的野果。这些干果像板栗一样的，被他们从树上敲落下来。铁板上搁上粗砂，干果搅混在砂中，炒熟后一剥开，芬香四溢，加上流油溢香的架烤牛鹿肉，第三分队降落阿喜星上的第一顿较为丰盛的晚餐，使久违佳肴美味的人们，重新体验到生活的美好。佳肴美味，是美好生活的第一要素。

只有一声惊叫，稍稍破了晚餐的愉快气氛，那是一个女子中尉突然发出的尖叫，众人都看见了她把一个鸟蛋掉在了地上，女中尉一脸惊恐，她的确被吓坏了。

原来，那只鸟蛋孵化出了半个成形的胚胎。一个看来喜好旅游并且见多识广的中校说出一句俏皮话，一下减去一大半的惊惧，他说，“啊呀，多美妙的越南喜蛋，可别浪费了。真没想到，距地球几十万亿公里，还能吃到越南喜蛋。早知道你想减肥节食，留给我多好。”

中校本来是想取悦那位受惊的女中尉，结果反而因为嘴巴的大意，有讥笑女人过胖之嫌，因此背上狠狠地被捶了一阵粉拳。

随后，他不计恩怨，向因好奇围拢过来的那些人，炫耀起他所品尝过的世界各地那些怪异却令人过口难忘的美食来，他的讲演不时引起一阵啧啧的称奇声。

徐豹上校没有干涉队中的任何快乐的氛围，他对于晚餐食品的种类略感诧异，吃饭时却没有说什么。他的眼光扫过基弗里和夏雅惠子两位支队长时，似乎另外看出了什么秘密。

女人啊，多么容易见异思迁。徐豹心中酸溜溜的，只得暗中叹息。

营地第二次扩大会议在营帐外进行。参会的人是各支队队长和副队长，以及鲁克顾问，通讯官谭力少校和两名重要的文职人员，其中包括荒山孝郎医官。清点人数的时候，夏雅惠子和荒山孝郎还没有到，甚至夏雅惠子的卫星通话器都关掉了，徐豹对他们神秘的行动感到焦心。他让陈诚沿着卫星跟踪器所显示的地点四周去找一找。徐豹面色凝重，语调沉缓，到场的人都感觉到有重要的事情将会发生，不由得窃窃私语起来。

此刻，借着夜色的遮掩，荒山孝郎正和夏雅惠子作着激烈的交谈。荒山孝郎代表着陆军本部，影响力很大。夏雅惠子则把他当作长辈来尊重。荒山孝郎医官的真实身份，陆军医学院院长，少将军衔，这时的登陆分队中没几人知道。此时此刻，他已经对夏雅惠子喋喋不休的陈述了一大通。

“公主，你便是我们的天照大神，未来的天皇。世俗事务是由我们去处理的，不要过多的参与决策和事必躬亲。任何不明智不成功的决策都会玷污天皇的光彩。普通人的谬误和愚蠢是不会出现在‘高出云表’的天皇身上，因此要和一切人保持必要距离。我和本田大将刚通过话，神圣的使命时刻都在提醒我们，遵循必须的规范。”

“如你所说就是了，今后努力保持一定距离。荒山君还有什么话么。”

“关于是否渡河另建营地，保持独立行动能力，为开辟帝国疆土做准备，我还要和本田大将他们商议后再作定夺，须得看准时机行动。顺着基弗里中校的意思行事，能够让我们处于安全的主动中，必要的话，公主——队长应该保持和基弗里中校的私下联系。”

“这就奇怪了，不正是荒山君要求我和基弗里中校保持感情上的距离的吗？”夏雅惠子似笑非笑。说起这些来她便有些恼火，十年前，她与徐豹险处逢生并相识，暗生情愫之后，被皇室生活顾问探知，便听过不少类似的一番话了。当时，她还是第三顺序的皇位继承人，虽然最后继承的可能性非常小，可也处处受到细密的照顾。

“唔，这并不矛盾——”荒山孝郎正要解释，陈诚中校从远处大声喊道，“嗨，前面是夏雅惠子中校吗，等着你开会呢。”

黑暗中，荒山孝郎没有看见夏雅惠子因解脱而俏皮开心的笑容。

野外点起了篝火，充电照明灯青白的灯光和黄色的火光掺和在一起，映着每个思考着的脸，这些脸因严肃而神色凝重。

“首先，我要将这两日考察沼泽的结果和因此产生的打算与各位共商。在沼泽和趵突河之间，因为地质构造运动，横亘着一道花岗岩岩体石梁，恰好阻挡了水的自然流动，致使沼泽积水不能通过趵突河流入雪河而形成沼泽。如果在石梁上开凿一条深十来米，长一公里多的运河，则沼泽绝大部分地区可以排除积水，从而变成一片肥沃的平原。如果那样的话，趵突河河面也将展宽，这样就需要修建一座桥。我们的顾问，鲁克院士已经选好了桥址。我想，我大胆地猜想，这里就是我们未来的城市所在地。”

说这段话的自然是队长徐豹上校。

沉默，思考中的沉默，基弗里首先打破了沉默，他说：“一个绝好的见解，一个浩大的工程，然而是不是一个适应的时机呢。过了河，徐豹上校起名的趵突河，到南边，那边才是一个美丽富饶的地方。请注意，我说的是已经富饶了，不必再兴师动众去开垦。那里食物应有尽有，地势开阔平坦。各位想来知道，今天，我们已经亲自拜访过那里了。”

“目前，这个浩大的工程的确无法开展，我们现在的目标就是建好我们的营地，并要在附近迅速建立一个燃料工厂，刻不容缓。”

徐豹将话题回到自己的主题。

“为什么不渡过河去，把那片疆域也纳入我们的势力范围？”戈林曼少校也紧跟着基弗里中校附和了一句。

“那样，会和阿喜人直接接触，他们会把这当作不友好的行为，会认为我们在进行——侵略。要尽一切力量避免战争。”

“危言耸听。战争是天生存在的，并不会因为我们的躲避就消弭。”基弗里寸步不让。

徐豹停下来，看着基弗里，基弗里的目光迎了上去。

徐豹上校淡然一笑，说：“中校说得不错。即使，我们已经掌握了阿喜人的语言文字，能够借此，向阿喜人表达出我们和平的诚意，再向阿喜人道歉，作出赔偿，改变他们对我们的观念，误解；即使我们做了能够做到的一切，步步忍辱负重，战争可能还是不可避免。但是，现在，以我们分队的具体任务而言，却要竭力避免任何战争。时间不待。这也是总部的意见，或者说，命令。各位若有异议，可直接向总部提出，无须分队来转达。在我们没有改变目标之前，任何违反此命令的人将军法从事。我说的是整个舰队的总体目标。”

徐豹突然之间变得如此强硬，咄咄逼人，此话仿佛一下子击中了基弗里中校的要害。中校万万不敢对自己的伯父，盟军总司令克里将军，有半点违抗，他是一个称职的军人。他撇撇嘴，不再说话了。

徐豹对未来两日各支队的任务作了部署。当每个人都以为会议就要结束的时候，徐豹突然说道：“下面，请基弗里中校把越河捕猎的见闻向大家讲一讲，也许将来对我们有用处呢。”

基弗里猜不透徐豹上校在搞什么名堂，夏雅惠子却直觉到，这两个男人之间的战争已经开始了。

基弗里强打起精神，回忆着渡河与围猎的经过，说到他们怎样精疲力竭，将分割好的牛鹿运回营地时，他有意加强了语气。正是由于路途遥远，又没有任何运输工具，哪怕是一匹没有鞍架的羸马，都没有。他们付出了多么艰难的代价。

下一个捕猎和寻找食物的支队该轮到夏雅惠子她们，而基弗里支队则要去干最枯燥无味的伐木运输了。基弗里有意向下一队传递了这样的信息。

“对不起，这里我打断一下，这么说，中校并没有确认牛鹿是一种野生动物。”

“嗯，我从来没有确认过吧，是的。但是附近没有阿喜人的居住地，这倒可以肯定。也没有充足的证据证明是阿喜人饲养的牲畜。”基弗里没料到徐豹突然这么一问。

“如果没有记错的话，昨天我们从卫星摄像得知，从趵突河往南三四十公里出便有阿喜人明确的长久居住地，我说的是十分明确，而且不是帐篷之类的临时宿居地。至于更近一点的，处于一块树林边的，虽不能完全确定，那可能是一些游牧民，猎获牛鹿的地方应该距离那里不远了。而且从曾经获得的图像来看，牛鹿还好像是一种运输工具呢。这点，基弗里中校能够理解的。”

徐豹步步紧逼的问话使基弗里感到十分恼火。

“斑马也是马，野牛也是牛，可它们就是野生动物。仅凭外形一样，就能断定是牛鹿，这些牛鹿，是牧养的牲畜吗。”

“关于究竟是牧放还是野生这个问题，以后再讨论。希望我们不要再犯加和正夫上校的错误。基弗里中校，现在需要把你们围猎的详细地点告诉通讯官；谭力少校，必须密切监视那个地段。如果阿喜人丢失了牲畜的话，是要寻找的，那样的话，就得有新的事情干了。当然这是我的估计。”

基弗里内心冷笑着，戈林曼少校脸上的表情数次示意基弗里忍耐。基弗里却觉得，他才是应该得意的人，需要忍耐的是徐豹。

夏雅惠子，荒山孝郎和东条巴莫，都对徐豹有意提起已经殉职的加和上校的错误不满。他们的沉默冷淡表明了对徐豹的看法。夏雅惠子觉得，她与徐豹之间，已经隔着一条冰河，而且变得越来越宽。

第五集

诺亚营地的建设在有条不紊地进行。这天是轮到徐豹支队驻守营地，相当于休整养息。他另外给自己支队安派了一件事，他亲自率领一半人马十六七个人，到营地与沼泽之间，找到一处适当的地点开垦土地，支队的另一半人马留在营地由陈诚中校指挥巡守营地。

分队降落时已经携带了许多地球上可食植物的种子，小麦是其中种子数量最多的。不必求助于阿喜人，就可以开始尝试第一轮的种植。在舰队从太阳系出发之前，就考虑到了新的星球上是否会存在已经适宜种植的植物，所以预先作了详细的准备。

除了担心此时气候是否适合下种之外，开垦田地倒是一件惬意的事，支队里的军官们边干边笑，有时还放开喉咙，唱起悠长或欢快的歌来，好一派恬静的田园风光。在一些浪漫的具有古典意味的心中，甚至已经幻想起“开轩面场圃，把酒话桑麻”的境界了。

过了一天的快乐时光，出去的支队陆续回到营地，准备享受劳累一日过后的丰盛晚餐。通讯官谭力少校向徐豹上校汇报了一个不好的消息，他们观察到，丢弃牛鹿遗骸附近有许多活动的红外点，表明有动物在那里，进一步观察高轨卫星摄像，虽然并不足以完全看清是什么动物，但是那外形绝不是牛鹿，倒与阿喜人的形象十分接近。徐豹心中立即紧张起来，莫非昨夜享受的牛鹿真的是牧养的牲畜。

唉，这下麻烦又来了，地球人的恶名真是难以洗清啊。他要求谭力少校密切注视阿喜人的行动，又通知营地重要人士全体集中召开紧急会议。

“我们贪婪的嘴再次犯了一个严重的错误，现在有百分之九十九的可能性可以这样说。”在营帐里，徐豹打量了所有人一周，察看他们的反应。

“上校的意思无非是说，我们捕杀了阿喜人饲养的牲畜。”基弗里不以为然说。

“是的，现在，要请中校去弥补这个过失。”

众人的眼光一下投向了基弗里，作为眼光的聚焦点，基弗里中校感到了热，尤其是夏雅惠子中校眼中传过来的热量，他应该表现出气定神闲的绅士派头来，那正是夏雅惠子小姐习惯和喜欢的。

基弗里耸耸肩：“如果真的是一个过错的话，我们一定去弥补的。请问上校，你打算要我们用什么方法去干。”

徐豹对基弗里突然表现出来的大度和合作深感意外，他寻思着，用什么办法来消除阿喜人的憎恨心理，进行解释和补偿。前者由于语言尚未掌握，一知半解，表达一旦错误，反而容易弄巧成拙。补偿，倒是可以考虑，怎样补偿呢？

他想到了两种方法，与鲁克说了几句后，提出来征询大伙的意见。

“最好的办法，当然是付钱了，付出相当价值的钱，表示我们的诚意。我们也是初到此地的，一贫如洗，也不知道多少财物才能适合阿喜人的口味。金钱却是万能的。”戈林曼少校一板一眼以德意志民族特有的严谨说，“只是，赔偿的价值一定要相当，免得为以后留下遗患。习惯了漫天要价，存心敲诈的心，是不会轻易满足的。”

基弗里支队的副队长一说话，徐豹顿感宽慰。

“那么，请问戈林曼少校，是支付欧元，还是人民币，或者日元好一些呢。”见戈林曼少校说得煞有介事，仿佛成竹在胸，鲁克笑着有意打趣，以增添一点轻松的气氛。

“从另外两个分队获得的信息，——他们都已经直接同阿喜人打过交道——阿喜人喜爱黄金的程度，和二三十年前地球人相当。当然不像现在，对我们来说，黄金如白银一样廉价了。因此把赔偿金折算成黄金来最为合适。假如牛鹿不是什么珍稀保护动物的话，是能够讨价还价的。”徐豹见戈林曼一下答不上来，笑笑接着说。

“那样的话，一头牛鹿需要黄金大约 20 克，加倍赔偿的话我们总计要付出 80 克黄金，十枚 24K 的金戒指应该够了。”戈林曼今天总是很活跃，他的算计准确迅速和慷慨，及时而且完全地替基弗里中校解除了困境。

所有人都笑了起来，营帐里的气氛顿时轻松许多。

“中校的看法呢？”徐豹问基弗里。

“唔，戈林曼少校不是说得很清楚了吗？”

“那么明天，请中校派人执行吧。”徐豹说，他尽量保持平缓的语调，以免刺激基弗里，但是却不容违抗。

基弗里眼睛一翻，一股气噎在喉咙里没有喷出来，因为他看见夏雅惠子正略带紧张地注视着他。

他收起了悻悻的心态，很坦然地说：“我明天会派人执行的，请上校放心。”

徐豹接下来宣布了分队新的规定，未经申请允许，任何人不得越过趵突河行动，违者将受到关禁闭室的处罚。然后他又宣布两条令人鼓舞的消息，待营地基本建设结束后，大概也就十天左右吧，将举办一场庆祝晚会，到时候，各个支队都要拿出表演的节目来，能唱的唱，能跳的跳，有绝活的表演绝活，还将举行一个游泳比赛，就在趵突河里。

鲁克院士对于一些细节作了补充。这次会议结束得还算完满。

基弗里中校没有失言，在支队中，他收集了一枚金镖，一枚戒指和三块纪念金币。支队里部下纷纷解囊，捐赠金物，但是基弗里谢绝了大伙的好意。

基弗里拿出了自己的金镖。它与中校使用的飞镖，外形完全一样，只是个头小得多，纯金制作，这是基弗里随身携带的吉祥物。戈林曼副队长拿出了珍藏的戒指。这枚戒指是戈林曼少校在芬兰湾战役中获得的英雄纪念章，戒指上镌刻着年代和战役名称，对于少校而言，可谓价值不菲。

数量还嫌不够，基弗里又在捐赠物中选取三枚了金币，并感谢大家的支持。最后，他选派了两名军人，一个上尉和一个少尉，要他们将赔偿的金物包裹好悬挂在牛鹿的遗骸上，以便阿喜牧民很容易就看到，他亲自用英文写了一张字条，写在一方绢帕上，表示道歉和按价赔偿之意。他又要求两名军官应该在那里停留上足够的时间，来观察阿喜人的行动，尽量确认阿喜人已经收到，他们只要天黑之前赶回营地就行。

“阿喜人能够看懂么英文么？”戈林曼少校问，随即他大声叫道，“噢，上帝，我明白了。”

“少校当然应该明白的。不是一定要阿喜人明白。这是证据，也是表示和解的通知。阿喜人应该学会来理解我们。我们现在的每次行动，都是在为未来添加有利的筹码。”

基弗里此刻很开心，呵呵笑着，很为自己的天才想法得意。

三个小时过去了。趵突河南面，升起了一股白烟。

送赔偿金物的军官，用激光烧着了他们搜集枯草和生草混杂的一堆草。用烟雾来吸引阿喜牧民的注意。

一日的时间在这一天变得格外漫长。徐豹和基弗里都带队在外，可是都时时牵挂着送赔偿金的两名军人。还在回营地的路上，徐豹就通过卫星通话器问营地通讯官，“回来了吗？”答曰“没有”。基弗里也用通话器询问，答曰“可能回不了啦。”

上校和中校几乎是同时赶回了营地，一见面，彼此点头示意，无话，直奔通讯处。通讯官谭力少校指着由许多移动的红外点包围着的两个跟踪器亮点，说，“他们没有动静，恐怕已遭不测了。”

“赶快联系卫星摄像机。”徐豹命令道。

“已经申请了，还有二十多分钟才转过来。”

屏幕上红外点在移动，跟踪器亮点一动不动。徐豹的心彻底沉下去了。

基弗里自己问自己，“难道，是遭遇陷阱了。”

“不太可能。”鲁克院士也过来了，“在平原上遭遇陷阱不可能，那是两个人，一个在前一个在后，怎么可能同时掉入陷阱。除非是枪击。”

基弗里恼怒，沮丧，真想一巴掌捂住鲁克的嘴。

“枪击！”徐豹急着问谭力少校，“出现这种状况多少时间了。”

“有两个小时左右了。”

“这么说，他们如果要返回来的话，早就过了那里了，甚至已经回了营地。我们都看见了白烟。”说着，徐豹环顾一下四周。

旁边的人都点头认同。

“那么，他们既然已经完成了任务，还待在那里干什么，等着阿喜人发现，来追击，开枪。”徐豹不由得将疑问甩给了基弗里。

“是我让他们等着阿喜人出现，他们有望远镜，没等阿喜人近身就会发现，躲避了。”基弗里满怀愧疚，不敢直视徐豹。

上校不言语了，原来基弗里急于表现而枉顾纪律，或者过于托大了。他轻声说，“也许，阿喜牧民也有望远镜的，阿喜人肯定是有的，这一点上我们并不太占优。”

终于，低轨摄像卫星转过来了，一张张照片发到地面。经过一阵搜索，卫星捕捉到了卫星跟踪器的具体位置。

镜头拉近，再近，已经最近了，两具人体横躺在草地上，没有动静，也看不清是谁。可是他们穿着只有地球军人才穿的迷彩军服。卫星跟踪器亮点，明白无误的说明，那是两名地球军人。

尸体四周，已经不见了阿喜人的踪影。

基弗里两脚发软，差点站立不稳。

悲愤的气氛，立即弥漫在里营帐里的每一个角落。

第六集

营地派人连夜将两名遇难军人的躯体抬了回来。当他们赶到遇难地点时，阿喜人已经离开很久了。从着弹痕迹来看，两名死难者是被枪弹从后面击中身亡的，极有可能是在回返途中，被阿喜人发现后跟踪，从背后袭击遇害。

显然，两具尸体还遭受了翻动搜查，所有的金物也不见了，白帕字条也不见了，还有激光枪和望远镜，阿喜人拿走了感兴趣的一切。

无语，无言。基弗里中校一直铁青着脸。

诺亚营地举行了简短的悼念仪式，准备第二日，选择一个地方安葬。鲁克院士建议安葬在东边靠近雪河的地方，那里风景秀丽，地势偏僻，正好可作为以后地球人的公墓。私下里，他对徐豹说，那里风水极佳，是阴宅的上上之选。

基弗里支队的人都睡不着，他们忙碌着做两口薄棺材，准备用作最隆重的土葬。他们非常认真地削着，凿着，敲着，真的是精工细作。或许忙碌能够减轻悲伤吧。

而另外两个支队的人，在指挥官的嘱咐下，陆续地回到了他们休寝的营帐，尽管不时还从人中间听见一声唏嘘。其中很多人，都或多或少参与了一会儿棺木的制作，借此表达哀思。

特制的，以阿喜星时间为标准的电子钟，显示已经到了子夜，再过几分钟就是第二日了。基弗里中校让戈林曼少校带领手下做工，自己则亲自去守灵。

灵前燃着一堆火，火光照着基弗里的英俊的脸，跳动着，变幻着。徐豹查营经过这里，这已是今天的第三次查营了。他拍拍基弗里的肩膀，劝慰了几句，便就寝去了，他不能耽误明天的事。

夜深深，火光跳动。做工军人们不时地喧嚷声，没入茫茫的黑夜中，显得多么的微弱。

“我向队长正式请求，我将带领我的支队过河去。”

第二日，安葬完毕两名殉职的军人，回营的路上，基弗里向徐豹请求。

“过河去，干什么？”徐豹停下来了，其他人也跟着停住了脚步。

“赶走阿喜人，杀光所有牲畜。”

“对昨日事件进行报复？”

“这是正义的报复，他们理应付出代价，否则，我们将成为无能和孱弱的笑料。”

许多赞许的眼光立即射了过来。

“这会引起大规模的战争。”

“上校害怕战争吗？”

徐豹不予回答这个幼稚的问题。

“我们的退缩与忍让并没有换取和平和理解。相反，第一分队和第二分队已经开始他们勇敢的进攻了。”

“要击溃阿喜牧民是很容易的，但是，随即到来的，将是阿喜人的大部队，我们还不能对抗他们的人多势众，以及威力巨大的重型武器。加和正夫上校的遗憾不能重演。”

各个支队的首领都围聚过来了，他们特殊的职位使他们能够离徐豹最近，因而可以很好的发表个人看法。

副队长东条巴莫少校接上话说——他显然忘记了按照职位高低他发言的名次应该还在后面——他说：“可是今天的痛苦是谁带给我们的呢？别老是拿加和正夫上校说事，上校是英雄，他是战死的，像樱花一样灿烂地绽放。将来一定会在加和正夫上校的墓地前立上一块方形尖碑。”

基弗里也接着说：“凭借我们超越的通讯侦察技术，阿喜人根本找不到我们。在他们重型部队到来之前，我们可以远远地避开，迂回作战。”

“中校想过没有，那样会丢掉营地。”

所有的人，除鲁克院士外，都未料到徐豹上校会这样说。丢掉诺亚营地，瞧队长的模样，好似丢掉了首都似的。

“我们和第一第二分队都不一样。可以明确告诉大家，这里或许是地球人未来的家园。避免大规模的战争是必须的。”鲁克出来为徐豹辩护。

总部对徐豹上校作过什么指示，其他人无从得知，不过，他们暂时都沉默了。这沉默中包含着疑问。

“这里的纬度，最适合于飞船起飞。它将会是太空基地。”鲁克进一步解释道。

一行人一路再也无话，沉闷的走回了营地。

这件事过后，营地中反而平静了几日，谁都不再提渡河报复的事。南边，阿喜人也没有进一步的动作。卫星摄像仪侦察到，仍旧有阿喜人重复地到他们获得胜利的地方查看，虽然不见了尸体，他们暂时也没有想到渡过河来扩张他们的战果。

人人几乎都把闭闷着的那口气发泄在日常工作中，所有劳动速度都加快了许多。当鹿砦完全围住营地时，开垦过的土地已经全部播下了种子，还有一片蕨菜，甘蓝和西红柿，甚至洼地里近两亩的面积种上了生长快速的空心菜，营地积存的食物也比较丰富。队中人人都学会了如何迅速捕杀到长耳鼠等为数众多的食草动物。

徐豹对营地建设的进展非常满意，他已经开始率队测量地块，平整土地，划分任务，砍伐堆积木柴，着手建立煅烧矿石以获得石灰的土窑，一切都是在为建立一个简易工厂作准备。不过在进一步劳作之前，庆祝晚会和游泳比赛的日子到了。

游泳比赛在趵突河里举行，起点和终点都在北岸，参赛者需要从北边携带一面红色旗子跑过一百米的路，跳入河中游到对岸，距离约为一百五十米，然后将手中红旗换成对岸的蓝色旗子，再游回来，将蓝色旗插在原来插红旗的地方。

每次有五位选手参加，最后以时间最短的三人为优胜者，他们将分别获得用软树枝编成的“桂冠”，和晚餐时特别增加的一份烤肉，以及一枚金质奖章。那奖章是用金币锤压刻制的，做工虽然显得粗糙，却是货真价实的黄金。

所有一百〇六个男人当中，倒有九十人报名参赛，有一个来自西班牙的女人，长得高大健壮，也报了名，在同一个组的五人当中，她竟然是第二个到达的。后面的三个男人理所当然地受到了讪笑。军人们个个奋勇争先，互不相让，不少的参赛者也以摔倒或鱼跃触地引起了一阵哄笑。那真是一个热闹快乐的日子，仿佛所有的压抑、悲伤、劳累、忧虑，全部在扑腾跳入趵突河的一刹那间，溶化在奔流的河水里了。

通讯官谭力少校告诉徐豹，南面八指国（即毕喜共和国，八指国之名和后面的西番国，都是舰队总部根据阿莱斯分队攻占火山堡之后，所获的地图所示来命名）的牧民有所动静，他们藏身于一个高岗上，可能在借助望远镜观察诺亚营地。

“那正好，希望他们能传达给国王一个友好的信息，我们是友善和平使者，我们追求生活的快乐。我们也安守此土，无意再进一步冒犯他们。”

徐豹说，他认为八指国是一个王国，拥有至高无上的国王。他进一步吩咐道：

“绝不要让他们任何进攻偷袭的企图得逞。要密切注意。”

“放心吧上校，八指国的一举一动都无所遁形。”

此时，比赛已经结束，所有的人都在等着他们的最高首领来颁奖。徐豹把这一荣誉让给了鲁克院士，作为对长者和智者的尊敬。人群中响起一片掌声。夏雅惠子也鼓起掌来，上校的谦逊在此刻赢得了她的赞许。

在这片欢乐的人群中，最不开心的，当数基弗里中校了，他下定决心要大胆的一展风采，不能再拖沓下去了。

晚餐比平日里要早一些，结束后，大家忙碌着布置篝火会场。所有闲着的没有值班任务的人，围坐四堆木柴旁边的时候，离天黑还早得很呢。大伙盼望着快乐放松，尽情逍遥的晚会开始，已经迫不及待。

篝火晚会开始了。首先是趁天光尚亮，表演各自绝活。

第一个上场的是来自中国沧洲的陆军特警少校——他已经把警衔换成了军衔。他比画了一阵后，将了一根胳膊粗的石条，按在大石上，扬掌猛砍，空手劈断了石条，接着又是一根，最后一根按在大腿上，总共接连挥掌劈断了五根。劈完石条，特警少校面不改色心不跳，人群中爆发出一阵激动的由衷的叫好声。

基弗里中校第三个上场。他整肃戎装，腰间环插的六柄双刃飞镖格外引人注目。二十步开外，立着一根两米来高的木桩，木桩只有小腿粗细。基弗里两只手都举起来了，双刃飞镖发着寒光。

“嗖嗖”，几乎是同时，也看不清左右，飞镖哪支在前，哪支在后，噌地，一上一下钉在了木桩上。两支飞镖相距约半米。

“好！”有谁叫了一声，跟下没有人再叫嚷了，都屏住了呼吸，等待基弗里下一个动作。

只见基弗里轻舒大掌，拨出第三支镖摊于掌上。他背转身，突然向后一仰，上身几乎和地平面平行了，接着甩手一镖，噌地钉上了木桩，刚好扎在原来两镖正中间。

这一次，谁都没有出声。

基弗里突然跃起，居高临下，手举过头顶，手腕一抖，第四镖立刻插在了上面两支镖的中间。

读者或者观看过田径赛中的掷铁饼，运动员快速旋转着将铁饼掷出去，现在，基弗里中校就是这样原地迅速转了两圈，手一晃之间，第五镖稳稳地钉在木桩上，位置恰好是下面两镖的正中间。

一名中尉走上前去，察看五支镖的位置。五镖之间的距离，就是牵了尺子来量，也是一样的，整齐划一，距离相等，精确地处于一条线上。他吐了一下舌头，突然意识到了什么，腰忽地往下一躬，害怕似的退了回来。这个动作引发了一阵哄笑。

第六支镖已经握在了基弗里中校的掌中。基弗里并不急着发镖，一动不动注视着前方。

暮色已起，晚风中，基弗里迎风而立，风吹动了他一身迷彩戎装，落霞余光像在基弗里的脸上镀了一层金，真是玉树临风，动人心魄。此刻，人人屏息凝神以待，睁眼欲看基弗里最后一镖飞向何方。

突然，基弗里往前跳了两步，一个前空翻，人未落地，还未待人们看清，镖已经发射出去。

一时里，许多人都傻眼了，因为他们没有听到先前那样熟悉的噌的一声。木桩上明明白白的只有五支镖，第六支不知飞到哪儿去了。

最后一镖难道竟然脱靶了，有的人已经开始摇头，为最后这一刻的失手遗憾。

还是那名中尉，再一次走出人群，径直向木桩方向走去，到了木桩处，也不停步，又向前走了十几步。他弯下腰，站起来时，手中已经举着一支双刃飞镖。

“啊呀，蜻蜓，不不，是像蜻蜓一样的飞虫。”中尉一边叫着，一边往回跑。原来，镖尖穿透了飞虫的胸腹，把它钉在了地上，基弗里发镖之前，已经看见飞舞的巨大飞虫了。它像半个画眉一样大小，而它的远亲正是阿喜人最喜爱的食物——大蚂蚱。

先是一声巴掌响，随即掌声海潮一般响了起来。

第七集

暮色越来越重。跳动的篝火照着跳跃的人们，沉浸在自由放松的欢乐中。诺亚营地忘记了悲伤，孤独，陌生的忧郁，危险的惴惧。每一处火光，就像一朵绽开的快乐之花。

一个海军陆战队少校掏出了一直陪伴着他的口琴，吹起了E·瓦尔特托菲尔的西班牙圆舞曲。分队里有识得此曲的，随声哼着附和起来。接着，平整的草地上，便有了一双双脚伴音而舞。

夏雅惠子沿河边走着，步履缓慢，像一个离群索居的隐士。远方火光中跳动的欢乐与她郁郁不乐的表情对比鲜明。她被面临两个抉择的烦恼纠缠得心烦意乱。她也一点没有注意到，一个轻灵矫健的身影也悄悄跟在了后面。

许多蚊蚋一样的小飞虫围着夏雅惠子前后飞来飞去，挥之不去的嗡嗡声更增添了烦乱。这些被动物分类学家暂时命名为沼蚊的飞虫，是诺亚营地最讨厌的。晚上睡觉前，为了避免沼蚊的骚扰，首先得点燃一种被植物学家找到的干树叶，在帐篷内熏一通，类似于薰衣草香味的香气久久不散。然后紧闭帐门，只通过一个密网窗口通气，方能睡上一个安稳觉。

夏雅惠子停下来，站住了，静静地思索着。既然独自一人仍旧无法理清头绪，还是回去的好，但是她没有向后转身，又走了起来。

“夏雅惠子中校还要往前走吗？”基弗里中校突然在身后不远处叫道，吓得夏雅惠子一激灵。

“你已经离营地很远了。”

“是吗。怎么是基弗里中校，你不是在跳舞么。”

“缺少了惠子小姐，舞会就算结束了。那种活动最需要的是情趣。惠子小姐一个人，离开营地远了会有危险。”

“呵，难道八指国的人还能泅过河来？”

“今天，的确有许多八指国人出来活动了。他们潜伏在河对岸山后观察我们，大约三四十个。四处都有。靠近雪河这边还可能有一种凶猛的啮齿兽，个头不大，却狡猾而贪婪。小心为妙。”

“谢谢中校的关心。野兽并不可怕，真该好好地教训八指国的人一顿才是。”

“啊，夏雅惠子小姐也有这种想法。”

“哦，叫我中校吧。本来，也应该让八指国，为加和正夫上校一队人，付出点代价的。”

一想到此事，夏雅惠子小姐不禁联想到徐豹屡次的提起，屡次蒙羞，便恨恨地想借一场漂亮的战斗出出气。在她支队下属军官中，几乎人人都有了这样的想法，这是副支队长东条巴莫少校暗地里告诉她的。

“那，找个机会，我们来个瓮中捉鳖，最好活捉一些俘虏回来。”

“嗯，这个主意不错。既是示威警告，又可借此了解八指国人的语言。”夏雅惠子表示赞同说。

“啊，惠子小姐——中校想得比我还要周全一些。了解语言，好主意。阿莱斯上校获得的文字资料，主要是西番国的，对我们来说用处不大。我们需要自己的。”

“是的，阿莱斯上校获取的是西番国（即巴拉比王国）的文字材料，而且没有语言。对我们当然暂时用处不大。不过，徐豹上校不是坚决反对渡河活动，以免激怒八指国人吗？”

“准确地说，只有飞船主管才对我们有绝对的权力。从国家的角度考虑，谁都可以单独退出联合行动。”

从国家的角度考虑，谁都可以单独退出联合行动。这句话让夏雅惠子一下子豁然开朗。

她，未来天皇，太和号飞船主管本田一郎大将都得听命于天皇，唯令是从，谁还能够指令于她呢？

“好的，等时机成熟，我们联合行动。”

基弗里中校没有料到夏雅惠子一下作出了决定，并发出邀请。作为军人，基弗里除了受命于代达罗斯号飞船，因为他的支队虽然都从属于泛欧盟，但是却是直接代表代达罗斯号飞船的。作为克里将军的侄子，他也得听命于舰队司令。克里将军不仅是联合舰队总司令，同时也是两艘欧盟飞船的最高指挥官，连飞船主管都得听命于他呢，将军岂能容忍妄图脱离舰队总部的狂妄行动。

中校忽然后悔冲动地对夏雅惠子建议，这同时也相当于是对对方作出了一种基本承诺。到时候，他真的能与夏雅惠子支队一同行动吗？至少，支队里的军人们能服从吗？

他脑海里激烈地翻腾着，没有回答夏雅惠子的话。

“基弗里中校后悔了？”夏雅惠子察觉到了基弗里的沉默，也考虑到了她的身份和权力，与基弗里中校的巨大差别。

“惠子小姐的吩咐，赴汤蹈火也在所不辞。何况是这样一件彼此合作有利的事。”基弗里坚决地说。

话里有话，夏雅惠子感到一些燠热了，她转开了话头，说：“基弗里中校今天的表演真是太精彩了。”

“玫瑰的绽放是为了迎接情人的到来。”

夜色中，夏雅惠子看不清基弗里的脸，但是感觉到他离得很近，话里面的激情再也包不住。

基弗里伸出手去，碰上了夏雅惠子的手，夏雅惠子抖了一下，没有缩回。

基弗里握着一双柔荑心潮激荡，但是他只是牵着举到嘴唇前，轻轻地碰了一下，像是行了一个吻手礼，这个吻，令夏雅惠子怦然一动。

夏雅惠子终于赧然收回了双手。

寂静的四周仿佛有意要衬托出爱情的澎湃。基弗里终于忍不住了，他说：“请夏雅惠子小姐答应我，等安定下来以后，作我的妻子。”

沉默了一会儿，基弗里觉得像过了十年，就像茫茫太空中漫长的十年。

夏雅惠子轻声然而坚决地说：“现在，我，不能答应你。现在还有很多事情等着去做。”

“那就是说，希望暂且存放在狂想的匣子里，等着时间的钥匙来把它打开。”基弗里终于松了一口气。

“喂！前面是队长吗？”忽然有女人声音叫道。一道光柱闪了一下。

“谁？”

“菅谷沙子少尉。”

“她的耳目倒是很灵敏。”基弗里不满的嘀咕着。

说话间，菅谷沙子已经走到跟前。她把微型手电筒射向地面，“果然我没有估计错，荒山孝郎医官在寻找你呢，可能有事吧。”

夏雅惠子这才想起自己把卫星通话器关掉了，菅谷沙子是不是说谎便暂且无从验证。

“一个医官，文职人员，处处这么关心队里的大事，甚至超出他的权限了。”基弗里带着疑问说。

“荒山孝郎医官其实相当于队里的总参谋长，他有军职。我把他当作叔父一样尊重的。”

“哦！”基弗里很感激夏雅惠子把自己支队的一些秘密都告诉了自己。那么今后，他实在有必要同荒山孝郎医官建立一种良好的熟络的关系。荒山孝郎会对夏雅惠子产生影响的。

“那我先回去了。”夏雅惠子已经迈开步，菅谷沙子连忙将手电筒递了过去。

“为找到队长走了许多冤枉路，脚都痛了，再也走不快了。我会迟一点回营地。”

“那好吧，基弗里中校乐意陪送你回去的。”不等基弗里答话，夏雅惠子边走边说已经走出了十几步远，把基弗里和菅谷沙子拉在后面。看起来像是急着会见荒山孝郎，其实是夏雅惠子遵从着荒山孝郎“在大众场合要和任何人保持距离”的教诲。

“菅谷沙子少尉真是心思缜密啊。”基弗里半讥半讽。此时，夏雅惠子已经走远的，在黑夜中，连背影都看不清楚。

“中校这是夸奖我啊，不会是嘲笑吧。啊哟，真的，脚都疼了。跳起舞来就没有停过，又遵命要立即找到队长，半路上还摔了一跤呢。”

“好像，不能走了么。”

“腿太软了，我坐一会儿好不好。基弗里中校如果有事，可以先走，我没关系的，能摸着回去。”

“都这么说了，我还能一个人走啊。你带了夜视镜吗？”

“又不打仗。弄那么复杂干啥。没带。急着要找队长，抓了一只手电筒就跑出来了。”

“那，让你知道吧，啮齿兽的眼力可比你好多了。还有非洲鬣狗一样残忍的那些猎食者。”

“啊！”菅谷沙子少尉真的害怕了，趁势将身体贴近了基弗里。

两人都没了手电筒，基弗里伸手去搀扶菅谷沙子，后者便半依半靠同步走起路来。

菅谷沙子谈起这天的见闻，特别对基弗里中校飞镖无敌的精彩表演赞不绝口，不断重复着，喋喋不休。她的语言和行为，甚至肢体上的一个细小的扭动，都令个中老手基弗里明白，菅谷沙子是爱上他了。

他有些浑浑然且昏昏然。看起来菅谷沙子少尉更像是夏雅惠子的贴身侍女，亲密女伴。她对于爱情是有作用的。

“有空的时候，请中校也教教我飞镖啊，特别是击落飞虫那一招。”

“你们女子，腕力不够，学不好的。”

“那你是找借口，自我保守，不想教啊。”

“哦，你误会了，我是说，要教的话，只能学到哪里就到哪里，不能强求良好的结果，成不成就不一定了。免得到时候，你又责怪我这个教练不尽心。”

“这样说来，基弗里君是答应我了。哎呀！没什么，踩上一块活动的石头我好高兴。是，正像基弗里说的那样，做事不能强求美好的结果。有句爱情上的名言，只在乎曾经拥有，不在乎天长地久。”

为这段话，基弗里拍拍菅鼓谷沙子的脸蛋表示赞同欣赏。

“菅谷沙子小姐豆蔻年华，年纪轻轻，就对爱情这样有感触了啊。”

羞涩的潮红立时涌上了菅谷沙子的清秀的脸庞，她的心怦怦直跳。可幸四周很黑，基弗里看不见。

第八集

第二日，全队休息一天。这天中，分队首领们要对未来事务进行商议。会议仍旧在营帐外进行，军人们都离得远远的，做着各自喜欢的事。当徐豹郑重其事低将今后营地的主要任务说明之后，另外几个队长和副队长多多少少有些意外。

“上校是说，我们将建立一个飞船燃料工厂，所以需要大量的石灰，目前最大量的要砍伐木柴作煅烧石灰的燃料。”戈林曼少校很认真地问着细节。

“如果我们能够探测到煤矿并能够顺利开采，那当然更好。根据舰队总部大的计划方案，十天之后，燃料工厂应该能够进入生产程序。由于缺乏大量的太阳能电池，我们只能依靠植物燃料作动力，来生产液氢。大家都应该明白，液氢的保管和生产，要求都非常严格，安全第一，所以，工厂是必须建设的，而且要合乎严格的安全要求。”

此后，陷入了长久的沉默中。

基弗里摇着头，说，“我们可能最艰苦又无聊枯燥的一个队了。”

“总得有这样一个队。”鲁克理解的一笑，“主要是因为我们所处地点，纬度最适合飞船起飞。好运气呀，朋友们。”

“可是食物呢，目前最艰难的就是寻找合适的食物了。根据计划，即使小麦下种后能够收获，那也将是一百多日以后的事。这么繁重的任务，却没有良好的食物来源。各位也许还记得吧，在沼泽边上我们找见了一棵果树，上面结着橄榄一样的果子，味道像芒果。可是趵突河北面这种树木比较稀少，而过河往南几十公里，从卫星摄像上我们看到，应该有很多吧。我没判断错吧？”说到这里，基弗里停住了。

“应该是的，大家都知道。”戈林曼以他一贯的严谨证实说。

“因此，过河去寻找食物及水果，是一个不错的主意。想一想阿莱斯分队和穆姆托分队，他们已经住着宽敞牢固的房子，使用着阿喜人精美的餐具，食物丰盛，取之简易。真叫人羡慕啊。果敢的进取才会有辉煌的成功。”

“各有各的处境，何须羡慕别人。我们不能去故意激怒八指国人。”徐豹摇着头，语言虽轻，却很坚决。

“难道我们只有挨打受屈的份儿。这样的日子，真是受够了。总有一天，我会替战友报仇的。我们不惧怕战争。必要的时候，我支队会自行其是，渡河行动。”

基弗里控制不住冲动地说。

“师之所处，荆棘生焉。大军之后，必有凶年。让战争去死吧，我们为什么要去攻击阿喜人。这里有足够的土地，食物，有生存，游戏的空间，有清新自由的空气。作为出生入死的军人，什么劳累我们不能够忍受。按照舰队总部的指示，请原谅我无须晓谕各位详细细节，也请各位必须忍受。”

徐豹看出基弗里的想法来了。自行其是，故意寻衅，意欲脱离分队，正是基弗里中校的一贯念头。徐豹也禁不住突然强硬起来。

“你不过是一个懦夫。总部？哼哼，挟天子以令诸侯。在行动之前，我会告知总部的。”基弗里明白，自己不像夏雅惠子那队那样，他永远都逃不脱欧盟飞船的制约，他嘟囔着。

“争啊，争啊，一不小心，连最基本的东西都会丢掉。上善若水。水善利万物而不争……夫唯不争，故无尤。”

徐豹平静地用一句《道德经》上的古语，为自己解释。一干人中，除鲁克院士和谭力少校能够很快理解外，其余的队长，副队长都一脸茫然。

“在你那虚伪的国度里，口号总是动人美好的。而沉迷在自己编织的虚幻想象中，也是你们最喜欢吸食的精神海洛因。”基弗里嘲讽说。

“中校，你过火了。”陈诚中校立即站起来劝解。

一股火气直逼到了徐豹喉咙，但是他强行憋住，反而冷冷地高傲地回击说：“如果不是我们都肩负着地球人的使命，如果你能拿起剑的话，我要你像一个骑士那样决斗，用血来洗净你所给予别人的侮辱。即使是唐吉柯德在最疯狂，最缺少理性的时候，也不会用语言轻易去羞辱一个真正的骑士。他会用剑和长矛来行动，而不是口舌逞能的讥诮。收起你毒蛇一样的舌头。记住，如果再有第二次的话，你我必有一人流血。那时候，你祈祷吧。”

夏雅惠子淡淡一笑，摇摇头，并不参与他们的唇枪舌剑。戈林曼少校也从内心不赞同基弗里过激的言论，摇头沉默着。

基弗里得不到支持，悻悻地走开了，但是会议还没有解散，因此他又不敢离得太远，弄得十分尴尬。

替基弗里中校解围的是他支队的一名上尉。这位急匆匆的上尉也并非是特意跑来活跃局面的。他略带喘气，汇报说：“我们，在雪河岸边，遇上了八指国人。”

所有人的注意力马上被吸引过去了。夏雅惠子趁机在副队长东条巴莫耳边小声几句。

“我们人员怎样？那些八指国人呢？”基弗里立即精神抖擞。

“我们没有伤者，那两个八指国人可能有一个受了轻伤，逃走了。他们跑得可快了，我们没有去追。”

“那是些什么人？依你们所见来看，是侦察兵吗？”徐豹插嘴道。

“不像是。我们追逐一头角兽。它沿着雪河往森林方向逃，进了森林不久就碰上了。那两个人倒像是猎户，他们扛着长枪，还佩着腰刀。我们迫不得已交火了。”

情况交代完后，会场又出现了短暂的静寂。

东条巴莫少校舔舔嘴，非常遗憾的是，开了这么久的会议，连个送水喝的人都没有。徐豹上校显然忽略了这点。他说：

“看来，与八指国人的接触是避免不了的。从大局出发，要避免与八指国人的冲突，但愿西边的西番国不要跟着凑热闹才好。我认为，我们应该过河去，至少要派侦察兵去，彻底弄清河对岸的各种情况。请注意，这是我们支队的意见。不能停止对南面的实地侦察。”

鲁克院士望着徐豹，他眼光中传递着只有徐豹才能理解的信息。

徐豹想了想说：“东条少校的建议很好。我们会派遣三四个侦察人员过河去。不过，有令在先，遇上八指国人只能退却避让，带一只卫星电话去，安全为上，切记进入太深。每个支队抽一人吧，组成一个侦察小组。再申明一次，在任何国家还没有宣布退出缔约联盟之前，在总部还没有改变指令前，违令者一律军法处置。”

卫星电话分队里只有四个，由三个队长和总顾问鲁克使用。有了它，侦察兵理所当然能够通过和营地的紧密联系，最早时间内发现八指国人的踪迹，避让躲藏，来确保减低冲突可能。当然，机会凑巧的话，还可以在不伤害八指国人的前提下抓个俘虏，那样就可以学习八指国人的语言了。

徐豹最后补充的那番话，与会者一致赞同。至此，这个别扭的临时军事会议才有所成就地宣告结束。

夏雅惠子没有趁机附和基弗里中校，原因来自于昨夜荒山孝郎医官私下和夏雅惠子中校的一番长谈。

昨晚，前陆军医学院院长，荒山孝郎少将说，如果要立即分道扬镳，重建营地，他们会更加延迟飞船燃料的生产时间。过了河，有可能直接面对八指国人的骚扰和进攻。能不能顺利建厂，找到能源来生产飞船燃料，更是一个问题，砍伐树木做烧柴太费神。能源，能源，缺少这个东西，目前机会还不成熟。

经过少将的一番分析，夏雅惠子觉得前途更加明朗了。她暗暗佩服荒山孝郎，不愧是拥有少将军衔的隐者，这么老道。那海军出身的东条巴莫，只会凭一腔热血，离老道周密还差得远呢。

夏雅惠子中校——千叶公主在豁然开窍的时候，娇巧可人的菅谷沙子少尉，她的侍女，那时候，正在路上起劲地与基弗里中校挑逗试探呢。那一夜，当基弗里中校离开热闹的会场，跟踪夏雅惠子之后，暗怀心事的菅谷沙子少尉立即注意到了。菅谷沙子大胆地实施了她的爱情攻击战。

会议结束后，徐豹直待夏雅惠子离开，也没有机会向她说明半点自己坚持息事宁人，决不肯惹怒八指国人的原因。他心中隐藏的秘密，只有鲁克院士知道一星半点。

那是为了让鲁克谅解自己所有的克制与退让，徐豹专门告诉院士的。他想，以鲁克院士的深沉睿智，略知一星半点已经足够了。这个秘密，连无所不知的营地通讯官谭力少校也毫不知情。

事情是这样的，那天，舰队总司令克里将军和总顾问双颅人希斯与徐豹通过卫星电话作了长谈，这番谈话，绝对会使得每个听到的人都忧心忡忡。事实上，只有三人参与了秘密会谈。

克里将军说："我不得不告诉你，舰队中已经有百分之一的人在飞行和休眠中死去，有时，一个小小的疾病，看起来微不足道，都会夺取生命。这是人类第一次远程星际飞行就这样的规模所应有的代价。所有飞船上的食物和营养液都所剩无几。情况很危急。这是特级机密，千万不要外泄。现在，舰队还有一只大型登陆舱，两只中型，三只小型的，再要制造，材料不足。只能降落，不能起飞，即使只是降落，也是非常消耗燃料的。燃料非常缺乏。因此，在已经降落的登陆舱，没能获得安全优质和足够的燃料，返回太空舰队飞船时，舰队可能不会再派登陆舱登陆。即使有了燃料，登陆飞船能否顺利返回舰队，也不可完全预知。紧急!! 燃料，燃料。要切记你的使命，要不遗余力地去完成，要勇敢而且果断，行使你分队司令的权力。"

只是，夏雅惠子，他心中永远惦念着的郑莹，她的态度，徐豹越来越弄不清了。她似乎总是站到基弗里一边，给他难题。

他有些悲伤。爱情逝去了，难道友情也要残酷地如烟风散吗？想到克里将军的叮嘱，徐豹重重地咳出一声，重新打起了精神。